U0589919

谨以此书纪念韩文公逝世一千二百周年

中唐政治的文学境象
韩愈诗文笺证

孙羽津 著

人民出版社

序一：考证与辞章研究相结合的成功探索

——读孙羽津《中唐政治的文学境象——韩愈诗文笺证稿》

葛晓音

韩愈是中国思想史和文学史上的重要人物，关于他的争议，自 20 世纪初以来一直没有止息。随着时势和学术的发展，今日可以不必再怀疑韩愈以文载道的性质和历史文化意义，是学界的幸运。但是对于韩愈的认识远远未到止境。20 世纪八九十年代，韩愈研究曾经兴起过一股热潮，清理了一些模糊和矛盾的看法，大致确认了韩文和韩诗的基本风格特点。热潮消退以后，尽管近十几年来学界兴趣趋向于文献，大作家的研究明显减少，但仍然有学者继续寻找韩愈及其同道尚奇文风形成的原因，思路逐渐深入，本书著者即是其中之一。

全书的论题和结构可谓独特：从韩愈的讽刺寄托类作品入手，通过深入考察其本事，研究韩愈的奇诡诗风及俳谐文风的成因。论点相当集中，诗文只选七篇，方法则是用考据成果与辞章研究相结合。这样的研究存在两方面的风险：一是诗文本事的考证如无实据，很容易流于穿凿；二是考据一般有助于"知人论世"的义理阐发，用来直接解释诗文的辞章艺术，还很少有成功的先例。那么著者能否避开风险，探索出一条自己的思路呢？

先看诗文本事的考证，这是全书内容的重点。韩愈不少诗文，明显含有寄托，早就有不少注家指出，但究竟因何事何人而发，往往众说纷纭。本书的考证成果大致可以分为两类，一类是在前人之见以外自立一说，发前人所未发；另一类是在众说之中选择较合理者加以辨析，再得出自己的结论。

前一类如《城南联句》中"皋区扶帝壤"一段，一般只是视为铺叙都城景色、人物之盛。本书则通过两《唐书》、《资治通鉴》以及笔记小说、出土墓志等诸多史料的爬梳，考出中唐名将马燧三世行实及其家族盛衰变迁之细节，又举韩愈《猫相乳》和《殿中少监马君墓志》等文章为证，说明韩愈兄弟与马燧父子的关系，指出"罢旄奉环卫"一段，大致反映了韩愈在贞元三、四年间初入马燧府邸的见闻，表现了马氏家族昔日的盛况，论证均确凿可信。又联系中晚唐诗歌中围绕马氏宅第所发的"伤宅"之慨，认为此前"暮堂蝙蝠沸"一节，不无以"冢卿"废宅兴起马氏今昔盛衰之慨的可能，也是谨慎合理的推测。又如柳宗元的《天说》引韩愈之说，此文历来被视为天人论辩的哲学著作，本书则联系韩愈论天旱人饥的疏状内容，认为韩柳之作《天说》，非为穷究天人，而是反映了贞元十九年君聩臣暗、权邪横行的严酷政治环境，既体现了韩柳二人愤世疾邪之同声相应，也体现了韩柳二人在政治立场上的异路扬镳。又如《毛颖传》的本事，古今诸家考证颇多，广涉代宗、德宗、宪宗朝事，结论各异。本书据柳宗元《读韩愈所著〈毛颖传〉后题》所说读《毛颖传》的时间，考察韩愈历经的六朝中与此最相符的年份，认为《毛颖传》之作年在永贞元年九月至元和元年，即唐宪宗即位之初的可能性最大。并指出此文讽刺的对象为德宗，毛颖所托喻的人物为陆贽，亦能发前人之覆。

后一类如韩愈《记梦》诗，历代学者虽然认为此诗有托讽，但都感慨"真诠难得"，唯方世举《韩昌黎诗集编年笺注》指出此诗因韩愈从江陵归，郑絪"索其诗书，将以文学职处之。有争先者谗愈于絪，又谗之于翰林舍人李吉甫、裴垍。因作《释言》自解。终恐及难，遂求分司东都"。此说颇受质疑。本书根据这段笺释，对照韩愈《释言》和李翱所写《韩公行状》，指出方说存在三点疑问，认为所谓"文学职"只可能是翰林学士一职，接着循此思路深挖，考出《记梦》一诗的深层背景：李吉甫、裴垍在元和元年领掌翰林学士院，为"选擢贤俊"，曾引荐李绛、崔群，二人皆为韩愈挚交，与韩愈三人符合诗中所说"我徒三人"，而韩愈最后不肯趋附李吉甫，是韩愈未得入院的直接原因。这一考证最初虽从方笺的分析入手，但由此发现了韩愈与翰林学士失之交臂的一段秘史，则完全是本书的创获。又如最为奇奥的《陆浑山火》一诗，前人都认为"实无意义"，唯沈钦韩指出此诗与"牛、李等以直言被黜"有关，但沈说语焉不详，解释也未尽善。本书受此说启发，对元和制举案作了彻底的梳理，将其中关键人物和政治势力与《陆浑山火》中火神、水神、上帝的关系相对照，指出此诗全面托寓了唐史上的重大政治事件——元和制举案。这一结论建立在详尽的资料分析基础之上，已远远超出沈钦韩最早的揣测。又如《月蚀诗》寓意明显，旧说都认为是刺宦官，方世举认为是讥王承宗。本书取方说，详勘王承宗祸乱的始末缘由，与诗意一一对应，而且进一步落实了韩愈诗中东方苍龙、南方朱雀、西方白虎、北方玄武"四象"所暗讽的四镇藩帅，使韩愈效作《月蚀诗》的意图得到更为清晰的阐发。又如清人皆认为《石鼎联句》刺时相，但究竟何人，其说不一。本书取魏源"去序考诗"的独特视角，赞成诗意针对皇甫镈之说，但为证成其说，做了大量工作。首先确证"轩辕弥明"为韩愈假托，然后将皇甫镈之生平为人与李吉甫加以比较，得出此诗作年为元和十三年十一月至十二月间的结论。这类论证的细致深入均非首唱者的简单猜测可比。

以上两类考辨无论是首创，还是辨析他人之说，都立足于翔实周密的论证，因而结论可信，解决了韩愈诗文本事中的一些悬案。但此书最令人惊异的还是考证本身的用力之深和方法之难。由于韩愈诗文托寓隐晦，一般本事考证所采用的以文本与史实相印证的做法已经不敷所用，作者善于根据不同作品采用不同的方法，有时缺乏最直接的实证，需要合理的推测，也能以逻辑严密的求证为基础。例如考《毛颖传》中毛颖之原型为陆贽，先将该文戏拟毛颖仕历的细节和阶段性特征分为四组，然后将德宗时期的三十一位宰相分类比较，采用排除法，得出符合四组条件的唯有陆贽一人的结论，十分精彩。考《石鼎联句》中轩辕弥明为韩愈假托，同样采用比较法，则是先将韩愈联句和唐代非韩愈所作的联句加以比较，先说明二者在结构上的迥异之处，然后将《石鼎联句》的结构与韩愈联句相比，证明在整体篇幅、联句频次、单人句数三方面，《石鼎联句》都远远超出非韩愈联句之规模，呈现出韩愈联句独有的形式特征。由此断言《石鼎联句》确属韩愈联句的典型作品。运用创作形式的比较进行考辨，虽容易被视为软证据，但此处以统计数字为依据，就很有说服力。

著者在考辨过程中，除了运用一般的史料以外，还根据韩诗内容调动了不少易卦和古代天文学的资料。例如考《记梦》中"神官"和"仙人"两个角色是喻指翰林学士李吉甫和裴垍，本书参照现存最早之唐人全天星图（S.3326），先解释"罗缕道妙角与根，挈携陬维口澜翻"两句所示星象位置，然后根据《史记·天官书》《隋书·天文志》《开元占经》等资料，以之与"天王帝廷"之格局对照，认为诗意是先以"角与根"暗寓天子所居之东内大明宫，后以"陬维"点出翰林院，同时引证资料补充说明了翰林院被唐人视为"神仙殿""神山"的依据，遂使"挈携陬维"暗寓主政者欲擢拔韩愈为翰林学士一事得以坐实，所用材料均非治文学史者所常见。又如考《陆浑山火》为刺宦官，受旧注刘石龄所说《易·说卦》谓"《离》为火""为日""为甲胄，为戈兵"的启发，认为继火象之后的水、雷二象当亦本诸《易》，以此证明火象乃宦官集团之寓，为火所沴之水象相应地寓指被斥逐的制举人与考官群体，雷象相应地寓指暂与宦官集团形成一致立场、共同制造制举案的宰相李吉甫。又通过对诗中"上帝"安抚水神之语如"女丁妇壬传世婚""视桃著花可小騃，月及申酉利复怨"等句中包含的卦象详加解说，指出韩愈是借汉易卦气之说，暗寓上帝有意制衡宦官和南衙两种水火不容的势力。这些考证过程的复杂和难度都超出了已有的同题研究。

值得指出的是：作者虽然尽可能调动了一切可用的史料，但使用极为谨慎，如考《陆浑山火》时，首先梳理关于元和制举案的记载，将新旧《唐书》和《资治通鉴》的史料分成三类，指出三类均已失真，应当借助真实程度较高的未受牛李党争影响的史料，一类是元和三年制举对策，一类是制举案目击者的相关文字，如白居易的《论制科人状》和李翱的《杨公墓志》。著者通过这些资料详考制举覆策的经过和细节，充分证明了元和制举对策主要指向宦官以后，又在考察韩诗关于火象的铺叙时，进一步利用《周礼》《汉书》《唐六典》等史料中关于礼乐舆服的记载，结合当代学者对唐代宫内诸司使机构的研究，指出每段火象的描写分别与五坊使、内园使、武德使、辟杖使、中尚使、营幕使、尚食使、酒坊使对应，而这些司使机构均属于宦官集团。这就更有力地证明了此诗中的火神确为宦官，而且透辟地说明了此诗从多种角度渲染炽烈山火的用意。总之，材料使用的审慎翔实和丰富保证了考证的可信度，而将材料挖掘到前人尚未触及的深度，根据文本选择最恰当的论证方法，又保证了考辨的科学性，避免了穿凿附会的风险。这是全书诗文本事考证的最大亮点。

将作者考辨的结果运用于韩愈诗文的辞章分析，是本书的努力目标。韩愈诗文的讽喻性很明显，即使不知本事，大致也能说出其艺术表现的特点，那么如果考出其寓意的具体所指，对理解作品有没有更多的帮助呢？我一直认为，读懂文本是一切学问的关键，虽然历史上多少研究韩诗者都没有完全读懂韩愈，也能做出各自的评价，但是彻底读懂和半懂不懂是不一样的，这关系到对韩愈认识的深浅。本书的考证揭开韩愈有意蒙在这些诗文表面的奇诡面纱，使其真正的喻指变得透明，有助于更真切地看到韩愈如何利用文学的境象反映中唐政治生态的真相，可以对韩愈托喻类作品讥刺现实的方式和创新意义理解得更透彻。如《毛颖传》讽刺君王刻薄寡恩，已为众所熟知，但著者考出德宗的性格和陆贽的仕历，指出《毛颖传》的结构包含戏拟形象、托寓对象、日常物象三重要素，其中每重要素都与其他两重密切相关，交互映射，这种繁复的创作模式，超越了同主题纪实作品的言说困境，也非后来者所能成功模仿，就对这篇文章的创造性提出了独到的见解。又如考出《陆浑山火》的寓意指向后，著者发现此诗"以火、雷、水三象关系为基础，构筑了一个繁复而隐秘的托寓结构，有效地弥缝了皇甫湜原作'出真'之疵病，全面托寓了唐史上的重大政治事件——元和制举案。其中，卦气学说之运化与上帝形象之构建，乃由超越现实而观照现实，由思想文本敷衍文学文本，充分实现了文本与现实的互动"。由此再反思韩愈奇诡诗风之形成，便获得了一点新的认识："以往谈及韩愈乃至韩孟诗派的奇诡诗风，多从审美倾向上立论。事实上，为了全面而深入地托寓诡谲险恶的政治形势以及在此种形势下的坎壈仕途，采用'增怪又烦'的铺叙手法是势所必然的，这直接决定了作品的奇诡风格。"这就说透了《陆浑山火》由内容的深刻复杂而导致其表现怪异烦冗的逻辑关系，澄清了以往认为此诗"止是竞奇"、"徒聱牙轇舌，而实无意义"的模糊印象。

除此以外，著者在考《城南联句》中孟郊和韩愈表达的差异时，推断在联句初步完成之后，作者亦当有一番润色修改的过程。认为正是由于"商量"、"润色"的创作方式，确保了《城南联句》在主题表现上得以扩展深化。考韩柳之作《天说》，发现"其非为穷究天人，实为寄托现实幽愤的一种修辞，由是前人'瑰异诡乔'的审美感受便得落实，此文长期以来被忽视的义学属性藉以显现"。这些论述虽然还可以作更充分的发挥，但都是使考辨成果直接为辞章研究所用的有益尝试。

当然，造成韩愈之"奇"的内因和外因还有很多，但本书主要从穷究韩愈托喻用心的单一角度考察韩愈奇诡诗风和俳谐文风的成因，便于始终扣住文本，从文本解释的需要出发，寻找直接相关的外部原因，同时通过作品内容的分析，讲清艺术表现的问题，正如著者所说，既能在宏阔的历史轨迹中展开贞元元和时期的政治生态和士人境遇，又"得以窥见韩愈'独旁搜而远绍''尽六艺之奇味'的创作过程"。确实是一个有利于兼顾内因和外因的角度。相信这一研究将可启发学界进一步探求"奇"的趋尚在韩愈文学创作中的性质和表现形态，将课题的前沿推向更深的层面。

我与羽津君原本不熟，前两年因偶然的机会有了一点交往。2020年由微信得知他去新疆生产建设兵团党委党校援疆，而且所属农六师的驻地五家渠，正在我曾工作过七年的昌吉州附近，顿时增加了几分亲近感。前月嘱我作序，便欣然命笔。正好我最近也在研究韩孟诗派的尚奇之风，展读之下，受益匪浅，深为此书思维的缜密、钻研的深细以及文字的老成所震动。后生可畏，此言不虚，期待本书的出版能给当今的青年学坛带来一股清风。

序二

刘　石

羽津从念大学到现在，钻研韩愈诗文近二十年了。其间，我看到他密密麻麻的读书笔记，后来又看到他反复修改十余稿的系列论文，每每感到他对学术研究的热忱、严谨和执着。真正的学者勤于学思的同时还要慎于著述，这曾是老辈学者对我们的教诲，但我却越来越不敢用这话去告诫现在的同学们了，怕耽误了他们的前程。羽津却一直是老老实实照老辈的教诲去做的，眼前的这部书稿，可以说是他潜心韩学多年心血的结晶，是一部韩学研究的上乘之作。

通观全书，可略言者约有数端。

其一，旁搜远绍，守正创新，展现了难能可贵的学术品质。

历代韩学研究成果极夥，早已形成了一个相当成熟的学术领域。在这种情况下，欲实现系统性学术创新，就必须全面深入地了解现有各类成果，并在学术视野、学术方法上有所突破。该书聚焦于韩愈诗文本事的研究，这实在是一项风险挑战极高的研究。昔年陈寅恪先生运用文史互证之法笺释元白诗，尚不免毁誉相参，而今面对更为奇诡晦涩的昌黎诗文（尤其是诗），如何借助文史互证得出平允可信的结论，是此项研究必须面对的重大挑战。

首先，诗文文本的剖析深入和释证精准。

第一章分析《城南联句》蕴含的汴州记忆，将联句中所谓"大句"、"高言"、"江调"等各类风格，以及宴饮、别离、军乱等不同场景，与韩孟汴州时期的多首作品做了深入对比，阐微发覆，足为定谳。除了诗文本事考证的主干环节之外，文本分析的深入和精准，在诗文本事的前提性、必要性、可能性论证环节中均有充分体现。《陆浑山火一首和皇甫湜用其韵》，前人大都认为"实无意义"，只有少数学者猜测其本事，但也没有给出令人信服的论证。那么，该诗是否有寓意呢？这个前提性论证是不可或缺的。在本书第五章的开篇，作者详细分析该诗末四句的含义，同时结合韩愈写给皇甫湜的另一首诗《读皇甫湜公安园池诗书其后二首》指出："韩愈'增怪又烦'地铺叙山火，恐怕并非'止是竞奇''只是咏野烧'那么简单，当是为了弥缝皇甫讥骂太过、泄露真意的疵病，而以更隐晦的方式托讽令人愤然不平的现实事件。否则，'辞夸出真'的原作不必'上焚'，韩愈也不会产生'虽欲悔舌不可扪'的纠结心态。"基于韩诗内证的剖析和推论是令人信服的，也为研究的进一步展开奠定了坚实基础。又如第三章，在论证《毛颖传》讽德宗、伤陆贽的寓意之后，通过深入剖析权德舆《唐赠兵部尚书宣公陆贽翰苑集序》一文的逻辑漏洞，揭示陆贽身后的舆论困局，凸显《毛颖传》微言托讽的必要性，确保了本事考证的可信度，不论是角度还是手段，这一部分的研究都相当精彩。再如第四章考证《记梦》本事，通过分析唐诗中的天人意象，指出《记梦》本事的倾向性与可能性，其结论也是审慎而可信的。此外，本书还注重不同性质文本之间的参证，比如第六章考证《月蚀诗》，拈出《削夺王承宗官爵诏》这一政治文本，通过五类语词的对比分析，指明《月蚀诗》与《削夺王承宗官爵诏》的互文关系，为最终落实本事提供了重要论据。第七章深入分析《石鼎联句》与《皇甫镈崖州司户参军制》的互文关系，亦属此例。

其次，唐代史料的熟悉运用和深入考析。

近年来有相当数量的唐代墓志出土，但唐代文学研究可资利用的新材料还是相当有限。学术的突破，既需要关注新出文献，更有赖于对传世文献的熟稔。具体到诗文本事研究上，除了要熟练运用诗文材料，历史文献更是不能绕开。但要想在人人得而见之的、数量恒定的传世文献中获得突破谈何容易！对于文学研究者而言，眼识和学力之外，必要有近乎历史专业学者的素养和功力方后可。第五章开篇指出，前人怀疑《陆浑山火一首和皇甫湜用其韵》与元和制举案密切相关，但之所以长期以来莫衷一是，"归根结底由于元和制举案原为唐史一大悬案，两《唐书》、《资治通鉴》所记尚多含混乖互，近代以来更是众说纷纭。今欲求韩诗之确解，必先究明史事"。此后用一节的篇幅专门论述"元和制举案之异载与史料之取舍"。作者根据事件制造者的异载，将两《唐书》、《资治通鉴》的相关史料分为三类，指出"不应在考证制举案的制造者——这一涉及牛李党争的关键问题时轻率地引用上述三类史料"，而是应该"借助真实程度高于两《唐书》、《资治通鉴》之史料，即不依赖《宪宗实录》、作于牛李党争之前、未受牛李党争影响的史料"，一类是元和三年制举对策，另一类材料就是制举案目击者的相关文字，如白居易《论制科人状》、李翱《唐故金紫光禄大夫尚书右仆射致仕上柱国弘农郡开国公食邑二千户赠司空杨公墓志并序》等。第三章对于"中书令"的辨析、第四章对于"文学职"的论述、第五章对于"内诸司使"的爬梳等，本书所以多能得出较以往诸说更为坚实可信的结论，其故亦正在此。

再次，跨学科视野的综合阐释。

本书对于文史互证方法的运用，并不局限于狭义的唐文与唐史，而且还以跨学科的视野，将论证所涉的宽度延展到古代文化史的多领域和多学科。比如，第四章涉及历史地理学和考古学，第四、第六章涉及星象学，第五章涉及易学卦气说等，这些是合理阐释文本、勾稽本事之必需，但也是相当专深的冷门绝学。作者在从事韩学研究之初，对这些专门之学并无涉猎，是他遇到需要了解的知识时，不是绕着问题走，而是迎着困难上，踏踏实实地从头去钻研。作者知道，既然要研究那位"口不绝吟于六艺之文，手不停披于百家之编"的韩文公，只有先努力瞻望他的学养，接触一切他有可能涉猎的知识领域，才能庶几了解其诗文作品中的奇辞奥义。这既是学术研究应有的态度，也是对这位文化巨子的礼敬。但这其间的甘苦，恐怕只有躬行者才能体会得到吧。

其二，论证缜密，攻坚克难，解决了悬置已久的学术疑案。

该书主体部分实际上就是对七篇诗文的考论。作者之所以选择这七篇诗文，至少有一个原因，就是这七篇诗文本事，可称韩学史上的七大疑案，在历史上都是聚讼之薮。这七大疑案的具体情形，在各章开篇都有较为详细的介绍，充分反映了问题的复杂性，共同构成了作者所选择的韩愈研究之路的挑战度。

作者分析历代诸家的观点是客观而细密的，同时又能在这些观点的基础上，提出自己的新见并做出严谨的论证。在论证方法和论述策略层面，都形成了很多特色，有很多创新。

比如，第七章考证《石鼎联句》作者归属问题，运用统计方法对唐初至元和二百年间的联句诗逐一进行调查，分析韩愈参加的联句作品与非韩愈参加的联句作品的平均篇幅值、最大篇幅值、平均联句频次、最大联句频次，最终总结出唐人联句形制的一般公式："作者人数 × 每次每人句数 × 联句频次 = 总句数"。这不仅为考订《石鼎联句》提供了有效的坐标，也首次系统总结了唐人联句的一般创作规律，精准描述了韩愈联句的特质。

又如，第三章考证《毛颖传》托寓对象，基本确定是以"中书令"托寓德宗一朝某位宰相的事迹，其中陆贽的可能性最大。然而，唐德宗朝共有三十一位宰相，如果仅就陆贽一人确定其与毛颖的相关性，从逻辑上讲显然是不完备的。于是，作者先总结出毛颖的四重特征，将此四重特征与三十一位宰相进行比照，最后发现完全符合这四重特征的，只有陆贽一人。这种逆向排除法是一种科学性方法，也是一种实证性思维。篇幅上是显得有些冗长，但却能最大限度地确保结论的合理性和可能性，有效提升了文史互证之法的精准度。

其三，举一反三，通方知类，推动了学术研究的综合创新。

该书的价值，不止于本事考证之绵密，同时还潜藏着许多关联学科的问题意识。在我看来，该书的成果至少在文学史、政治史、思想史、学术史四个领域有建树。

首先是文学史，这是文学研究者的本职范围。该书在考证诗文本事的过程中，触及文学史上的若干重要问题。比如韩孟诗派及其奇诡诗风的问题。作者敏锐地意识到以往韩孟诗派研究大多详其盛而略其衰，对于韩孟诗派长达十年的衰微期缺乏深入探究，在第七章中借助《石鼎联句》本事及系年成果，指出"《石鼎联句》不仅忠实继承了韩孟诗派鼎盛时期的联句形制，而且在最具难度的借物托讽一脉上着意用工，踵事增华，突破了双人联句平分秋色的基本格局，酝酿着韩孟诗派的结构性变革，孕育着韩孟诗派与古文运动融合发展的美妙契机，可谓韩孟诗派最后十年的重大关捩"。这一新见如果只孤限于对《石鼎联句》一诗的考察是无法得出的，作者为此广泛比较了相关作品，并对韩孟诗派进行历时性考察，其间涉及诗派成立初期的《醉留东野》，诗派鼎盛时期的《喜侯喜至赠张籍张彻》，诗派后期的《调张籍》《赠贾岛》《和侯协律咏笋》《朝归》《杏园送张彻》《早春呈水部张十八员外》以及以《斗鸡联句》为代表的韩孟诗派各个时期的联句作品，并辅以《送无本师归范阳》《送进士刘师服东归》等篇，因之材料翔实，分析透彻，令人信服。

又如第五章借助本事考证，重审文学史上对韩愈奇诡诗风的论述，指出"以往谈及韩愈乃至韩孟诗派的奇诡诗风，多从审美倾向上立论。事实上，为了全面而深入地托寓诡谲险恶的政治形势以及在此种形势下的坎壈仕途，采用'增怪又烦'的铺叙手法是势所必然的，这直接决定了作品的奇诡风格。在这个意义上讲，奇诡诗风的产生与托寓现实的需要密切相关，在更深层次上践履了不平则鸣的文学主张"，"奇诡诗风不仅是目的性存在，亦是工具性存在。这种工具性存在非但无损于奇诡诗风的美学价值，相反地，由于托寓现实的需要，诗作既要体现物象的固有特征，更要隐晦曲折地指向人事，为此诗人需最大限度地调动知识储备设辞造境，这势必迥异于咏物写景的惯常作法，给人带来匪夷所思的审美冲击力，将奇诡诗风推向前所未有的新高度"。第六章进一步阐发："韩愈所倡导的诗派气质，并不赞同与敦厚诗教截然对立的创作姿态，并不接受假借审美抑或审丑的艺术好尚消解以君臣父子为根柢的古典伦理价值；相反地，韩愈尝试以奇诡诗风开示古典伦理之诗性言说的又一法门，俾诗性之超越与德性之醇正交结共生。"这些都是建立在缜密考证的基础上的有见之论，有助于更加全面客观地认知和评价韩愈及韩孟诗派在文学史上的贡献。此外，在古文研究方面，第二章辨析了论体文与说体文之别，正如作者所说，"长期以来，说体往往被视为论体之下的二级概念，被定义为'解释义理而以己意述之'，甚至被说成'与论无大异也'，几为论体所湮，统为辨名析理之正体"。作者认为这种界定"遮蔽了问题的复杂性"，通过对韩柳说体文的分类研究，辨明了韩柳古文中论说二体之异同。第三章涉及俳谐文的创作传统问题，通过《毛颖传》本事考证，触及宋代仿作及其两种变式，厘清了俳谐文的发展进程及《毛颖传》在这一进程中的独特地位。如此有见地、能服人之处甚多，读此书者当各有体会。

其次是政治史。文学本位的文史互证，其功效若不能惠及历史研究，恐不足言上乘之作。对于韩愈诗文而言，在历史领域表现最突出的是政治史，前文谈到该书第五章对《陆浑山火》的考证，对于元和制举案的研究也有相当意义，这里不再复述。第二章考证《天说》本事之余，可见韩柳二人政治立场的分野：作为无党可依的正直朝臣，韩愈寄希望于唐德宗，同时又忌惮权臣李实；而作为王叔文集团的成员，柳宗元寄希望于太子李诵，同时严守该集团隐忍韬晦的价值理念和行动策略。这有助于窥见德宗晚期政局的异动及"永贞革新"前夕的朝臣心态。该书对于原始史料的辨析也不乏创获。比如第四章《记梦》研究，有助于辨明李翱《故正议大夫行尚书吏部侍郎上柱国赐紫金鱼袋赠礼部尚书韩公行状》、皇甫湜《韩文公神道碑》这两篇最早有关韩愈生平史料的价值。

再次是思想史。思想史属于专门史，但又是韩愈研究绕不开的领域。第二章以《天说》为研究对象，这是一篇在哲学史、思想史上屡被提及的文章，但以往研究颇多矛盾甚至偏见之处，文章的真正含义始终未能厘清。在作者看来，《天说》并非一般意义的辨名析理之作，而是韩柳假借天人话语，批判唐德宗晚期政局的托讽之文。韩柳在《天说》中的对立姿态，本质上亦非哲学观点的对立，而是柳宗元加入王叔文集团之后，与韩愈在政治立场上的分化所致。从这个意义上讲，《天说》的复杂性绝非以往治思想史的人"天人相仇"或"天人相分"的标签所能涵盖的。此外，第七章探究韩愈与李吉甫政治思想的一致性，就全篇来说虽只是作为论据出现，对于管窥中唐政治思想亦不无价值，可视为有益于思想史研究的又一例。

最后是学术史。这里所谓学术史有两方面的所指，一是本书具有很强的学术史意识，对历代韩愈诗文研究之得失有较为深入的分析探讨，并能在一定程度上推动韩愈研究向纵深发展，在韩学史上必可据一席之地。二是本书通过韩愈诗文本事的研究实践，开辟了文史互证的学术新境。正如作者在引言中所说，"盖文史互证之法，既需文学的合理性想象，更兼史学的逻辑性推演，关键在一'互'字——学者需在词句的多义性指涉之中，厘清潜藏于万千史料中的古今典实，决发辞义与史事的对应关系，而这种对应关系，不止于某一词与某一事之相似性，更当讨求全文结构与史事脉络之间的全域性映射关系"。作者的这一努力，提升了文史互证的科学性与有效性，让这一源远流长、引人入胜的学术方法焕发新机，为中国古典学术的新进与新境做出了有益尝试。

羽津本科、硕士和博士阶段均求学于清华大学中文系，属于清华人戏称的"三清团"。清华的学生有自己的特点，勤奋有追求不消说了，聪颖有灵气的同时，踏实善思考。羽津自幼习京剧，唱的是老生，本科时就多次参加央视戏曲春晚，更作为学校戏曲社团的台柱子多次在国内外演出。2010 年我参加清华大学教师代表团访美，羽津也被随行的学生艺术团选中，记得在伯克利、芝加哥等大学都曾登台演唱，收获了黄皮肤和蓝眼睛相当热烈的掌声。我于京剧虽属外行，也能感觉到他唱功的本色当行和对于艺术的灵心善感。但他做起学问来，却静得下心，沉得住气，舍得下实功夫、花笨功夫。昔昌黎公诗云："归愚识夷途，汲古得修绠。"如果说静心沉气、下苦功夫可归于"愚"的话，愚确实是汲古之修绠，确实由此才能走上学术之坦途，摆在我们面前的这部著作，就是明证。读此书毕，得此感慨，故乐于用昌黎公的这两句诗与羽津共勉。

目 录

引言：韩愈诗文本事研究概说...001

第一章　韩愈、孟郊的贞元记忆——《城南联句》笺证..............012
　　第一节　幕府唱酬与宣武军乱...................................013
　　第二节　家族盛衰与伤宅吟咏...................................032
　　第三节　《城南联句》价值重估.................................049

第二章　韩愈、柳宗元的政治批判——《天说》笺证................052
　　第一节　普遍与特殊之际：《天说》的阐释向度.................054
　　第二节　自然与社会之际：《天说》的话语形态.................059
　　第三节　德宗与顺宗之际：《天说》的历史世界.................064
　　第四节　韩柳说体文之特质.....................................072

第三章　伤悼一代名相的文学突围——《毛颖传》笺证..............076
　　第一节　《毛颖传》寓讽德宗考.................................076

第二节 《毛颖传》寓伤陆贽考 080

第三节 陆贽身后的言说困境及《毛颖传》的创作模式 097

第四章 天象书写与梦境映射——《记梦》笺证 103

第一节 文本错综的分司疑窦 103

第二节 奇诡梦境的阐释边界 106

第三节 天象书写的空间隐喻 112

第四节 梦境映射的翰苑纠葛 119

**第五章 三正卦象中的元和制举案——《陆浑山火一首
和皇甫湜用其韵》笺证** 126

第一节 元和制举案之异载与史料之取舍 130

第二节 元和制举案相关史事与诸方态度 136

第三节 《陆浑山火》托寓元和制举案之运思 152

第六章 奇诡托讽与诗派建构——《月蚀诗效玉川子作》笺证 168

第一节 韩愈、卢仝"月蚀"二诗对读 170

第二节 千年聚讼中的逻辑罅隙 179

第三节 政治话语与四方星象 185

第四节 诗派建构：诗性与德性的统一 201

第七章 诗派后期的孤芳与微澜——《石鼎联句》笺证 204

第一节 《石鼎联句》阐释史述要 205

第二节 联句创变与《石鼎联句》归属 212

第三节 《石鼎联句》本事与作年 228

第四节 《石鼎联句》与韩孟诗派之中兴 239

第八章　文本阐释与文化观照——韩愈研究的二重面相 ·················· 247

　　第一节　韩愈作品整理与研究的反思和进境 ························· 247

　　第二节　韩愈研究的文化观照与时代精神窥管 ······················· 272

主要参考文献 ·· 292

后　记 ··· 307

引言：韩愈诗文本事研究概说

　　韩愈一生以"行道化今"①为己任，注重儒家之道在现实政治、社会及人生层面之施设，在其诗文作品中，突出表现为对家国盛衰，文化冲融，人事递变，一己荣悴的关切与感喟。

　　这些主题在诗歌中的呈现方式，或为直赋其事，如《荐士》、《归彭城》、《左迁至蓝关示侄孙湘》等篇，或为叠发议论，如《谢自然诗》、《符读书城南》等篇；至若议论、表状、书启、送序诸体文章，其旨大率质实著明，更不待言。

　　值得注意的是，韩愈还有一类"讽刺寄托"②的作品，这类作品一经问世，便受到不同程度的关注，随着韩愈研究在诸层面的展开，作品的托寓主旨颇受瞩目。在韩愈诗歌作品中，《秋怀诗》、《琴操》是其中一类代表。这些诗作大多规模前修，古淡雅正，形制短小，以典型意象贯穿其间，虽偶为造语、翻新意境，其比兴之旨却不难窥悉，如韩醇评《秋怀诗》云："以霜菊自叹，可见一时直道之不容也。"③魏源笺《残形操》

---

　　①　韩愈：《重答张籍书》，见韩愈著，马其昶校注，马茂元整理：《韩昌黎文集校注》卷二，上海古籍出版社 2014 年版，第 152 页。

　　②　钟惺、谭元春辑：《唐诗归》卷二九，见《续修四库全书》第 1590 册，上海古籍出版社 2002 年版，第 179 页。

　　③　魏仲举：《新刊五百家注音辩昌黎先生文集》卷一，上海涵芬楼影宋本，第 34 页。

云："贾谪长沙，问吉凶于鵩鸟。屈放江南，托占筮于巫咸。此诗合而用之，明示放臣之感，故以终篇。"① 盖此类诗作止于比兴，而无意于寓事，学者一旦强求本事，难免劳而无功。如《秋怀诗》第十一首，用霜菊凋零象征"直道不容"，纵观韩愈一生，直道不容之遭遇在唐德宗贞元末期任四门博士时有之，唐宪宗元和初期任国子博士时有之，元和中期下迁国博时亦有之，于是学者各立其说，莫衷一是。② 在笔者看来，此类作品本事实不可考，学者未若还彼惝恍幽深之意蕴，而免于拘泥牵强之失。

同样是"讽刺寄托"，韩愈的另一类作品务为铺叙夸饰，每以奇崛诡怪、委曲漫长的面貌出现，被视为"赋兼比兴"之体。③ 在《咏雪赠张籍》一诗中，韩愈自述其创作过程及创作心态：

---

① 魏源：《诗比兴笺》卷四《韩愈诗笺》，见《魏源全集》第20册，岳麓书社2004年版，第581页。需要说明的是，《诗比兴笺》一书旧题"陈沆撰"，是韩愈研究的重要著作之一，多为学界征引。20世纪80年代以来，不断有学者指出此书实为魏源所作，因为陈沆之子"遂其孝思"而移入陈沆名下。笔者赞同这些观点。相关研究参见李瑚：《关于〈诗比兴笺〉与〈近思录补注〉的作者问题》，《文史》第21辑，中华书局1983年版；顾国瑞：《〈诗比兴笺〉作者考辨——兼谈北大图书馆藏邓之诚题跋"〈诗比兴笺〉原稿"》，《北京大学学报》（哲学社会科学版）1996年第3期；夏剑钦：《〈诗比兴笺〉确系魏源所著》，《中国韵文学刊》2004年第4期；夏剑钦：《〈诗比兴笺〉作者归属问题补证》，《中华文史论丛》2006年第1期；吴怀东、马玉：《魏源著〈诗比兴笺〉补证》，《淮南师范学院学报》2013年第1期。

② 参见方崧卿著，刘真伦汇校：《韩集举正汇校》卷一，凤凰出版社2007年版，第22页；陈景云：《韩集点勘》卷一，《景印文渊阁四库全书》第1075册，台湾商务印书馆1986年版，第536—537页；方世举著，郝润华、丁俊丽整理：《韩昌黎诗集编年笺注》卷八，中华书局2012年版，第433页；魏源：《诗比兴笺》卷四《韩愈诗笺》，见《魏源全集》第20册，岳麓书社2004年版，第586页。此外，前人还关注到《秋怀诗》第三首"学堂日无事"这一纪实之语，然韩愈一生"三为博士"，亦无从判断。

③ 关于韩愈"赋兼比兴"的创作手法，参见魏源：《诗比兴笺》卷四《韩愈诗笺》，见《魏源全集》第20册，岳麓书社2004年版，第557、589页；阎琦：《韩诗论稿》，陕西人民出版社1984年版，第151—152页。

赏玩损他事，歌谣放我才。

狂教诗碑矾，兴与酒陪鳃。

惟子能谱耳，诸人得语哉。

助留风作党，劝坐火为媒。

雕刻文刀利，搜求智网恢。

莫烦相属和，传示及提孩。①

由此可见，韩愈"歌谣放我才""狂教诗碑矾"的背后，不仅有逞才使气的因素，还往往寓有"他事"。韩愈的这一自述，可视为探究其作品本事的有效性前提。对于这些本事，韩愈不愿"诸人得语"而尽人皆知，有意识地限制其传播范围，并借助"雕刻文刀""搜求智网"之巧思，重掩而深藏之。故于后世学者而言，合理阐释经由"雕刻""搜求"而成的奇诡境象，乃为发掘作品本事之关键。

回顾历代研究，学者对韩愈的奇诡托寓之作多有留意，于托寓主旨及相关本事用力颇深。在韩愈诗文问世至今的一千二百年间，柳宗元、皇甫湜、柳开、欧阳修、樊汝霖、韩醇、孙汝听、文谠、洪兴祖、张表臣、葛立方、方崧卿、朱熹、洪迈、焦竑、胡震亨、汪琬、朱彝尊、李光地、何焯、方世举、王元启、黄钺、沈钦韩、魏源、徐震、钱仲联、王仲镛、卞孝萱及今世诸多学者在不同程度上考证、阐发韩愈诗文托寓主旨及相关本事，形成了深厚悠久、多元开放的阐释传统。特别是清代以来，创获尤多，其中方世举《韩昌黎诗集编年笺注》、魏源《诗比兴笺》二著，撷取前人感发兴会之语，广收古今典实互证之功，发覆抉微或至千言，乃于旧体传笺基础之上，彰显以作品本事为中心的研究倾向。逮至今世，学者更以文学史、政治史、思想史之综合视阈，踵事增华，将本事研究不断引向

---

① 韩愈：《咏雪赠张籍》，见韩愈著，钱仲联集释：《韩昌黎诗系年集释》卷二，上海古籍出版社 1984 年版，第 162 页。

深入。①

　　然而，在漫长、持久、深入的研究进程中，异说歧解不断涌现。如前所述，韩愈着意夸饰文辞、深藏本事，其间诸多奇诡境象颇不易解，终致诗文本事聚讼纷纭。比如韩愈《记梦》一诗，此诗通过铺叙星象，描绘了"我徒三人"共攀神山之梦境，先设一"神官"殷勤提携，又设一"仙人"护短邀敬，最终韩愈放弃了攀登神山的计划，结入"我能屈曲自世间，安能从女巢神山"，② 自明心志。关于这首诗，向来认为"有托讽"，历代学者通过韩集内证，或以暗寓元和十一年韩愈因忤执政改官右庶子事，或以暗寓元和二年韩愈不媚时相郑纲以求文学职事，至有韩愈不服神仙、韩愈讥刺权贵自诩能诗诸说。③ 然而，前人往往由结句立说，对"我徒三人""神官""仙人"形象之考证未能周延，对于诗中的奇诡星象亦未深究。与《记梦》相似，韩愈在《月蚀诗效玉川子作》中铺叙的四象二十八宿，为解诗

---

　　① 比如，钱志熙先生考证韩愈《双鸟诗》，从汉魏乐府的"离鸟"形象入手，逐一辨析旧说，并参韩愈之创作风格、思想倾向，力证此诗寄寓韩愈、孟郊二人离合之幽思。见钱志熙：《奇篇试赏析——也说韩愈〈双鸟诗〉的寓意》，《古典文学知识》1996年第5期。又如，刘宁先生证《毛颖传》，通过"以老见疏"之讽与传统儒家君臣观念之比照，指出此文与当时官员致仕这一问题有着密切关联，进而介入文学史视角，对其独特的俳谐笔法进行深入阐发，揭示了《毛颖传》折射出的"社会思潮和著述观念"。见刘宁：《论韩愈〈毛颖传〉的托讽旨意和俳谐艺术》，《清华大学学报》（哲学社会科学版）2004年第2期。

　　② 韩愈：《记梦》，见韩愈著，钱仲联集释：《韩昌黎诗系年集释》卷六，上海古籍出版社1984年版，第652—653页。

　　③ 参见魏仲举：《新刊五百家注音辩昌黎先生文集》卷七，上海涵芬楼影宋本，第9页；方成珪：《昌黎先生诗文年谱》，见徐敏霞校辑：《韩愈年谱》，中华书局1991年版，第161页；陈克明：《韩愈年谱及诗文系年》，巴蜀书社1999年版，第463页；方世举著，郝润华、丁俊丽整理：《韩昌黎诗集编年笺注》卷六，中华书局2012年版，第332页；韩愈著，钱仲联集释：《韩昌黎诗系年集释》卷六，上海古籍出版社1984年版，第652、658页；张清华：《韩愈年谱汇证》，见张清华：《韩学研究》下册，江苏教育出版社1998年版，第235—236页。

之关键，而前人大多语焉不详，以致托讽本事纷无定说。①

值得注意的是，韩愈的托寓创作并不限于诗歌。在韩愈、柳宗元合作的《天说》一文中，韩愈运化"天""人""元气阴阳"诸概念，提出"天能赏功罚祸"之说。李光地、何焯曾借用柳宗元之语，强调此文"诚有激而为"的性质，②并敏锐地指出韩愈有意"迂谬其说"，其间多有"廋词"，③可见该文并非一般意义的辨名析理，当是别有一番寄托。又如韩愈《毛颖传》一文，以"明视""赦""𪊑"虚构"毛氏之族"，而后历叙毛颖之仕宦，结入"赏不酬劳"之慨叹。柳宗元尝谓此作"尽六艺之奇味"而"发其郁积"，④与前述"搜求智网"而深含寄托之特质相同，故欲求其"郁积"所自，必先一一究明文中形象及情境之意蕴。

在讨求奇诡境象之际，往往牵涉相关史事的辨析。盖文史互证之法，既需文学的合理性想象，更兼史学的逻辑性推演，关键在一"互"字——学者需在词句的多义性指涉之中，厘清潜藏于万千史料中的古今典实，

---

① 关于韩愈《月蚀诗》的本事，前人有刺陈洪（弘）志之说、刺吐突承璀之说、刺李忠臣之说、刺王承宗之说，诸说多本卢仝原作"恒州阵斩郦定进"、"官爵奉董秦"数语而来，对诗中描绘的星象及其层次关系鲜有留意。参见魏仲举：《新刊五百家注音辩昌黎先生文集》卷五，上海涵芬楼影宋本，第 32 页；方崧卿著，刘真伦汇校：《韩集举正汇校》卷二，凤凰出版社 2007 年版，第 102 页；洪兴祖：《韩子年谱》附方崧卿《增考年谱》，见徐敏霞校辑：《韩愈年谱》，中华书局 1991 年版，第 53 页；洪迈著，孔凡礼点校：《容斋随笔·续笔》卷一四，中华书局 2005 年版，第 393 页；胡震亨：《唐音癸签》卷二三，古典文学出版社 1957 年版，第 201 页；何焯著，崔高维点校：《义门读书记》卷三〇，中华书局 1987 年版，第 517 页；沈钦韩撰，胡承珙订：《韩集补注》，清光绪十七年（1891 年）广雅书局本，第 8 页；王元启：《读韩记疑》卷二，《续修四库全书》第 1310 册，上海古籍出版社 2002 年版，第 491 页；方世举著，郝润华、丁俊丽整理：《韩昌黎诗集编年笺注》卷七，中华书局 2012 年版，第 392 页；郑慧霞：《卢仝〈月蚀诗〉主旨探微》，《中国韵文学刊》2009 年第 4 期。另外，吴小如先生曾在陈寅恪先生的指导下撰写《玉川子〈月蚀诗〉笺证》一文，笔者未能觅得，录以备考，参见吴小如：《怀念王永兴先生》，见吴小如：《红楼梦影：吴小如师友回忆录》，北京大学出版社 2012 年版，第 334 页。

② 柳宗元：《柳宗元集》卷一六，中华书局 1979 年版，第 442 页。

③ 何焯著，崔高维点校：《义门读书记》卷三五，中华书局 1987 年版，第 627 页。

④ 柳宗元：《柳宗元集》卷二一，中华书局 1979 年版，第 570—571 页。

决发辞义与史事的对应关系，而这种对应关系，不止于某一词与某一事之相似性，更当讨求全文结构与史事脉络之间的全域性映射关系。

如韩愈的《毛颖传》，有学者认为是韩愈为长兄韩会的政治悲剧而作，[1] 也有学者拈出贞元末期优人成辅端案立说，[2] 那么，这些事件与原文辞义的对应程度如何，其事件经过是否与全文结构相应，这些问题容当考察。又如韩愈、孟郊的《城南联句》，方世举认为此诗在"历叙城南景物"的同时，还有一层"抚今追昔，映射有情"之意蕴。[3] 今按全诗开篇"搜寻得深行"及结尾"驱明出庠黉"数语，皆叙韩愈初官国博、畅游城南之事，即所谓"抚今"；在全诗中段，又有以"惟昔集嘉咏"领起的一章，那么，这里的"昔"究竟为何人之"昔"？前人多从城南别业主人立说，或谓追咏于頔，乃至韦庶人、太平公主云云。[4] 然而，这些人物及相关史事是否与诗中诸多奇诡境象契合，尚待详考。

除了历史事件与奇诡境象的对应关系，史料本身的真实性也不容忽视。比如，韩愈奇诡诗风的代表作《陆浑山火一首和皇甫湜用其韵》，其中令人目眩的水火诸象已颇多歧解，[5] 而全诗首句"皇甫补官古贲浑"之

---

① 卞孝萱：《〈毛颖传〉新探》，见卞孝萱：《唐传奇新探》，江苏教育出版社2001年版，第203—214页。
② 景凯旋：《士与俳优：〈毛颖传〉中的两个传统》，见景凯旋：《唐代文学考论》，南京大学出版社2012年版，第228—231页。
③ 方世举著，郝润华、丁俊丽整理：《韩昌黎诗集编年笺注》卷五，中华书局2012年版，第305页。
④ 文谠注，王俦补注：《新刊经进详注昌黎先生文集》卷八，《续修四库全书》第1309册，上海古籍出版社2002年版，第500页。
⑤ 关于韩愈《陆浑山火一首和皇甫湜用其韵》一诗的意象，向来众说纷纭，或云源自佛教，或谓出自道教，也有溯及儒家经典之说。参见顾嗣立：《昌黎先生诗集注》卷四引刘石龄注，清道光十六年膺德堂本，第12—13页；沈曾植撰，钱仲联辑：《海日楼札丛》卷七，中华书局1962年版，第281页；陈允吉：《论唐代寺庙壁画对韩愈诗歌的影响》，见陈允吉：《佛教与中国文学论稿》，上海古籍出版社2010年版，第386—387、391—392页；葛兆光：《中国宗教与文学论集》，清华大学出版社1998年版，第59、72—73页；李小荣：《敦煌密教文献论稿》，人民文学出版社2003年版，第337—343页；黄阳兴：《图像、仪轨与文学——略论中唐密教艺术与韩愈的险怪诗风》，《文学遗产》2012年第1期。

历史背景——元和三年制举案更是唐史一大悬案，两《唐书》诸传所载已多扞格，今欲发掘本事，必先明辨史料。[①] 又如，韩愈在《石鼎联句诗序》中明言轩辕弥明与侯喜、刘师服共作《石鼎联句》，且该诗"颖脱含讥讽"，[②] 然而所谓轩辕弥明是否确有其人、所载作年是否真实可信，这些与诗歌本事密切相关的记载，尚待逐一考论。[③]

借助诗文本事的考证，不难对韩愈文学创作、生平史事、学术渊源等问题产生一些新的认识：

关于韩愈的文学创作，以往大都关注其奇崛诡怪的艺术风格，[④] 而其

---

① 关于韩愈《陆浑山火一首和皇甫湜用其韵》一诗的本事，旧有讽元和三年制举案、哀魏博田弘正二说，后人多以前说为正，然所引史事错综复杂，真伪莫辨。今人王仲镛先生首倡考史，为此诗本事考证开一生面，其研究方法值得重视。参见沈钦韩撰，胡承珙订：《韩集补注》，清光绪十七年广雅书局本，第 4 页；魏源：《诗比兴笺》卷四《韩愈诗笺》，见《魏源全集》第 20 册，岳麓书社 2004 年版，第 586 页；韩愈著，钱仲联集释：《韩昌黎诗系年集释》卷六，上海古籍出版社 2014 年版，第 687 页；屈守元、常思春主编：《韩愈全集校注》，四川大学出版社 1996 年版，第 434—437 页；王仲镛：《韩愈〈陆浑山火〉诗义甄微》，见王仲镛：《居易室文史考索》，巴蜀书社 2011 年版，第 178—190 页。

② 韩愈：《石鼎联句诗序》，见韩愈著，马其昶校注，马茂元整理：《韩昌黎文集校注》卷四，上海古籍出版社 2014 年版，第 329 页。

③ 关于《石鼎联句》的托讽旨意，方世举、卞孝萱主刺李吉甫，魏源主刺皇甫镈等人，陆以湉略同之。诸说分歧的根源即在《石鼎联句诗序》所载"元和七年"这一时间是否可信。参见方世举著，郝润华、丁俊丽整理：《韩昌黎诗集编年笺注》卷八，中华书局 2012 年版，第 442—443 页；魏源：《诗比兴笺》卷四《韩愈诗笺》，见《魏源全集》第 20 册，岳麓书社 2004 年版，第 594 页；陆以湉撰，崔凡芝点校：《冷庐杂识》卷三，中华书局 1984 年版，第 162—163 页；卞孝萱：《〈石鼎联句诗、序〉新探》，见卞孝萱：《唐传奇新探》，江苏教育出版社 2001 年版，第 129—138 页。

④ 通行的文学史著作对此有比较充分论述。参见袁行霈主编：《中国文学史》，高等教育出版社 2003 年版，第 332—335 页；Kang-i Sun Chang and Stephen Owen(eds.), *The Cambridge History of Chinese Literature*, Cambridge: Cambridge University Press, 2010, pp.334,335,342. 近年来，又有学者从美学层面进行分析，认为韩愈奇险之作"冲击了古典诗歌典雅和谐的审美理想"，呈现出"反古典、反传统"之特征，堪为中国文学之现代性的发端。参见蒋寅：《韩愈诗风变革的美学意义》，蒋寅：《百代之中——中唐的诗歌史意义》，北京大学出版社 2013 年版，第 164—190 页。

托讽诸篇，率皆呈现"雕刻文刀利，搜求智网恢"的奇诡风貌，那么，奇诡风格的形成与其托讽用心是否存在一定程度的关联性？这一问题的深入探讨，有助于更为全面客观地评价韩愈的奇诡诗风及其古文创作，更为深入准确地阐发韩愈对于韩孟诗派、韩柳古文运动以至中国文学史的贡献。

关于韩愈的生平史事，古今传谱考订精详，今事诗文本事之研究，亦多所依傍。然而，当诗文本事经审慎考辨得以落实之际，其作品本身则于文学价值外，获得了新的史料价值，可据以窥见韩愈出处行藏、交游事迹及政治倾向，并折射出中唐之际宦官乱政、朋党倾轧、藩镇割据等重大历史事件的来龙去脉，得补正史之阙。

关于韩愈在思想文化史上的地位，陈寅恪推为"承先启后转旧为新关捩点之人物"。[①] 今由诗文笺证，决发古今典实，遂能深切体认其如何"承先"，如何"独旁搜而远绍"而"尽六艺之奇味"，又如何在"承先"之际"转旧为新"。当然，韩愈"转旧为新"的面相颇为丰富，除了思想文化史内部的转向，则着意缘六艺百家之旧旨而开诗文体貌之生鲜。因此，在体察韩愈学术渊源的同时，亦得窥其变革文体、潜化境象之用心，发掘相关作品长期以来为思想史、哲学史书写所遮蔽的文学属性。[②]

---

① 陈寅恪：《论韩愈》，见陈寅恪：《金明馆丛稿初编》，生活·读书·新知三联书店2009年版，第332页。

② 比如《天说》一文，向来被视为天人论辩之作，或目为儒道杂糅，或斥以逻辑错谬，而作者创革文体、托讽寓事之用心，却往往被忽视了。笔者于本书第二章详考其本事，以期还原该文的文学属性，或有助于省察思想史、哲学史的相关书写。关于《天说》的代表性论断，见侯外庐主编：《中国思想通史》第四卷上册，人民出版社1959年版，第357—360页；冯友兰：《中国哲学史新编》中卷，人民出版社2007年版，第594—595页；任继愈主编：《中国哲学发展史·隋唐卷》，人民出版社1994年版，第523—525页；张岂之主编：《中国思想学说史·隋唐卷》，广西师范大学出版社2007年版，第202—203页；汤一介、李中华主编：《中国儒学史·隋唐卷》，北京大学出版社2011年版，第658—659页；钱穆：《杂论唐代古文运动》，见钱穆：《中国学术思想史论丛》卷四，安徽教育出版社2004年版，第56—58页；韦政通：《中国思想史》，水牛出版社1980年版，第970—971页；Chen Jo-shui, *Liu Tsung-yuan and intellectual change in T'ang China, 773-819*, Cambridge: Cambridge University Press, 1992, pp.112-113。

　　根据以上构想，本书以韩愈诗文中争议颇多的《城南联句》《天说》《毛颖传》《记梦》《陆浑山火一首和皇甫湜用其韵》《月蚀诗效玉川子作》《石鼎联句》等篇作为主要研究对象，以本事发生时间为序，从创作背景、旧笺旧评入手，探究作品肌理，必要时辅以史事辨析、文体溯源及话语阐释，决发作品本事，窥见其间蕴藏的文学价值和史料价值，重审韩愈诗文对于文学史、政治史、思想史、学术史的重要意义。

　　从具体章节看，第一至三章所证本事皆属唐德宗贞元时期（785—805年）。在这一时期，由于经历了建中变乱，唐德宗对大臣多所猜忌，纤人得幸而仕进之门常阖，韩愈即新进士人中备受挫抑的一员。从科举到游幕、从赋闲到入朝、从抗疏到贬官，韩愈度过了人生中最为动荡的阶段，并将其交游事迹及政治心态投射于诗文作品之中，以诸种奇诡境象推动了文体创变。

　　其中，《城南联句》是为追忆韩愈、孟郊贞元年间交游往事而作，并寄寓了对良臣马燧、陆长源等人的深切怀念。此间韩孟联句创作并不满足于即目所见之景，而是通过都城风物与个体记忆的交互呈现，构成了历史与现实、时代与个人的对话，深入展现了作者的内心世界，扩展了联句诗的表现空间。可以说，《城南联句》突破了联句诗作为唱和游戏的单一属性，在一定程度上超越了"同时同座"的局限，避免了联句创作过程中"各自为战、不相统属"的痼疾，从而推动联句诗体走向了成熟。

　　《天说》系韩愈、柳宗元同题共作之文，折射出"韩柳异同"这一经典论题的复杂面相。长期以来，《天说》的哲学化阐释在学术史上占据主导地位，遮蔽了该文的文学属性。实际上，《天说》并非一般意义的辨名析理之作，而是韩柳假借天人话语，批判唐德宗晚期政局的托讽之文。韩柳在《天说》中的对立姿态，本质上亦非哲学观点的对立，而是柳宗元加入王叔文集团之后，与韩愈在政治立场上的分化所致。然而，韩柳政治立场的异趣别径，并未妨碍二人古文创作的同气相求。在《天说》中，韩柳将借物托讽、叙事警世、感时说理熔于一炉，充分反映了说体文的创作倾向，集中体现了说体文的文体特质，共同开辟了与论体文貌合神离的复绝之境。

《毛颖传》虚构了毛颖和秦始皇两个人物形象，用以托寓现实中的君臣关系，其本事历来众说纷纭。依据《毛颖传》作年和秦始皇形象特征，可知在韩愈经历的代宗、德宗、顺宗、宪宗、穆宗、敬宗六朝中，《毛颖传》本事只可能发生在唐德宗一朝。依据前代俳谐文创作规律，可知毛颖形象并非虚设。《毛颖传》以多组与毛颖仕履密切相关的戏拟句，勾勒出德宗朝名相陆贽的仕宦轨迹，蕴含着伤陆贽、讽德宗之旨。从创作模式上看，《毛颖传》包含戏拟形象、托寓对象、日常物象三重要素，每重要素都与其他两重密切相关，交互映射。这一繁复的创作模式，不仅使《毛颖传》超越了同主题纪实作品的言说困境，也使其独步于俳谐文发展历程之中。柳宗元"述而不作"，苏轼等"仿中有变"，皆是其证。

第四至七章转入唐宪宗元和时期（806—820年）。这一时期，内廷外朝诸势力更为错综复杂，韩愈及其周边正直士人忠荩致君之理想，在这种复杂的政治格局中不时遭受无情打击。从另一方面讲，正是现实政治的严酷复杂，促使韩愈及韩孟诗派的托讽创作愈演愈奇，奇诡诗风累辟新境。

如《记梦》一诗中，韩愈借助天象书写与梦境映射，托寓其与翰林学士一职失之交臂的经过。该事件以宪宗朝权臣李吉甫、裴垍"选擢贤俊"为背景，呈现为韩愈先由裴垍奖掖提携，后与李吉甫龃龉不协，最终避祸分司的曲折历程。

《陆浑山火一首和皇甫湜用其韵》造意更奇，全诗结构由汉易卦气说衍化而来，依次铺叙火、雷、水三象，象征元和三年制举案中的三股政治势力，其中，火象寓指宦官集团势焰熏灼、主谋其事，雷象寓指宰相李吉甫推波助澜，水象寓指包括皇甫湜在内的制举人及考官群体遭受屈抑。后半引入上帝形象，将火、雷、水三象化归为汉易卦气说之《离》《震》《坎》三卦关系，体现了韩愈对宦官集团的不满、对李吉甫一定程度上的宽忍以及对唐宪宗的无尽期待。

除了讥讽朝中宦官与权臣，韩愈对藩镇势力的不断扩张也颇为关切。

韩愈在《月蚀诗效玉川子作》中铺设虾蟆精与四象，用以讥刺成德镇王承宗之叛乱，以及诸军统帅养寇无功。值得注意的是，韩诗乃继卢仝《月蚀诗》而作，韩、卢二诗同中有异，韩愈通过对卢诗讽"天"诗句的全面删削，实现了从技艺到话语的双重规训。由此可见，韩愈所倡导的诗派气质，并未构成与敦厚诗教相对立的创作姿态，并不接受假借审美好尚对抗乃至消解伦理价值；相反地，韩愈尝试以奇诡诗风开示古典伦理之诗性言说的又一法门，俾诗性之超越与德性之醇正交结共生。

韩愈之于藩镇势力，并未停留于口诛笔伐，元和十二年，韩愈以行军司马随裴度平定淮西，实现了昔年寄托于奇诡诗文中的理想抱负，更以伐叛之功荣膺侍郎。然而，宪宗自平淮后，日益骄怠，以致皇甫镈等人趁机聚敛媚上，新一轮政治危机一触即发。于是，韩愈与弟子合作《石鼎联句》，婉转嘲骂，力绽奇诡托讽之孤芳。综观该诗的千年阐释史，朱熹一魏源一派"去序考诗"的研究路径颇具价值。沿此详加统计分析，可知《石鼎联句》不仅忠实继承了韩孟诗派鼎盛时期的联句形制，而且在最具难度的借物托讽一脉上着意用工，踵事增华，突破了双人联句平分秋色的基本格局，酝酿着韩孟诗派的结构性变革，孕育着韩孟诗派与古文运动融合发展的美妙契机，可谓韩孟诗派最后十年的重大关捩。虽然《石鼎联句》在一定程度上扭转了后期韩孟诗派的颓势，却未能改变元和政局的危机。此后不久，韩愈刺潮，政坛中直道不容，文坛上奇诡气衰，元和政治与韩孟诗派之中兴事业，一如蓝关雪马，双双消歇不前。

综观韩愈托讽之作，往往藉超越现实而观照现实，藉思想文本敷衍文学文本，在文本与现实的互动中，形成了繁复而隐秘的托寓结构，在将诸体古文和奇诡诗风推向新高度的同时，诗文旨意更臻深醇。可以说，韩孟诗派与韩柳古文运动的文体创变，非仅审美好尚使然，更与托寓现实政治的创作动机密切相关，兼具目的性与工具性。由此不难窥见，谲诡多变的中唐政治及时代风云，不仅是文学书写的重要主题，也是文学转型与文学发展的重要动力。

第一章 韩愈、孟郊的贞元记忆——《城南联句》笺证

《城南联句》是韩愈奇诡诗风的杰出代表，也是中国联句诗史上的巅峰之作。该诗以奇崛之文字、工巧之描摹、纷繁之结构，蔚成一千五百三十字之鸿篇，详细记叙了韩愈、孟郊游历长安城南的所见、所忆、所感。这一杰构赢得了后世赞誉和追摹，但也曾受到批评，如赵翼云："自古联句，未有如此之冗者。以'城南'为题，景物繁富，本易填写，则必逐段勾勒清楚，方醒眉目。层叠铺叙，段落不分，则虽更增千百字，亦非难事，何必以多为贵哉！"① 朱彝尊也认为此诗"一味排空生造，不无牵强凑泊之失"②。清人的这些批评，乍似有见，实或未达。

《城南联句》作于唐宪宗元和元年（806年）。对于唐王朝而言，这一年标志着僵化与混乱交织的贞元、永贞政局的终结，转现出元和中兴的曙光；对于韩愈而言，也正是在这一年，结束了仕宦漂泊的生活，得以重返长安，与孟郊等一众故友重逢。可以说，元和元年既是时代转折点，也是韩愈的人生转折点。在这个饶有意义时刻，一篇"自古联句，未有如此之冗者"的长诗，难道只是韩愈"一味排空生造"、"以多为贵"的文字游戏吗？《城南联句》所蕴含的时代观照与人生感喟，不仅为清

---

① 赵翼著，霍松林、胡主佑校点：《瓯北诗话》卷三，人民文学出版社1963年版，第31页。

② 顾嗣立：《昌黎先生诗集注》卷八，清道光十六年（1836年）膺德堂本，第1页。

人轻忽，盖自该诗问世以来的一千二百年间，久晦而不彰。今不揣谫陋，试考论之。

第一节　幕府唱酬与宣武军乱

一、旧笺述论

前引赵翼认为《城南联句》"层叠铺叙，段落不分"，而历代不乏欲明其章节段落者。宋人文谠、韩醇注中已详，清人王元启又斟酌韩注，更臻精当。从全诗开篇至"风期谁复赓"句，王元启共分三章，章旨如下。

1. "（韩醇）曰：泛言城南景物之盛。"

原诗云：

> 竹影金琐碎_郊，泉音玉淙琤。
> 琉璃剪木叶_愈，翡翠开园英。
> 流滑随仄步_郊，搜寻得深行。
> 遥岑出寸碧_愈，远目增双明。
> 干䂕纷挂地_郊，化虫枯挶茎。
> 木腐或垂耳_愈，草珠竞骈睛。
> 浮虚有新斸_郊，摧扤饶孤撑。
> 囚飞粘网动_愈，盗啅接弹惊。
> 脱实自开坼_郊，牵柔谁绕萦。
> 礼鼠拱而立_愈，骇牛躅且鸣。
> 蔬甲喜临社_郊，田毛乐宽征。
> 露萤不自暖_愈，冻蝶尚思轻。

宿羽有先晓_郊，食鳞时半横。

菱翻紫角利_愈，荷折碧圆倾。

楚腻鳣鲔乱_郊，獠羞螺蟹并。

桑蠖见虚指_愈，穴狸闻斗狞。

逗翳翅相筑_郊，摆幽尾交搒。

蔓涎角出缩_愈，树啄头敲铿。

修箭裹金饵_郊，群鲜沸池羹。

岸壳坼玄兆_愈，野蕣渐丰萌。

窑烟罨疏岛_郊，沙篆印回平。

痒肌遭虻刺_愈，啾耳闻鸡生。

奇虑恣回转_郊，遐睎纵逢迎。

巅林戢远睫_愈，缥气夷空情。

归迹归不得_郊，舍心舍还争。

灵麻撮狗虱_愈，村稚啼禽狌。

红皱晒檐瓦_郊，黄团系门衡。

得隽蝇虎健_愈，相残雀豹趟。

束枯樵指秃_郊，刈熟担肩赪。

涩旋皮卷脔_愈，苦开腹彭亨。

机春潺溅力_郊，吹簸飘飖精。

赛馔木盘簇_愈，妖靰藤索絣。

2."（韩醇）曰：言郊墟宅墅之古废。"其语皆是。

原诗云：

荒学五六卷_郊，古藏四三莹。

里儒拳足拜_愈，土怪闪眸侦。

蹄道补复破_郊，丝窦扫还成。

暮堂蝙蝠沸_愈，破灶伊威盈。

追此讯前主_郊，答云皆冢卿。

败壁剥寒月_愈，折篁啸遗笙。

袿熏霏霏在_郊，蓁迹微微呈。

剑石犹竦槛_愈，兽材尚挐楹。

宝唾拾未尽_郊，玉啼堕犹鎗。

窗绡疑闷艳_愈，妆烛已销檠。

绿发抽珉甃_郊，青肤耸瑶桢。

白蛾飞舞地_愈，幽蠹落书棚。

3. 言昔人吟咏之工，并及酒食声妓之美。

原诗云：

惟昔集嘉咏_郊，吐芳类鸣嘤。

窥奇摘海异_愈，恣韵激天鲸。

肠胃绕万象_郊，精神驱五兵。

蜀雄李杜拔_愈，岳力雷车轰。

大句斡玄造_郊，高言轧霄峥。

芒端转寒燠_愈，神助溢杯觥。

巨细各乘运_郊，湍润亦腾声。

凌花咀粉蕊_愈，削缕穿珠樱。

绮语洗晴雪_郊，娇辞哢雏莺。

酣欢杂弁珥_愈，繁价流金琼。

菡萏写江调_郊，葳蕤缀蓝瑛。

庖霜脍玄鲫_愈，淅玉炊香粳。

朝馔已百态_郊，春醪又千名。

哀鲍蹙驶景_愈，冽唱凝余晶。

解魄不自主郑，痹肌坐空瞠。

扳援贱蹊绝愈，炫曜仙选更。

丛巧竞采笑郑，骈鲜互探婴。

桑变忽芜蔓愈，樟裁浪登丁。

霞斗讵能极郑，风期谁复赓。①

全诗前两章，实写风景、人物，最为明晰。至第三章，转以"惟昔集嘉咏"领起，由实入虚，旧笺始有歧解，韩醇原分两章，王元启以为不妥：

> "湍涠亦腾声"下（韩醇）云"此已上言在昔诗人吟咏之工"……然吾谓"惟昔集佳（嘉）咏"至"风期谁复赓"，当统为一节，言昔人吟咏之工，并及酒食声妓之美。"风期"句正与"惟昔"句俯仰相应。韩于"风期"句下别注"已上言京师人士繁华之习"，分为二节，使前后呼应不灵，亦为非是。②

王注强调了"惟昔集嘉咏"一章的整体性，诚为可贵，而言及段意，则笼统概括为"昔人吟咏之工，并及酒食声妓之美"，未详"昔人"所指。为王元启忽略的文谠注，则有意坐实云：

> 城南有于頔旧宅，韦庶人、太平公主等山庄。自此至"风期谁复

---

① 王元启：《读韩记疑》卷三，见《续修四库全书》第1310册，上海古籍出版社2002年版，第497、498页。原诗据韩愈著，钱仲联集释：《韩昌黎诗系年集释》卷五，上海古籍出版社1984年版，第481—483页。

② 王元启：《读韩记疑》卷三，见《续修四库全书》第1310册，上海古籍出版社2002年版，第497页。

赓"，皆感念追咏之也。①

文注以为"昔人"即前章"答云皆冢卿"之"冢卿"，②举出了于頔，甚至追溯到韦庶人、太平公主等人。今按韩愈有《题于宾客庄》一诗，专为于頔城南庄园破败不堪而发。据《旧唐书》所载，于頔最早于唐宪宗元和八年授太子宾客，③题目既为《题于宾客庄》，作年不应早于元和八年，④而《城南联句》作于元和元年，于頔方以藩帅入觐，受册显爵，⑤绝非"感念追咏"之对象。此外，"惟昔集嘉咏"章中又有"蜀雄李杜拔"的句子，则所谓"昔人"不得早于李白、杜甫，⑥遂知韦庶人、太平公主等人更非此诗追咏对象。要之，文注提及人物，虽合"冢卿"之身份，但从时间上与《城南联句》所述并不吻合。

二、《城南联句》所寓汴州嘉咏、宴饮与离别

转从韩愈、孟郊生平经历来看，二人自唐德宗贞元八年（792年）订

① 文谠注，王俦补注：《新刊经进详注昌黎先生文集》卷八，见《续修四库全书》第1309册，上海古籍出版社2002年版，第500页。

② 细考文谠注的具体位置，在原诗第二章"蹄道补复破"句后。由此可见，文谠以"蹄道补复破"至"风期谁复赓"为一段，以"惟昔"为追忆城南"冢卿"之昔。

③ 《旧唐书》卷一五六《于頔传》："（元和八年）十月，改授太子宾客……十三年，頔求表致仕，宰臣拟授太子少保，御笔改为太子宾客。"又，本卷《校勘记》曰："'改授太子宾客'，《新书》卷一七二《于頔传》作'拜户部尚书'。"见刘昫等：《旧唐书》卷一五六《于頔传》，中华书局1975年版，第4131、4141页。

④ 方成珪《昌黎先生诗文年谱》以此诗"是元和十三年后作"，见徐敏霞校辑：《韩愈年谱》，中华书局1991年版，第177页。

⑤ 参见刘昫等：《旧唐书》卷一五六《于頔传》，中华书局1975年版，第4130页。

⑥ 韩愈以前，"李杜"并称而见诸史者，有汉之李固、杜乔及李膺、杜密，唐之李白、杜甫。然汉之二"李杜"皆中原人士，谓之"蜀雄"则无据。唯李白、杜甫二人，皆曾居处蜀地，得谓"蜀雄"。此处所谓"蜀雄李杜拔"，若非追忆李白、杜甫本人，便是后人比附之称。

交以来，①"各以事牵"②，聚少离多。其间最堪追忆者，当属贞元十三、十四年间的汴州聚会。其时，韩愈在汴州董晋幕中任职，孟郊亦赴汴投奔行军司马陆长源，二人暂时摆脱了困顿漂泊的生活，唱酬吟咏，深契诗心。到了宪宗元和元年，韩愈经历阳山之贬后，幸得返京赴任，孟郊亦侨寓长安，二人合作了《会合联句》、《纳凉联句》、《同宿联句》等大量联句作品。这些作品多从目下情景起笔，表现了对往昔的追忆与重逢的感慨。相比之下，《城南联句》篇幅最长、字句最奇诡，却仍然贯彻了"抚今追昔"③这一创作主题。详玩上录"惟昔集嘉咏"一章所述，前半（"惟昔集嘉咏"至"春醪又千名"）当即铺叙汴州嘉咏及宴饮，后半（"哀匏蹙驶景"至"风期谁复赓"）则由欢宴而发哀弹，饱含着贞元十三、十四年间韩孟等人在汴前后的诗心与别愁。

（一）汴州嘉咏及宴饮

具体来看，"惟昔集嘉咏"一节所叙昔年嘉咏，与韩孟等人的汴州诗作多有吻合。贞元十四年（798年），韩愈、孟郊、李翱在汴合作《远游联句》一诗，其时孟郊正欲离汴南游，此诗在表达友人间惜别之情的同时，更以《城南联句》所谓"大句斡玄造，高言轧霄峥"之笔触，对楚地风物进行铺叙。其诗略云：

> 观怪忽荡漾，叩奇独冥搜。
> 海鲸吞明月，浪岛没大沤。

---

① 张清华：《韩愈年谱汇证》，张清华：《韩学研究》下册，江苏教育出版社1998年版，第59页。

② 韩愈：《与孟东野书》，见韩愈著，马其昶校注，马茂元整理：《韩昌黎文集校注》卷二，上海古籍出版社2014年版，第153页。

③ 方世举著，郝润华、丁俊丽整理：《韩昌黎诗集编年笺注》卷五，中华书局2012年版，第305页。

我有一寸钩，欲钓千丈流。

良知忽然远，壮志郁无抽_郊。

魍魅暂出没，蛟螭互蟠蟉。

昌言拜舜禹，举骥凌斗牛。

怀糈馈贤屈，乘桴追圣丘。

……

驰深鼓利楫，趋险惊蜚輶。

系石沉靳尚，开弓射鴅吺。

路暗执屏翳，波惊戮阳侯_愈。①

　　细玩这些"大句""高言"，深契《城南联句》所谓"窥奇摘海异，恣韵激天鲸""肠胃绕万象，精神驱五兵"的创作追求。②

　　试看孟郊"观怪忽荡漾"至"壮志郁无抽"一段："海""鲸"的造境、"怪""奇"的趋求，正与"窥奇摘海异，恣韵激天鲸"相合；而"观怪忽荡漾，叩奇独冥搜"，通过展现物象与内心的交感激荡，凸显了心神"荡漾"以至"冥搜"的创作体验，又与"肠胃绕万象，精神驱五兵"相合。

　　再看韩愈铺叙楚地风物的那些诗句，与孟郊相埒。虽然汴州时期的韩愈对楚地风物之体验，仅存在于童年随兄嫂南迁的记忆之中，③但韩愈仍

---

　　①　韩愈等：《远游联句》，见韩愈著，钱仲联集释：《韩昌黎诗系年集释》卷一，上海古籍出版社 1984 年版，第 45、46 页。

　　②　日本学者曾详细分析了《远游联句》的"怪奇之意"，并指出这种表达方式与《城南联句》的一致性。参见 [日] 斋藤茂：《文字虬天巧——中晚唐诗新论》，王宜瑗等译，中华书局 2014 年版，第 32—34 页；[日] 赤井益久：《中唐文人之文艺及其世界》，范建明译，中华书局 2014 年版，第 237—238 页。

　　③　据张清华《韩愈年谱汇证》，韩愈仅在十岁时（大历十二年），随长兄韩会流徙岭南，途中当经过楚湘一带。此后至贞元十四年，或未再至楚地。因此，韩愈在《远游联句》中对楚地风物的描述，仅有零星的童年记忆可以凭借。见张清华：《韩学研究》下册，江苏教育出版社 1998 年版，第 18 页。

能于《远游联句》中应和十数联，既有"魑魅暂出没，蛟螭互蟠蟉""驰深鼓利楫，趋险惊蛮貊"的奇诡想象，也有"怀糈馈贤屈，乘桴追圣丘""系石沉靳尚，开弓射鹏哎"的典故运化，这不得不说是"精神驱五兵"的创作实绩。

由此亦可想见，《城南联句》所谓"蜀雄李杜拔，岳力雷车轰"，并非实写李白、杜甫，而是追忆韩愈、孟郊在汴州相与唱和之情形。众所周知，韩愈并尊李杜，盛赞"李杜文章在，光焰万丈长"。① 不仅如此，韩愈在汴州时就将自己与孟郊比附李杜。韩愈《醉留东野》开篇曰："昔年因读李白杜甫诗，长恨二人不相从。吾与东野生并世，如何复蹑二子踪？"② 诗中借李杜"二人不相从"之故事，衬出韩孟相会汴州不久便要分离，表达对孟郊的惜别之情。反观《城南联句》"蜀雄李杜拔"，更将《醉留东野》之笔法省减一层，直以李杜代韩孟，意谓韩孟暂居汴州时，写有数篇奇崛高蹈的唱酬之作，能如李杜一样卓拔挺出。③ 这两句诗不仅表现了韩孟的诗风特征，同时也让人感受到韩孟之间的深厚交谊。

除了奇崛风格的诗作外，孟郊在汴期间还有一类《城南联句》所谓"菡萏写江调"的清丽诗作。

---

① 韩愈：《调张籍》，见韩愈著，钱仲联集释：《韩昌黎诗系年集释》卷九，上海古籍出版社 1984 年版，第 989 页。

② 韩愈：《醉留东野》，见韩愈著，钱仲联集释：《韩昌黎诗系年集释》卷一，上海古籍出版社 1984 年版，第 58 页。按，钱仲联将《远游联句》、《醉留东野》同系于贞元十四年春在汴州时作。

③ 王十朋曰："韩退之之留孟东野也，其诗有曰：'昔年因读李白杜甫诗，长恨二人不相从。吾与东野生并世，如何复蹑二子踪？'某初疑退之言为夸，及观《城南》诸联句，豪健险怪，其笔力略相当，使李、杜复生，未必不引避路鞭也。然后知复蹑之语为非过。"见王十朋著，《梅溪集》重刊委员会编：《王十朋全集》卷二三《送喻叔奇尉广德序》，上海古籍出版社 2012 年版，第 961 页。按，今存诸宋本《昌黎先生集》，联句诗独成一卷，次于包括《醉留东野》在内的古诗之后，而《城南联句》往往冠诸联句卷首。由此可知，王十朋所谓"及观《城南》诸联句"，当指包括《远游联句》在内的联句诗卷。王氏仅从审美感受出发将《城南联句》与汴州诗作联系起来，虽未详论，亦不失为洞见。

方崧卿《韩集举正》曰："东野本集喜用'江调'字。"[1] 今按孟郊《送陆畅归湖州因凭题故人皎然塔陆羽坟》"江调难再得，京尘徒满躬"可知，[2] 江调之作当始于孟郊早年参与湖州诗会时。[3] 孟郊这一时期的作品，大多清丽雅致，在描摹江南景物的同时，表现了恬逸高洁之怀抱。[4] 此后，孟郊自湖州取解入京，仍念念不忘彼时的江南风物。[5] 直到贞元十四年（798年），孟郊在汴所作的《远游联句》中，除了前述奇崛诗句外，仍不乏清丽江调，如"晓日生远岸，水芳缀孤舟""村饮泊好木，野蔬拾新柔""江生行既乐""鸟吟新得俦"等句。这些诗句，一方面展现了孟郊想象中离汴南游的图景，一方面也饱含着他对江南风物的美好回忆，寄托了与十余年前相似的恬逸情怀。难怪韩愈在联句中和以"怀糈馈贤屈，乘桴追圣丘""广泛信缥缈，高行恣浮游"，[6] 真能解东野诗心。

孟郊在汴州之所以续写江调，当与他所依附的陆长源有关。对于孟郊而言，陆长源的身份不仅是宣武军行军司马，同时还是湖州诗会上的故友。[7] 旧时的江调诗心，因故友重逢而再次盈溢于笔端。虽然诗中所表现的已非江南风物，而一以贯之的是与早年相同的恬逸情怀。

---

[1]　方崧卿著，刘真伦汇校：《韩集举正汇校》卷三，凤凰出版社2007年版，第135页。

[2]　孟郊：《送陆畅归湖州因凭题故人皎然塔陆羽坟》，见华忱之、喻学才：《孟郊诗集校注》卷八，人民文学出版社1995年版，第384页。

[3]　据贾晋华《华忱之〈孟郊年谱〉订补》（见《唐代文学研究》第4辑，广西师范大学出版社1993年版，第218页），孟郊参与皎然等人的湖州诗会，在建中、贞元之交。

[4]　孟郊《答昼上人止谑作》、《同昼上人送郭秀才江南寻兄弟》、《题陆鸿渐上饶新开山舍》等诗可证。见华忱之、喻学才：《孟郊诗集校注》卷五、卷七，人民文学出版社1995年版，第220—221、330—331、359页。

[5]　孟郊《湖州取解述情》、《逢江南故昼上人会中郑方回》等诗可证，见华忱之、喻学才：《孟郊诗集校注》卷三、卷一〇，人民文学出版社1995年版，第138、480页。

[6]　韩愈等：《远游联句》，见韩愈著，钱仲联集释：《韩昌黎诗系年集释》卷一，上海古籍出版社1984年版，第45页。

[7]　参见贾晋华：《华忱之〈孟郊年谱〉订补》，见《唐代文学研究》第4辑，广西师范大学出版社1993年版，第219页。

今从孟郊汴州诗《新卜青罗幽居奉献陆大夫》"翳翳桑柘墟，纷纷田里欢""嘉木偶良酌，芳阴庇清弹""此外有余暇，锄荒出幽兰"数语中，[①]便可窥见一斑。陆长源的答诗也与孟郊同调，如"因随白云意，偶逐青罗居""余清濯子衿，散彩还吾庐""褰帏荫窗柳，汲井滋园蔬""爱君蒋生径，且著茂陵书"数语，[②]皆于恬逸之中表现出旧日江南诗友的真挚情谊。

与此同时，孟郊、陆长源二人更有一番以"菡萏"戏作"江调"的唱酬，他们化用了江南乐府民歌中采莲曲的意象，互托在汴情志。

孟郊《乐府戏赠陆大夫十二丈三首》云：

> 莲子不可得，荷花生水中。
> 犹胜道傍柳，无事荡春风。
>
> 绿萍与荷叶，同此一水中。
> 风吹荷叶在，绿萍西复东。
>
> 莲叶未开时，苦心终日卷。
> 春水徒荡漾，荷花未开展。[③]

陆长源《戏答》云：

---

① 孟郊：《新卜青罗幽居奉献陆大夫》，见华忱之、喻学才：《孟郊诗集校注》卷五，人民文学出版社 1995 年版，第 228 页。

② 陆长源：《酬孟十二新居见寄》，见华忱之、喻学才：《孟郊诗集校注》卷五附，人民文学出版社 1995 年版，第 229 页。

③ 孟郊：《乐府戏赠陆大夫十二丈三首》，见华忱之、喻学才：《孟郊诗集校注》卷二，人民文学出版社 1995 年版，第 67 页。

芙蓉初出水，菡萏露中花。

风吹着枯木，无奈值空槎。①

　　孟郊赠诗以《城南联句》所谓"娇辞"出之，诗意不乏调侃与自嘲，以"道旁柳""绿萍"自比，谓己"天涯流浪，一如无根之浮萍"，以"荷花"喻称陆长源，"谓陆有根柢"，"誉陆长源之老成持重，不肯随波逐流"。②

　　而陆长源答诗沿袭了孟诗的意象，以荷花自比。"芙蓉"二句，自孟诗结句"荷花未开展"而来，转写荷花初放。"风吹"二句亦是自嘲，以荷花"着枯木""值空槎"自谓所依非主，③ 言外之意是：孟郊以我有根柢，而我亦宦游之人，前途未卜，无可称道。由此可见，二诗紧紧围绕"荷花"这一意象展开，各抒怀抱，与《城南联句》的"菡萏写江调"高度契合。

　　综上可知，《城南联句》所记昔人吟咏，并非凭空生造，亦非追忆城南"冢卿"。无论"大句斡玄造"，还是"菡萏写江调"，都能与韩孟汴州诗作相互印证，寄寓着一段短暂而又令人难忘的唱酬因缘。

　　在《城南联句》唱酬场景之后，转入宴饮场景："庖霜脍玄鲫，渐玉炊香粳。朝馔已百态，春醪又千名。"这样的描述，符合韩孟在汴期间较为优裕的生活境况。赴汴以前，韩孟曾困居长安，屡有"每食旧贫"④"穷不自存"⑤ 的悲叹。到贞元十二年（796 年），韩愈入汴幕，一年后孟郊来

---

　　① 陆长源：《戏答》，见华忱之、喻学才：《孟郊诗集校注》卷二附，人民文学出版社1995 年版，第 69 页。

　　② 华忱之、喻学才：《孟郊诗集校注》卷二，人民文学出版社 1995 年版，第 68 页。

　　③ 这里的"枯木"暗指幕主董晋。此诗所暗寓的陆、董关系及陆长源在汴州时的心态，笔者拟另述论，兹不赘。

　　④ 孟郊：《长安羁旅行》，见华忱之、喻学才：《孟郊诗集校注》卷一，人民文学出版社 1995 年版，第 4 页。

　　⑤ 韩愈：《殿中少监马君墓志》，见韩愈著，马其昶校注，马茂元整理：《韩昌黎文集校注》卷七，上海古籍出版社 2014 年版，第 600 页。

投陆长源。①由前引《新卜青罗幽居奉献陆大夫》可见，陆为孟提供了田宅，使之不仅"二顷有余食"，还有"嘉木偶良酌，芳阴庇清弹"之乐，让这位苦寒诗人的生活暂时安定下来。而韩愈是应故相董晋之辟，入幕任观察推官。虽然推官品秩不高，但收入可观。韩愈《与卫中行书》曰：

> 始相识时，方甚贫，衣食于人；其后相见于汴徐二州，仆皆为之从事，日月有所入，比之前时丰约百倍。②

据测算，韩愈在观察推官任上的月俸达三万文，可以比美京朝各部郎中、员外郎的收入。③由此可见，韩孟在汴州组织一场"庖霜脍玄鲫，淅玉炊香粳"的宴饮是不成问题的。④正是韩孟当时优裕的生活状况，才使得韩孟一改昔年困顿长安的苦寒之鸣，时或"大句斡玄造"，时或"菡萏写江调"，汇集成了难得的汴州嘉咏。

（二）汴州离别的前后

汴州欢聚没有持续多久，孟郊便欲离汴远游。孟郊与韩愈一样，常怀"松萝虽可居，青紫终当拾"之志向。⑤虽然陆长源为他提供了青罗幽居，

---

① 华忱之：《孟郊年谱》，见华忱之、喻学才：《孟郊诗集校注》附录，人民文学出版社 1995 年版，第 557—558 页。
② 韩愈：《与卫中行书》，见韩愈著，马其昶校注，马茂元整理：《韩昌黎文集校注》卷三，上海古籍出版社 2014 年版，第 216 页。
③ 关于韩愈在汴时期的收入情况，见黄正建：《韩愈日常生活研究》，《唐研究》第四卷，北京大学出版社 1998 年版，第 255—256 页；赖瑞和：《唐代基层文官》，中华书局 2008 年版，第 276、279 页。
④ 据华林甫《唐代水稻生产的地理布局及其变迁初探》（《中国农史》1992 年第 2 期），汴州是唐代北方的水稻主产区之一。因此，在汴州"淅玉炊香粳"符合客观情况。
⑤ 孟郊：《擢第后东归书怀献坐主吕侍郎》，见华忱之、喻学才：《孟郊诗集校注》卷六，人民文学出版社 1995 年版，第 285 页。

却未能在仕途上有所助益，加之当时群小纵恣，[①] 最终孟郊决意离汴。《城南联句》"哀匏蹙驶景"至"风期谁复赓"一节，即渲染了当时的别愁离绪。诗云：

> 哀匏蹙驶景_愈，冽唱凝余晶。
>
> 解魄不自主_郊，痹肌坐空瞠。
>
> 扳援贱蹊绝_愈，炫曜仙选更。
>
> 丛巧竞采笑_郊，骈鲜互探婴。
>
> 桑变忽芜蔓_愈，樟栽浪登丁。
>
> 霞斗讵能极_郊，风期谁复赓。[②]

此节在铺叙嘉咏、宴饮的场景之后，由欢宴而转生哀调，寄寓遥深。"哀匏"四句描绘了宴余将别的情境，其以哀声为背景，更衬出离别时内心的孤寂与悲伤。这样的描写，与孟郊汴州诗作《与韩愈李翱张籍话别》"朱弦奏离别，华灯少光辉。物色岂知异，人心顾将违"极为相似。[③] 此诗与《城南联句》都是从离弦别调写起，"凝余晶"与"少光辉"同意，渲染了离别时的"物色"，再从外界"物色"转写内心的别愁，所谓"解魄""空瞠"都表现了在"人心顾将违"时的怅然若失。如此一致的细节

---

① 《旧唐书·陆长源传》云"判官杨凝、孟叔度纵恣淫湎，众情共怒"（刘昫等：《旧唐书》卷一四五，中华书局 1975 年版，第 3937 页）；韩愈在汴作《复志赋》云"嫉贪佞之洿浊"（韩愈著，马其昶校注，马茂元整理：《韩昌黎文集校注》卷一，上海古籍出版社 2014 年版，第 9 页）；孟郊《汴州别韩愈》谓"汴水绕曲流，野桑无直柯"，又嘱韩愈"但为君子心"（华忱之、喻学才：《孟郊诗集校注》卷八，人民文学出版社 1995 年版，第 399 页），皆可证。

② 韩愈等：《城南联句》，见韩愈著，钱仲联集释：《韩昌黎诗系年集释》卷五，上海古籍出版社 1984 年版，第 483 页。

③ 孟郊：《与韩愈李翱张籍话别》，见华忱之、喻学才：《孟郊诗集校注》卷八，人民文学出版社 1995 年版，第 397 页。

刻画，如此一致的描摹次序，不能不说韩孟有意识地在《城南联句》中描述汴州离别的场景。

此后，《城南联句》的铺叙思路并未限定在汴州离别之际，而是上追韩愈赴汴前之落第，映衬韩孟之不得志，下述韩孟去汴后之军乱，哀悼陆长源之死难，呈现了时代背景下的命运悲慨。

具体来看，韩愈先从"痹肌坐空瞠"转入"扳援贱蹙绝"，追忆赴汴入幕之缘由——累选不得官。所谓"扳援贱蹙绝"，即韩愈"三选于吏部卒无成"。① 这一情形，韩愈在《答崔立之书》中说得很明白。他极度鄙视吏部选官考试，认为所试皆"俳优者之辞"，但为衣食计、为家族计，又不得不"怀惭"与选，结果"黜于中书"、为人耻笑。对此，韩愈常说自己"辱于再三""又为考官所辱"。②《城南联句》所谓"贱蹙"，即指用"俳优之辞"来求取"美仕"的途径——吏部铨试；"扳援"指韩愈因"乐其名"、乐得"美仕"而屡次应试；"绝"指韩愈"黜于中书"，终不得官。

孟郊深悉韩愈诗心，和以"炫曜仙选更"。众所周知，唐人素重进士考试，称"登科"为"登仙"，称"进士榜"为"仙榜"或"仙籍"。③ 进士及第尚称"登仙"，更何况"人尤谓之才，且得美仕"④ 的吏部铨试，可谓仙中选仙了。这里，孟郊用"仙选"一词，巧妙呼应了上句暗指的吏部

① 韩愈：《上宰相书》，见韩愈著，马其昶校注，马茂元整理：《韩昌黎文集校注》卷三，上海古籍出版社 2014 年版，第 173 页。

② 韩愈：《答崔立之书》《答侯继书》，见韩愈著，马其昶校注，马茂元整理：《韩昌黎文集校注》卷三，上海古籍出版社 2014 年版，第 183、186 页。

③ 孟集中亦不乏以"仙"字喻登科的诗句，如《和薛先辈送独孤秀才上都赴嘉会》"仙谣天上贵"（华忱之、喻学才：《孟郊诗集校注》卷八，人民文学出版社 1995 年版，第 370 页），《贫女词寄从叔先辈简》"仰企碧霞仙"（华忱之、喻学才：《孟郊诗集校注》卷一，人民文学出版社 1995 年版，第 25 页）。

④ 韩愈：《答崔立之书》，见韩愈著，马其昶校注，马茂元整理：《韩昌黎文集校注》卷三，上海古籍出版社 2014 年版，第 186 页。

铨试，与"贱蹂"形成了双重对比：其一，己所贱者，人多贵之；其二，己欲扳援而累遭黜辱，人则炫耀而纷纷荣进。而后，孟郊更以"丛巧竞采笑"进一步刻画那些"实与华违"却能炫耀荣进的"浮嚚之徒"，[①] 为韩愈鸣不平。所谓"丛巧"，语出冯衍《显志赋》"恶丛巧之乱世兮"，[②] 饱含着孟郊对"浮嚚之徒"的讥讽。

此后，韩愈和曰"骈鲜互探婴"。所谓"骈鲜"，表面上有"骈列而媲其美好"之意，[③] 这里上承"丛巧"而来，以刺"浮嚚之徒"的"干谒""为佞"、巧言令色之状。[④] 句尾"互探婴"，"婴，加也"，[⑤] "互探婴"意谓互探其所"婴"——通过吏部铨试而加诸其身的"美名""美仕"，生动刻画了"浮嚚之徒"弹冠相庆的丑态。[⑥]

以上四句所寓韩愈累选不得官的事实，一方面构成其赴汴入幕的原因，一方面也是韩愈到汴州后一直念念不忘的心结。韩愈在汴所作《复志赋》略云：

> 君之门不可径而入兮，遂从试于有司。惟名利之都府兮，羌众人之所驰。竞乘时而附势兮，纷变化其难推。全纯愚以靖处兮，

---

① 韩愈：《上考功崔虞部书》，见韩愈著，马其昶校注，马茂元整理：《韩昌黎文集校注》外集卷上，上海古籍出版社 2014 年版，第 737 页。

② 韩愈著，钱仲联集释：《韩昌黎诗系年集释》卷五，上海古籍出版社 1984 年版，第 502 页。此条实为钱氏所补，而略"补释"二字，以致晚出注本将此条误入方成珪注。又，钱氏仅出此注，未申其说。

③ 童第德：《韩集校诠》卷八，中华书局 1986 年版，第 322 页。按，此解言之有据，唯其引申为宴饮女子之事，则与诗境不符。

④ 韩愈：《上考功崔虞部书》，见韩愈著，马其昶校注，马茂元整理：《韩昌黎文集校注》外集卷上，上海古籍出版社 2014 年版，第 738 页。

⑤ 孙诒让撰，孙启治点校：《墨子间诂》卷四《兼爱下》，中华书局 2001 年版，第 117 页。

⑥ 关于这句诗的含义，长期以来不得确解。前人或谓"婴儿窥客之状"，或谓"贵家妇女夸耀富有"，率出臆必，与前后语境不符。

将与彼而异宜。欲奔走以及事兮，顾初心而自非……哀白日之不
与吾谋兮，至今十年其犹初。岂不登名于一科兮，曾不补其遗余。
进既不获其志愿兮，退将遁而穷居。排国门而东出兮，慨余行之
舒舒。①

其中"欲奔走以及事""竞乘时而附势"等句，与《城南联句》"扳援"
诸句所指相同，通过追忆自己坎坷的求仕经历，抒发壮志难酬之慨。由此
可见，韩愈在《城南联句》描写汴州离别场景后，转而追述赴汴前事，绝
非突兀，实际上正是这段往事，直到韩愈入汴时仍难释怀。同时，在汴州
离别这一场景中，"扳援"四句的意义不仅在于展现韩愈落选之心结，也
衬出汴州群小纵恣、孟郊久不得官以致离汴远游的事实。从昔年韩愈落
选、二人长安相别，到今日"东野不得官"、②二人汴州相别，今之视昔，
同一慨然。"扳援"四句从往昔故事中吟出，更于汴州离别之际，凸显韩
孟二人命途多舛的人生况味。

其后的"桑变忽芜蔓，樟裁浪登丁。霞斗讵能极，风期谁复赓"承袭
了慨叹命运的基调。"樟裁浪登丁"，文谠云："言浮世生死无常也"③，钱仲
联云："富贵之家，以樟为棺"④。今按，所谓"富贵之家"的"生死无常"，
是对陆长源死于汴州军乱的悲叹。汴州军乱发生在贞元十五年（799 年）
二月。其时，孟郊离开汴州不久，节度使董晋卒，韩愈护送灵柩归葬河

---

① 韩愈：《复志赋》，见韩愈著，马其昶校注，马茂元整理：《韩昌黎文集校注》卷一，
上海古籍出版社 2014 年版，第 7—8 页。

② 韩愈：《醉留东野》，见韩愈著，钱仲联集释：《韩昌黎诗系年集释》卷一，上海古
籍出版社 1984 年版，第 58—59 页。

③ 文谠注，王俦补注：《新刊经进详注昌黎先生文集》卷八，《续修四库全书》第
1309 册，上海古籍出版社 2002 年版，第 502 页。

④ 韩愈著，钱仲联集释：《韩昌黎诗系年集释》卷五，上海古籍出版社 1984 年版，
第 503 页。

中。恰在此时，汴州发生军乱，时任节度留后的陆长源被杀。[①]孟郊有《乱离》诗深悼之：

> 天下无义剑，中原多疮痍。
>
> 哀哀陆大夫，正直神反欺。
>
> 子路已成血，嵇康今尚嗤。
>
> 为君每一恸，如剑在四肢。
>
> 折羽不复飞，逝水不复归。
>
> 直松摧高柯，弱蔓将何依？
>
> 朝为春日欢，夕为秋日悲。
>
> 泪下无尺寸，纷纷天雨丝。
>
> 积怨成疾疹，积恨成狂痴。
>
> 怨草岂有边？恨水岂有涯？
>
> 怨恨驰我心，茫茫日何之？[②]

这首诗表现了孟郊对陆长源的敬重、惋惜乃至悲痛欲绝的心情。特别是"折羽""逝水"二句，与《城南联句》"樟裁浪登丁"同一叹息，表现出对好友遽逝的怅惘与无奈。"朝为春日欢，夕为秋日悲"二句，意与"桑变忽芜蔓"相类，一"朝"一"夕"益见"忽"字之义，意谓去岁尚在汴州相与唱酬，而今却阴阳两隔。自"泪下无尺寸"而下，字字血泪，可见孟、陆二人交谊之厚。

---

① 《旧唐书·董晋传》略云："晋十五年二月卒……卒后未十日，汴州大乱，杀长源。"见刘昫等：《旧唐书》卷一四五，中华书局 1975 年版，第 3937 页。《新唐书·陆长源传》略云："晋卒，长源总知留后事……长源性刚不适变，又不为备。才八日，军乱，杀长源及叔度等，食其肉，放兵大掠。死之日，有诏拜节度使，远近嗟怅，赠尚书左仆射。"见欧阳修、宋祁：《新唐书》卷一五一，中华书局 1975 年版，第 4822 页。

② 孟郊：《乱离》，见华忱之、喻学才：《孟郊诗集校注》卷三，人民文学出版社 1995 年版，第 107 页。

孟郊又有《汴州离乱后忆韩愈李翱》：

> 会合一时哭，别离三断肠。
> 残花不待风，春尽各飞扬。
> 欢去收不得，悲来难自防。
> 孤门清馆夜，独卧明月床。
> 忠直血白刃，道路声苍黄。
> 食恩三千士，一旦为豺狼。
> 海岛士皆直，夷门士非良。
> 人心既不类，天道亦反常。
> 自杀与彼杀，未知何者臧？①

此诗先写汴州聚散、忆韩愈李翱，又转写汴州军乱、哭陆长源，结构极类《城南联句》：首六句写汴州别愁，欢去悲来，与前述《城南联句》由欢入悲之结构相同；后之"道路声苍黄""一旦为豺狼""天道亦反常"等句，都表现出与"桑变忽芜蔓"相同的感慨，映衬出对陆长源被害的悲愤之情。②

此外，从陆长源的职官和声望来看，合乎《城南联句》所谓"樟裁"的身份。沈钦韩引《后汉书·礼仪志》曰："诸侯王、公主、贵人，皆樟棺。"③今据两《唐书》可知，陆长源死难之日，正当朝廷授其节度使之时。《旧唐书·德宗纪》：

---

① 孟郊：《汴州离乱后忆韩愈李翱》，见华忱之、喻学才：《孟郊诗集校注》卷七，人民文学出版社1995年版，第315页。
② 除了孟诗，韩愈《汴州乱二首》也表达了对陆长源的哀叹之情。见韩愈著，钱仲联集释：《韩昌黎诗系年集释》卷一，上海古籍出版社1984年版，第72—73页。
③ 沈钦韩撰，胡承珙订：《韩集补注》，清光绪十七年广雅书局本，第10页。

（贞元十五年二月）乙酉，以行军司马陆长源检校礼部尚书、汴州刺史、御史大夫、宣武军节度度支营田、汴宋亳颍观察等使。……是日，汴州军乱，杀陆长源……军人脔而食之。[1]

《新唐书·陆长源传》：

（陆长源）死之日，有诏拜节度使，远近嗟怅，赠尚书左仆射。[2]

陆长源不仅为朝廷所重，士林亦以"天子股肱耳目"期之。白居易《哀二良文》曰：

大夫（陆长源），人之望也。……识者以为异时登天子股肱耳目之任，必能经德秉哲，绍复陇西、南阳之事业，以藩辅王家。[3]

由此可见，陆长源实为朝廷倚重、士林仰望之臣，未想甫拜藩帅，便死于军乱，以致"远近嗟怅"。要言之，"樟裁"符合陆长源作为"诸侯王"（节度使）的身份，而"樟裁浪登丁"暗寓了他被"脔而食之"、终未入樟棺的悲惨结局，流露出对陆长源徒得节度之职、[4] 未能建功立业的惋惜之感。

汴州的菡萏江调，随着陆长源的死而成为绝唱；汴州的奇崛唱和，也随着韩孟二人的离别而一度消沉。于是，韩孟在铺叙汴州聚散的回忆之后，用"霞斗讵能极，风期谁复赓"二句作结，抒发了人生聚散无常之悲

---

① 刘昫等：《旧唐书》卷一三，中华书局 1975 年版，第 389 页。

② 欧阳修、宋祁：《新唐书》卷一五一，中华书局 1975 年版，第 4822 页。

③ 白居易：《哀二良文》，见白居易著，谢思炜校注：《白居易文集校注》卷三，中华书局 2011 年版，第 119、120 页。

④ 钱仲联曰："诗用'浪'字以致慨。浪，徒也。"见韩愈著，钱仲联集释：《韩昌黎诗系年集释》卷五，上海古籍出版社 1984 年版，第 503 页。

慨，① 总括了汴州时期的诗心与别愁。

第二节　家族盛衰与伤宅吟咏

在"惟昔集嘉咏"章后，《城南联句》转而铺叙都城景色、人物之盛。其诗略云：

> 皋区扶帝壤愈，瑰蕴郁天京。
> 祥色被文彦郊，良才插杉梣。
> ……
> 食家行鼎鼐愈，宠族饫弓旌。
> 奕制尽从赐郊，殊私得逾程。
> ……
> 罢旄奉环卫愈，守封践忠贞。
> 战服脱明介郊，朝冠飘彩纮。
> 爵勋逮僮隶愈，簪笏自怀绷。
> 乳下秀巀嶷郊，椒蕃泣喤喤。
> 貌鉴清溢匣愈，眸光寒发硎。
> 馆儒养经史郊，缀戚簌孙甥。②

如果说"良才""宠族"数句尚为泛指，那么自"罢旄奉环卫"以降，

---

① 韩愈因军乱离开汴州后，有不少诗作都抒发了这种情感，可谓"霞斗""风期"句意之扩写，如《此日足可惜一首赠张籍》等作。见韩愈著，钱仲联集释：《韩昌黎诗系年集释》卷一，上海古籍出版社 1984 年版，第 84—85 页。

② 韩愈等：《城南联句》，见韩愈著，钱仲联集释：《韩昌黎诗系年集释》卷五，上海古籍出版社 1984 年版，第 483—484 页。

则清晰勾勒出一个以武功著称的家族形象，这段描写与韩愈交厚的马燧家族有着密切关系。

一、马燧家族三世行实

马燧是中唐名将，韩愈早年困顿长安之时，曾得到他的周济，这促成了韩愈与马氏三世之因缘往还。今通过两《唐书》、《资治通鉴》以及笔记小说、出土墓志等各类史料的爬梳，庶可窥见马氏三世行实及其家族盛衰变迁之细节，由此便可进一步体认《城南联句》之寓意。先具简谱如下：

唐玄宗先天二年（713 年），马燧仲兄炫生。①

唐玄宗开元十四年（726 年），马燧生。②

今按两《唐书》，燧系出右扶风，徙为汝州郏城人。父季龙，举孙吴倜傥善兵法科，仕至岚州刺史。燧少与诸兄学，乃辍卷叹曰："天下将有事矣，丈夫当建功于代，以济四海，安能矻矻为一儒哉！"燧姿度魁异，沉勇多智略，该涉群书，尤善兵法。燧兄炫，少以儒学闻于时，隐居苏门山，不应辟召。③由此可见，炫、燧气质殊异，而后一旦感激国事，皆能奋起，参佐戎幕，以其少业儒学而谙熟兵家之故耳。

唐玄宗天宝十四载（755 年），安禄山反，燧说范阳留后贾循归唐，循虽善之，计不时决。事泄，循被害，燧得脱。④

唐肃宗至德间（756—758 年），李光弼镇太原，素闻炫名，表授孝义尉，又辟炫为掌书记，军府之务，悉以资之。光弼平叛之功，炫实参之，

---

①　据《旧唐书》本传，马炫于贞元七年卒，时年七十九，推知。见刘昫等：《旧唐书》卷一三四，中华书局 1975 年版，第 3702 页。

②　据《旧唐书》本传，马燧于贞元十一年卒，时年七十，推知。见刘昫等：《旧唐书》卷一三四，中华书局 1975 年版，第 3701 页。

③　刘昫等：《旧唐书》卷一三四，中华书局 1975 年版，第 3689、3702 页；欧阳修、宋祁：《新唐书》卷一五五，中华书局 1975 年版，第 4883 页。

④　司马光编著：《资治通鉴》卷二一七，中华书局 2011 年版，第 7068 页。

累迁殿中侍御史、太子中允、比部、刑部二郎中。①

唐肃宗乾元元年（758年），燧长子汇生。②

唐肃宗宝应元年（762年），李抱玉知燧才，表为晋州赵城尉。③

唐代宗广德元年（763年），回纥兵还国，恃功劫掠。抱玉欲遣官属置顿，无人敢往，燧独请行，要约渠帅，回纥竟无暴掠，且得仆固怀恩外交回纥事。抱玉益奇之，寻署奏左武卫兵曹参军，历太子通事舍人，著作郎，以至秘书少监兼殿中侍御史，转营田、节度判官。④

唐代宗广德二年（764年），田神功镇汴州，朝论以田武臣，宜得良佐，遂除炫节度判官、检校兵部郎中。⑤

唐代宗永泰元年（765年），燧迁郑州刺史，劝课农亩，岁一税之，州人称便。《全唐诗》卷二三七有钱起《送马使君赴郑州》，卷二四七有独孤及《送马郑州》。⑥ 今按其时钱起、独孤及为京官，二诗当在长安作。

---

① 刘昫等：《旧唐书》卷一三四，中华书局1975年版，第3702页；郑叔规：《唐故银青光禄大夫兵部尚书上柱国汉阳郡公赠太子少保马公墓志铭并序》（以下简称《马公墓志铭》），见陈尚君辑校：《全唐文补编》，中华书局2005年版，第2122页。

② 据韩愈《唐故赠绛州刺史马府君行状》，马汇卒于贞元十八年，时年四十五，推知。见韩愈著，马其昶校注，马茂元整理：《韩昌黎文集校注》卷八，上海古籍出版社2014年版，第659页。又据岑仲勉《唐集质疑》"马燧之冢妇"条，马畅为燧之嫡子，汇当为庶出长子，见岑仲勉：《唐人行第录（外三种）》，上海古籍出版社1978年版，第434页。

③ 权德舆：《故司徒兼侍中上柱国北平郡王赠太傅马公行状》（以下简称《马公行状》），见权德舆撰，郭广伟校点：《权德舆诗文集》卷一九，上海古籍出版社2008年版，第297页。

④ 司马光编著：《资治通鉴》卷二二二，中华书局2011年版，第7260页；刘昫等：《旧唐书》卷一三四，中华书局1975年版，第3690、3702页；权德舆：《马公行状》，见权德舆撰，郭广伟校点：《权德舆诗文集》卷一九，上海古籍出版社2008年版，第298页。

⑤ 刘昫等：《旧唐书》卷一三四，中华书局1975年版，第3702页；郑叔规：《马公墓志铭》，见陈尚君辑校：《全唐文补编》，中华书局2005年版，第2122页；郁贤皓：《唐刺史考全编》，安徽大学出版社2000年版，第959页。

⑥ 刘昫等：《旧唐书》卷一三四，中华书局1975年版，第3690页；郁贤皓：《唐刺史考全编》，安徽大学出版社2000年版，第695页；彭定求等编：《全唐诗》卷二三七、卷二四七，上海古籍出版社1986年版，第594、624页。

唐代宗大历四年（769年），燧改怀州刺史，务修教化，庸亡者襁负而至。是时，炫为郓州刺史，理有异绩，朝廷嘉之，拜检校吏部郎中。《全唐诗》卷二四四有韩翃《赠郓州马使君》曰："他日铃斋内，知君亦赋诗。"知炫能诗。①

唐代宗大历六年（771年），抱玉移镇凤翔，署奏燧陇右节度副使、陇州刺史、兼御史中丞。燧因地设防，以御吐蕃。

是年前后，炫出守阆州，寻迁大理少卿，议献平恕，号为称职。②

唐代宗大历十年（775年），代宗知燧能，特召拜商州刺史，充本州防御使。因河阳三城兵乱，十月癸亥，以燧检校左散骑常侍、河阳三城使。③

唐代宗大历十一年（776年），燧与李忠臣合军靖乱，燧独引军击破李灵耀，河阳兵冠诸军。燧竟让功于李忠臣，还河阳。④

唐代宗大历十四年（779年），燧检校工部尚书、太原尹、北都留守、河东节度留后，寻为节度使。居一年，器用精锐，卒精骑良，威震北方。⑤

唐德宗建中元年（780年），德宗命炫出典润州，果著殊效，黜陟使

---

① 刘昫等：《旧唐书》卷一三四，中华书局1975年版，第3690页；权德舆：《马公行状》，见权德舆撰，郭广伟校点：《权德舆诗文集》卷一九，上海古籍出版社2008年版，第298页；郑叔规：《马公墓志铭》，见陈尚君辑校：《全唐文补编》，中华书局2005年版，第2122页；郁贤皓：《唐刺史考全编》，安徽大学出版社2000年版，第959页；彭定求等编：《全唐诗》卷二四四，上海古籍出版社1986年版，第617页。
② 刘昫等：《旧唐书》卷一一、卷一三四，中华书局1975年版，第307、3690页；郑叔规：《马公墓志铭》，见陈尚君辑校：《全唐文补编》，中华书局2005年版，第2122页；郁贤皓：《唐刺史考全编》，安徽大学出版社2000年版，第303、2885页。
③ 刘昫等：《旧唐书》卷一一、卷一三四，中华书局1975年版，第307、3690页。
④ 刘昫等：《旧唐书》卷一三四，中华书局1975年版，第3691页。
⑤ 刘昫等：《旧唐书》卷一三四，中华书局1975年版，第3692页；欧阳修、宋祁：《新唐书》卷一五五，中华书局1975年版，第4885页。

故相柳载以清白闻。①

　　唐德宗建中二年（781 年），燧朝京师，加检校兵部尚书，封酅国公，令还太原。魏博田悦反，燧率李抱真、李晟破悦于临洺。战前，燧誓军中，战胜请以家财行赏，既胜，尽出其私财以颁将士。德宗嘉之，诏度支出钱五万贯行赏，还燧家财。寻加魏博招讨使。

　　是时，征炫为右庶子，迁左散骑常侍，论思献纳，多所匡辅。②

　　唐德宗建中三年（782 年），燧屡挫田悦，加燧同中书门下平章事，寻加魏州大都督府长史，兼魏、博、澶、相四州节度招讨等使。

　　是岁，燧子畅以鸿胪少卿留京师。时岁旱，京师括率商户，人心甚摇。殿中丞李云端与其党袁封、单超俊、李诚信、冀信等与畅善，因饮食聚会，言时事将危；畅乃遣家人温靖与父书，具陈利害，可班师还镇。燧怒，执靖具奏其状，令兄炫执畅请罪。德宗以燧方讨贼，不竟其事，诛云端等十一人，敕炫就第杖畅三十，上于是罢括率之令。③

　　唐德宗建中四年（783 年），泾师犯阙，德宗幸奉天，燧引军还太原，遣行军司马王权、子汇等将兵勤王。德宗超拜汇太常丞，赐章服，寻迁少府少监、太仆少卿。

　　今按燧未亲率军赴难之情由，见诸燧与其将秦朝俭之言："今若弃此一方，全师赴难，是落其奸谋，失我成计也。于夷险之际，合进退之宜，

────────

　　① 刘昫等：《旧唐书》卷一三四，中华书局 1975 年版，第 3702 页；郑叔规：《马公墓志铭》，见陈尚君辑校：《全唐文补编》，中华书局 2005 年版，第 2122 页；郁贤皓：《唐刺史考全编》，安徽大学出版社 2000 年版，第 1859 页。

　　② 刘昫等：《旧唐书》卷一三四，中华书局 1975 年版，第 3693 页；权德舆：《马公行状》，见权德舆撰，郭广伟校点：《权德舆诗文集》卷一九，上海古籍出版社 2008 年版，第 300 页；郑叔规：《马公墓志铭》，见陈尚君辑校：《全唐文补编》，中华书局 2005 年版，第 2122 页；郁贤皓：《唐刺史考全编》，安徽大学出版社 2000 年版，第 1859 页。

　　③ 刘昫等：《旧唐书》卷一三四，中华书局 1975 年版，第 3695、3701 页；权德舆：《马公行状》，见权德舆撰，郭广伟校点：《权德舆诗文集》卷一九，上海古籍出版社 2008 年版，第 301 页。

莫如公提我麾下精骑，转战而西，遇凶徒则剪除，达行在则翊扈。如此则唯我与公，得不失为臣之道于方隅多事之时矣。可不勉欤。"而胡三省以燧为"观衅首鼠之将"，何耶。①

唐德宗兴元元年（784年），加燧检校司徒，封北平郡王，寻加奉诚军及晋绛慈隰节度并管内诸军行营副元帅，令与浑瑊、骆元光同讨李怀光。

是时或后此数年，转炫为刑部侍郎，以避其弟马燧为司徒之故。后以疾辞，改兵部尚书致仕。②

唐德宗贞元元年（785年），天下蝗旱，军乏粮饷，上欲舍怀光。燧舍军朝于京师，请月内平怀光。燧竟以二十七日平定叛乱，诏书褒美，迁光禄大夫，兼侍中，与一子五品正员官。德宗赐燧《宸扆》、《台衡》二铭，燧还太原，勒二铭于堂，帝为题额，极尽荣宠。

是时，名将浑瑊私谓参佐曰："予尝谓马公用兵与予不相远，但惊怪累败田悦；今观其行兵料敌，吾不迨远矣！"③

唐德宗贞元二年（786年），蕃相尚结赞陷盐、夏二州。德宗以燧为绥银麟胜招讨使，吐蕃惧，厚礼卑辞于燧请和，燧频表论奏，德宗不许。

唐德宗贞元三年（787年），燧与吐蕃大将论颊热入朝，燧保其盟，德宗然之，命浑瑊与尚结赞盟于平凉，为吐蕃所劫，浑瑊狼狈仅免，陷将吏六十余员（韩愈从兄韩弇，时为朔方节度掌书记，从行遇害，时年三十五）。德宗由是恶燧，坐罢兵柄，守司徒，兼侍中、北平王如故，仍

---

① 刘昫等：《旧唐书》卷一三四，中华书局1975年版，第3695、3696页；韩愈：《唐故赠绛州刺史马府君行状》，见韩愈著，马其昶校注，马茂元整理：《韩昌黎文集校注》卷八，上海古籍出版社2014年版，第659页；裴询：《唐故开府仪同三司行左领军卫上将军致仕阳城郡王秦公墓志铭并序》，见周绍良、赵超主编：《唐代墓志汇编续集》元和〇六七，上海古籍出版社2001年版，第848页；司马光编著：《资治通鉴》卷二三二，中华书局2011年版，第7584页。

② 刘昫等：《旧唐书》卷一三四，中华书局1975年版，第3696、3702页；郑叔规：《马公墓志铭》，见陈尚君辑校：《全唐文补编》，中华书局2005年版，第2122页。

③ 刘昫等：《旧唐书》卷一三四，中华书局1975年版，第3696页。

赐妓乐，奉朝请而已。①

是年，燧孙马继祖生。德宗命之曰："继祖。"燧退而笑曰："此有二义，意谓以索系祖也。"②

宰相李泌以德宗多疑，谏曰："今晟、燧富贵已足，苟陛下坦然待之，使其无自保之虞，国家有事则出从征伐，无事则入奉朝请，何乐如之！故臣愿陛下勿以二臣功大而忌之，二臣勿以位高而自疑，则天下永无事矣。"德宗曰："朕谨当书绅，二大臣亦当共保之"。晟、燧皆起，泣谢。

今按德宗猜忌马燧，当由平凉盟会事起。又，《唐国史补》卷上："李（晟）、马（燧）二家日出无音乐之声，则执金吾闻奏，俄顷必有中使来问："大臣今日何不举乐？"德宗猜忌若此，知泌之言非虚发矣。③

唐德宗贞元五年（789 年），燧与李晟召见于延英殿，上嘉其有大勋力，皆图形凌烟阁，列于元臣之次。次年，燧孙马继祖生四岁，以门功拜太子舍人。④

唐德宗贞元七年（791 年），炫薨于京师安邑里私第，时年七十九。燧哀恸不已，命昔日府佐、时国子司业郑叔规为之铭。⑤

唐德宗贞元九年（793 年），燧对于延英，敕许不拜而坐。时太尉晟

---

① 刘昫等：《旧唐书》卷一三四，中华书局 1975 年版，第 3700、3701 页；李翱：《故朔方节度掌书记殿中侍御史昌黎韩君夫人京兆韦氏墓志铭》，见李翱著，郝润华校点：《李翱集》卷一五，甘肃人民出版社 1992 年版，第 128 页。

② 李肇：《唐国史补》卷上，见曹中孚等校点：《教坊记（外七种）》，上海古籍出版社 2012 年版，第 63 页。按，马继祖生年，无确切记载。学者多认为系贞元初年，若依《唐国史补》"以索系祖"之意，当在贞元三年，燧坐罢兵柄、寓长安时。

③ 司马光编著：《资治通鉴》卷二三二，中华书局 2011 年版，第 7609 页；李肇：《唐国史补》卷上，见曹中孚等校点：《教坊记（外七种）》，上海古籍出版社 2012 年版，第 62 页。

④ 刘昫等：《旧唐书》卷一三四，中华书局 1975 年版，第 3701 页；韩愈：《殿中少监马君墓志》，见韩愈著，马其昶校注，马茂元整理：《韩昌黎文集校注》卷七，上海古籍出版社 2014 年版，第 599—600 页。

⑤ 郑叔规：《马公墓志铭》，见陈尚君辑校：《全唐文补编》，中华书局 2005 年版，第 2122、2123 页。

初薨，帝谓燧曰："常时卿与太尉晟同来，今独见卿，不觉悲怆。"上歔欷久之。燧既退，足疾，仆于地，上亲掖起之，送及于陛，燧顿首泣谢。累上表乞骸，陈让侍中，优诏不许。①

唐德宗贞元十一年（795 年），八月，燧薨，时年七十。德宗废朝四日，诏京兆尹韩皋监护丧事，嗣吴王献为吊祭赠赗使，册赠太尉，谥曰庄武。②

唐德宗贞元中（约 796—798 年），畅以第中大杏馈窦文场，文场以进，德宗未尝见，颇怪之，令使就第封杏树。畅惧，进宅，废为奉诚园，屋木尽拆入内也。③

唐德宗贞元十八年（802 年），燧长子太仆少卿汇卒于家，时年四十五，赠绛州刺史。④

唐德宗贞元末（约 802—804 年），畅为汇妻所诉，析其产，中贵杨志廉又逼取田园第宅，仍指使施于佛寺，畅不敢吝，以致困穷。⑤

唐宪宗元和五年（810 年），燧嫡子少府监畅卒，赠工部尚书，有司谥曰纵。身殁之后，家财并尽，诸子无室可居，以至冻馁。当世视畅以厚畜为戒。⑥

---

① 刘昫等：《旧唐书》卷一三四，中华书局 1975 年版，第 3701 页。

② 刘昫等：《旧唐书》卷一三四，中华书局 1975 年版，第 3701 页。

③ 李肇：《唐国史补》卷上，见曹中孚等校点：《教坊记（外七种）》，上海古籍出版社 2012 年版，第 68、69 页。又据《旧唐书》载，窦文场于贞元十四、十五年间致仕，故系此条于马燧卒后、文场致仕前数年，参见刘昫等：《旧唐书》卷一八四，中华书局 1975 年版，第 4766、4767 页。

④ 韩愈：《唐故赠绛州刺史马府君行状》，见韩愈著，马其昶校注，马茂元整理：《韩昌黎文集校注》卷八，上海古籍出版社 2014 年版，第 659 页。

⑤ 刘昫等：《旧唐书》卷一三四，中华书局 1975 年版，第 3701 页；欧阳修、宋祁：《新唐书》卷一五五，中华书局 1975 年版，第 4890 页。按，两《唐书》谓汇妻诉畅事在"贞元末"，鄙意汇妻之诉当在汇殁以后，姑系贞元十八年后。

⑥ 韩愈：《扶风郡夫人墓志铭》，见韩愈著，马其昶校注，马茂元整理：《韩昌黎文集校注》卷六，上海古籍出版社 2014 年版，第 490 页；刘昫等：《旧唐书》卷一三四，中华书局 1975 年版，第 3701、3702 页；欧阳修、宋祁：《新唐书》卷一五五，中华书局 1975 年版，第 4891 页。

唐穆宗长庆三年（823 年），畅长子殿中少监继祖卒，时年三十七。①

今按继祖之后，史传不载。据继祖子马攸墓志可知，攸初为岳王府军事、总监丞，后无法立足京师，东徙河南府，奔走诸县间，又南寓兴元府，得南郑县丞，秩罢后困顿数年，四十九岁客死他乡，未得归葬。②至马氏四世以后，有沦为乞丐者。

晚唐吴融《敷水有丐者云是马侍中诸孙悯而有赠》诗云：

天地尘昏九鼎危，大貂曾出武侯师。

一心忠赤山河见，百战功名日月知。

旧宅已闻栽禁树，诸孙仍见丐征岐。

而今不要教人识，正藉将军死斗时。③

由此可见，马燧之泽，三世而斩，史谓"诸子无室可居，以至冻馁"云云，信然矣。

二、韩愈与马燧家族之关系

韩愈初识马燧，在贞元三年、贞元四年间，韩愈为取进士而困居长安、"穷不自存"之时。④据前谱，此时马燧因失计平凉而罢帅入朝，韩愈从兄韩弇亦因平凉盟会而丧亡，韩愈通过从兄韩弇的这层关系，以"故人稚弟"的身份得到了马燧的周济。韩愈得入燧府，获赐衣食，又得到燧

---

① 韩愈：《殿中少监马君墓志》，见韩愈著，马其昶校注，马茂元整理：《韩昌黎文集校注》卷七，上海古籍出版社 2014 年版，第 600 页。

② 萧鼎：《唐故扶风马府君墓铭》，见周绍良主编：《唐代墓志汇编》大中一二七，上海古籍出版社 1992 年版，第 2350 页。

③ 彭定求等编：《全唐诗》卷六八四，上海古籍出版社 1986 年版，第 1725 页。

④ 张清华：《韩愈年谱汇证》，见张清华：《韩学研究》下册，江苏教育出版社 1998 年版，第 46 页；韩愈：《殿中少监马君墓志》，见韩愈著，马其昶校注，马茂元整理：《韩昌黎文集校注》卷七，上海古籍出版社 2014 年版，第 600 页。

子马畅的厚待，这使得韩愈一直感念马氏之恩德。①

今据韩集诸篇，可见韩愈与马氏家族三世厚交。韩愈在贞元三年、贞元四年间初遇马燧时，就有《猫相乳》一文，称颂燧之盛德。德宗贞元十一年八月，马燧薨，其时韩愈正失意东归，"哭北平王于客舍"②。贞元十八年，马燧长子马汇殁，马畅请状，韩愈作《唐故赠绛州刺史马府君行状》，云"既世通家，详闻其世系事业"③。元和五年，马畅薨，其时韩愈分司东都，悲痛不已。④宪宗元和七年，马畅妻扶风郡夫人卢氏薨，九年，其子马继祖乞铭，韩愈为作《扶风郡夫人墓志铭》。⑤穆宗长庆间，马燧孙、马畅子马继祖卒，韩愈有《殿中少监马君墓志》，情真意切，"悲叹淋漓"，⑥详细回忆了三十多年间与祖孙三世的因缘往还。

以上诸篇最当注意的是《猫相乳》与《殿中少监马君墓志》二文。《猫相乳》作于韩愈初入燧府时，正值马燧方罢兵柄、入奉朝请之际。此时，韩愈已然关注到了马燧家族如何持守富贵爵禄的问题，文中以"客"的口吻说道：

> 夫禄位，贵富人之所大欲也。得之之难，未若持之之难也。得之

---

① 韩愈：《殿中少监马君墓志》，见韩愈著，马其昶校注，马茂元整理：《韩昌黎文集校注》卷七，上海古籍出版社 2014 年版，第 600 页。

② 韩愈：《殿中少监马君墓志》，见韩愈著，马其昶校注，马茂元整理：《韩昌黎文集校注》卷七，上海古籍出版社 2014 年版，第 600 页。

③ 韩愈：《唐故赠绛州刺史马府君行状》，见韩愈著，马其昶校注，马茂元整理：《韩昌黎文集校注》卷八，上海古籍出版社 2014 年版，第 660 页。

④ 韩愈：《殿中少监马君墓志》，见韩愈著，马其昶校注，马茂元整理：《韩昌黎文集校注》卷七，上海古籍出版社 2014 年版，第 600 页。

⑤ 韩愈：《扶风郡夫人墓志铭》，见韩愈著，马其昶校注，马茂元整理：《韩昌黎文集校注》卷六，上海古籍出版社 2014 年版，第 490 页。

⑥ 金圣叹：《天下才子必读书》卷一一，见陆林辑校整理：《金圣叹全集》第 5 册，凤凰出版社 2008 年版，第 420 页。

于功，或失于德；得之于身，或失于子孙。①

对于年方及冠、缺乏政治经验的韩愈而言，虽然意识到持守禄位对于马氏家族的重要性，但未能预见马燧家族潜藏的种种危机。仅以"猫相乳"之"祥祉"，便谓马氏"善持"禄位，使《猫相乳》一文遭到后世"几乎谄"的批评，②而文中所谓的"失之子孙"竟成谶语。

三十余年后，韩愈在《殿中少监马君墓志》中饱含深情地回忆马氏家族的时候，有这样一段描写：

当是时，见王于北亭，犹高山深林巨谷，龙虎变化不测，杰魁人也；退见少傅，翠竹碧梧，鸾鹄停峙，能守其业者也；幼子娟好静秀，瑶环瑜珥，兰茁其芽，称其家儿也。后四五年，吾成进士，去而东游，哭北平王于客舍；后十五六年，吾为尚书都官郎，分司东都，而分府少傅卒，哭之；又十余年至今，哭少监焉。呜呼！吾未耄老，自始至今未四十年，而哭其祖子孙三世，于人世何如也！人欲久不死而观居此世者，何也？③

这里，韩愈特别提到了初见祖孙三人时的感受：谓燧子马畅"能守其业者也"，谓畅子继祖"称其家儿也"。这似乎可以说明《猫相乳》"善持"禄位之说，当是韩愈初入燧府时的真实看法，不必以"几乎谄"视之。然而，当韩愈在《殿中少监马君墓志》中再次提到"能守其业"的时候，马氏之家业已然"失于子孙"、破败不堪，这让人感到韩愈是通过有意识地

---

① 韩愈：《猫相乳》，见韩愈著，马其昶校注，马茂元整理：《韩昌黎文集校注》卷一，上海古籍出版社 2014 年版，第 112 页。
② 魏仲举：《新刊五百家注音辩昌黎先生文集》卷一四，上海涵芬楼影宋本，第 4 页。
③ 韩愈：《殿中少监马君墓志》，见韩愈著，马其昶校注，马茂元整理：《韩昌黎文集校注》卷七，上海古籍出版社 2014 年版，第 600 页。

标举马氏"能守其业"的昔时印象，抒发对今时今日马氏衰败的叹惋之情。

从叙写结构来看，韩愈的叹惋之情表现得尤为充分。此段从初入马府的"当是时"，写到"后四五年"，到"后十五六年"，再到"又十余年至今"。"当是时"一节，将祖孙三代容貌气度描摹一尽，自可想见其时家族之昌盛。"后四五年""后十五六年""又十余年至今"，层层剥落，历叙三代相继离世，亦可感马氏之日渐衰亡，寄叹惋之情于叙写之中。最终以"呜呼"领起两句，纯以抒情作结。所谓"人欲久不死而观居此世"之"世"，是"世事变迁"之意，谓己一世而观马氏三世之盛衰，世事变迁之骤，怎不令人感伤！由此可见，韩愈对马氏衰败之叹惋，以历数家族之盛、三世之殁蓄势，结尾处以追问之语倾泻感伤之情，其情真挚可感。

从《猫相乳》到《殿中少监马君墓志》，写作时间跨越了三十余年，可视为韩愈与马氏三世交往起讫的标志。如果说《猫相乳》是兴起马氏持守禄位之思，那么《殿中少监马君墓志》则是抒发马氏难守禄位之叹，本质上二文都围绕马氏家族盛衰这一主题而作。在马燧家族极盛而衰的三十年间，韩愈或入聘藩幕，或流贬岭表，或东官洛阳，或随军平乱。即使如此，韩愈在京也有十余年光景，面对有着深交厚谊的马氏家族的衰败，岂能无动于心？征之元和元年《城南联句》"罢旆奉环卫"一章，庶可窥见韩愈情悃。

三、《城南联句》所寓马燧家族之盛衰

《城南联句》云：

> 罢旆奉环卫愈，守封践忠贞。
> 战服脱明介郊，朝冠飘彩纮。
> 爵勋逮僮隶愈，簪笏自怀绷。
> 乳下秀颖颖郊，椒蕃泣喤喤。

貌鉴清溢匣_愈，眸光寒发硎。

馆儒养经史_郊，缀戚觞孙甥。①

　　"罢旄奉环卫"，旧笺或云"罢节镇而入宿卫"②，或云"谓先奉旄钺出征，兵罢后又得归奉环卫"③。究其今典，"罢旄"四句，当即讳言马燧因失计吐蕃而罢兵柄事，详见前谱唐德宗贞元二年、贞元三年所录。又据《资治通鉴》，吐蕃诈盟，是离间德宗君臣、诸将之计。当时，德宗因恶回纥而许盟，张延赏因恶李晟而保盟，浑瑊轻敌赴盟而不为备，最终导致了平凉劫盟，④并非马燧一人之罪。权德舆《故司徒兼侍中上柱国北平郡王赠太傅马公行状》叙及此处，即讳之曰"寇戎既清，乞罢藩镇"⑤，更何况韩愈衔恩于马燧，故与《马公行状》同为讳饰：所谓"罢旄"即"罢兵柄"，"奉环卫"即"奉朝请"，全然讳去失计吐蕃之事。而孟郊固不如韩愈能"详其事业"，⑥故在"罢旄奉环卫"句后，泛言马燧能"守封践忠贞"，称颂马燧平生的卓著功勋。其后"战服"二句顺承，意谓功勋卓著的马燧在其罢旄入朝后仍能极尽荣宠。前谱贞元三年引《旧唐书》谓马燧罢兵柄后仍"守司徒，兼侍中、北平王如故"等句，可证诗意。

　　自"爵勋"句起，从马燧转写其子孙，铺叙了当时整个家族的繁盛。"爵勋逮僮隶，簪笏自怀绷"，言马燧之功荫泽子孙。《旧唐书·马畅传》谓"畅

---

① 韩愈等：《城南联句》，见韩愈著，钱仲联集释：《韩昌黎诗系年集释》，上海古籍出版社1984年版，第484页。

② 方世举著，郝润华、丁俊丽整理：《韩昌黎诗集编年笺注》卷五，中华书局2012年版，第297页。

③ 王元启：《读韩记疑》卷三，见《续修四库全书》第1310册，上海古籍出版社2002年版，第497页。

④ 司马光编著：《资治通鉴》卷二三二，中华书局2011年版，第7602—7609页。

⑤ 权德舆撰，郭广伟校点：《权德舆诗文集》卷一九，上海古籍出版社2008年版，第303页。

⑥ 韩愈：《唐故赠绛州刺史马府君行状》，见韩愈著，马其昶校注，马茂元整理：《韩昌黎文集校注》卷八，上海古籍出版社2014年版，第660页。

以父荫累迁至鸿胪少卿",畅子继祖,"以祖荫,四岁为太子舍人",[①] 皆是其证。其后"乳下秀嶷嶷,椒蕃泣喤喤。貌鉴清溢匣,眸光寒发硎"四句,进一步描写尚在褓襁绷衣中的马继祖,刻画出他的清秀容貌,与前引韩愈《殿中少监马君墓志》的描绘相合。

在铺叙马燧家族繁盛的同时,"馆儒养经史,缀戚馌孙甥"更流露出对马燧德行之揄扬。韩孟二人在贞元初期来到长安,深切感受到长安是一座"名利之都府",[②]"长安交游者,贫富各有徒""家家朱门开,得见不可入"[③] 的现实,使韩孟对长安权贵产生了一种本能的疏离与拒斥。特别是韩愈《长安交游者一首赠孟郊》写道:"陋室有文史,高门有笙竽。何能辨荣悴?且欲分贤愚。"[④] 这里,以"文史"和"笙竽"分别寄寓对"贤"与"愚"的道德评判,可谓婉转嘲骂。[⑤] 反观《城南联句》所咏,"馆儒养经史"一句,正写出了马氏家族与那些"高门有笙竽"之家的不同,意在称赞马燧礼贤好士之德。据史载,马燧曾礼聘连中三元、"好学不倦""介独耿直"的崔元翰为掌书记;[⑥] 还曾出李怀光旧属高郢、李鄘于狱中,奏置幕下;[⑦] 又与文士郑叔规相交,以其"健笔奇画,意气名节",使"掌北平书记十年",[⑧] 后郑叔规入为国子司业,在为马燧之兄马炫撰写的

① 刘昫等:《旧唐书》卷一三四,中华书局 1975 年版,第 3701、3702 页。
② 韩愈:《复志赋》,见韩愈著,马其昶校注,马茂元整理:《韩昌黎文集校注》卷一,上海古籍出版社 2014 年版,第 7 页。
③ 韩愈:《长安交游者一首赠孟郊》,见韩愈著,钱仲联集释:《韩昌黎诗系年集释》卷一,上海古籍出版社 1984 年版,第 10 页;孟郊:《长安道》,华忱之、喻学才:《孟郊诗集校注》卷一,人民文学出版社 1995 年版,第 5 页。
④ 韩愈:《长安交游者一首赠孟郊》,见韩愈著,钱仲联集释:《韩昌黎诗系年集释》卷一,上海古籍出版社 1984 年版,第 10 页。
⑤ 钟惺在"且欲分贤愚"句后评曰:"嘲骂只须此三字。"钟惺、谭元春辑:《唐诗归》卷二九,见《续修四库全书》第 1590 册,上海古籍出版社 2002 年版,第 181 页。
⑥ 刘昫等:《旧唐书》卷一三七,中华书局 1975 年版,第 3766、3767 页。
⑦ 司马光编著:《资治通鉴》卷二三二,中华书局 2011 年版,第 7583 页。
⑧ 王式:《唐故邵州郑使君墓志有铭》,见周绍良主编:《唐代墓志汇编》大中一三五,上海古籍出版社 1992 年版,第 2356 页。

墓志中，仍以家臣自居，自称"久忝府佐，备闻家声"，[①]对马燧一片感念之心历历可见。除此之外，更有韩愈本人的亲身经历。如前所述，韩愈早年应举长安，"穷不自存，以故人稚弟拜北平王于马前"，马燧"问而怜之"，又召入私第，"轸其寒饥，赐食与衣，召二子使为之主"。[②]综上可知，"馆儒"之誉并非虚语。在称赞马燧礼贤好士的同时，韩愈又以"缀戚觞孙甥"称赞马燧家道雍睦，正与《猫相乳》"国事既毕，家道乃行，父父子子，兄兄弟弟，雍雍如也，愉愉如也，视外犹视中，一家犹一人"数语相表里。[③]

　　以上所证"罢旄奉环卫"一章，大致反映了韩愈在贞元三年、贞元四年间初入马燧府邸的见闻，记叙了马氏家族昔日盛况。据前谱可知，在韩孟作《城南联句》的元和元年，马氏家产倾荡大半，马氏家族已然衰败。与此相应，《城南联句》还有一段对"冢卿"废宅的描写：

> 暮堂蝙蝠沸_愈，破灶伊威盈。
>
> 追此讯前主_郑，答云皆冢卿。
>
> 败壁剥寒月_愈，折篁啸遗笙。
>
> 祗熏霏霏在_郑，綦迹微微呈。
>
> 剑石犹竦槛_愈，兽材尚拏楹。
>
> 宝唾拾未尽_郑，玉啼堕犹镪。
>
> 窗绡疑閟艳_愈，妆烛已销檠。
>
> 绿发抽珉甃_郑，青肤茟瑶桢。

　　① 郑叔规：《马公墓志铭》，见陈尚君辑校：《全唐文补编》，中华书局 2005 年版，第 2122、2123 页。

　　② 韩愈：《殿中少监马君墓志》，见韩愈著，马其昶校注，马茂元整理：《韩昌黎文集校注》卷七，上海古籍出版社 2014 年版，第 600 页。

　　③ 韩愈：《猫相乳》，见韩愈著，马其昶校注，马茂元整理：《韩昌黎文集校注》卷一，上海古籍出版社 2014 年版，第 112 页。

白蛾飞舞地_愈，幽蠹落书棚。

据前谱，元和元年以前，马畅已在权宦的威逼之下，将旧宅或进奉皇家，或施于佛寺，"屋木尽拆入内"。虽然现已无法确证马氏家族除安邑里（奉诚园）之外，在城南别有一宅，至少奉诚园旧第之光景与《城南联句》所描绘的城南"冢卿"废宅当无二致。

实际上，围绕马氏宅第所发的"伤宅"之慨是中晚唐诗歌中经常出现的一个主题。如白居易《伤宅》略云：

不见马家宅，今作奉诚园。①

又如《杏为梁》略云：

君不见，马家宅，尚犹存，
宅门题作奉诚园。②

元稹《奉诚园》：

萧相深诚奉至尊，旧居求作奉诚园。
秋来古巷无人扫，树满空墙闭戟门。③

又如《遣兴十首》其二：

---

① 白居易著，谢思炜校注：《白居易诗集校注》卷二，中华书局 2006 年版，第 162 页。
② 白居易著，谢思炜校注：《白居易诗集校注》卷四，中华书局 2006 年版，第 416 页。
③ 元稹撰，冀勤点校：《元稹集》卷一六，中华书局 2010 年版，第 217 页。

> 莫厌夏日长，莫悲冬日短。
>
> 欲识短复长，君看寒又暖。
>
> 城中百万家，冤哀杂丝管。
>
> 草没奉诚园，轩车昔曾满。①

窦牟《奉诚园闻笛》：

> 曾绝朱缨吐锦茵，欲披芳草访遗尘。
>
> 秋风忽洒西园泪，满目山阳笛里人。②

直到晚唐，马宅之废已非时事，却依然是诗家吟咏的主题。如杜牧《过田家宅》：

> 安邑南门外，谁家板筑高？
>
> 奉诚园里地，墙缺见蓬蒿。③

又如薛逢《君不见》：

> 君不见，马侍中，气吞河朔称英雄。
>
> ……
>
> 一朝冥漠归下泉，功业声名两憔悴。
>
> 奉诚园里蒿棘生，长兴街南沙路平。
>
> 当时带砺在何处，今日子孙无地耕。

---

① 元稹撰，冀勤点校：《元稹集》卷三，中华书局 2010 年版，第 38 页。

② 彭定求等编：《全唐诗》卷二七一，上海古籍出版社 1986 年版，第 679 页。

③ 杜牧撰，吴在庆校注：《杜牧集系年校注》卷二，中华书局 2008 年版，第 316 页。

......①

由此可见，马氏家族的盛极而衰在中晚唐是众所周知的事实，奉诚园的兴废也成了象征马氏盛衰的典型意象，在中晚唐诗作中屡次出现。

以上这些与马氏鲜少过从的诗人，尚且感赋奉诚园之兴废，更何况与马氏有着深厚交谊的韩愈。然而，韩愈现存诗作中并无一首直接反映奉诚园的作品，这或许是因私谊之厚、悲慨之深而不忍直赋。以此反观《城南联句》由韩愈领起的"暮堂蝙蝠沸"一段，更不无以"冢卿"废宅兴起马氏今昔盛衰之慨的可能。

第三节 《城南联句》价值重估

正如本章开篇所引清人评论，《城南联句》长期以来受到种种批评。特别是晚近的文学史书写，批评《城南联句》忽视了对内心世界和自我的表现，不过逞奇炫怪、夸饰才学而已。实际上，清代以降的这些批评，存在偏颇和误会。在《城南联句》"惟昔集嘉咏"一章的往事追忆中，寄寓了失意入幕、故友聚散之慨。而后又极写门第簪缨、射猎郊祀、民居寺宇之繁盛，② 其间暗寓了马燧家族昔时盛况，在都城纪盛的宏大铺叙之中，与冢卿废宅形成了鲜明对比。在联句结尾处，作者再次从都城纪盛的宏阔场景，转入对自身坎坷仕途的追忆上来：

---

① 彭定求等编：《全唐诗》卷五四八，上海古籍出版社 1986 年版，第 1396 页。

② 王元启：《读韩记疑》卷三，见《续修四库全书》第 1310 册，上海古籍出版社 2002 年版，第 497 页。值得注意的是，作者对都城风物的刻画描摹，无不流露着对元和新政的由衷赞颂，乃至对王朝中兴的无限憧憬，特别是"蔬甲喜邻舍，田毛乐宽征""訏谟壮缔始，辅弼登阶清""德孕厚生植，恩熙完剬剥""利养积余健，孝思事严祆"之类的句子，最为直接地表达了作者的这种情感。

> 奚必事远规_郊，无端逐羁伧。
>
> 将身亲魍魅_愈，浮迹侣鸥鹳。
>
> 腥味空箪屈_郊，天年徒羡彭。
>
> 惊魂见蛇虬_愈，触嗅值虾蟒。
>
> 幸得履中气_郊，忝从拂天枨。
>
> 归私暂休暇_愈，驱明出庠黉。
>
> 鲜意竦轻畅_郊，连辉照琼莹。
>
> 陶暄逐风乙_愈，跃视舞晴蜻。
>
> 足胜自多诣_郊，心贪敌无勍。
>
> 始知乐名教_愈，何用苦拘儜。
>
> 毕景任诗趣_郊，焉能守硁硁_愈。①

从"无端逐羁伧"到"触嗅值虾蟒"，追忆了韩愈贞元末被贬阳山的经历，②其后自"幸得履中气，忝从拂天枨"二句，转入韩愈重返长安、权知国博的现实情境，都城盛景与内心世界映衬相生，真切可感。从汴州到阳山再到长安，当追忆的脉络接榫于现实世界，作者对自我命运的观照，便自然而然地归结为在这个改元称治的时代何以处世立身的思考，遂以"始知乐名教"四句收束全篇。

由此可见，在《城南联句》繁复铺叙、交互出对、字僻韵险的形式背后，深刻寄寓着时代背景之下个体及友朋的坎壈遭际，有意识地将复杂的思想情感浸润其中。可以说，《城南联句》的这一特点，在一定程度上规避了形式大于内容的联句创作窠臼，对于联句诗体的全面成熟具有重要意义。

---

① 韩愈等：《城南联句》，见韩愈著，钱钟联集释：《韩昌黎诗系年集释》卷五，上海古籍出版社 1984 年版，第 485 页。

② "无端逐羁伧"句后王俦注曰："此以下言其出为阳山令也。"见文谠注，王俦补注：《新刊经进详注昌黎先生文集》卷八，见《续修四库全书》第 1309 册，上海古籍出版社 2002 年版，第 506 页。

一般认为，联句诗虽然出现较早，但直到韩孟联句才发展成熟起来。[1] 论者往往从篇章形制、遣词用韵等方面，肯定韩孟联句在诗体演进过程中的重要地位。[2] 事实上，除了卓尔不群的形式特征，韩孟也努力开拓、深化着联句诗的主题内容。韩孟以前的联句创作，大多是即席唱酬的游戏之作，创作上的即兴与随意，作者才力、趣味的差别，使得联句诗在主题内容方面往往流于浅表。相比之下，《城南联句》在一定程度上突破了这一创作困境，[3] 该诗并不满足于即目所见之景，而是通过都城风物与个体记忆的交互呈现，实现了历史与现实、时代与个人、风物与心灵的多维对话，寄寓了韩孟宦海浮沉、饱经世变的人生况味，从而扩展了联句诗的表现空间，使联句诗体走向了成熟。

---

[1]　吴讷：《文章辨体序说》，见于北山、罗根泽校点：《文章辨体序说　文体明辨序说》（合刊本），人民文学出版社 1962 年版，第 57 页。

[2]　参见阎琦、周敏：《韩昌黎文学传论》，三秦出版社 2003 年版，第 289—294 页；巩本栋：《论韩、孟联句》，见吴承学、何诗海编：《中国文体学与文体史研究》，凤凰出版社 2011 年版，第 157—159 页。

[3]　从具体创作方式上看，前人多因《城南联句》"如出一手"的工巧形制，推测韩孟在创作联句之前应是"预定声价""商量定篇法"（赵翼著，霍松林、胡主佑校点：《瓯北诗话》卷三，人民文学出版社 1963 年版，第 29、31 页；顾嗣立：《昌黎先生诗集注》卷八引朱彝尊语，清道光十六年膺德堂本，第 1 页）。今据《城南联句》寄寓兴会的特点，更能印证这种推测。特别是诸如"扳援贱蹊绝，炫曜仙选更""桑变忽芜蔓，樟裁浪登丁""馆儒养经史，缀戚觞孙甥""奥必事远观，无端逐羁伦"之类的句子，应对工整已属不易，更何况所寓事迹及其意脉、感情基调都高度一致，很难想象韩孟二人在递为联句之前没有进行商量沟通。甚至可以推断，在联句初步完成之后，韩孟还要有一番润色修改的过程。或许正是借助创作前后的"商量"与"润色"，才使得联句创作超越了"同时同座"的局限，避免了"各自为战、不相统属"（蒋寅：《大历诗人研究》，北京大学出版社 2007 年版，第 126、135 页）的痼疾，最终实现了主题内容的拓展与深化。

第二章　韩愈、柳宗元的政治批判——《天说》笺证

大凡文学史上頡颃并称之人物，为后世津津乐道的同时，也不免于轩轾抑扬的命运。这一现象在韩愈、柳宗元那里表现得尤为充分。二子并世之日，虽亦互有批评，但大抵建立在理解与敬重的基础之上，颇存"和而不同"之风。后世则难免以一己之思想倾向、文学好尚，或扬韩抑柳，或扬柳抑韩，自唐季迄今，绵亘千载，聚讼未休，形成学术史上一道独特景观。客观地讲，历代之评骘，对于研究韩柳异同不乏参考意义，但也存在未审韩柳文之话语形态及文体特质，率作褒贬的情况，对此应予甄别稽考。

韩柳为文，穷极变化，非但善于以小明大、以事正名、因事说理，亦尝以宏指微、以名寓事、借理言事，特别是在中唐诡谲动荡的政治背景之下，沿此道作廋语以远祸全身，实有不得已之现实考量在其中。论家若未留意于此，则往往难得真诠，轩轾韩柳的有效性前提亦不复存。比如，今见于柳集的《天说》一文，历来被视为韩柳天人论辩的重要文献。古之扬韩抑柳者，自宋儒石介至清儒张履祥，率皆指责柳宗元对上天赏功罚祸的质疑背离了儒家固有的天命观念，斥其"汩彝伦""诬诞不经"云云。①

---

① 石介：《与范十三奉礼书》，见石介著，陈植锷点校：《徂徕石先生文集》卷一五，中华书局 1984 年版，第 184 页；张履祥：《读诸文集偶记》，见张履祥著，陈祖武点校：《杨园先生全集》卷三〇，中华书局 2002 年版，第 838 页。

近世以降，扬柳抑韩之风一度大盛，又有学者批判韩愈主张的"人祸元气阴阳"与"天能赏功罚祸"之说，认为他"把天地万物的自然属性和人的社会属性纠缠在一起"，是一种逻辑混乱的"神学天命观"，转而称赞柳宗元之说"近乎今之唯物家言"。①

历代抑扬之说，是耶非耶？不妨先从根本处追问：韩柳论辩的实质究竟是什么？是天人之际吗？

《天说》中有句非常重要的提示语，即柳宗元在回应韩愈时说的第一句话：

子诚有激而为是耶？②

这似乎暗示了韩愈之说并非客观意义上的辨名析理，而是受到某种刺激、在某种情感的驱使下表达出来的。柳宗元此语，曾引起学者的重视，比如冯友兰认为韩愈是在借天人之说"发牢骚"③，孙昌武认为韩愈表达了在"社会不平面前的无可奈何的悲哀"④，这都启发我们应进一步探究《天说》蕴含的现实性因素。

若再上溯至清代，何焯曾明确指出韩愈有意"迂谬其说"，故设"引而不发"之"廋词"，"隐然见天视自我民视，天听自我民听，时主已日在危亡之中"之情状；韩愈之所以描述得如此隐晦曲折，乃是由于事涉"非吾所得指斥"之人，不便直言批判。⑤ 按照何焯的逻辑，在韩愈"有激而

---

① 任继愈主编：《中国哲学发展史·隋唐卷》，人民出版社1994年版，第523—525页；章士钊：《柳文指要》上卷，文汇出版社2000年版，第394页。参见侯外庐主编：《中国思想通史》第四卷上册，人民出版社1959年版，第357—360页。

② 柳宗元著，尹占华、韩文奇校注：《柳宗元集校注》卷一六，中华书局2013年版，第1090页。

③ 冯友兰：《中国哲学史新编》中卷，人民出版社1994年版，第702页。

④ 孙昌武：《柳宗元评传》，南京大学出版社1998年版，第174页。

⑤ 何焯著，崔高维点校：《义门读书记》卷三五，中华书局1987年版，第627页。

为是"的背后，应当存在着一个真实的事件，这一事件中至少包含"时主"
（时之君主）、"非吾所得指斥"者（时之权臣）以及"天视自我民视，天
听自我民听"之"民"（时之百姓）三重人物关系。然而，何焯之说十分
简略，并未明言三者之间究竟存在何种关系，亦未探究包含此三者的事件
脉络。或许正因如此，何焯之说并未引起足够重视，留给今人极大的探索
空间。

由此进一步推想，如果韩愈真的是在假借天人之说托寓时事，那么柳
宗元"有激而为是"之语，是否表明其已觉察到韩愈借说理以寓时事之玄
机？柳宗元既然有意回应韩愈的"有激"之说，那么柳说又有多大可能仅
仅停留在辨名析理的层面？是否会与韩说一同触及具体事件及人物，进而
表达自己的立场呢？

凡此推断，尚待深入《天说》文本肌理，详为考论。

第一节　普遍与特殊之际：《天说》的阐释向度

今按《天说》开篇，韩愈自言欲作"天之说"，却并未泛论天人，而
是描绘了一幅百姓呼告上天的具象场景：

> 韩愈谓柳子曰："若知天之说乎？吾为子言天之说。今夫人有疾
> 痛、倦辱、饥寒甚者，因仰而呼天曰：'残民者昌，佑民者殃。'又仰
> 而呼天曰：'何为使至此极戾也？'若是者，举不能知天。"[1]

其中，夫人、残民二词，诸本无注，前人亦鲜留意。夫人，《左

---

[1]　柳宗元著，尹占华、韩文奇校注：《柳宗元集校注》卷一六，中华书局2013年版，
第1089页。

传·襄公八年》："夫人愁痛，不知所庇。"杜预注："夫人，犹人人也。"①
残民，《汉旧仪》："残民贪污烦扰之吏，百姓所苦。"②结合韩说义脉可知，
所谓"今夫人"，不外乎现实社会中陷入生存窘境的普通百姓，而所谓"残
民者"当即残害百姓的官员，"今夫人"与"残民者"之间存在着受害与
施害的关系。百姓们之所以仰而呼天，主要就是因为残民之官不仅没有得
到应有的惩处，反而权势日昌。要言之，《天说》开篇并非抽象地探讨天
人义理，而是鲜明地呈现出托寓现实的话语倾向，点出了现实中的人物
（百姓、权臣）及其生存状态（百姓受害、权臣得势）。

　　然而，在文章中段，韩愈并未直接针对这一现实问题提供解决方案，
而是宕开一笔，施展起辨名析理之笔法：

　　　　夫果蓏、饮食既坏，虫生之。人之血气败逆壅底为痈疡、疣赘、
　　瘘痔，亦虫生之。木朽而蝎中，草腐而萤飞，是岂不以坏而后出耶？
　　物坏，虫由之生。元气阴阳之坏，人由而生。虫之生而物益坏，食啮
　　之，攻穴之，虫之祸物也滋甚。其有能去之者，有功于物者也。繁而
　　息之者，物之雠也。人之坏元气阴阳也亦滋甚。垦原田，伐山林，凿
　　泉以井饮，窾墓以送死，而又穴为偃溲，筑为墙垣、城郭、台榭、观
　　游，疏为川渎、沟洫、陂池，燧木以燔，革金以镕，陶甄琢磨，悴然
　　使天地万物不得其情，幸幸冲冲，攻残败挠而未尝息。其为祸元气阴
　　阳也，不甚于虫之所为乎？吾意有能残斯人使日薄岁削，祸元气阴阳
　　者滋少，是则有功于天地者也。蕃而息之者，天地之雠也。③

　　韩愈借助"物"与"虫"的比类，着重说明了所谓"元气阴阳"与"人"

---

　　①　阮元校刻：《十三经注疏·春秋左传正义》卷三〇，中华书局2009年版，第4210页。
　　②　孙星衍等辑，周天游点校：《汉官六种》，中华书局1990年版，第41页。
　　③　柳宗元著，尹占华、韩文奇校注：《柳宗元集校注》卷一六，中华书局2013年版，
第1089—1090页。

的历时关系：其初，"元气阴阳之坏，人由而生"，然而有了"人"之后，"人"会进一步"为祸元气阴阳"。值得注意的是，韩愈并未止于"元气阴阳"与"人"二者关系的描述，而是最终以"吾意"二字领起，鲜明地表达了自身立场：要维护"元气阴阳"，惩处祸乱"元气阴阳"之人（即所谓"残斯人"）。

问题的关键在于，"元气阴阳"与"人"之所指究竟为何？

长期以来，学者多将"元气阴阳"理解为其本义，即化生天地万物的阴阳二气，而将祸乱"元气阴阳"的"人"理解为其普遍义，即人类。这样一来，韩说就被解释为"人类乃戕害天地万物之祸首"，[①]"人类同自然界作斗争，为人民谋利益，是对'元气阴阳'的破坏，因而遭到天的惩罚是理所当然的"，[②]"人类在本性发展上就是'天地之仇'"，[③] 等等。如果按照此种"天人相仇"的逻辑，人类的一切生产生活都属祸事，必然受到上天的惩罚，那么，摆在人类面前的只有两条路，要么生产劳动，要么无所作为。不幸的是，二者殊途同归，前者的结果是横遭天谴，后者的结果是坐以待毙。由此可见，"天人相仇"之说，本质上是建立在反对物质生产基础上的反人类说，即人类无论如何不能亦不应存在于天地之间。

反观韩愈平生持守的儒家思想，将物质生产作为"相生养之道"，倍加重视。韩愈在《原道》中特别指出，包括"为之宫室""为之葬埋祭祀""为之城郭、甲兵以守之"在内的一系列人类活动，都属于通达天道的圣人之教的范畴。[④] 不仅韩愈本人如此，即便上溯至诸子百家，也绝无"天人相仇"这般浅陋荒诞的言论。

这样看来，一旦把"人祸元气阴阳"的"人"理解为一般意义上的人

---

① 罗联添：《韩愈研究》，学生书局1988年版，第169页。
② 卞孝萱、卞敏：《刘禹锡评传》，南京大学出版社2011年版，第173页。
③ 侯外庐主编：《中国思想通史》第4卷上册，人民出版社1959年版，第359页。
④ 韩愈：《原道》，见韩愈著，马其昶校注，马茂元整理：《韩昌黎文集校注》卷一，上海古籍出版社2014年版，第17—19页。

类，韩愈的"天说"便为无稽之谈，不仅与其本人思想背道而驰，在逻辑上亦无立锥之地。韩愈何苦言不由衷，儿戏般地与柳宗元作此等论说，自讨无趣呢？①

由此可见，如果按"元气阴阳"的本义和"人"的普遍义作解，势必遭遇阐释困境，无论如何也难以自圆其说。这启发我们进一步反思：

韩愈虽然用了大量篇幅来探讨所谓"元气阴阳"与"人"的关系，但其真正目的是否在于辨名析理？普泛化、哲学化的阐释路径是否适用于《天说》？是否果如何焯所言，韩愈有意"迂谬其说"，借以表达对"非吾所得指斥"之权臣的怨愤？

如果关联起紧随其后的结语部分，便不难作出确切的回答。其文云：

> 今夫人举不能知天，故为是呼且怨也。吾意天闻其呼且怨，则有功者受赏必大矣，其祸焉者受罚亦大矣。子以吾言为何如？②

随着"今夫人"这一标志词以及百姓呼天这一标志性场景的再现，文章意脉已鲜明地接入权臣当道、百姓被残的社会现实之中，与开篇形成了紧密的呼应关系。百姓们之所以"呼且怨"，是因为权臣残民；但在韩愈看来，百姓们并不真正了解所谓的"天"，因为"天闻其呼且怨，则有功者受赏必大矣，其祸焉者受罚亦大矣"。这说明，"天"并非不为百姓做主，而是对于百姓所遭受的苦难尚不知情，一旦"闻其呼且怨"，必然做出赏罚分明之举。由此可见，结尾处韩愈是在安抚百姓的情绪，希望百姓相

---

① 钱穆曾怀疑"天人相仇之说，恐非韩公真实意见"（钱穆：《杂论唐代古文运动》，见钱穆：《中国学术思想史论丛》第4册，东大图书有限公司1983年版，第59页），可惜未作申说。又，近年来一些学者将韩说解释为环境保护思想，未免以今例古，且本质上仍未出离"天人相仇"之逻辑。

② 柳宗元著，尹占华、韩文奇校注：《柳宗元集校注》卷一六，中华书局2013年版，第1090页。

信"天"的公正性，同时期待"天"能够严惩权臣、为民做主。由此可见，文章首尾的现实意蕴呈现为完整的逻辑闭环状态，那么，介乎其间的谲诡论说（以下简称"中段论说"）又有多少可能只是纯粹的辨名析理，而未与首尾所批判的社会现实存在任何关联呢？

其实，韩愈在以"今夫人"领起篇末首句的同时，又设另一标志词冠于次句之首，即"吾意"。如果说篇末的"今夫人"是有意呼应开篇"今夫人有疾痛、倦辱、饥寒甚者"的话，那么，所谓"吾意"，亦让人联想起中段论说里同样以"吾意"领起的一句话：

> 吾意有能残斯人使日薄岁削，祸元气阴阳者滋少，是则有功于天地者也。

两处"吾意"同为韩愈本人之意见，其所指自当一以贯之。既然韩愈在结尾彰显的"吾意"是严惩权臣、为民做主，那么在中段论说部分的"吾意有能残斯人使日薄岁削，祸元气阴阳者滋少"，亦当不外乎严惩权臣之意，更确切地讲，所谓"残斯人"即严惩权臣。

若沿此推论下去，在中段论说语境中，"斯人"是"祸元气阴阳"之"人"的代称，"残斯人"一语既被还原至严惩权臣的现实话语之中，那么，"祸元气阴阳"之"人"也就不应被视为"人类"，而当特指残害百姓的权臣。通观韩愈之说，只有当"祸元气阴阳"之"人"特指残害百姓的权臣时，开篇、中段、结尾三节的意脉才能贯通无碍，韩愈批判权臣、同情百姓的现实关怀才得以安顿，其以民为本、笃信"天听自我民听"的儒者本色才得以彰显。

要言之，对韩说的理解与阐释，有必要改变一直以来普泛化、哲学化的阐释向度，而应深入文本细节，厘清意脉关系，决发其同情百姓、严惩权臣的现实意蕴，并以此观照全篇，问题自然迎刃而解。而韩说之所以长期陷于哲学化的幻象之中，原因就在于韩愈笔法狡黠，化生出多个能指，不同能指时隐时现，错杂相间，易使读者产生一种辨名析理的阐释冲动。今将前文论及的各个能指按先后次序，汇为一表，以便体察作者之用心。

表 2-1　《天说》人物称谓表

现实人物	称谓（开篇 a）	称谓（开篇 b）	称谓（中段 a）	称谓（中段 b）	称谓（结尾）
百姓	今夫人	民	—	—	今夫人
权臣	—	残民者	人	斯人	其祸焉者
作者（韩愈）	吾	—	—	吾（吾意）	吾（吾意）

由表 2-1 可知，能指的不断变化主要集中在"权臣"一栏，这再次印证了何焯"非吾所得指斥"的推断，充分反映了韩愈为远祸全身而"迂谬其说"的创作心理。然而，无论怎样"迂谬其说"，只要文章有一定旨，便不难发现其间的草蛇灰线。如前文所论，"今夫人"的复现，表明权臣残害百姓这一现实背景贯穿始终，而"吾意"的重出，表明批判现实的作者意图的的在焉。这启示我们，确有必要改变以往的阐释向度，尝试从普遍走向特殊，进而探究《天说》的话语形态及其蕴藏的历史世界。

第二节　自然与社会之际：《天说》的话语形态

如果说，韩愈所谓的"祸元气阴阳"之"人"不应理解为"人类"，而是特指现实社会中残害百姓的权臣；那么，为权臣所祸的"元气阴阳"是否也具有特定的社会属性呢？

众所周知，早在汉代天人感应话语形态中，阴阳即被视为"王事之本，群生之命"[①]，其运行状态与现实政治的善恶得失被紧密关联起来。

[①]　班固著，颜师古注：《汉书》卷七四《魏相传》，中华书局 1962 年版，第 3139 页。

董仲舒《对贤良策》云：

> 今之郡守、县令，民之师帅，所使承流而宣化也；故师帅不贤，则主德不宣，恩泽不流。今吏既亡教训于下，或不承用主上之法，暴虐百姓，与奸为市，贫穷孤弱，冤苦失职，甚不称陛下之意。是以阴阳错缪，氛气充塞，群生寡遂，黎民未济，皆长吏不明，使至于此也。①

在时人看来，由于各级主政者不贤不明，未能让天子的恩泽惠及治下，甚至"暴虐百姓"，从而导致"阴阳错缪"的状态。可以说，阴阳的变化与主政者的所作所为、与百姓的生存状态息息相关，具有鲜明的社会属性。

到了唐代，元气阴阳的社会属性被不断强化，如陈子昂《谏政理书》云：

> 元气者，天地之始，万物之祖，王政之大端也。天地之道，莫大乎阴阳；万物之灵，莫大乎黔首；王政之贵，莫大乎安人。故人安则阴阳和，阴阳和则天地平，天地平则元气正矣。②

在唐人看来，"元气"固然具有"天地之始，万物之祖"的自然属性，但作为"王政之大端"的社会属性才是关键所在，只有实行"安人"之"王政"，才能真正达到元气阴阳的调和状态。在这种实用理性话语中，元气阴阳的自然属性已被其社会属性所涵摄，几至泯然。

于是，元气阴阳越来越多地与纪纲、法度、政教、政理一类词语对举，成为政治秩序和社会秩序的象征。如"纪纲废，政教烦，阴阳错于上，

---

① 班固著，颜师古注：《汉书》卷五六《董仲舒传》，中华书局1962年版，第2512页。
② 徐鹏校点：《陈子昂集》卷九，上海古籍出版社2013年版，第229页。

人神怨于下"①，"燮理阴阳，平章法度"②，"政教不修，则阴阳隔并"③，"阴阳愆和，政理乖度"④，"阴阳调而生植以滋，政理孚而黎献咸若"⑤，"康物毗政，协宣元气"⑥等。相应地，对元气阴阳的重视、维护与调和，被赋予保持政局稳定、维护社会秩序、重视国计民生的含义，而担负这一职责使命的，自然是一国之君和各级主政者。⑦其中，各级主政者是直接责任者，在任免中央和地方主政者的制诏中，"调元气""调阴阳"或"阴阳不调""阴阳愆和"是君主勉励或斥责大臣的常用话语。如果主政者政教卓著、兴业安民，往往会得到"调阴阳以成岁功，赞化育而熙帝载"⑧，"和阴阳于太阶，致吾君于尧舜"⑨一类的赞誉，可见主政者有功于元气阴阳，也即有功于君主的帝业。如果主政者败坏纪纲、肆意妄为，以致民不聊生，就会上感阴阳，上天会通过各种水旱灾异谴告君主，此时君主应当顺承上

---

① 孔颖达：《礼记正义序》，见董诰等编：《全唐文》卷一四六，中华书局1983年版，第1476页。

② 白居易：《除张弘靖门下侍郎平章事制》，见白居易著，谢思炜校注：《白居易文集校注》卷一七，中华书局2011年版，第896页。

③ 唐玄宗：《答裴光庭等贺雨诏》，见董诰等编：《全唐文》卷三〇，中华书局1983年版，第335页。

④ 常衮：《代杜相公让河南等道副元帅表》，见董诰等编：《全唐文》卷四一七，中华书局1983年版，第4265页。

⑤ 唐玄宗：《中书门下等官赐钱造食诏》，见董诰等编：《全唐文》卷三〇，中华书局1983年版，第338页。

⑥ 邵真：《易州抱阳山定惠寺新造文殊师利菩萨记》，见董诰等编：《全唐文》卷四四五，中华书局1983年版，第4535页。

⑦ 唐玄宗《答三请上尊号表批》云："方与卿等上调元气，下遂苍生。"见董诰等编：《全唐文》卷三七，中华书局1983年版，第408页。

⑧ 陆贽：《萧复刘从一姜公辅平章事制》，见陆贽撰，王素点校：《陆贽集》卷七，中华书局2006年版，第213页。

⑨ 李白：《崇明寺佛顶尊胜陁罗尼幢颂并序》，见王琦注：《李太白全集》卷二八，中华书局1977年版，第1310页。

天的意志，"代天行法"①，"策免三公，励精百揆……所以答天谴也"②。

由此可见，在唐代国家意识形态及话语形态中，元气阴阳象征着纪纲法度之下的王政与民生，象征着政治秩序和社会秩序，各级主政者对此负有直接责任，君主负有终极责任，君主一旦发现主政者肆意妄为，祸乱王政民生，就应严明赏罚，确保元气阴阳恢复到调和状态上来。

反观《天说》，其与上述话语形态之意蕴极为相似。权臣做出"残民"之举，为害百姓，被指祸坏"元气阴阳"。在如此写实的语境之中，"元气阴阳"已不可能停留在其自然属性层面，而必然彰显其社会属性，作为王政民生的象征而存在。要言之，"残民"是社会现象的具体描述，"祸元气阴阳"是具有天人感应色彩的话语表征，其实一也。

"元气阴阳"的社会属性，不仅彰显于文本语境与文章义脉之中，还体现在某些关键语词之中。韩愈在描述"人"对"元气阴阳"的破坏时，罗列了"垦原田，伐山林，凿泉以井饮，窾墓以送死"等一系列破坏自然的行为，看似渲染"元气阴阳"的自然属性，最后却笔锋一转，把"人"的行径定性为"攻残败挠"，实际上这是对"人"之特定含义与"元气阴阳"之社会属性的强烈暗示。

所谓"败挠"（亦作"挠败"），历代常与"国政""国经"等词连用，用来批评权奸之臣败坏王政纪纲的现象，或用来表达军事战斗的失利，唯独没有用以形容人类破坏自然界之例。在唐代，以"败挠"（"挠败"）批判王政纪纲的情形更是屡见不鲜，如陈玄礼谓杨国忠"挠败国经"③，裴度上疏云"奸臣作朋，挠败国政"④，等等。由此可见，"败挠"（"挠败"）的

---

① 欧阳修、宋祁：《新唐书》卷五六《刑法志》引唐太宗语，中华书局 1975 年版，第 1412 页。

② 常衮：《久旱陈让相表》，见董诰等编：《全唐文》卷四一七，中华书局 1983 年版，第 4263 页。

③ 刘昫等：《旧唐书》卷一〇六《杨国忠传》，中华书局 1975 年版，第 3246 页。

④ 刘昫等：《旧唐书》卷一七〇《裴度传》，中华书局 1975 年版，第 4422 页。

行为主体是权奸之臣，其对象是王政纪纲，韩愈以"败挠"一语总括"人"对"元气阴阳"的破坏，是对开篇"残民"现象的本质界定，强烈暗示了"人"指称的是权奸之臣，"元气阴阳"象征的是王政纪纲。

由此反观从"元气阴阳之坏，人由而生"到"人之坏元气阴阳也亦滋甚"之话语脉络，便不难理解为：纪纲败坏、王政凌迟之际，有权奸之臣乘隙而起、主政当道，继而更加肆意妄为，残暴百姓，进一步祸乱王政纪纲。

既明乎此，《天说》中"天"的意蕴亦不难索解了。在韩说结尾处，韩愈强调"天"一旦听到百姓的呼声，"其祸焉者受罚亦大矣"，认为"天"必能惩处祸乱纪纲的权奸之臣。这里所谓的"天"已不再通过灾异谴告，而是直接做出惩处权臣之举，可见此"天"已被赋予高度人格化之特征，与现实社会中"代天行法"的君主别无二致了。

以上通过对《天说》话语形态的分析，揭示了"元气阴阳"的社会属性和"天"的人格属性，呈现了以"人"代指权奸之臣的话语机制，印证并勾勒出何焯所谓的"君主""百姓""权臣"三重人物关系。今通观韩说，开篇描叙百姓困厄呼天的场景，意在揭露权奸之臣的残暴行径；中段化用天人感应话语，暗寓纪纲败坏与权奸当道的恶性循环，揭示"残民者昌"这一乖戾现象的根源所在；结尾借助天能赏功罚祸之说，表达了对权奸之臣残民祸政的深恶痛绝和对当世君主惩恶安民的无尽期待。

可以说，韩说通篇体现着鲜明的事件化倾向和托讽时政的创作动机，具体可划分为以下四个方面。

（一）政治环境：从"元气阴阳之坏，人由而生"到"人之坏元气阴阳也亦滋甚"的状态，暗示着当世政局已陷入纪纲败坏与奸臣当道的恶性循环，此种局面之造成，盖非一日之寒。

（二）人物特征：权奸之臣的仕宦生涯，应在上述政治环境下展开，他乘纪纲败坏之隙，发迹当道，继而更加肆意祸乱政局。

（三）事件特征：从"今夫人有疾痛、倦辱、饥寒甚者""仰而呼天"及"残民者昌"数语可见，现实中出现了民不聊生的惨象，权奸之臣对此事件应负直接责任，却并未遭到惩处。

（四）托讽动机：从"吾意有能残斯人使日薄岁削，祸元气阴阳者滋少"及"吾意天闻其呼且怨""其祸焉者受罚亦大矣"数语可见，韩愈同情民生、疾恶如仇，并寄希望于当世君主，相信君主必能整肃纪纲、惩恶安民。

若韩说确有本事寓焉，则须同时满足上述四重特征，否则便不必轻言托讽。

第三节　德宗与顺宗之际：《天说》的历史世界

一般认为，韩柳交游不晚于唐德宗贞元十五年（799 年），[①] 至唐宪宗元和十四年（819 年）柳宗元去世为止，历经德宗、顺宗、宪宗三朝。那么，韩愈在《天说》中所寄望之君，便不外乎德宗、顺宗、宪宗三帝。其中，宪宗奋发有为，实现了唐室中兴，被誉为"中外咸理，纪律再张"，即便宪宗晚岁未能尽惬人望，依旧是"政道国经，未至衰紊"。[②] 至于顺宗一朝，王叔文集团当政，实施免除赋税、释放宫女、取消宫市等一系列举措，[③] 有效地改善了民生。要之，顺宗、宪宗二朝庶几乎治，皆不必以"元气阴阳之坏"托讽之。

而唐德宗时，其初亦能"励精治道""五典克从"，[④] 至贞元以降，德宗不复有早年经纶之志，日益猜忌多疑，以致国家政制形同虚设，群小乘

---

　　① 参见施子愉：《柳宗元年谱》，《武汉大学人文科学学报》1957 年第 1 期；罗联添：《韩愈研究》，学生书局 1988 年版，第 162—164 页。

　　② 刘昫等：《旧唐书》卷一五《宪宗纪》，中华书局 1975 年版，第 472 页。

　　③ 参见刘昫等：《旧唐书》卷一四《顺宗纪》，中华书局 1975 年版，第 406—408 页；欧阳修、宋祁：《新唐书》卷七《顺宗纪》，中华书局 1975 年版，第 206 页。

　　④ 刘昫等：《旧唐书》卷一三《德宗纪》，中华书局 1975 年版，第 400—401 页。

隙窃权当道，时人目为"纪纲大坏"。①

据史载：

> （德宗）躬亲庶政，不复委成宰相，庙堂备员，行文书而已。除守宰、御史，皆帝自选择。然居深宫，所狎而取信者裴延龄、李齐运、王绍、李实、韦执谊洎渠牟，皆权倾相府。延龄、李实，奸欺多端，甚伤国体；绍无所发明；而渠牟名素轻，颇张恩势以招趋向者……②

在贞元时期出现的这批权臣中，有的尸位素餐，有的邀买声名，其性质最为恶劣的当数裴延龄和李实，因为他们掌权当道之后，有着"奸欺多端"的行径，极大损害了"国体"，也即国家赖以维系、国政赖以运行的纪纲法度。可以说，正是由于裴延龄和李实的存在，才使贞元政局彻底陷入纪纲败坏与权奸当道的恶性循环之中，这与《天说》描绘的"元气阴阳之坏，人由而生"到"人之坏元气阴阳也亦滋甚"的趋势若合符契。

从时间上看，裴延龄自贞元八年（792 年）领度支起揽权横行，直至贞元十二年（796 年）去世，③ 在这段时间里，韩柳各自忙于应试、宦游，无甚交往，④ 故《天说》不可能作于此时，所讽当与裴延龄事无涉。

相比之下，李实当权的时间晚于裴氏，其于贞元十九年（803 年）任京兆尹，"恃宠强愎，不顾文法，人皆侧目"⑤，而贞元十九年正是韩柳同

---

① 陆贽：《论裴延龄奸蠹书一首》，见陆贽撰，王素点校：《陆贽集》卷二一，中华书局 2006 年版，第 670—678 页。

② 刘昫等：《旧唐书》卷一三五《韦渠牟传》，中华书局 1975 年版，第 3729 页。

③ 参见刘昫等：《旧唐书》卷一三五《裴延龄传》，中华书局 1975 年版，第 3720—3728 页。

④ 参见张清华：《韩愈年谱汇证》，见张清华：《韩学研究》下册，江苏教育出版社 1998 年版，第 55—93 页；施子愉：《柳宗元年谱》，《武汉大学人文科学学报》1957 年第 1 期。

⑤ 刘昫等：《旧唐书》卷一三五《李实传》，中华书局 1975 年版，第 3731 页。

官御史的时期，若云二人于此时托讽时政，无论从交往的密切程度，还是从职事的相关程度来讲，可能性都是相当大的。

有关李实败坏纪纲法度的斑斑劣迹，《旧唐书》记载颇详：

> 故事，府官避台官。实常遇侍御史王播于道，实不肯避，导从如常。播诘其从者，实怒，奏播为三原令，谢之日，庭诟之。陵轹公卿百执事，随其喜怒，诬奏迁逐者相继，朝士畏而恶之。又诬奏万年令李众，贬虔州司马，奏虞部员外郎房启代众，升黜如其意，怙势之色，警然在眉睫间。故事，吏部将奏科目，奥密，朝官不通书问，而实身诣选曹迫赵宗儒，且以势恐之。前岁，权德舆为礼部侍郎，实托私荐士，不能如意，后遂大录二十人迫德舆曰："可依此第之；不尔，必出外官，悔无及也。"[1]

李实自任京尹以来，不避台官，陵轹公卿，怙势诬奏，甚至强行干涉吏部试和礼部试，打破了国家官僚制度的底线，将德宗朝"纪纲大坏"的趋势推向了无以复加的境地，以"人之坏元气阴阳也亦滋甚"托讽之，可以说是再恰切不过的了。

更值得注意的是，李实还有一桩残暴百姓、令时人"无不切齿以怒"[2]的恶政：

> （贞元十九年）京兆尹嗣道王实务征求以给进奉，言于上曰："今岁虽旱而禾苗甚美。"由是租税皆不免，人穷至坏屋卖瓦木、麦苗以输官。优人成辅端为谣嘲之；实奏辅端诽谤朝政，杖杀之。[3]

---

[1] 刘昫等：《旧唐书》卷一三五《李实传》，中华书局 1975 年版，第 3731—3732 页。

[2] 刘昫等：《旧唐书》卷一三五《李实传》，中华书局 1975 年版，第 3731 页。

[3] 司马光编著：《资治通鉴》卷二三六，中华书局 1956 年版，第 7604 页。

李实为了进奉固宠，不恤旱情，肆意征求，以致百姓困苦不堪；成辅端同情百姓，讥刺李实恶政，却惨遭杀害。此间情势一如《天说》开篇所谓"残民者昌，佑民者殃"的"极戾"状态。当时百姓在租税重压之下，被迫"坏屋卖瓦木、麦苗"，失去了赖以生存的物质条件，势必导致《天说》所谓"今夫人有疾痛、倦辱、饥寒甚者"的大量涌现。

面对李实的暴政，时任监察御史的韩愈痛心疾首，旋即写下《御史台上论天旱人饥状》（以下简称《状》）一文，极言百姓疾苦：

> 右臣伏以今年已来，京畿诸县夏逢亢旱，秋又早霜，田种所收，十不存一。陛下恩逾慈母，仁过春阳，租赋之间，例皆蠲免。所征至少，所放至多；上恩虽弘，下困犹甚。至闻有弃子逐妻以求口食，坏屋伐树以纳税钱，寒馁道涂，毙踣沟壑。有者皆已输纳，无者徒被追征。臣愚以为此皆群臣之所未言，陛下之所未知者也！
>
> 臣窃见陛下怜念黎元，同于赤子；至或犯法当戮，犹且宽而宥之；况此无辜之人，岂有知而不救……伏乞特敕京兆府：应今年税钱及草粟等在百姓腹内征未得者，并且停征……①

此文不仅生动反映了百姓"疾痛、倦辱、饥寒"之"甚"的惨状，揭露了李实"残民"的酷烈程度，同时充分表达了对唐德宗终止恶政、救民水火的强烈愿望。韩愈开篇便称颂德宗"恩逾慈母，仁过春阳"，这样看来，百姓的困厄并非德宗的主观过失，实因"群臣之所未言，陛下之所未知"，即德宗受到蒙蔽，不了解真实情况所致。如今既陈实情，"岂有知而不救"，可见韩愈相信德宗定会有所作为。

反观《天说》，韩愈在开篇和结尾处均描绘了百姓困厄呼天的场景，

---

① 韩愈：《御史台上论天旱人饥状》，见韩愈著，马其昶校注，马茂元整理：《韩昌黎文集校注》卷八，上海古籍出版社2014年版，第655—656页。

但在韩愈看来，这只不过是百姓"举不能知天"的表现，并非"天"的主观过失，结尾又指出"天"一旦听到百姓的呼声，就一定能顺应民意、赏功罚祸。由此可见，韩愈所塑造的"天"的形象和他心目中的德宗一样，都是爱护百姓的。韩愈以"不知天"消解百姓怨天的行为，实际上就是为了维护"天"的正义形象，这与韩愈《状》中"恩逾慈母，仁过春阳"的正面称颂相辅相成，寄寓了韩愈对德宗的绝对信服与无尽期待。

值得注意的是，韩愈虽然勇于上疏、直陈民瘼，也不得不避忌权势正盛的李实，故《状》中只是点出了京兆府，表达了停征救民的意愿，却未敢直言指斥李实之罪。而其惩处李实的真实愿望，只能借助更为隐晦的、疏离现实话语的其他文体予以呈现。比如，韩愈同年所作《讼风伯》云：

> 维兹之旱兮，其谁之由？我知其端兮，风伯是尤。山升云兮泽上气，雷鞭车兮电摇帜，雨寰寰兮将坠，风伯怒兮云不得止。旸乌之仁兮，念此下民；闵其光兮，不斗其神。
>
> 嗟风伯兮，其独谓何！我于尔兮，岂有其他？求其时兮修祀事，羊甚肥兮酒甚旨，食足饱兮饮足醉，风伯之怒兮谁使？云屏屏兮吹使醨之，气将交兮吹使离之；铄之使气不得化，寒之使云不得施。嗟尔风伯兮，欲逃其罪又何辞！
>
> 上天孔明兮，有纪有纲；今我上讼兮，其罪谁当？天诛加兮不可悔，风伯虽死兮人谁汝伤！①

韩愈借助楚辞体生动呈现了由所谓风伯一手造成的旱灾：由于风伯作祟，使上天雨露不得施惠；下民被迫拿出肥羊美酒上供，风伯却依然无动于衷地残暴下民。其间，与风伯形成强烈对比的，是仁爱下民的上天。为

---

① 韩愈：《讼风伯》，见韩愈著，马其昶校注，马茂元整理：《韩昌黎文集校注》卷一，上海古籍出版社 2014 年版，第 70—71 页。

此，韩愈上讼于天，期待上天严肃纪纲，惩罚风伯。总体来看，《讼风伯》的情境设定，与李实施暴"残民"，韩愈上状、寄望德宗的史事极为近似，宋人旧注即认为此文讽刺的是贞元十九年李实"不顾旱饥，专于诛求，使人君恩泽不得下流，如风吹云而雨泽不得坠也"[①]。

值得注意的是，此文既借风伯讽刺李实，便不必再像《状》中那样有所避忌，从开篇的"风伯是尤"到"欲逃其罪又何辞"再到"天诛加兮不可悔，风伯虽死兮人谁汝伤"，批判风伯的口吻层层加重，充分表达了韩愈期待德宗严惩李实的强烈愿望。

由此反观《天说》，韩愈坚信"天"听闻百姓的呼声后，就会使残民者受到严惩，这与《讼风伯》"今我上讼"、天加诛于风伯的描叙如出一辙。不仅如此，"风吹云而雨泽不得坠"的繁复铺叙本身亦是"元气阴阳之坏"的生动体现。可以说，《讼风伯》与《天说》具有十分密切的互文关系，为探明《天说》托讽动机及其本事提供了有力佐证。

要言之，从贞元政治的总体局势，到李实当权及其贞元十九年苛征残民的种种细节，再到韩愈寄望德宗、惩恶安民的主观动机，与前述《天说》四项托寓特征一一吻合。特别是韩愈贞元十九年所作《讼风伯》《御史台上论天旱人饥状》二文，前者专事托讽而激切嘲骂，后者务求写实而意稍委曲，二文分别从正面和侧面、可能性和必要性的双重角度表明：当韩愈有意向柳宗元表达自己对于时局的态度而又不便明言的情况下，有可能且只可能采用像《天说》这样谲诡的托讽话语，殆非如此无以全身，非如此亦不足以寄意。

以上既证韩说之本事，便不难窥见继之而出的柳说之旨。柳宗元在《天说》后半部分对韩愈既有褒扬又有批评，其文云：

---

① 魏仲举：《新刊五百家注音辩昌黎先生文集》卷一二，上海涵芬楼影宋本，第18页。需要说明的是，宋人旧注在此句之前还有一句，云"德宗贞元十九年，正月不雨，至七月甲戌始雨，公时为四门博士，作此专以刺权臣裴延龄、李齐运、李实等"。按，裴延龄、李齐运均卒于贞元十九年之前，无预其事，盖宋人误记。

　　柳子曰："子诚有激而为是耶？则信辩且美矣，吾能终其说。彼上而玄者，世谓之天；下而黄者，世谓之地。浑然而中处者，世谓之元气；寒而暑者，世之谓之阴阳。是虽大，无异果蓏、痈痔、草木也。假而有能去其攻穴者，是物也，其能有报乎？繁而息之者，其能有怒乎？天地，大果蓏也；元气，大痈痔也；阴阳，大草木也，其乌能赏功而罚祸乎？功者自功，祸者自祸，欲望其赏罚者大谬矣。呼而怨，欲望其哀且仁者，愈大谬矣。子而信子之仁义以游其内，生而死尔，乌置存亡得丧于果蓏、痈痔、草木耶？"[①]

　　柳宗元开篇即点出韩说"有激而为"的特质，旋即称赞其"信辩且美"，[②]若非柳宗元觉察到韩愈借说理以讽时事之绝妙笔法，恐怕不必如此褒扬韩说。在此基础上，柳宗元提出"吾能终其说"，表明己说实承韩说而作，并能终结韩说之旨。这样看来，柳说也不可能是纯粹意义上的辨名析理之文，而应接续韩愈"信辩且美"的修辞策略，对韩说的托讽旨意有所回应。要之，柳说开篇二句不仅为理解韩说提供了方向性指引，也预示着柳说自身的话语风格，诚为《天说》全篇之枢纽。

　　既明乎此，再看此后柳宗元对韩说之批评——通过重新定义天地和元气阴阳，逐一强调其自然属性，消解其社会属性，最终指出"天"是不可能赏功罚祸的——便不难体会到柳氏更为激进的政治立场。在韩说中，"天"象征的是当世君主唐德宗，"元气阴阳"象征的是王政纪纲，也即现行政治秩序，而柳宗元对"天"和"元气阴阳"的还原式界说，本质上否定了唐德宗"代天行法"的合理性，消解了唐德宗主持下的王政纪纲的权威性。对此，柳宗元自然不便公开表达，于是延续了韩说的托讽策略，通

---

　　①　柳宗元著，尹占华、韩文奇校注：《柳宗元集校注》卷一六，中华书局2013年版，第1090页。

　　②　"辩者，谓巧言也"。参见王卡点校：《老子道德经河上公章句》卷四，中华书局1993年版，第307页。

过话语属性的转换，暗中寄托自己的政治立场。

柳宗元之所以拥有如此激进的立场，不足为怪，主要原因在于他那时已成为王叔文集团的骨干成员之一，这一集团依附于太子李诵（即后来的唐顺宗），涌动着政治变革的潜流。《资治通鉴》唐德宗贞元十九年条云：

> 叔文谲诡多计，自言读书知治道，乘间常为太子言民间疾苦。……太子曰："寡人方欲极言之。"众皆称赞，独叔文无言。既退，太子自留叔文，谓曰："向者君独无言，岂有意耶？"叔文曰："叔文蒙幸太子，有所见，敢不以闻。太子职当视膳问安，不宜言外事。陛下在位久，如疑太子收人心，何以自解！"太子大惊，因泣曰："非先生，寡人无以知此。"遂大爱幸，与王伾相依附。
>
> 叔文因为太子言："某可为相，某可为将，幸异日用之。"密结翰林学士韦执谊及当时朝士有名而求速进者陆淳、吕温、李景俭、韩晔、韩泰、陈谏、柳宗元、刘禹锡等，定为死友。而凌准、程异等又因其党以进，日与游处，踪迹诡秘，莫有知其端者。……①

其时，太子李诵及王叔文集团关心民间疾苦，不满于德宗主导下的现状，但又担心触犯忌讳，招致灾祸，因此选择隐忍韬晦，欲待太子顺利即位后再采取行动。无论柳宗元当日是否有"求速进"的主观意愿，他既为王叔文集团中"定为死友"的骨干成员，自然会认同并遵循这一集团的基本价值理念和行动策略。由此反观《天说》，我们更能深入窥悉韩柳异同之动因，揭开其间蕴藏的历史世界：

贞元十九年，韩愈一意关心百姓疾苦，在政治上却无党可依，只能寄望于现行之"天"——唐德宗，但同时又忌惮权臣李实，故作《御史台上论天旱人饥状》而闪烁其词，又作《讼风伯》与《天说》专事托讽。作为

---

① 司马光编著：《资治通鉴》卷二三六，中华书局 1956 年版，第 7602—7603 页。

同官好友，柳宗元深知韩愈用心，然而他又是王叔文集团之骨干，内心拥护太子李诵，欲言却不便明言，值此隐忍韬晦之际，只能延续韩说的托讽策略，通过话语属性的转换，寄托对德宗的不满。

总之，韩柳在《天说》中的相异之处，主要表现在他们对于"天"的态度截然相反，这看似二人哲学观点的对立，实则由于他们政治立场的差异——韩愈寄望德宗而尊"天"，柳宗元寄望太子而轻"天"；而韩柳的相同之处，则体现在文学修辞层面，即二人之说皆属"有激而为"，皆因有所忌惮、不便明言而采取了借说理以讽时事的托讽笔法，以致《天说》通篇谲诡幽隐、暗藏机锋，读之或为辨名析理、议论天人之修辞狡计所蔽，而难悉本旨。①

第四节　韩柳说体文之特质

拨开千年以降轩轾韩柳的层层迷雾，揭下《天说》哲学化的阐释面纱，重审其话语形态，究明其托讽旨意，还原其作为文学作品的本质属性，有助于深入理解韩柳二人在文学创作上的同气相求和政治立场上的异趣别径，有助于深入把握"韩柳异同"这一经典论题的复杂面相。如果进一步追问，历代何以多将《天说》视为辨名析理的哲学文献？除了韩柳笔法深曲这一直接原因，从根本上讲，或许与说体文的文体认知不无关系。

长期以来，说体往往被视为论体之下的二级概念，被定义为"解释义

---

① 何焯虽然意识到韩说之"廋词"，但论柳说时又云"柳子则直以天为无心矣，则古圣人曰天位、曰天禄、曰天职者，岂其诬欤？天既无心，人之仁义又何能自信欤？言之似正而实昧其本，于韩之廋词亦有所不察也"（见何焯著，崔高维点校：《义门读书记》卷三五，中华书局1987年版，第627页），惜乎未达一间矣。

理而以己意述之"①，其至被说成"与论无大异也"②，几为论体所湮，统为辨名析理之正体。之所以如此界定，殆因说体文的源头往往被追溯到《说卦传》和《说文解字》等学术著作，这固然无可厚非，但若以此衡量韩柳之说体文，便遮蔽了问题的复杂性。今按韩柳说体文共计17篇，其中韩集收6篇（《师说》《杂说四首》《猫相乳说》），柳集收11篇（《天说》《鹘说》《祀朝日说》《捕蛇者说》《褐说》《乘桴说》《说车赠杨诲之》《谪龙说》《复吴子松说》《罴说》《观八骏图说》，合为一卷）。这17篇作品中，只有《祀朝日说》《乘桴说》2篇属于较为纯粹的辨名析理之作，余者皆存在着鲜明的现实观照，甚至蕴含着具体而微的现实事件，主导着全篇的言说方式和修辞风格，与辨名析理之正体相比，存在不同程度的异质性。具体可分为以下三类：

一曰感时说理。这类作品虽然本质上仍属说理，但在强烈的现实观照的驱动下，辨名析理是在特定情境下展开的，具有鲜明的现实指向性，因此往往无法确保逻辑的周延及论证的普遍合理性。比如韩愈《师说》是针对当时士大夫耻于相师的风气而作，为了纠正这一风气，文中特意标举孔子师从老子之说，然而韩愈对此实不以为然，认为那不过是道家的附会，韩愈思想与《师说》的文本呈现之间存在着明显矛盾。但从另一层面讲，此即文体风格使然：《师说》作为说体文，乃感时而发，孔子师从老子之说，或可视为一种修辞策略，而非正言，不必深究。此外，柳宗元《褐说》也存在类似特点，兹不赘。

二曰叙事警世。这类作品已然摆脱了辨名析理之窠臼，以述说现实事件为主体，至篇末才转入道理与教训，理由事而生、因事而明，警世之意更加真切可感。比如柳宗元《捕蛇者说》，主体部分为记事记言，篇末转

---

① 吴讷：《文章辨体序说》，见于北山、罗根泽校点：《文章辨体序说 文体明辨序说》（合刊本），人民文学出版社1962年版，第43页。

② 徐师曾：《文体明辨序说》，见于北山、罗根泽校点：《文章辨体序说 文体明辨序说》（合刊本），人民文学出版社1962年版，第132页。

入"苛政猛于虎"之说，猛烈批判现实社会中的"赋敛之毒"，哀民多艰，讽刺辛辣。韩愈《猫相乳说》结构笔法相近，先叙述猫相乳之事及马燧之功业，最后赞颂马燧修身齐家之德、善持禄位之能，与《捕蛇者说》相比，一为讽刺，一为称道，皆非空谈道理，乃是根于时事而有益于世者。

三曰借物托讽。韩愈《杂说四首》，柳宗元《鹘说》《说车赠杨诲之》《谪龙说》《复吴子松说》《罴说》《观八骏图说》等皆属此类，占韩柳说体文总量的六成以上，是其主体风格。其中韩愈的《杂说四首》，前人评云："《龙喻》言君不可以为臣，《医喻》言治不可以恃安，《鹤喻》言人不可以貌取，《马喻》言世未尝无逸俗之贤。"① 柳宗元以《鹘说》讽"当途者昔资子厚之气力而今不知报"②，以《说车赠杨诲之》讽杨诲之"圆其外者未至"③，以《谪龙说》讽"非其类而狎其谪"者，殆自寓贬谪之身世，④ 以《复吴子松说》讽"人或权褒贬黜陟，为天子求士者"⑤，以《罴说》讽"不善内而恃外者"，流露出对朝廷"以藩治藩"政策的批评，⑥ 以《观八骏图说》讽人才选拔机制的教条与异化，率皆借物托讽之作。

值得注意的是，这类作品存在三重共性特征：一是假借之物的自然（物理）属性与社会（人伦）属性密切相关，便于象喻托讽，比如《说车

---

① 黄震：《黄氏日抄》卷五九，见吴文治编：《韩愈资料汇编》，中华书局1983年版，第547页。

② 韩醇题注柳宗元《鹘说》之语，见柳宗元著，尹占华、韩文奇校注：《柳宗元集校注》卷一六，中华书局1987年版，第1106页。

③ 柳宗元：《说车赠杨诲之》，见柳宗元著，尹占华、韩文奇校注：《柳宗元集校注》卷一六，中华书局1987年版，第1137页。

④ 柳宗元：《谪龙说》，见柳宗元著，尹占华、韩文奇校注：《柳宗元集校注》卷一六，中华书局1987年版，第1144页；卞孝萱：《唐传奇新探》，江苏教育出版社2001年版，第220—223页。

⑤ 柳宗元：《复吴子松说》，见柳宗元著，尹占华、韩文奇校注：《柳宗元集校注》卷一六，中华书局1987年版，第1149页。

⑥ 柳宗元：《罴说》，见柳宗元著，尹占华、韩文奇校注：《柳宗元集校注》卷一六，中华书局1987年版，第1152页；孙昌武：《柳宗元传论》，人民文学出版社1982年版，第382页。

赠杨诲之》之"车"具有"圆其外而方其中"[1]的特点，适可象征为人之道，又如《杂说四首》之《龙喻》，以龙象征君主，更是不言自明的。二是借物托讽之书写，多具事件化特征，特别是《鹘说》《谪龙说》《罴说》等篇，有相对完整的故事情节，甚至具有小说化倾向，巧妙幻化出丰富生动的托讽空间，托讽之笔得以游刃其中。三是托讽主题往往与现实政治密切相关，而且很多涉及全局性、关键性、制度性的问题，比如君臣关系、纪纲法度、选人用人、藩镇政策等。

由此反观《天说》一文，实将感时说理、叙事警世、借物托讽熔于一炉，感时而先叙其事，复借辨名析理之辞，收托寓讽刺之功，诚可谓韩柳说体文集大成之作。全篇看似说理而非正言，先叙其事而匿其志，着意托寓而绝去具象之物，转而寄诸"天""人""元气阴阳"许大概念之中，使人浑然莫识其端，而宛转嘲骂之心，已毕于短制矣。更为重要的是，从《天说》的创作形式上看，该文系韩柳同题共作，这在二人的古文创作历程中当是绝无仅有的。韩柳在《天说》中一道采用托讽策略，寄寓现实关切，集中展现了说体文的文体特质，充分反映了说体文的创作倾向，共同开辟了与辨名析理之论体文貌合神离的夐绝之境。[2]

---

[1]　柳宗元：《说车赠杨诲之》，见柳宗元著，尹占华、韩文奇校注：《柳宗元集校注》卷一六，中华书局 1987 年版，第 1136 页。

[2]　韩柳的这一创作倾向，时人亦颇留意。刘禹锡《天论》开篇云："余之友河东解人柳子厚作《天说》，以折韩退之之言，文信美矣，盖有激而云，非所以尽天人之际。故余作《天论》，以极其辩云。"（刘禹锡撰，《刘禹锡集》整理组点校：《刘禹锡集》卷五，中华书局 1990 年版，第 67 页）"有激"云云，本是柳宗元评论韩愈的话，刘禹锡用以移评柳宗元，可见韩柳皆有激而云，《天说》通篇含有强烈的现实指向，非为辨名析理，故云"非所以尽天人之际"。而刘禹锡的兴趣点，已不在"有激"之事上，直欲"极其辩"以"尽天人之际"，故其题未袭"天说"之名，亦未衍作"续天说"，而是易"说"为"论"，以示返诸论体之正。具体来看，刘禹锡分别从"法大行""法小弛""法大弛"三类情形出发，深入探讨天人关系，进而引入"理""数""势"等哲学概念，以证成其"天与人交相胜"之论断，通篇条分缕析，显豁畅达，极尽辨名析理之能事，与《天说》之隐晦委曲形成鲜明对照。凡此，适为我们体认论、说之别提供了重要依据。

第三章 伤悼一代名相的文学突围——《毛颖传》笺证

第一节 《毛颖传》寓讽德宗考

与柳宗元合作《天说》后不久，韩愈又作《毛颖传》一文。此文自问世以来，在持续不断的评论与仿作中，受到更为广泛的关注，获得了文学史上的独特地位。学者们向来对文中"秦真少恩"数语颇为关注，认为《毛颖传》非仅戏拟毛笔，且富含讽意，[①] 更有学者考证其本事：

或云唐代宗大历十二年（777 年），抚养过韩愈的长兄韩会坐元载案

---

① 参见叶梦得：《避暑录话》卷下，中华书局 1985 年版，第 93 页；姜宸英：《湛园未定稿》卷八《〈求志轩集〉题辞》，见姜宸英著，雍琦整理：《姜宸英全集》，浙江古籍出版社 2016 年版，第 174 页；殷孟伦、杨慧文选注：《韩愈散文选》，上海古籍出版社 1986 年版，第 85 页；郭预衡、郭英德主编：《唐宋八大家散文总集》，河北人民出版社 2013 年版，第 186 页；张清华：《韩愈诗文评注》，中州古籍出版社 1991 年版，第 224 页；于泓、毕宝魁：《浅析韩愈〈毛颖传〉的深层思想》，《广东社会科学》1994 年第 2 期；蒋凡、雷恩海选注：《韩愈散文精选》，东方出版中心 1998 年版，第 413 页；谭家健：《中国古代散文史稿》，重庆出版社 2006 年版，第 320 页；王建生编著：《韩柳文选评注》，文津出版社 2008 年版，第 144 页；王更生《韩愈散文研读》，见《王更生先生全集》，文史哲出版社 2010 年版，第 226 页；李浩选，阎琦、李浩、李芳民注释：《唐文选》，人民文学出版社 2011 年版，第 442 页。

贬官，韩愈"不敢公开说皇帝错""于是以物（毛笔）拟人，以俳谐为掩护，在小说《毛颖传》的结尾，迸发出'秦真少恩哉'这句真话"。①

或云唐德宗贞元十九年（803 年）天旱人饥，京中仍务聚敛、不恤民情，韩愈谏论而遭贬逐，优人成辅端戏讽却被仗杀，于是韩愈作《毛颖传》，以"秦真少恩"寓讽德宗少恩。②

或云唐宪宗元和十一年（816 年）正月，韩愈进中书舍人，宪宗欲平蔡，愈上言，旋改太子右庶子，这与《毛颖传》"吾尝谓君中书，君今不中书耶"数语意合。又云宪宗勤政，史载"延英议政，昼漏率下五六刻方退"，与《毛颖传》秦始皇"亲决事，以衡石自程"事近，疑讽宪宗。③

或云唐宪宗元和二年（807 年），朝廷重臣杜佑没有按期致仕，"直到元和七年才致仕"，在此期间，年满不致仕的杜佑颇为时议所非，而韩愈一贯主张"朝廷当优礼臣下，而不应只是用才使能"，与时论不合，遂借俳谐之笔以泄胸中积郁。④

以上诸说虽广涉代宗、德宗、宪宗朝事，结论各异，但都认为《毛颖传》是借古讽今，多以秦始皇形象寓讽当世君主。⑤

---

① 参见卞孝萱：《〈毛颖传〉新探》，见卞孝萱：《卞孝萱文集》第 3 册，凤凰出版社 2010 年版，第 578—580 页。

② 参见景凯旋：《士与俳优：〈毛颖传〉中的两个传统》，见凯旋：《唐代文学考论》，南京大学出版社 2012 年版，第 228—231 页。

③ 参见钱基博著，傅宏星校订：《韩愈志 韩愈文读》，华中师范大学出版社 2012 年版，第 118—119 页。

④ 参见刘宁：《论韩愈〈毛颖传〉的托讽旨意和俳谐艺术》，《清华大学学报》（哲学社会科学版）2004 年第 2 期。

⑤ 如前所述，除刘宁外，钱基博、卞孝萱、景凯旋都明确指出《毛颖传》讽刺时君。另需补充说明的是，陈慧在《君臣纲纪与中唐政治危机——韩愈〈毛颖传〉解读》（《古典学研究》2016 年春季卷）一文中认为"韩愈《毛颖传》极大可能影射了唐德宗与陆贽，尽管还可能参考了其他人事，或具有更普遍的讽刺意义"，拈出唐德宗与陆贽，颇为有见，而其文章思路与本文有别，有兴趣的读者不妨对读。

若沿此思路作一考辨，韩愈生于唐代宗大历三年（768年），卒于唐敬宗长庆四年（824年），经历了代宗、德宗、顺宗、宪宗、穆宗、敬宗六位君主，而《毛颖传》的作年，据柳宗元《读韩愈所著〈毛颖传〉后题》云：

> 自吾居夷，不与中州人通书。有来南者，时言韩愈为《毛颖传》……而吾久不克见。杨子诲之来，始持其书，索而读之……①

永贞元年（805年）九月，柳宗元坐王叔文党刺邵州，在道再贬永州司马，年底至永州，②此即柳宗元所谓"居夷"的时间；元和四年（809年）七月，柳宗元妻父京兆尹杨凭贬为临贺尉，其子杨诲之随行，途经永州，③此即柳宗元"索而读之"的时间；由此可知，《毛颖传》问世于永贞元年九月至元和四年之间。又据柳宗元于元和四年云"久不克见"，则《毛颖传》作年不近于元和四年，而在永贞元年九月至元和元年，即唐宪宗即位之初的可能性最大。

依据作年，可对《毛颖传》本事作一初步推断：

若为唐宪宗元和十一年韩愈罢中书舍人事，则发生在《毛颖传》问世后数年，韩愈不可能预知其事。

若为唐宪宗元和二年至七年间杜佑不致仕事，则韩愈最早要到元和二年以后才创作《毛颖传》，这与元和四年柳宗元"久不克见"之说不甚合。

若为唐代宗大历十二年韩会贬官事，则发生在《毛颖传》问世的

---

① 柳宗元著，尹占华、韩文奇校注：《柳宗元集校注》卷二一，中华书局2013年版，第1435页。

② 柳宗元著，尹占华、韩文奇校注：《柳宗元集校注》附录《柳宗元年表》，中华书局2013年版，第3500页。

③ 司马光编著：《资治通鉴》卷二三八，中华书局2011年版，第7784页；施子愉：《柳宗元年谱》，《武汉大学人文科学学报》1957年第1期。

二十八年前，时过境迁，微辞追讽的可能性不大。

可见，在韩愈经历的六位君主中，前人所谓讽代宗、讽宪宗的可能性并不大，而穆宗、敬宗皆在宪宗之后，顺宗享国日浅，皆无可能，相比之下，只有讽德宗的可能性较大。

这一推断，可通过与秦始皇形象的比较，得到进一步印证：

据史载，唐代宗"宇量弘深"而"恩信结于士心"，向有"贤君"之称，[①]唐顺宗"为人宽仁"[②]，皆不类《毛颖传》中刻薄少恩的秦始皇形象。唐宪宗之勤政，谓其与秦始皇近似，固无不可；然而，宪宗在元和初年任用贤能，[③]与秦始皇大相径庭。宪宗始终礼遇杜佑等元老，在杜佑四次表请致仕之后，宪宗"仍加阶级，以厚宠章"，杜佑"诸子咸居朝列，当时贵盛，莫之与比"，[④]与《毛颖传》"少恩"之讽殊不相称。[⑤]

相比之下，只有唐德宗绝类秦始皇。德宗"猜忌刻薄，以强明自任"，政事"不委任臣下，官无大小，必自选而用之"；[⑥]而秦始皇"亲决事，以

---

①　刘昫等：《旧唐书》卷一一《代宗纪》，中华书局1975年版，第267、316页。

②　欧阳修、宋祁：《新唐书》卷七《顺宗纪》，中华书局1975年版，第205页。

③　参见刘昫等：《旧唐书》卷一五《宪宗纪》，中华书局1975年版，第472页；欧阳修、宋祁：《新唐书》卷七《宪宗纪》，中华书局1975年版，第219页。

④　刘昫等：《旧唐书》卷一四七《杜佑传》，中华书局1975年版，第3981—3982页。

⑤　进一步讲，有唐一朝对年老的高级官员十分优待。唐制，职事官年七十致仕，"若齿力未衰，亦听厘务"，特别是那些功勋卓著、才能出众、深受皇帝宠信的官员，即便他们主动提出致仕请求，朝廷往往优诏留任。对于致仕官员，朝参班次仍在本品现任之上，并给半禄。到了唐德宗贞元时，致仕官给半禄料，待遇得到进一步提升（参见刘昫等：《旧唐书》卷四三《职官志二》，中华书局1975年版，第1820页；王溥：《唐会要》卷六七，上海古籍出版社2006年版，第1173—1175页）。由此可见，当时朝廷不会因为官员年老就对其"少恩"，我们在考证《毛颖传》本事时，不必索解于"以老见疏"这句戏语。如果借用西方叙事学的概念，此语乃"叙事者"之语，无涉作者托寓之用心。

⑥　欧阳修、宋祁：《新唐书》卷七《德宗纪》，中华书局1975年版，第219页；司马光编著：《资治通鉴》卷二三四，中华书局2011年版，第7677页。

衡石自程"①。德宗贞元时，臣子"一有谴责，往往终身不复收用"②；而秦始皇谴黜毛颖之后，也是终身"不复召"③。

以上通过《毛颖传》作年考辨和人物形象比较可知，在韩愈经历的代宗、德宗、顺宗、宪宗、穆宗、敬宗六朝中，《毛颖传》本事只可能发生于唐德宗一朝，秦始皇形象极可能寓讽刻薄少恩的唐德宗。那么，一度深受秦始皇宠信却终遭疏弃的毛颖，是否有特定的托寓对象？能否依从旧说，认为与韩愈本人或优人成辅端密切相关呢？

对此，尚需结合俳谐文的戏拟传统，详加考辨。

第二节 《毛颖传》寓伤陆贽考

一、俳谐文创作传统述略

叶梦得《避暑录话》略云：

> 韩退之作《毛颖传》，此本南朝俳谐文《驴九锡》、《鸡九锡》之类而小变之耳。俳谐文虽出于戏，实以讥切当世封爵之滥……不徒作也。④

运用戏拟笔法讥切时政，是俳谐文的一大传统。《避暑录话》所谓《驴

---

① 韩愈：《毛颖传》，见韩愈著，马其昶校注，马茂元整理：《韩昌黎文集校注》卷八，上海古籍出版社 2014 年版，第 634 页。
② 司马光编著：《资治通鉴》卷二三四，中华书局 2011 年版，第 7677 页。
③ 韩愈：《毛颖传》，见韩愈著，马其昶校注，马茂元整理：《韩昌黎文集校注》卷八，上海古籍出版社 2014 年版，第 634 页。
④ 叶梦得：《避暑录话》卷下，中华书局 1985 年版，第 93 页。

九锡》、《鸡九锡》者，即刘宋袁淑所撰《驴山公九锡文》、《鸡九锡文》。九锡本是天子赏赉勋臣的九种礼器，[①] 汉魏六朝之际，"篡乱相仍，动用殊礼，僭越冒滥"，九锡之礼成了谋朝篡位的先兆，于是"铺张典丽，为一时大著作"之九锡文应运而生。[②] 对于这一具有强烈政治色彩、极尽赋颂之美盛的庄严文体，袁淑却着意变体为戏，通过双关、谐音等手法，将驴、鸡等动物形象描绘成受赐九锡的显赫公侯，用以讽刺僭越篡乱之时事。[③]

如《鸡九锡文》中，年号称"神雀"，岁时皆作某"酉"，封爵称"会稽公"，封地为"扬州之会稽"，同僚称"下雉公王凤、白门侯扁鹊"，叙其事迹曰"天姿英茂，乘机晨鸣，虽风雨之如晦，抗不已之奇声"云云，[④] 皆缘鸡事而设。

又如《驴山公九锡文》，封爵作"中庐公"，封地为"扬州之庐江"，职官作"大鸿胪、班脚大将军"，叙其事迹曰"音随时兴""慷慨应邗"，更写其"长鸣""粮运""负磨"之"众能"，[⑤] 皆缘驴事而设。

纵观此种化物拟人之荒诞与谐谑，消解了九锡之礼的隆重庄严，将现

---

① 《白虎通·考黜》略云："《礼》说九锡，车马、衣服、乐则、朱户、纳陛、虎贲、鈇钺、弓矢、秬鬯，皆随其德，可行而次。能安民者赐车马，能富民者赐衣服，能和民者赐乐则，民众多者赐朱户，能进善者赐纳陛，能退恶者赐虎贲，能诛有罪者赐鈇钺，能征不义者赐弓矢，孝道备者赐秬鬯。"见陈立撰，吴则虞点校：《白虎通疏证》卷七，中华书局 1994 年版，第 302—303 页。

② 赵翼著，王树民校证：《廿二史札记校证》卷七，中华书局 1984 年版，第 149、148 页。

③ 参见赵翼著，王树民校证：《廿二史札记校证》卷七，中华书局 1984 年版，第 149 页；王运熙：《汉魏六朝的四言体通俗韵文》，见王运熙：《汉魏六朝唐代文学论丛》（增补本），复旦大学出版社 2002 年版，第 294—295 页；谭家健：《六朝文章新论》，北京燕山出版社 2008 年版，第 407 页。

④ 欧阳询撰，汪绍楹校：《艺文类聚》卷九一引袁淑《俳谐记》，中华书局 1965 年版，第 1586—1587 页。

⑤ 欧阳询撰，汪绍楹校：《艺文类聚》卷九四引袁淑《俳谐记》，中华书局 1965 年版，第 1629—1630 页。

实政治中的"僭越冒滥"推向了想象的极端——以动物之猥陋而据人世之极位，毫不留情地揭穿了政治野心家的不堪。

对此，有学者注意到，袁淑所在的刘宋一朝，即由宋武帝受九锡而建。[1] 不仅如此，今考二文所涉地名亦皆在刘宋域内，如"扬州之会稽""白门""中庐""桐庐""扬州之庐江""江州之庐陵"皆刘宋州县及城门之实名，[2] 此外，"应""邗"本为春秋古国名，刘宋时分属豫州、南徐州，[3]"下雉"为汉故县名，刘宋时属郢州。[4] 更当注意的是，鸡的封地"扬州之会稽"，驴的封地"扬州之庐江"，皆"扬州"之属，而宋武帝刘裕当年就是以"扬州牧"受封宋公而"备九锡之礼"的。[5] 由此益见，二文之铺叙夸饰，非仅调笑戏谑，确有"讥切当世"之用心，其讽刺对象很有可能就是宋武帝，否则身仕刘宋的袁淑便不必谐隐如此。

除了袁淑，范晔也运用戏拟笔法创作了《和香方序》一文。《宋书·范晔传》载：

> 晔性精微有思致，触类多善，衣裳器服，莫不增损制度，世人皆法学之。撰《和香方》，其序之曰："麝本多忌，过分必害；沉实易和，盈斤无伤。零藿虚燥，詹唐粘湿。甘松、苏合、安息、郁金、榇多、和罗之属，并被珍于外国，无取于中土。又枣膏昏钝，甲煎浅俗，非

---

[1] 秦伏男：《论汉魏六朝俳谐杂文》，《青海师范大学学报》（社会科学版）1990 年第 1 期。

[2] 沈约：《宋书》卷三五、卷三六、卷三七，中华书局 1974 年版，第 1030、1032、1033、1086、1136 页；李延寿：《南史》卷三，中华书局 1975 年版，第 84 页。

[3] 参见乐史撰，王文楚等点校：《太平寰宇记》卷八引杜预注，中华书局 2007 年版，第 150 页；王筠：《说文解字句读》卷一二，中华书局 1988 年版，第 239 页；沈约：《宋书》卷三五、卷三六，中华书局 1974 年版，第 1042、1084 页。

[4] 参见李吉甫撰，贺次君点校：《元和郡县图志》卷二七，中华书局 1983 年版，第 645 页；沈约：《宋书》卷三七，中华书局 1974 年版，第 1127 页。

[5] 沈约：《宋书》卷二，中华书局 1974 年版，第 38 页。

唯无助于馨烈，乃当弥增于尤疾也。"此序所言，悉以比类朝士："麝本多忌"，比庾炳之；"零藿虚燥"，比何尚之；"詹唐粘湿"，比沉演之；"枣膏昏钝"，比羊玄保；"甲煎浅俗"，比徐湛之；"甘松、苏合"，比慧琳道人；"沈实易和"，以自比也。①

沈约撰《宋书》，多据国史旧文而详加补订，且沈氏三世仕宋，所记足可征信。②更当注意的是，沈约之父沈璞尝与范晔共事多年，对其行事、属文尤为详悉，③故沈约撰史之际，于范晔《和香方序》不待详辨，而能直指托讽人物。《和香方序》铺叙诸药属性，目的是暗寓朝士，其中"多忌""易和""虚燥""粘湿""昏钝""浅俗"数语都是双关，一面指向药材属性，一面衬出托讽对象的性格，诚可谓"触类多善"。

沈约不仅记述了范晔以物拟人的俳谐笔法，也将此种笔法运用到自己的创作之中。在《修竹弹甘蕉文》中，沈约以修竹喻贤臣、以甘蕉喻权邪，铺叙夸饰，以刺权邪"妨贤败政"，其讽世用心颇为显豁。④

与沈约同时的卞彬、诸葛勖等人，亦皆以俳谐笔法见称于齐梁之际。⑤史载：

> （卞彬）为《禽兽决录》。目禽兽云："羊性淫而很，猪性卑而率，鹅性顽而傲，狗性险而出。"皆指斥贵势。其羊淫很，谓吕文显；猪卑率，谓朱隆之；鹅顽傲，谓潘敞；狗险出，谓文度。其险诣如此。《虾蟆赋》云："纤青拖紫，名为蛤鱼。"世谓比令仆也。又云："蝌斗

---

① 沈约：《宋书》卷六九，中华书局 1974 年版，第 1829 页。

② 沈约：《宋书》卷一〇〇，中华书局 1974 年版，第 2466—2468 页。

③ 沈约：《宋书》卷一〇〇，中华书局 1974 年版，第 2461 页。

④ 原文见欧阳询撰，汪绍楹校：《艺文类聚》卷八七，中华书局 1965 年版，第 1500 页。评解见李兆洛选辑：《骈体文钞》卷三一，中州古籍出版社 1990 年版，第 716 页；谭家健：《六朝文章新论》，北京燕山出版社 2008 年版，第 409—410 页。

⑤ 参见萧子显：《南齐书》卷五二，中华书局 1972 年版，第 892—893 页。

唯唯，群浮暗水，唯朝继夕，聿役如鬼。"比令史咨事也。文章传于
闾巷。①

琅邪诸葛勖为国子生，作《云中赋》，指祭酒以下，皆有形似
之目。②

这类文章在当时影响很大，被编成多部以"俳谐文"命名的文集，一
直流传到唐代。③

到了唐代，戏拟刺世的俳谐传统，与古文家崇尚的"托微词以示褒
贬"④的文学观念暗合，遂得以进一步发展。

《新唐书·萧颖士传》云：

宰相李林甫欲见之，颖士方父丧，不诣。林甫尝至故人舍邀颖
士，颖士前往，哭门内以待，林甫不得已，前吊乃去。怒其不下
己，调广陵参军事，颖士急中不能堪，作《伐樱桃树赋》曰："擢无
庸之琐质，蒙本枝以自庇。虽先寝而或荐，非和羹之正味。"以讥
林甫云。⑤

---

① 李延寿：《南史》卷七二，中华书局 1975 年版，第 1767—1768 页。参见萧子显：
《南齐书》卷五二，中华书局 1972 年版，第 893 页。

② 李延寿：《南史》卷七二，中华书局 1975 年版，第 1768 页。

③ 参见姚振宗：《隋书经籍志考证》卷四〇《总集类》，见王承略、刘心明主编：
《二十五史艺文经籍志考补萃编》第 15 卷，清华大学出版社 2014 年版，第 2245 页。

④ 萧颖士：《赠韦司业书》，见董诰等编：《全唐文》卷三二三，中华书局 1983 年版，
第 3278 页。

⑤ 欧阳修、宋祁：《新唐书》卷二〇二，中华书局 1975 年版，第 5768 页。直至今日，
关于《伐樱桃树赋》一文的寓意，仍沿用《新唐书》的说法，参见高文、何法周主编：《唐
文选》，人民文学出版社 1987 年版，第 297—305 页；霍松林：《论唐人小赋》，《文学遗产》
1997 年第 1 期；李浩选，阎琦、李浩、李芳民注释：《唐文选》，人民文学出版社 2011 年版，
第 270—276 页。

今按《伐樱桃树赋序》开篇作"天宝八载，予以前校理罢免，降资参广陵大府军事"云云，已点出萧颖士降调这一创作背景，而后明言"聊托兴兹赋，以儆夫在位者尔"，[①]标明托讽用心。细玩文中状摹樱树之"微词"，皆与李林甫密切相关。如：

林甫为"高祖从父弟长平王叔良之曾孙"，不学无术而久据相位，[②]颖士讽曰"擢无庸之琐质，蒙本枝而自庇，汩群林而非据，专庙廷之右地，虽先寝之式荐，岂和羹之正味"[③]。

林甫"面柔而有狡计，能伺候人主意"，"中官妃家，皆厚结托，伺上动静，皆预知之，故出言进奏，动必称旨"，[④]颖士讽曰"外森沈以茂密，中纷错而交乱，先群卉以效谄，望严霜而雕换"，"每俯临乎萧墙，奸回得而窥伺"。[⑤]

林甫"久典枢衡，天下威权，并归于己"，"与之善者，虽厮养下士，尽至荣宠"，[⑥]颖士讽曰"腹背微禽，是焉栖托，颉颃上下，喧呼甚适"云云。[⑦]

托讽至此，似尤有未尽者，颖士遂于结尾总括云：

> 翼吞并于僭沃，鲁出逐于强季，絿峻擅而吴削，伦同专而晋坠。其大者，虎迁赵嗣，鸢窃齐位，由履霜而莫戒，聿坚冰而荐至。呜呼！乃终古覆车之轨辙，岂寻常散木之足议！[⑧]

---

① 姚铉编，许增校：《唐文粹》卷六，浙江人民出版社 1986 年版，第 10 页。
② 刘昫等：《旧唐书》卷一〇六，中华书局 1975 年版，第 3235、3241 页。
③ 姚铉编，许增校：《唐文粹》卷六，浙江人民出版社 1986 年版，第 10 页。
④ 刘昫等：《旧唐书》卷一〇六，中华书局 1975 年版，第 3236 页。
⑤ 姚铉编，许增校：《唐文粹》卷六，浙江人民出版社 1986 年版，第 10 页。
⑥ 刘昫等：《旧唐书》卷一〇六，中华书局 1975 年版，第 3236、3238 页。
⑦ 姚铉编，许增校：《唐文粹》卷六，浙江人民出版社 1986 年版，第 10 页。
⑧ 姚铉编，许增校：《唐文粹》卷六，浙江人民出版社 1986 年版，第 10 页。

通观全篇，前半托物讽兴，讥刺李林甫之奸邪擅权，托讽旨意既明，则鉴诸往古，从而警示君主、深化讽刺主题。这种托物讽兴与托古比事的结合，在一定程度上超越了前代俳谐传统"辞浅会俗"[1]的一面，奇正相生，雅俗共赏。可以说，这是唐代古文运动先驱对俳谐文创作的一大贡献。

二、戏拟毛颖仕履考辨

纵观俳谐文的创作传统，大凡以物拟人之作，往往关涉现实政治人物，鲜有凌空蹈虚者。其戏拟托讽的一般规律可概括为：

通过双关、谐音之法，将某一动植物的物理属性赋予相应的政治意蕴，用以暗寓某一政治人物的出身、职官、才能、品性以及与托讽主题密切相关的仕宦经历，从而达到讥切时政的目的。

由此反观《毛颖传》，韩愈根据毛笔制作和使用过程中的一系列特点，化出"衣褐之徒""累拜中书令""吾尝谓君中书，君今不中书邪""臣所谓尽心者"诸语，[2] 生动描绘了忠荩之臣极尽荣宠，却终被秦始皇无情疏弃的仕宦经历，其戏拟之用心昭然出乎前人，亦当有现实原型寓于其中。前文既推证秦始皇为讽唐德宗而设，则为秦始皇扬之九天、抑之九渊的"中书令"毛颖之所寓，不外乎与唐德宗关系密切的某位宰臣。

根据戏拟托讽的一般规律，富含政治隐喻的戏拟句是推证托寓对象、考察作品本事的有效依据。今欲确证毛颖之所寓，需从《毛颖传》戏拟毛颖仕履诸句入手，结合德宗朝历史背景逐一推求之。

---

[1] 黄叔琳注，李详补注，杨明照校注拾遗：《增订文心雕龙校注》卷三，中华书局2000年版，第194页。

[2] 韩愈：《毛颖传》，见韩愈著，马其昶校注，马茂元整理：《韩昌黎文集校注》卷八，上海古籍出版社2014年版，第633、634页。

表 3-1　《毛颖传》戏拟毛颖仕履句表

组／类	毛颖仕履细节	阶段性特征
一	天下其同书，秦其遂兼诸侯乎	秦之灭诸侯，颖与有功
二	今日之获……衣褐之徒	日见亲宠任事
	拔其豪……献俘于章台宫	
三	自秦始皇……下及国人，无不爱重	与上益狎
	惟不喜武士，然见请亦时往	
	累拜中书令……上尝呼为中书君	
四	"臣所谓尽心者"	因不复召 秦真少恩哉
	所摹画不能称上意	
	"吾尝谓君中书，君今不中书邪"	

此表按毛颖仕履的阶段性特征，分为四组。"毛颖仕履细节"列中诸句与毛笔属性密切相关，[1] 暗示了托寓对象的仕履细节；"阶段性特征"列中对应的诸句是对"毛颖仕履细节"句义的引申，更为凝练地指向托寓对象的仕履特征。具体而言：

第一组写毛颖入仕前的预兆。其中"天下其同书，秦其遂兼诸侯乎"[2]，糅合了秦始皇"书同文字"与蒙恬造笔的典故，在《毛颖传》中作为蒙恬大猎前的筮辞结句，预示了毛颖仕秦后的重大功绩。至论赞处，则隐去了与毛笔高度相关的"天下其同书"，进一步突出"秦之灭诸侯，颖

---

① 这里指包括毛笔诞生的历史、制作过程在内的文化属性与物理属性。《毛颖传》中与毛笔属性相关的内容，旧注已详，兹多从略。

② 韩愈：《毛颖传》，见韩愈著，马其昶校注，马茂元整理：《韩昌黎文集校注》卷八，上海古籍出版社 2014 年版，第 633 页。

与有功"① 这一特征。揆诸唐德宗朝史事，建中四年（783 年）至兴元元年（784 年）间，曾相继发生泾师兵变和李怀光叛乱，最终唐王朝平定了诸镇之乱，颇类"灭诸侯"之义。这样看来，毛颖所寓之人或许与建中、兴元之戡乱不无关系。

第二组写毛颖入仕，寓意更为显豁。其中"衣褐之徒"巧妙关联了"身被褐色毛的兔子"与"穿着粗布衣服的未入仕者"二义，② 与此相呼应，"拔其豪"③ 即拔其褐色毫毛，暗指解褐、释褐，寓其入仕，后又点出"日见亲宠任事"④ 之特征，可见托寓对象入仕之初便为德宗赏识，仕途一度顺畅。

第三组写毛颖入仕后大展才能，举国爱重而"与上益狎"，"累拜中书令"。⑤ 这里，"中书令"直接点出职官，正如卞孝萱云："唐中书省之长为中书令，中书侍郎副之。中书令'其品位既崇，不欲轻以授人'，中书侍郎加同平章事衔，即为宰相。"⑥ 具体而言，中书令作为三省长官之一，唐

---

① 韩愈：《毛颖传》，见韩愈著，马其昶校注，马茂元整理：《韩昌黎文集校注》卷八，上海古籍出版社 2014 年版，第 635 页。

② "褐"本指"粗布衣"，唐时以"褐衣"代指未仕之状态。此外，"褐"又有"黄黑色"之色彩义，故有此双关。参见阮元校刻：《十三经注疏·孟子注疏》卷五下，中华书局 1980 年版，第 2705 页；题宋濂撰，屠隆订正：《篇海类编》卷一七，《续修四库全书》第 230 册，上海古籍出版社 2002 年版，第 239 页；孙昌武选注：《韩愈选集》，上海古籍出版社 2013 年版，第 292 页。

③ "豪"通"毫"，指长而锐的毛。参见丁度等编：《宋刻集韵》卷三，中华书局 1989 年版，第 55 页。

④ 韩愈：《毛颖传》，见韩愈著，马其昶校注，马茂元整理：《韩昌黎文集校注》卷八，上海古籍出版社 2014 年版，第 633 页。

⑤ 韩愈：《毛颖传》，见韩愈著，马其昶校注，马茂元整理：《韩昌黎文集校注》卷八，上海古籍出版社 2014 年版，第 634 页。

⑥ 参见卞孝萱：《〈毛颖传〉新探》，见卞孝萱：《卞孝萱文集》第 3 册，凤凰出版社 2010 年版，第 583 页。卞先生以"中书令"托寓宰相这一基本判断值得重视，但其说指向代宗朝宰相元载，不惟年代不合，且史载元载贪蠹奸邪，与尽心事君的毛颖形象大相径庭。

前期为宰相之职，后来虚化为荣誉头衔，只授予战功卓著的勋臣，如德宗朝的李晟、浑瑊等，此数人或在朝廷颐养天年，或在藩镇统领军队，并不履行宰相职务，而真正秉笔决事的宰相，皆以他官加"同中书门下平章事"，简称"同平章事"，① 如德宗朝的陆贽以中书侍郎同平章事，董晋以门下侍郎同平章事，贾耽以左仆射同平章事等。可以说，德宗朝有两类人与"中书令"相关，第一类是实际行使"中书令"职能、加"同中书门下平章事"的宰相群体，② 第二类是徒有"中书令"这个荣誉头衔、并无秉笔决事之权的高级将帅，后者与身为文臣、"不喜武士"③ 的毛颖形象殊不相称。这样看来，毛颖所寓人物只可能出自前一类，即德宗朝宰相群体。

第四组写毛颖虽尽心事君，却"不能称上意"，秦始皇遂有"吾尝谓君中书，君今不中书"之语，④ 此语前半与第三组"累拜中书令""上尝呼为中书君"⑤ 相呼应，意谓尝有宰相之任，由此转出"君今不中书"，则颇见罢相之寓意。⑥ 而后结入"因不复召"⑦

---

① 参见张国刚：《唐代官制》，三秦出版社 1987 年版，第 2—11 页。

② 上引下文以宰相群体中的"中书侍郎同平章事"为托寓对象，意谓本官当为中书省的实际长官，这样更切近"中书令"一词。笔者赞同下先生的这一观点（实际上，笔者最终考出的托寓对象陆贽，即以中书侍郎同平章事）。但在这里，为了确保考证过程的周密性和考证结果的可信度，笔者将考证范围扩大到德宗朝的所有视事宰相，因为无论他们的本官属于中书省、尚书省还是门下省，他们所带的"同中书门下平章事"均含"中书"一词，且均行使"中书令"的职权。

③ 韩愈：《毛颖传》，见韩愈著，马其昶校注，马茂元整理：《韩昌黎文集校注》卷八，上海古籍出版社 2014 年版，第 634 页。

④ 韩愈：《毛颖传》，见韩愈著，马其昶校注，马茂元整理：《韩昌黎文集校注》卷八，上海古籍出版社 2014 年版，第 634 页。

⑤ 韩愈：《毛颖传》，见韩愈著，马其昶校注，马茂元整理：《韩昌黎文集校注》卷八，上海古籍出版社 2014 年版，第 634 页。

⑥ 前引钱基博观点，亦以"吾尝谓君中书，君今不中书"寓其初进官中书，后罢任中书之意。

⑦ 韩愈：《毛颖传》，见韩愈著，马其昶校注，马茂元整理：《韩昌黎文集校注》卷八，上海古籍出版社 2014 年版，第 634 页。

之穷途，更致"秦真少恩"①之讽刺，可见毛颖所寓之人物，罢相后再也没有被德宗召用。

综上所述，毛颖形象既非虚设，则其托寓对象应符合此四项特征。

特征一，有功于建中、兴元时之戡乱。

特征二，早期仕途顺畅，受到德宗重用。

特征三，一度与德宗关系十分近密，官至宰相。

特征四，尽心事君，却遭罢相之厄，此后再未被德宗召用。

今据史载，德宗朝担任过宰相的人数颇多，共计31人，分别是：

崔祐甫、常衮、李勉、杨炎、卢杞、关播、萧复、乔琳、刘从一、姜公辅、卢翰、张延赏、崔造、柳浑、李泌、董晋、赵憬、陆贽、贾耽、卢迈、崔损、赵宗儒、郑余庆、杜佑、齐抗、高郢、郑珣瑜、张镒、刘滋、齐映、窦参。②

他们在建中、兴元乱中的表现可分为10类：

1. 扈从献纳者

陆贽、萧复、刘从一、姜公辅、卢翰、柳浑、李泌、贾耽、齐抗、刘滋、齐映（《旧唐书》卷一二五、卷一三〇、卷一三六、卷一三八、卷一三九）。

2. 贡奉供亿者

张延赏（《旧唐书》卷一二九）。

3. 乱中被害者

张镒（《旧唐书》卷一二五）。

4. 弃城奔遁者

---

① 韩愈：《毛颖传》，见韩愈著，马其昶校注，马茂元整理：《韩昌黎文集校注》卷八，上海古籍出版社2014年版，第635页。

② 参见王溥：《唐会要》卷一，上海古籍出版社2006年版，第9页。《唐会要》统计的德宗朝宰相有35人，其中中书令李晟，侍中马燧，河中绛州节度使兼中书令浑瑊，镇海军节度使、同中书门下平章事韩滉，皆无宰相实权，根据前文的分析，当删去此4人，得31人。

李勉、董晋（《旧唐书》卷一三一、卷一四五）。

5.游说无功者

高郢（《旧唐书》卷一四七）。

6.谬谋虚诞者

关播（《旧唐书》卷一三〇）。

7.地远未及者

崔造、赵憬、卢迈、崔损、杜佑、窦参（《旧唐书》卷一三〇、卷一三六、卷一三八、卷一四七）。

8.丁忧者

赵宗儒、郑余庆、郑珣瑜（《旧唐书》卷一三六、卷一五八，《新唐书》卷一六五）。

9.已故者

崔祐甫、常衮、杨炎（《旧唐书》卷一一八、卷一一九）。

10.诱发叛乱或参与叛乱者

卢杞、乔琳（《旧唐书》卷一二七、卷一三五）。

以上 10 类中，自第三类以下，由于各种原因，皆悖于特征一"有功于建中、兴元时之戡乱"，故第三类以下 19 人可排除，尚余第一、二类，共计 12 人。

其中，从早期仕途来看，萧复、柳浑颇不顺畅，或"沉废数年"，或弃官归隐（《旧唐书》卷一二五，《新唐书》卷一四二），[①]齐抗早年宦游幕府、未登科第（《旧唐书》卷一三六），殊非早年即为皇帝"亲宠任事"[②]的毛颖所寓。凡此皆与特征二不符，此 3 人可排除。

从拜相后的君臣关系来看，姜公辅、卢翰二人拜相于建中战乱之际，

---

① 《新唐书·柳浑传》云"放旷不乐检局"，此又与甘心被朝廷"束缚"的毛颖形象不符。

② 韩愈：《毛颖传》，见韩愈著，马其昶校注，马茂元整理：《韩昌黎文集校注》卷八，上海古籍出版社 2014 年版，第 633 页。

事从权宜，而德宗本心不甚许可，始终未予信用（《旧唐书》卷一三八，《新唐书》卷一〇一），殊非"与上益狎"①的毛颖所寓。凡此皆与特征三不符，此2人可排除。

从仕宦结局来看，李泌、贾耽、张延赏三人受德宗信用，从未罢相，皆卒于位，且赠赙有加（《旧唐书》卷一二九、卷一三〇、卷一三八）。刘从一因病请辞相位，"章疏六上，乃许，除户部尚书"，卒，赠太子太傅；刘滋罢相后守本官左散骑常侍，后又迁吏部尚书，卒，赠陕州大都督；齐映罢相后，授御史中丞、观察江西，卒，赠礼部尚书（《旧唐书》卷一二五、卷一三六）。此三人在相位皆循默自保、鲜有匡辅，非如毛颖之尽心事君，且三人罢相后仍充显位，亦非"少恩"②之寓。凡此6人皆与特征四不符。

至此，考证对象仅余陆贽1人。

今按陆贽生平，不仅与前述四项基本特征高度吻合，即使具体到前列表3-1中的所有戏拟句，亦得一一对应。先从陆贽早年仕宦经历看：

> （陆贽）年十八，进士及第。又以博学宏词授郑县尉；书判拔萃，授渭南尉，迁监察御史。未几，选为翰林学士。③
>
> 德宗皇帝春宫时知名，召对翰林，即日为学士。④
>
> 贽初入翰林，特承德宗异顾，歌诗戏狎，朝夕陪游。⑤

---

① 韩愈：《毛颖传》，见韩愈著，马其昶校注，马茂元整理：《韩昌黎文集校注》卷八，上海古籍出版社2014年版，第634页。

② 韩愈：《毛颖传》，见韩愈著，马其昶校注，马茂元整理：《韩昌黎文集校注》卷八，上海古籍出版社2014年版，第635页。

③ 韩愈：《顺宗实录》卷四，见韩愈著，马其昶校注，马茂元整理：《韩昌黎文集校注》外集卷下，上海古籍出版社2014年版，第795页。

④ 权德舆：《唐赠兵部尚书宣公陆贽翰苑集序》，见权德舆撰，郭广伟校点：《权德舆诗文集》卷三三，上海古籍出版社2008年版，第500页。

⑤ 刘昫等：《旧唐书》卷一三九《陆贽传》，中华书局1975年版，第3817页。

陆贽早岁登科，由望县（郑）历畿县（渭南），以至宪台之清要，合于唐人理想中的"八俊"迁转规律，① 仕途畅达可羡。不仅如此，陆贽更以茂异之才，深受德宗赏识，入为翰林学士。唐代翰林学士宿直内廷，谋猷禁中，与皇帝关系十分近密，② 而陆贽又得"朝夕陪游"之宠任，一时无出其右者。综观陆贽早期仕履，与毛颖从"衣褐之徒"至"日渐亲宠任事"这个过程高度吻合，特别是陆贽入侍内廷，深契毛颖入帝居章台宫之隐喻。③

就在陆贽充任内职不久，相继爆发了泾师兵变和李怀光叛乱，德宗出奔奉天、辗转梁州，陆贽扈从銮舆。其间，陆贽不唯"练达兵机"，献计全师，④ 更以书诏出众，提振士气，广收人心。史载：

> 德宗幸奉天，贽随行在，天下骚扰，远近征发，书诏一日数十下，皆出于贽。贽操笔持纸，成于须臾，不复起草。同职皆拱手嗟

① 封演云："宦途之士，自进士而历清贵，有八俊者：一曰进士出身、制策不入，二曰校书、正字不入，三曰畿尉不入，四曰监察御史、殿中丞不入……言此八者尤为俊捷，直登宰相，不要历余官也。"见封演撰，赵贞信校注：《封氏闻见记校注》卷三，中华书局2005年版，第18—19页。又如白居易云："臣伏见国家公卿将相之具，选于丞郎给舍。丞郎给舍之材，选于御史遗补郎官。御史遗补郎官之器，选于秘著校正畿赤簿尉。虽未尽是，十常六七焉。"见白居易著，谢思炜校注：《白居易文集校注》卷二六《策林二》，中华书局2011年版，第1462页。

② 关于唐代翰林学士的特殊地位，参见洪遵辑：《翰苑群书》卷三《翰林学士记》，见傅璇琮、施纯德编：《翰学三书》，辽宁教育出版社2003年版，第3页；傅璇琮：《唐翰林学士传论》，辽海出版社2011年版，第42页；毛蕾：《唐代翰林学士》，社会科学文献出版社2000年版，第66页。

③ 韩愈：《毛颖传》，见韩愈著，马其昶校注，马茂元整理：《韩昌黎文集校注》卷八，上海古籍出版社2014年版，第633页。

④ 兴元元年初，朔方节度使李怀光心怀叛志，陆贽受命宣慰，察其情状，巧妙周旋，又向德宗献计，果断撤移神策军，化解了禁军覆没之危，为克复长安迈出了至关重要的一步。参见刘昫等：《旧唐书》卷一三九《陆贽传》，中华书局1975年版，第3794—3797页；王素：《陆贽评传》，南京大学出版社2001年版，第65—68页。

叹，不能有所助。常启德宗言："方今书诏，宜痛自引过罪己，以感人心。昔成汤以罪己致兴，后代推以为圣人。楚王失国亡走，一言善而复其国，至今称为贤者。陛下诚能不吝改过，以言谢天下，臣虽愚陋，为诏词无所忌讳，庶能令天下叛逆者回心喻旨。"德宗从之。故行在制诏始下，闻者虽武人悍卒，无不挥涕感激。议者咸以为德宗克平寇难，旋复天位，不惟神武成功，爪牙宣力；盖以文德广被，腹心有助焉。①

及还京师，李抱真来朝，奏曰："陛下在山南时，山东士卒闻书诏之辞，无不感泣，思奋臣节。时臣知贼不足平也。"②

由此可见，陆贽在平靖藩乱中发挥了无可替代的作用，得到举世公认，《毛颖传》所谓有功于"灭诸侯"③，陆贽当之无愧。具体到举国将士同闻陆贽书诏之辞而"思奋臣节"、平定藩乱一事，更合《毛颖传》"天下其同书，秦其遂兼诸侯乎"之隐喻。④

又据史载：

（陆贽）艰难扈从，行在辄随。启沃谟猷，特所亲信。有时燕语，

---

① 韩愈：《顺宗实录》卷四，见韩愈著，马其昶校注，马茂元整理：《韩昌黎文集校注》外集卷下，上海古籍出版社 2014 年版，第 795 页。

② 权德舆：《唐赠兵部尚书宣公陆贽翰苑集序》，见权德舆撰，郭广伟校点：《权德舆诗文集》卷三三，上海古籍出版社 2008 年版，第 500 页。

③ 韩愈：《毛颖传》，见韩愈著，马其昶校注，马茂元整理：《韩昌黎文集校注》卷八，上海古籍出版社 2014 年版，第 635 页。

④ 详玩文义，无论依据史实还是揆诸情理，"天下其同书"只可能作为"秦兼诸侯"的结果出现，断无可能在"秦兼诸侯"之前实现。而韩愈有意颠倒句序，将"天下其同书"置于"秦其遂兼诸侯乎"之前，那么，此处"天下其同书"之义，殊非"书同文字"抑或"同用毛笔书写"可解，唯有究明"天下将士同闻陆贽书诏之辞，备受鼓舞，勠力平定藩乱"这一本事，句间逻辑关系始得明白。

不以公卿指名，但呼陆九而已。①

　　由是帝亲倚，至解衣衣之，同类莫敢望。虽外有宰相主大议，而赟常居中参裁可否，时号"内相"。②

　　历经患难之后，德宗与陆赟的关系更为近密，史载"但呼陆九""解衣衣之""时号'内相'"数事，深合毛颖"亲宠任事"而"与上益狎"之义。③陆赟不仅得到德宗之亲宠，而且"中外属意，旦夕竢其为相"④，此又合毛颖受到举国"爱重"⑤之描述。然而，由于时相窦参等人的潜毁和阻挠，德宗未授陆赟相位，反罢翰学内职，由权知兵部侍郎而转真侍郎；到了贞元八年（792年），窦参等坐事贬，陆赟方得拜相，重被德宗"慰眷稠叠"之恩顾。⑥

　　由此反观《毛颖传》"累拜中书令"前一句"惟不喜武士，然见请亦时往"，⑦"武士"之政，乃兵侍之职掌，⑧陆赟除兵侍而未拜相，岂非"不喜"，官由权知而真拜，可谓"时往"，凡此皆深合文义。

---

　　① 权德舆：《唐赠兵部尚书宣公陆赟翰苑集序》，见权德舆撰，郭广伟校点：《权德舆诗文集》卷三三，上海古籍出版社2008年版，第501页。
　　② 欧阳修、宋祁：《新唐书》卷一五七《陆赟传》，中华书局1975年版，第4931页。
　　③ 韩愈：《毛颖传》，见韩愈著，马其昶校注，马茂元整理：《韩昌黎文集校注》卷八，上海古籍出版社2014年版，第633、634页。
　　④ 韩愈：《顺宗实录》卷四，见韩愈著，马其昶校注，马茂元整理：《韩昌黎文集校注》外集卷下，上海古籍出版社2014年版，第796页。
　　⑤ 韩愈：《毛颖传》，见韩愈著，马其昶校注，马茂元整理：《韩昌黎文集校注》卷八，上海古籍出版社2014年版，第634页。
　　⑥ 参见司马光编著：《资治通鉴》卷二三四，中华书局2011年版，第7649—7650页；陆赟撰，王素点校：《陆赟集》卷一七《中书奏议》，中华书局2006年版，第560—561页；傅璇琮：《唐翰林学士传论》，辽海出版社2011年版，第307页；王素：《陆赟评传》，南京大学出版社2001年版，第88—92页。
　　⑦ 韩愈：《毛颖传》，见韩愈著，马其昶校注，马茂元整理：《韩昌黎文集校注》卷八，上海古籍出版社2014年版，第634页。
　　⑧ 参见陈仲夫点校：《唐六典》卷五，中华书局1992年版，第150页。

陆贽拜相后，一心"输馨忠节"，上言德宗云："众人之所难言，臣必无隐；常情之所易溺，臣不必不回。"① 这本是尽心致君的极则，而一旦用于"以强明自任"、刻薄少恩的德宗身上，难免事与愿违：

> 公以少年入侍内殿，特蒙知遇，不可与众浮沉，苟且自爱。事有不可，必诤之。上察物太精，躬临庶政，失其大体，动与公违。奸谀从而间之，屡至不悦。亲友或规之，公曰："吾上不负天子，下不负吾所学，不恤其他。"……（贞元）十年，退公为宾客，罢政事。②

陆贽罢相不久，又遭佞臣裴延龄诬陷，被德宗贬为忠州别驾，十年不得量移。③ 至贞元二十一年（805 年），德宗去世，顺宗即位，方降诏赦还，而陆贽已卒于贬所。④

纵观德宗与陆贽之关系，陆贽尽心事君，始终不渝，而德宗刻薄少恩，用之辄示以亲宠，一旦失意，便罢相贬官，弃之敝屣，终身不复召。由此反观毛颖亦"尽心"事君，一旦"不能称上意"，便罢任中书，"因不复召"，⑤ 此与陆贽之遭遇无不相合。

以上依据俳谐文的刺世传统与托寓规律，由戏拟毛颖仕履诸句推证托寓对象：先结合德宗朝特定历史情境，确定托寓对象的基本特征与考察范围，逐一比勘，可见毛颖形象除陆贽以外无可托寓；再结合陆贽生平，逐

---

① 参见陆贽撰，王素点校：《陆贽集》卷一七《中书奏议》，中华书局 2006 年版，第 560—561 页。

② 权德舆：《唐赠兵部尚书宣公陆贽翰苑集序》，见权德舆撰，郭广伟校点：《权德舆诗文集》卷三三，上海古籍出版社 2008 年版，第 501、502 页。

③ 参见刘昫等：《旧唐书》卷一三九《陆贽传》，中华书局 1975 年版，第 3817—3818 页。

④ 参见司马光编著：《资治通鉴》卷二三四，中华书局 2011 年版，第 7733—7734 页。

⑤ 韩愈：《毛颖传》，见韩愈著，马其昶校注、马茂元整理：《韩昌黎文集校注》卷八，上海古籍出版社 2014 年版，第 634 页。

句征实，进一步揭示陆贽仕宦荣悴与毛颖事迹高度吻合。

至此，《毛颖传》讽德宗、伤陆贽之托寓主题，殆可无疑。

第三节 陆贽身后的言说困境及《毛颖传》的创作模式

上文曾提到，《毛颖传》作于永贞元年（805 年）九月至元和元年（806年）之间，而就在此前不久的贞元二十一年（805 年）三月，陆贽"未闻追诏而卒于迁所，士君子惜之"[①]。可以说，《毛颖传》正是在追怀陆贽的舆论氛围中诞生的。值得注意的是，与《毛颖传》同时甚至较后一段时间的公私著述中，不乏追怀陆贽的纪实文字；然而，这些作品一旦论及陆贽仕宦悲剧与德宗之关系，往往含糊其词，欲言又止，甚至扞格矛盾。

如权德舆《唐赠兵部尚书宣公陆贽翰苑集序》云：

> 古人以士之遇也，其要有四焉：才、位、时、命也。仲尼有才而无位，其道不行；贾生有时而无命，终于一恸。惟公才不谓不长，位不谓不达，逢时而不尽其道，非命欤？裴氏之子，焉能使公不遇哉？说者又以房魏姚宋，逢时遇主，克致清平；陆君亦获幸时君，而不能与房魏争列，盖道未至也。应之曰：道虽在我，弘之在人。螽蝗竟天，农稷不能善稼；奔车覆辙，丘轲亦废规行。若使四君与公易时而相，则一否一臧，未可知也。而致君不及贞观、开元者，盖时不幸也，岂公不幸哉？以为其道未至，不亦诬乎？[②]

---

① 韩愈：《顺宗实录》卷二，见韩愈著，马其昶校注，马茂元整理：《韩昌黎文集校注》外集卷下，上海古籍出版社 2014 年版，第 783 页。

② 权德舆：《唐赠兵部尚书宣公陆贽翰苑集序》，见权德舆撰，郭广伟校点：《权德舆诗文集》卷三三，上海古籍出版社 2008 年版，第 502—503 页。

此段前半将陆贽与古人之遭遇作对比，明言陆贽"逢时"。后半回应说者之言，强调"道虽在我，弘之在人"，设言陆贽与房魏姚宋"易时而相，则一否一臧，未可知也"，隐含着房玄龄、魏徵逢时于太宗朝，姚崇、宋璟逢时于玄宗朝，唯独德宗朝陆贽不逢时之慨，这便与前半"逢时"之说不无矛盾。

细玩其辞，前半"逢时"句后，已设"裴氏之子，焉能使公不遇哉"之伏笔，昔年裴延龄进谗，德宗信谗而贬陆，此处通过反问，排除了裴延龄这层诱因，暗中将矛头指向刻薄少恩的德宗皇帝，与后半"易时而相""致君不及"数语遥相呼应。由此不难窥见，权德舆并非不知陆贽贬死之根由，却不得不为德宗讳，于是这位向以"善辨论"[1]著称的一代文宗，不得不牺牲行文逻辑，先郑重其事地饰以"逢时"，而后徐徐婉讽之。

个人著述已深婉如此，当时所谓国史实录者，更难得直言。今按由韦处厚初纂、韩愈等重修的《顺宗实录·陆贽传》云：

> 德宗在位久，益自揽持机柄，亲治细事，失君人大体，宰相益不得行其事职，而议者乃云由贽而然。[2]

此论德宗之失，初似义正词严，不意句末笔锋一转，把本属德宗的责任推卸给了陆贽。后代史家对此十分不满，司马光曾辩驳道："凡为宰相者皆欲专权，安肯自求失职。不任宰相，乃德宗之失，而归咎于贽，岂人情也！"而后引述陆贽"谏德宗不任宰相、亲治细事之辞"，[3]益见此说乖悖史实，不惜屈抑陆贽而回护德宗。

---

① 欧阳修、宋祁：《新唐书》卷一六五《权德舆传》，中华书局1975年版，第5079页。

② 韩愈：《顺宗实录》卷四，见韩愈著，马其昶校注，马茂元整理：《韩昌黎文集校注》外集卷下，上海古籍出版社2014年版，第797页。

③ 司马光编著：《资治通鉴》卷二三五，中华书局2011年版，第7687页。

实际上，关于德宗的评价问题，宪宗尝有明诏，谓贞元之乱政"不可尽归怨于德宗"①，这恐怕是时人(包括韩愈本人在内)难以直言评骘德宗的直接原因。

一旦窥悉同主题纪实作品的言说困境，反观《毛颖传》的戏拟托讽，则不啻为政治禁忌下的文学突围。究其机理，作为戏拟形象的毛颖，一方面取材于陆贽在德宗朝的事迹，一方面取材于毛笔这一日常细物的物理属性及其诞生于秦的历史文化属性。在托寓陆贽仕履之际，毛笔之属性时时映衬其间，以见陆贽虽才高功著，仍不免沦为唐德宗之依附工具的悲剧命运，从而讽刺了唐德宗不恤功臣、刻薄少恩。由此可见，《毛颖传》之生成，包含戏拟形象、托寓对象、日常物象三重要素，其中每重要素都与其他两重密切相关，交互映射（见图3-1）。

图3-1　《毛颖传》创作模式

这一繁复的创作模式，不仅使《毛颖传》超越了同主题纪实作品的言说困境，也使其独步于俳谐文发展历程之中。在南朝俳谐文中，袁淑《鸡九锡文》写浚鸡山子受封会稽公，《驴山公九锡文》写驴山公受封中庐公，皆以讽刺当时僭越篡乱的王公大臣，其中，戏拟形象（会稽公／中庐公）、托寓对象（僭越者）和日常物象（鸡／驴）三要素虽已齐备，但囿于册文的文体性质，戏拟形象的刻画相对薄弱。到了中唐，韩愈首次改用传体，

---

① 李绛著，蒋偕编：《李相国论事集》卷六《上言德宗朝事》，中华书局1985年版，第46页。

变赋物为叙事，将戏拟形象（毛颖）置入秦代历史背景之中，并化出掌控其仕途命运的秦始皇形象，生动刻画了复杂而微妙的君臣关系，这使戏拟形象获得了独立而充分的叙事空间，得与日常物象、托寓对象二者交互映射。

自韩愈以传体作俳谐，后世纷纷仿效，从戏拟毛笔扩展到文房诸物，以至饮食、衣履、器用，大有无一物无传之趋势，蔚然号曰"假传"。①从创作模式上看，其中不少仿作绝去托寓，只热衷于日常物象与戏拟形象之间往复运思，作意竞奇。如陆龟蒙《管城侯传》拟毛笔曰毛元锐，其仕宦结局变为加衔致仕、荣归故里，皆大欢喜。②又如张耒《竹夫人传》拟竹席曰竹夫人，写"后宫美人千余人"为了给皇帝祛暑，"共荐竹氏"而毫无怨妒，皇帝"召幸后宫宠姬，而夫人常在侧，若无见焉"，至谓郊祀巡行之际，"诸将军幸臣等，更为帝携抱夫人以从，帝亦不疑也"，③凡此游戏之笔，非关人伦事理，不过为竹席而设。

此外，还有一些仿作虽不乏讽意，却不像《毛颖传》那样，苦心孤诣地将托寓对象的生平事迹化入戏拟情节之中，而只是由日常物象的某一特征感发而出。比如苏轼《江瑶柱传》拟瑶柱曰江生，先描摹其性状，再写世人好食，皆无托寓，至谓瑶柱"得中干疾"而发臭，才生出"士之出处不可不慎"之讽语。④又如苏轼《万石君罗文传》拟砚曰罗文，因其常近翰墨而见用，生出"人岂可以无学术"之讽语。⑤

---

① 参见刘成国：《以史为戏：论中国古代假传》，《江海学刊》2012年第4期；张振国：《中国古代"假传"文体发展史述论》，《华南师范大学学报》2012年第2期；刘成国：《宋代俳谐文研究》，《文学遗产》2009年第5期。

② 董诰等编：《全唐文》卷八〇一，中华书局1983年版，第8419—8420页。

③ 张耒撰，李逸安、孙通海、傅信点校：《张耒集》卷五二，中华书局1990年版，第799—800页。

④ 苏轼撰，茅维编，孔凡礼点校：《苏轼文集》卷一三，中华书局1986年版，第428页。

⑤ 苏轼撰，茅维编，孔凡礼点校：《苏轼文集》卷一三，中华书局1986年版，第427页。

　　《毛颖传》的诸多仿作，基本上没有延续三要素交互映射的繁复模式，或如《管城侯传》《竹夫人传》那样，绝去托寓对象，余下日常物象与戏拟形象二者互动（见图 3-2），或如《江瑶柱传》《万石君罗文传》那样，在戏拟之余，仅就日常物象的某一特征生发议论，讽世明理（见图 3-3）。

图 3-2　《毛颖传》仿作变式之一　　图 3-3　《毛颖传》仿作变式之二

　　《毛颖传》的创作模式之所以在仿作中发生变异，除了立意不同等主观因素外，还在于这一模式本身约束条件多，成功运用的难度大。在《毛颖传》模式下，托寓对象与日常物象之间，不能像"士之不慎出处"与"瑶柱干臭"那样，只在某一点发生关联，而是多点联动，将托寓对象之生平尽可能充分地与日常物象之特征相关联，比如《毛颖传》以 4 组 13 个戏拟句将陆贽生平与毛笔属性关联起来。只有这样，才能塑造出活灵活现而又饱含寓意的戏拟形象，其行文举重若轻，其托讽入木三分。然而，托寓对象的生平经历是客观存在的，日常物象的各种属性也是客观存在的，在某人之事与某物之理这两种不同类型的客观存在中寻求多重相似性，已非易事，更何况还要在多重相似性的基础上，创造一个丰满的戏拟形象。既明乎此，我们便可理解前人所谓"昌黎每有佳制，柳州必有一篇与之抵敌，独《毛颖传》一体无之"[1] 这个现象并非偶然，

---

①　林纾：《韩柳文研究法》，山西人民出版社 2014 年版，第 107 页。

而柳宗元本人谓《毛颖传》"若捕龙蛇，搏虎豹，急与之角而力不敢暇"①
亦非虚誉。

————————

① 柳宗元：《读韩愈所著〈毛颖传〉后题》，见柳宗元著，尹占华、韩文奇校注：《柳宗元集校注》卷二一，中华书局 2013 年版，第 1435 页。又，章士钊亦云，"夫子厚服之，诚也，《毛颖传》只能有一，不能有二"。见章士钊：《柳文指要》上卷，文汇出版社 2000年版，第 512 页。

第四章　天象书写与梦境映射——
《记梦》笺证

第一节　文本错综的分司疑窦

韩愈自唐德宗贞元十九年（803年）因言获罪、远贬阳山，至唐宪宗元和元年（806年）六月始由江陵法曹权知国子博士，得以重返长安。此时韩愈深感"朝廷清明"而"蒙被恩泽"，[①]漂泊半生之后终于等到了仕途进益的机会。然而，韩愈权知国博仅一年，即元和二年（807年）六月，[②]突然向朝廷请求分司东都，自投散地。这一事件的背景不见于两《唐书》，而且韩门两大弟子也含糊其词，说法不一。

李翱《故正议大夫行尚书吏部侍郎上柱国赐紫金鱼袋赠礼部尚书韩公行状》（以下简称《行状》）云：

> 入为权知国子博士。宰相有爱公文者，将以文学职处公，有争先

①　韩愈：《元和圣德诗并序》，见韩愈著，钱仲联集释：《韩昌黎诗系年集释》卷六，上海古籍出版社1984年版，第627页。

②　张清华：《韩愈年谱汇证》，见张清华：《韩学研究》下册，江苏教育出版社1998年版，第238页。

者，构公语以非之，公恐及难，遂求分司东都。①

而皇甫湜《韩文公神道碑》（以下简称《神道碑》）却说：

累除国子博士，不丽邪宠，惧而中请分司东都避之。②

总体来看，韩愈求分司的原因当是躲避一场人事纠葛。但具体而言，李翱认为韩愈是因"争先者"构陷而求分司的，皇甫湜则认为是韩愈不肯依附"邪宠"所致；前说多含忧谗畏讥的被动因素，后说则强调韩愈刚直耿介的主观因素。惜乎二说简略，遽难取舍。

更可怪的是，纵观后世有关韩愈生平的考述，如洪兴祖《韩子年谱》、樊汝霖《韩文公年谱》、顾嗣立《昌黎先生年谱》及当代学者之研究，鲜有措意皇甫湜《神道碑》的论述，而多据李翱《行状》立说，并往往与韩愈自撰的一篇纪实文字——《释言》关联起来。③兹为求原委，不避繁冗，移录于下：

元和元年六月十日，愈自江陵法曹诏拜国子博士，始进见今相国郑公。公赐之坐，且曰："吾见子某诗，吾时在翰林，职亲而地禁，不敢相闻。今为我写子诗书为一通以来。"愈再拜谢，退录诗书若干篇，择日时以献。

于后之数月，有来谓愈者曰："子献相国诗书乎？"曰："然。"曰：

---

① 李翱著，郝润华校点：《李翱集》卷一一，甘肃人民出版社 1992 年版，第 83 页。

② 皇甫湜：《皇甫持正文集》卷六，《宋蜀刻本唐人集》第 20 册，上海古籍出版社 2012 年版，第 93 页。

③ 参见徐敏霞校辑：《韩愈年谱》，中华书局 1991 年版，第 47、87、119 页；卞孝萱、张清华、阎琦：《韩愈评传》，南京大学出版社 1998 年版，第 135 页；陈克明：《韩愈年谱及诗文系年》，巴蜀书社 1999 年版，第 291 页；罗联添：《韩愈研究》，天津教育出版社 2012 年版，第 64—65 页。

"有为谗于相国之座者曰：'韩愈曰：相国征余文，余不敢匿，相国岂知我哉！'子其慎之！"愈应之曰："愈为御史，得罪德宗朝，同迁于南者凡三人，独愈为先收用，相国之赐大矣；百官之进见相国者，或立语以退，而愈辱赐坐语，相国之礼过矣；四海九州之人，自百官已下，欲以其业彻相国左右者多矣，皆惮而莫之敢，独愈辱先索，相国之知至矣：赐之大，礼之过，知之至，是三者于敌以下受之宜以何报？况在天子之宰乎！人莫不自知，凡适于用之谓才，堪其事之谓力，愈于二者，虽日勉焉而不逮；束带执笏立士大夫之行，不见斥以不肖，幸矣，其何敢敖于言乎？夫敖虽凶德，必有恃而敢行。愈之族亲鲜少，无扳联之势于今；不善交人，无相先相死之友于朝；无宿资蓄货以钓声势，弱于才而腐于力，不能奔走乘机抵巇以要权利：夫何恃而敖？若夫狂惑丧心之人，蹈河而入火，妄言而骂詈者，则有之矣；而愈人知其无是疾也，虽有谗者百人，相国将不信之矣，愈何惧而慎欤？"

既累月，又有来谓愈者曰："有谗子于翰林舍人李公与裴公者，子其慎欤！"愈曰："二公者，吾君朝夕访焉，以为政于天下而阶太平之治：居则与天子为心膂，出则与天子为股肱。四海九州之人，自百官已下，其孰不愿忠而望赐？愈也不狂不愚，不蹈河而入火，病风而妄骂，不当有如谗者之说也。虽有谗者百人，二公将不信之矣。愈何惧而慎？"

……

既累月，上命李公相，客谓愈曰："子前被言于一相，今李公又相，子其危哉！"愈曰：前之谤我于宰相者，翰林不知也；后之谤我于翰林者，宰相不知也。今二公合处而会言，若及愈，必曰："韩愈亦人耳，彼敖宰相，又敖翰林，其将何求？必不然！"吾乃今知免矣，既而谗言果不行。①

---

① 韩愈：《释言》，见韩愈著，马其昶校注，马茂元整理：《韩昌黎文集校注》卷二，上海古籍出版社 2014 年版，第 77—80 页。

据史载，元和元年宰相有郑絪，翰林学士有李吉甫、裴垍，① 此文中的郑公、李公、裴公即此三人。又，李吉甫拜相在元和二年正月，② 结合文中"元和元年六月"及"上命李公相"二语可知，此文所记之事发生于元和元年六月韩愈返京之后，直至元和二年正月及此后的一段时间里。此文所载郑絪召韩愈、韩愈遭谗毁的经过，与《行状》"宰相有爱公文者""构公语以非之"的描述差相仿佛，历代学者遂多把韩愈为避谗毁当作他求分司的原因。

然而，细绎《释言》所载谗毁事件的结果及韩愈的态度，与《行状》有一定差别。韩愈在《释言》中详细分析了当时的人情事理，认为郑絪等人绝无可能听信谗言，多次坚定地回应"愈何惧而慎"。这与《行状》所载"公恐及难"的状态大相径庭。更为重要的是，《释言》结句明确交代了谗毁事件的结果："吾乃今知免矣，既而谗言果不行。"既然与韩愈预料的一样，谗言最终并没有发挥作用，那么韩愈又怎会"恐及难"而求分司呢？凡此，历代学者都没有给出明确的解释。

要之，《释言》与《行状》的记载确有一致之处，但仅据《释言》难以有效解释韩愈求分司的原因。今欲探求韩愈分司之缘由，仍需从韩集内部进一步寻求答案。

第二节　奇诡梦境的阐释边界

韩愈有《记梦》诗一首：

① 刘昫等：《旧唐书》卷一四《宪宗纪上》，中华书局1975年版，第414页；欧阳修、宋祁：《新唐书》卷七《宪宗纪》，中华书局1975年版，第207页。
② 刘昫等：《旧唐书》卷一四《宪宗纪上》，中华书局1975年版，第420页。

夜梦神官与我言，罗缕道妙角与根。

挈携睒睗口澜翻，百二十刻须臾间。

我听其言未云足，舍我先度横山腹。

我徒三人共追之，一人前度安不危。

我亦平行蹑虺虺，神完骨蹻脚不掉。

侧身上视溪谷盲，杖撞玉版声彭憩。

神官见我开颜笑，前对一人壮非少。

石坛坡陀可坐卧，我手承颏肘拄座。

隆楼杰阁磊岧高，天风飘飘吹我过。

壮非少者哦七言，六字常语一字难。

我以指撮白玉丹，行且咀嚼行诘盘。

口前截断第二句，绰虐顾我颜不欢。

乃知仙人未贤圣，护短凭愚邀我敬。

我能屈曲自世间，安能从女巢神山。①

此诗先后出现了"神官"、"我徒三人"、"壮非少"之"仙人"等形象，其情境更是惝恍迷离，至末四句讽意颇显，学者多认为全诗通篇寓言。②清人方世举《韩昌黎诗集编年笺注》（以下简称"方《笺》"）认为此诗讽刺宰相郑絪，与韩愈求分司事密切相关：

大抵为郑絪耳。公自江陵归，见相国郑絪，絪与之坐语，索其诗

① 韩愈：《记梦》，见韩愈著，钱仲联集释：《韩昌黎诗系年集释》卷六，上海古籍出版社1984年版，第652—653页。
② 题程学恂：《韩诗臆说》，商务印书馆1934年版，第25页。参见魏仲举：《新刊五百家注音辩昌黎先生文集》卷七，上海涵芬楼影宋本，第9页；乾隆敕编：《唐宋诗醇》，《景印文渊阁四库全书》第1448册，台湾商务印书馆1986年版，第595页；方东树著，汪绍楹校点：《昭昧詹言》，人民文学出版社1961年版，第29页。

书，将以文学职处之。有争先谗愈于绲，又谗之于翰林舍人李吉甫、裴垍。或以告公，公曰："愈非病风而妄骂，不当如谗者之言。"因作《释言》以自解。终恐及难，遂求分司东都。诗中"神官与言"，谓郑绲也。"三人共追"，谓争先者也。"护短凭愚"，谓其信谗。"安能从女巢神山"，言不媚绲以求文学之职也。诗意显然而悠谬其词，亦忧谗畏讥之心耳。①

方《笺》敏锐地指出韩愈不媚权贵的寓意与忧谗畏讥的创作心理，的然有见。但他并没有消解《释言》与《行状》叙事的内在差异，径将《释言》所载谗毁事件与韩愈分司事做了想象性关联，在没有充分史实依据的情况下，试图坐实《记梦》的讽刺对象，以致其解释难以周延，存在明显破绽。正如清人王元启所说，若以"神官"谓郑绲，"则但直斥'神官'可矣，又别设一'壮非少'者，于当时之人何指耶？"②

不仅如此，方《笺》还存在三处疑点：

其一，方《笺》断言将处韩愈以"文学职"的是郑绲，征之《释言》、《行状》皆无明言。

其二，方《笺》以"三人"为争先进谗之人，而关于进谗之人，《释言》、《行状》皆未详，且《记梦》明言"我徒三人"，韩愈岂肯视谗己者为"我徒"？

其三，方《笺》以"护短凭愚"为信谗之寓，亦有可商。原诗中"护短凭愚"是讥刺"仙人"见识短浅、愚昧自大，原因是"仙人"强求"我"趋敬顺从而不得，以致其"颜不欢"，颇有《神道碑》所谓"不丽邪宠"

---

① 方世举著，郝润华、丁俊丽整理：《韩昌黎诗集编年笺注》卷六，中华书局2012年版，第332页。

② 王元启：《读韩记疑》卷二，《续修四库全书》第1310册，上海古籍出版社2002年版，第495页。钱仲联亦云方《笺》"穿凿"，见韩愈著，钱仲联集释：《韩昌黎诗系年集释》卷六，上海古籍出版社1984年版，第653页。

的意味，与信谗了无关涉。况且《释言》、《行状》仅言有进谗者，并无信谗事，方《笺》信谗之说，盖出己意。

面对种种疑点，首先要追溯谗毁事件的缘起，即所谓"将以文学职处公"之"文学职"，究竟为何职？

《新唐书·百官志》云："学士之职，本以文学言语被顾问。"[①] 这里的"学士"是一个笼统的概念，包括弘文学士、集贤学士和翰林学士在内，皆得谓"文学职"。相比而言，自唐玄宗开元二十六年（738 年）翰林置学士以来，翰林学士专掌内命，"因得参谋议、纳谏诤，其礼尤宠"[②]，弘文学士、集贤学士则主要履行典校、修撰图籍等文化职能。[③] 至德宗朝，对翰林学士"选用益重，而礼遇益亲，至号为'内相'，又以为天子私人"[④]，其参政职能遂臻极致。

由此反观《行状》所载，如果韩愈将任弘文学士或集贤学士这类处于权力边缘的职务，很难想象会有多少"争先者"，自然也没有"构公语以非之"的必要。因此可以基本肯定，《行状》所谓"文学职"当是最接近权力巅峰的翰林学士一职。

那么，郑絪是否有可能推荐韩愈担任翰林学士呢？

今检现存各类史料，找不到任何有关郑絪荐士的记载。从郑絪生平来看，其少时"好学，善属文"，"德宗朝，在内职十三年，小心兢谦，上遇之颇厚"。[⑤] 至王叔文集团当政时，郑絪"守道中立"，继而拥戴宪宗，宪宗即位后以中书舍人、翰林学士拜相。[⑥] 元和元年，宪宗全力平定刘辟叛

---

① 欧阳修、宋祁：《新唐书》卷四六《百官志一》，中华书局 1975 年版，第 1183 页。

② 欧阳修、宋祁：《新唐书》卷四六《百官志一》，中华书局 1975 年版，第 1183 页。

③ 毛蕾：《唐代翰林学士》，社会科学文献出版社 2000 年版，第 19 页。

④ 欧阳修、宋祁：《新唐书》卷四六《百官志一》，中华书局 1975 年版，第 1184 页。关于翰林学士地位之荣重，后文更详论述之。

⑤ 刘昫等：《旧唐书》卷一五九《郑絪传》，中华书局 1975 年版，第 4180—4181 页。

⑥ 刘昫等：《旧唐书》卷一五九《郑絪传》，中华书局 1975 年版，第 4181 页；刘昫等：《旧唐书》卷一四《宪宗纪上》，中华书局 1975 年版，第 414 页。

乱，宰相杜黄裳"建议裁可，不关决于絪，絪常默默"。元和二年李吉甫拜相后也排诋郑絪。[1] 至元和四年二月，时相裴垍引李藩为相，宪宗遂以郑絪"循默取容"罢为太子宾客。[2] 史评云：

> 絪以文学进，恬淡……所居虽无赫奕之称，而守道敦笃，耽悦坟典，与当时博闻好古之士，为讲论名理之游，时人皆仰其耆德焉。[3]

可以说，郑絪本质上是一位文学之士，政治才能并不突出。郑絪之所以能够拜相，主要是因为他在顺宗朝那一特殊历史时期，没有依附王叔文集团，而选择站在宪宗一边，[4] 宪宗不过是量其资历而予以政治上的回报。事实表明，郑絪自拜相以来，不仅没有实权，还屡屡受到同官的排诋，也得不到宪宗的信重，最终宪宗乘裴垍推荐李藩之机，顺水推舟罢免了郑絪。

由此可见，郑絪实为一任充位宰相，而同官大多是强干权谋之臣，郑絪常处"默默"尚且遭到排诋，如果他推荐韩愈这样一位在朝中素无"扳联之势"的人担任被视为"内相"的翰林学士，极易被怀疑在培植党羽，从而招致同官更为强烈的忌惮和诋毁，加之郑絪本为"小心""恬淡"之人，更不会为此而犯险。所以，无论从客观处境上还是主观意愿上，郑絪几乎没有推荐韩愈任翰林学士的可能，郑絪礼遇韩愈、索览诗文，不过文士间相交之道。那么，韩愈更不必以《记梦》托讽郑絪。

与郑絪充位无权不同，李吉甫、裴垍二人自宪宗即位后便深得信用。据丁居晦《重修承旨学士壁记》（以下简称《壁记》）载：

---

① 欧阳修、宋祁：《新唐书》卷一六五《郑絪传》，中华书局 1975 年版，第 5075 页；司马光编著：《资治通鉴》卷二三七，中华书局 2011 年版，第 7777 页。

② 司马光编著：《资治通鉴》卷二三七，中华书局 2011 年版，第 7778 页。

③ 刘昫等：《旧唐书》卷一五九《郑絪传》，中华书局 1975 年版，第 4181 页。

④ 即便在拥戴宪宗的队伍中，郑絪也往往处于"从而和之"的角色。司马光编著：《资治通鉴》卷二三六，中华书局 2011 年版，第 7729 页。

李吉甫：永贞元年十二月二十四日，自考功郎中、知制诰充。二十七日，迁中书舍人，赐紫金鱼袋。元和元年十二月，加银青。二年正月二十一日，拜中书侍郎平章事。

裴垍：永贞元年十二月二十五日，自考功员外郎充。二十七日，迁考功郎中、知制诰，赐绯鱼袋。元和元年十一月，加朝散大夫，赐紫。二年四月十六日，迁中书舍人。……①

从永贞元年（805 年）十二月到元和二年（807 年）初，在宪宗即位一年多的时间里，李、裴二人晋升之迅速、居官之显要，若非宪宗着意委用，恐难至此。② 正如韩愈所认识到的那样：

二公者（李吉甫、裴垍），吾君朝夕访焉，以为政于天下而阶太平之治：居则与天子为心膂，出则与天子为股肱。四海九州之人，自百官已下，其孰不愿忠而望赐？③

这里，"吾君朝夕访焉"足见宪宗之垂青，"心膂""股肱"足见其时李、裴之显赫，至"孰不愿忠而望赐"一语亦非夸饰，其时李、裴于翰林学士院选求人才，欲为下一步执政积蓄力量。《旧唐书·裴垍传》云：

---

① 洪遵辑：《翰苑群书》卷六《重修承旨学士壁记》，见傅璇琮、施纯德编：《翰学三书》，辽宁教育出版社 2003 年版，第 33 页。

② 值得注意的是，在德宗朝末期，李、裴尚不及郑絪安居翰林之风光，裴垍时为"将仕郎守尚书考功员外郎"（裴垍：《唐故桂州刺史兼御史中丞孙府君夫人范阳郡君卢氏墓志铭并序》，见周绍良主编：《唐代墓志汇编》永贞〇〇六，上海古籍出版社 1992 年版，第 1944 页），李吉甫则外放远州十余年不得用（刘昫等：《旧唐书》卷一四八《李吉甫传》，中华书局 1975 年版，第 3992—3993 页），而宪宗即位后，李、裴很快得到擢拔。特别是元和二年李吉甫拜相时，身负平蜀之功的宰相杜黄裳出镇河中（刘昫等：《旧唐书》卷一四七《杜黄裳传》，中华书局 1975 年版，第 3974 页），一时间李吉甫之相权无比于朝。

③ 韩愈：《释言》，见韩愈著，马其昶校注，马茂元整理：《韩昌黎文集校注》卷二，上海古籍出版社 2014 年版，第 79 页。

李吉甫自翰林承旨拜平章事，诏将下之夕，感出涕，谓垍曰："吉甫自尚书郎流落远地，十余年方归，便入禁署，今才满岁，后进人物，罕所接识。宰相之职，宜选擢贤俊，今则懵然莫知能否。卿多精鉴，今之才杰，为我言之。"垍取笔疏其名氏，得三十余人；数月之内，选用略尽，当时翕然称吉甫有得人之称。①

前引《壁记》载，李吉甫于永贞元年（805 年）十二月二十四日入院承旨，而此处李吉甫又谓"入禁署才满岁"，可知其时在元和元年（806 年）十二月底，距李吉甫正式拜相尚有二十余日。此时李、裴不但身极荣宠，且有"选擢贤俊"之谋议。值得注意的是，其时李吉甫尚为翰林承旨学士，李拜相后，裴垍便接替承旨一职。李、裴二人既先后领掌翰林学士院，其于"精鉴才杰"而疏"三十余人"之际，自然不会忽视自家的班底——翰林学士这一要职的选任。

综上所述，无论从当日权势而言，还是从"选擢贤俊"这段史事来看，如果韩愈确有入翰林学士院的可能，无论如何都绕不开李吉甫、裴垍二人。由此再考《记梦》一诗，便不难窥见韩愈与翰林学士失之交臂的一段秘史。

第三节　天象书写的空间隐喻

根据《记梦》的铺叙，韩愈先梦到了一位"神官"，"神官"向韩愈讲述星辰之事，他人谗毁之声也随之而来，但韩愈仍坚持与同行二人追随"神官"前行，在"神官"的导引下，韩愈又遇到一位"仙人"，并与之发生龃龉，韩愈不满其"护短凭愚邀我敬"的傲慢气势，最终放弃了"巢神

①　刘昫等：《旧唐书》卷一四八《裴垍传》，中华书局 1975 年版，第 3989—3990 页。

山"的计划，回到了"世间"。

值得注意的是，全诗先言天象，后写神山之游，若以古人登神山而升天的思维模式来看，①《记梦》呈现的是一次"窥天"之旅：

韩愈从"横山腹"到"侧身上视溪谷盲"，及至"石坛"处，感到"天风飘飘吹我过"，时已去"天"不远。当韩愈最终放弃"巢神山"念想时，便云"我能屈曲自世间"，清晰呈现了天界与人间之别。

在唐诗中，将朝中显官喻为天上神仙的诗句并不鲜见，特别是在提到翰林学士的时候，更着意于"天上"与"人间"二重意象的对比，以凸显翰林学士与众不同的尊贵身份。

如杜甫《赠翰林张四学士垍》略云：

> 翰林逼华盖，鲸力破沧溟。
>
> 天上张公子，宫中汉客星。
>
> 赋诗拾翠殿，佐酒望云亭。
>
> 紫诰仍兼绾，黄麻似六经。
>
> 内颂金带赤，恩与荔枝青。
>
> 无复随高凤，空余泣聚萤。
>
> 此生任春草，垂老独漂萍。
>
> ……②

刘禹锡《逢王十二学士入翰林因以诗赠》云：

---

① 《淮南子·墬形训》云："昆仑之丘，或上倍之，是谓凉风之山，登之而不死。或上倍之，是谓悬圃，登之乃灵，能使风雨。或上倍之，乃维上天，登之乃神，是谓太帝之居。"见刘文典撰，冯逸、乔华点校：《淮南鸿烈集解》卷四，中华书局1989年版，第135页。

② 杜甫：《赠翰林张四学士垍》，见杜甫著，仇兆鳌：《杜诗详注》卷二，中华书局1979年版，第98—100页。

　　　　厩马翩翩禁外逢，星槎上汉杳难从。

　　　　定知欲报淮南诏，促召王褒入九重。①

　　王建《和蒋学士新授章服》略云：

　　　　……

　　　　瑞草惟承天上露，红鸾不受世间尘。

　　　　翰林同贺文章出，惊动茫茫下界人。②

　　杨巨源《张郎中段员外初直翰林报寄长句》云：

　　　　秋空如练瑞云明，天上人间莫问程。

　　　　丹凤词头供二妙，金銮殿角直三清。

　　　　方瞻北极临星月，犹向南班滞姓名。

　　　　启沃朝朝深禁里，香炉烟外是公卿。③

　　值得注意的是，这类诗作常用星象作为象征，如"逼华盖""瞻北极""星槎上汉"云云，且"华盖"④"北极"均指帝王居所，暗示了翰林学士深居内朝、"职亲而地近""为天子私人"的特殊地位。不仅如此，

---

① 刘禹锡：《逢王十二学士入翰林因以诗赠》，见刘禹锡著，瞿蜕园笺证：《刘禹锡集笺证》卷二四，上海古籍出版社 1989 年版，第 693 页。

② 王建：《和蒋学士新授章服》，见王宗堂校注：《王建诗集校注》卷六，中州古籍出版社 2006 年版，第 325 页。

③ 杨巨源：《张郎中段员外初直翰林报寄长句》，见彭定求等编：《全唐诗》卷三三三，上海古籍出版社 1986 年版，第 821 页。

④ 前引杜诗"翰林逼华盖"句，仇兆鳌注："《晋·天文志》：'大帝上九星曰华盖，所以蔽覆大帝之座也，盖下九星曰杠，盖之柄也。'《蔡邕传》：'拥华盖而奉皇极。'洙曰：'逼，言密迩帝座。'"见杜甫著，仇兆鳌注：《杜诗详注》卷二，中华书局 1979 年版，第 99 页。

杨巨源还在"瞻北极"句前，以"金銮殿角直三清"点出翰林院毗邻内朝金銮殿、三清殿这一具体方位，[①] 从行政区域上直观反映出翰林学士与外朝诸官的差别，衬出"天上人间莫问程"的现实意蕴。要言之，天人之别的描写并非虚设独造，往往暗示着翰林院位于天子内廷这一最高权力所在地。因此，发掘诗歌中的这类"今典"，实为解析诗义的关键。

由此反观韩愈这首专事托讽的《记梦》诗，在风格上固不同于上述酬赠之作，但其内里仍采用"天人之别"这一诗家惯用修辞。首四句即以星象发端：

> 夜梦神官与我言，罗缕道妙角与根。
> 挈携陬维口澜翻，百二十刻须臾间。[②]

其中，"罗缕"是罗列缕述之义，[③]"道妙"指所业之至高境界；[④] 那么，神官所说的"角与根"以及提携韩愈所到的"陬维"，当即至高境界之所在。宋人马永卿释云："此乃言二十八宿之分野也。《尔雅》曰：'寿星，角亢也。'注云：'数起角亢，列宿之长。'又曰：'天根，氐也。'注云：'下系于氐，若木之有根。''娵訾之口，营室东壁也。'注云：'营室，东壁星，四方似

---

① 参见徐松撰，李建超增订：《增订唐两京城坊考》，三秦出版社 2006 年版，第 24 页。

② 韩愈：《记梦》，见韩愈著，钱仲联集释：《韩昌黎诗系年集释》卷六，上海古籍出版社 1984 年版，第 652 页。

③ 萧统编，李善等注：《六臣注文选》卷三〇，中华书局 2012 年版，第 579 页。

④ 如柳宗元《送易师杨君序》："不违古师以入道妙，若弘农杨君者其鲜矣。"颜真卿《有唐茅山元靖先生广陵李君碑铭》："年十八，志求道妙，遂师事同邑李先生，游艺数年。"韦应物《春月观省属城始憩东西林精舍》："道妙苟为得，出处理无偏。"见柳宗元：《柳宗元集》卷二五，中华书局 1979 年版，第 658 页；黄本骥编：《颜鲁公文集》卷七，见《四部备要》第 69 册，中华书局 1989 年版，第 69 页；孙望编著：《韦应物诗集系年校笺》卷八，中华书局 2002 年版，第 383 页。

口，故以名之。'"①参照现存最早的唐人全天星图（S.3326）局部，②图4-1所示自氐五度至尾九度图之氐四星，相对自轸十二度至氐四度图之角二星、亢四星呈下系之状，即所谓天根者；图4-2所示自危十六度至奎四度图之营室二星、东壁二星相对似口，且图左文字作"于辰在亥，为诹訾"。由此可知，《记梦》所谓"角"即角宿，"根"乃氐宿相对于角宿、亢宿之象形，以韵脚所在，故以"根"代称氐宿；所谓"陬维口澜翻"，③是运化营室、东壁之象而以星次名出之。

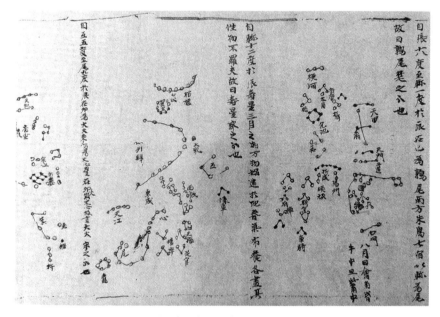

图4-1　S.3326星图局部（自轸十二度至氐四度及自氐五度至尾九度）

---

① 马永卿：《懒真子》卷四《梦诗言列宿》，中华书局1985年版，第48页。

② 中国社会科学院历史研究所等编：《英藏敦煌文献》第5卷，四川人民出版社1992年版，彩色插图第1、2页。

③ "陬訾"二字，马永卿引作"娵訾"，S.3326星图作"诹訾"，郝懿行略云："《月令》注作'诹訾'，《尔雅》作'娵觜'，皆叚借也"，"当作'陬訾'"。见郝懿行：《尔雅义疏》卷中之四《释天》，上海古籍出版社1983年版，第771页。

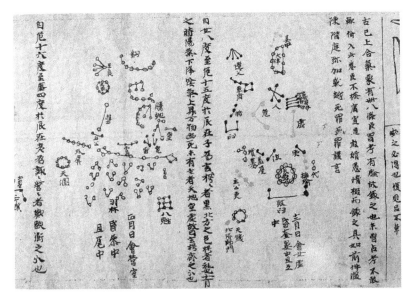

图 4-2 S.3326 星图局部（自女八度至危十五度及自危十六度至奎四度）

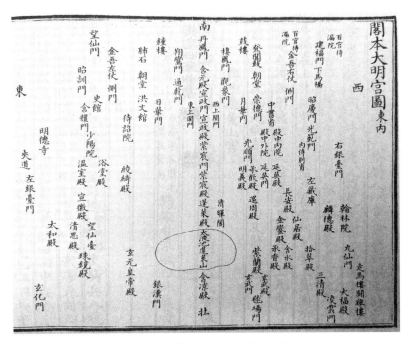

图 4-3 阁本《大明宫图》局部

关于角、亢、氐之象，一般认为"大角者，天王帝廷"①；"角二星，天关也，其间天门也，其内天庭也"②；"亢四星，天子之内朝也"，"氐四星，王者之宿宫"。③ 由此可见，角、亢、氐象征着天子宫殿从宫门到内朝的基本格局，这与时人以"华盖""北极"象征翰林近帝居之用意不殊，只是韩愈意在托讽，对星象的选择和铺叙显得奇诡而隐晦。

关于营室、东壁之象，一般认为"营室为天库"，"外有羽林以卫帝"，"东壁主文章"。④ 从当时天子所居之东内大明宫的格局来看（见图4-3），⑤翰林院以南有左藏库，左藏库为天子府库，⑥ 即所谓"天库"，翰林院以北为九仙门，九仙门外有羽林军，⑦ 即所谓"外有羽林以卫帝"，而翰林院本身即所谓"主文章"之地。由此可见，营室、东壁之象暗寓了翰林院及其周边建筑，比起时人"金銮殿角直三清"的平铺直叙，韩愈的这些曲笔令

① 司马迁：《史记》卷二七《天官书》，中华书局2014年版，第1548页。

② 瞿昙悉达编，李克和校点：《开元占经》卷六○《东方七宿占一》，岳麓书社1994年版，第613页。

③ 魏徵、令狐德棻：《隋书》卷二○《天文志中》，中华书局1973年版，第543页。

④ 瞿昙悉达编，李克和校点：《开元占经》卷六一《北方七宿占二》，岳麓书社1994年版，第623、624页。按，"羽林"是营室之星名，从图4-2所示自危十六度至奎四度图之羽林星图中，可见其象形。

⑤ 程大昌：《雍录》卷三，《景印文渊阁四库全书》第587册，台湾商务印书馆1986年版，第282页。

⑥ 参见陈仲夫点校：《唐六典》，中华书局1992年版，第544—546页。此外，20世纪50年代，考古工作者在麟德殿西北200米处发掘了一部分房屋遗址，并出土了大批唐代封泥，学者认为是右藏库之所在，亦在翰林院附近。参见中国科学院考古研究所编著：《唐长安大明宫》，科学出版社1959年版，第40—47页；辛德勇：《隋唐两京丛考》，三秦出版社2006年版，第138—139页。

⑦ 徐松撰，李建超增订：《增订唐两京城坊考》，三秦出版社2006年版，第21页。

人颇费猜详。①

总而言之,《记梦》开篇以星象作寓,"角与根"象征天子居所,暗示韩愈有机会赴内朝任职。随后以"营室""东壁"所在星次名"陬维"点出翰林院,进一步暗示韩愈有机会出任翰林学士。这里,之所以用"陬维"代称,不仅是深晦其事的需要,同时也需兼用"陬(娵)訾之口"义转领"口澜翻"三字,表现"争先者"不欲韩愈入翰林而兴谤语。至"百二十刻须臾间"句,仍以星宿运行为喻,②意谓谤语传播之迅疾,与《行状》"有争先者,构公语以非之"的记载相合。

第四节 梦境映射的翰苑纠葛

通过天象隐喻之分析,可对《记梦》的托寓内容做一番大致勾勒:

"挈携陬维"意谓有某位"神官"将要提携韩愈入翰林院任学士,"我徒三人共追之"意谓与韩愈交厚的两人也一同追随那位"神官",争取入院,"一人前度安不危"意谓在三人力争入院的过程中,有一人比较顺利,

---

① 这里不妨补充一点,《记梦》首四句以下转入韩愈攀登"神山"之梦境,所谓"神山"亦是翰林院之象征。在唐人来看,翰林制度之远源为汉代以尚书郎主文书制度,当时的衙署名曰"神仙殿"。唐太宗所置文学馆则被视为翰林院的前身,其中有著名的十八学士,礼遇优厚,"时人谓之登瀛洲"。中唐以后,翰林学士地位日益崇重,"时以居翰苑,皆谓凌玉清,溯紫霄,岂止于登瀛洲哉"(洪遵辑:《翰苑群书》卷一《翰林志》,傅璇琮、施纯德编:《翰学三书》,辽宁教育出版社 2003 年版,第 1、7 页)。众所周知,"瀛洲"为道典中海上三神山之一,而"玉清"即道教所谓三清境之清微天(杨伯峻:《列子集释》卷五,中华书局 1979 年版,第 151 页;张君房编,李永晟点校:《云笈七签》卷三,中华书局 2003 年版,第 34 页)。唐人既以神山比附翰林院,以见学士之清要,又以"凌玉清"衬出翰林学士与天子的近密程度。由此可以想见,韩愈《记梦》中的"登神山""吹天风",即取时人"登瀛洲""凌玉清"之意,用以暗寓自己将得翰林学士一职。

② "所谓百二十刻者,盖浑天仪之法。二十八宿从右逆行,经十二辰之舍次,每辰十二刻,故云百二十刻"。见马永卿:《嬾真子》卷四《梦诗言列宿》,中华书局 1985 年版,第 48 页。

得以率先入院。而后韩愈遇到某位"仙人"，这时韩愈已感到"天风飘飘吹我过"，意谓帝居不远，入院在即。又云"我以指撮白玉丹，行且咀嚼行诘盘"，"白玉丹"是一种仙丹，[①] 服食仙丹便得升天，韩愈借此再次暗示自己即将入院。

　　然而韩愈发现"仙人"言语之弊，对此韩愈并未避讳，反加"诘盘"，致使仙人"绰虐顾我颜不欢"。韩愈由此认识到"仙人"并非"贤圣"，其出言之用意不过是"邀我敬"——让我趋敬顺从，这是性情耿介的韩愈所无法接受的。最后，韩愈明确表达了自己的立场：宁愿"屈曲世间"、沉沦下僚，也不愿趋附"仙人"而窥天，最终毅然放弃了翰林学士这一要职。

　　那么，究竟谁为韩愈之"我徒"，谁为挈携韩愈入院之"神官"，谁为希望韩愈趋敬之"仙人"呢？今结合李吉甫、裴垍"选擢贤俊"之史事，不难一一落实。

　　如前所述，李吉甫于元和元年底担任翰林承旨学士之时，曾委托即将接任承旨的裴垍"选擢贤俊"。与此相应的是，翰林学士院就在元和元年至二年间经历了一次较大规模的人事变动。史料显示，元和元年初，学士院在院者 7 人，即李吉甫、裴垍、卫次公、李程、张弘、王涯、李建。[②] 到元和二年四月时，学士院除李吉甫拜相、裴垍任承旨外，旧学士仅余王涯 1 人，其余数人皆陆续出院。其中，李建于元和元年最先出院，卫次公、张弘恰在李吉甫拜相的元和二年正月出院，李程则于同年四月出院。[③]

---

　　① "白玉"即韩愈《进学解》所谓"玉札"者，参见梅彪集：《石药尔雅》卷上，中华书局 1985 年版，第 2 页。

　　② 傅璇琮：《唐翰林学士年表》，见傅璇琮：《唐翰林学士传论》，辽海出版社 2011 年版，第 636 页。

　　③ 参见岑仲勉：《翰林学士壁记注补》，见岑仲勉：《郎官石柱题名新考订（外三种）》，上海古籍出版社 1984 年版，第 232 页；傅璇琮：《唐翰林学士年表》，见傅璇琮：《唐翰林学士传论》，辽海出版社 2011 年版，第 637 页。

值得注意的是，同年新入院学士有李绛、崔群，[①] 二人皆为韩愈挚交。据史载，李绛、崔群与韩愈"定交久矣"，三人早年同游于梁肃之门，[②] 贞元八年又同登"龙虎榜"，[③] 韩愈尝谓李绛云"愈于久故游从之中，伏蒙恩奖知待，最深最厚，无有比者"[④]，尝谓崔群云"（仆）所与交往相识者千百人……至于心所仰服，考之言行而无瑕尤，窥之阃奥而不见畛域，明白淳粹，辉光日新者，惟吾崔君一人"[⑤]。这样看来，韩愈视李绛、崔群为"我徒"，应该说是恰如其分的。从入院具体时间来看，李绛率先于元和二年四月八日入院，崔群则于当年十一月六日入院，[⑥] 相差约七个月，反观《记梦》所谓"我徒三人"之中"一人前度安不危"的描述，与李绛率先入院这一细节也是吻合的。韩愈合李绛、崔群并称"我徒三人"，当可无疑。

那么，究竟是谁欲提携"我徒三人"呢？《旧唐书·裴垍传》载：

> 垍在翰林，举李绛、崔群同掌密命……其余量材赋职，皆叶人望，选任之精，前后莫及。[⑦]

如果《记梦》的描述是准确的，即当日某一位"神官"同时提携"我

---

①　洪遵辑：《翰苑群书》卷六《重修承旨学士壁记》，见傅璇琮、施纯德编：《翰学三书》，辽宁教育出版社 2003 年版，第 33 页。

②　王定保撰，阳羡生校点：《唐摭言》卷七，上海古籍出版社 2012 年版，第 53 页。

③　徐松撰，孟二冬补正：《登科记考补正》卷一三，北京燕山出版社 2003 年版，第 539 页。

④　韩愈：《与华州李尚书书》，见韩愈著，马其昶校注，马茂元整理：《韩昌黎文集校注》卷三，上海古籍出版社 2014 年版，第 255 页。

⑤　韩愈：《与崔群书》，见韩愈著、马其昶校注，马茂元整理：《韩昌黎文集校注》卷三，上海古籍出版社 2014 年版，第 209 页。

⑥　洪遵辑：《翰苑群书》卷六《重修承旨学士壁记》，见傅璇琮、施纯德编：《翰学三书》，辽宁教育出版社 2003 年版，第 33 页。

⑦　刘昫等：《旧唐书》卷一四八《裴垍传》，中华书局 1975 年版，第 3992 页。

徒三人"，那么成功推荐了李绛、崔群的裴垍，也就是"我徒三人"中韩愈的推荐人，韩、李、崔三人大概都在裴垍为李吉甫"精鉴才杰"的名单之内。换言之，《记梦》所谓"神官"应该就是有着"量材赋职"之眼光、接替李吉甫担任翰林承旨学士的裴垍。那么，在"神官"之后出现的、最终导致韩愈放弃翰林学士的那位"仙人"，很可能就是位在裴垍之上、由翰林承旨升任宰相的李吉甫。

具体而言，从元和元年末李吉甫、裴垍之谋议，到元和二年十一月崔群入院，间隔了将近一年的时间，足可想见此番选任绝非裴垍一夕"精鉴才杰"之功，此后李吉甫在裴氏推荐名单的基础上亲自"选擢贤俊"的过程，当是决定翰林学士人选的关键环节。

从这一时期出入院诸学士的情况来看，新任学士李绛、崔群固然堪称"才杰""贤俊"，而出院诸学士亦无丝毫逊色。卫次公"弱冠举进士"，主事者"目为国器，擢居上第"，[①] 李程被时人推为"词赋之最"[②]，张耒被白居易誉为"万言旧手才难敌"[③]，李建更是被元白交誉为"德润行膻"的"桢干"之才。[④] 此等人物，为何会在李吉甫"选擢贤俊"之际陆续出院呢？今从李建相关史料中可见一斑。

元稹《唐故中大夫尚书刑部侍郎上柱国陇西县开国男赠工部尚书李公墓志铭》载，李建于元和元年出院，且未得守本官左拾遗，而是改任詹事府司直这一闲官。[⑤] 白居易《有唐善人碑》谓李建云：

---

① 刘昫等：《旧唐书》卷一五九《卫次公传》，中华书局1975年版，第4179页。

② "李相国程、王仆射起、白少傅居易兄弟、张舍人仲素，为场中词赋之最"。见赵璘：《因话录》卷三，古典文学出版社1957年版，第82页。

③ 白居易：《岁暮枉衢州张使君书并诗因以长句报之》，见白居易著，谢思炜校注：《白居易诗集校注》卷二〇，中华书局2006年版，第1610—1611页。

④ 白居易：《祭李侍郎文》，见白居易著，谢思炜校注：《白居易文集校注》卷三，中华书局2011年版，第148页。

⑤ 元稹：《唐故中大夫尚书刑部侍郎上柱国陇西县开国男赠工部尚书李公墓志铭》，见元稹著，冀勤点校：《元稹集》卷五四，中华书局2010年版，第675页。

翰林时，以视草不诡随，退官詹府。詹府时，以贞恬自处，不出户辄数月。①

视草之任，乃翰林学士本职，院中得令学士诡随附和者，唯有"位在诸学士上"的翰林承旨学士。②李建出院之际，李吉甫尚任承旨，由此可知，李建出院乃由不肯依附深得宪宗宠信、时任承旨学士且即将拜相的李吉甫所致。李建不附李吉甫的后果是，不仅罢任学士，就连他的清要本官——左拾遗亦不得守，竟被投闲置散，改任詹事府司直。③此后，李建虽已远离朝政核心，却仍谨小慎微竟至"数月不出户"，从这一避谤自保的举动不难看出，李建出院后仍未能摆脱仕途上的险境。④

由此推断，元和初期翰林学士院的人事变动并非正常的官员迁转，不乏李吉甫在"流落远地十余年"、朝中"后进人物罕所接识"的情况下，排斥异己、培植后进的色彩。因此，当李吉甫一旦发现像李建这类不肯附和顺从之人，即便"德润行腥"、文采出众，也不会再委以学士之职，反而斥逐打压。由此反观《记梦》中韩愈与"仙人"会面后的境遇，与李建因触忤李吉甫而不得担任翰林学士的遭遇，颇为相似。可以说，"护短凭愚邀我敬"的"仙人"形象，无疑就是韩愈为他所不愿趋附的宰相李吉甫而设。

综上所述，韩愈《记梦》一诗中，"我徒三人"指自己和李绛、崔群，

---

① 白居易著，谢思炜校注：《白居易文集校注》卷四，中华书局2011年版，第164页。

② 洪遵辑：《翰苑群书》卷二《承旨学士院记》，见傅璇琮、施纯德编：《翰学三书》，辽宁教育出版社2003年版，第8页。

③ 詹事府司直（正七品上）品秩虽高于左拾遗（从八品上），但为东宫闲官，其清要程度远不及"其选甚重"而得"供奉讽谏"的左拾遗（赖瑞和：《唐代中层文官》，中华书局2011年版，第94—125页）。宜乎白居易《有唐善人碑》谓之"退官"。

④ 有关詹事府司直这一边缘官职的迁转情况，从现有史料中无从窥知。如果比照高层文官之例，三省显官之失势，往往先改东宫官，使之远离朝政核心，继而外贬。如依此例，李建宜乎"数月不出户"而"贞恬自处"矣。

"神官"指裴垍，"仙人"指李吉甫，通篇托寓了韩愈与翰林学士失之交臂这段鲜为人知的经历，裴垍"挈携"是韩愈入院的契机，与李、崔"共追"反映入院过程漫长曲折，最终韩愈不肯趋附于李吉甫，是韩愈未能入院的直接原因。

纵观《记梦》所寓韩愈未入翰苑之史事，前后有两次波折：第一次波折是在"挈携陁维口澜翻"以后，韩愈产生了"蹋虩虩"的不安之感，[①]但最终"神完骨蹻脚不掉"而免于中伤。[②]这层寓意与《释言》所谓"二公将不信（谗言）"以及"吾乃今知免矣，既而谗言果不行"[③]的情势正相吻合。由此可见，谗言流行不过是韩愈争取入院前有惊无险的一个阶段。第二次波折即韩愈与李吉甫发生龃龉，由结句"安能从汝巢神山"可知，这才是韩愈未得入院的主要原因。而《记梦》结句仅表达了韩愈不附权贵、拒入翰苑之立场，其开罪于李吉甫之余波大概仍未消歇。由李建罢职后又遭改官的情形推断，韩愈触忤李吉甫，不仅不得入院，还有可能遭到进一步打击报复，这对于曾深受贬谪之苦的韩愈而言，自当有所戒惧。[④]事实

---

① 《玉篇》："虩虩，不安也。"见顾野王：《大广益会玉篇》卷四，中华书局1987年版，第21页。

② 《广雅·释诂》："蹻，健也。"（王念孙：《广雅疏证》卷二上，江苏古籍出版社1984年版，第55—56页；王先谦撰，吴格点校：《诗三家义集疏》卷二二，中华书局1987年版，第917页）《篇海类编·身体部》："掉，颤也。"（题宋濂撰，屠隆订正：《篇海类编》卷八，《续修四库全书》第230册，上海古籍出版社2002年版，第46页；韩愈著，钱仲联集释：《韩昌黎诗系年集释》卷六补释，上海古籍出版社1984年版，第655页）此二句意谓韩愈登山之际，虽有不安之感，却是神完步健，有惊无险。

③ 韩愈：《释言》，见韩愈著，马其昶校注，马茂元整理：《韩昌黎文集校注》卷二，上海古籍出版社2014年版，第79、80页。

④ 李建出院一事并非个案。此后不久，李吉甫便与裴垍生隙，此后愈演愈烈，以致裴垍殁后，给事中刘伯刍依例议赠官，李吉甫都要横加污蔑，最终刘伯刍因惧怕李吉甫报复，自请外放（王钦若等编纂，周勋初等校订：《册府元龟》卷三三七，凤凰出版社2006年版，第3798页）。这一事件可视为韩愈因畏惧李吉甫报复而求分司的旁证。

证明，韩愈于元和二年六月自请分司东都而成行，[①] 而《记梦》托寓李绛于元和二年四月最先入院，其时韩愈尚在全力争取入院，那么韩愈与李吉甫发生龃龉的时间当在元和二年四月之后，此时距离韩愈分司东都不足两个月。韩、李龃龉与韩愈分司二事的相继发生，强烈暗示着二事在逻辑上的因果关系。由此梳理韩愈未入翰苑、自求分司一段史事，可得梗概如下：

元和元年末，李吉甫将拜相，有意培植后进人才，裴垍因荐韩愈、李绛、崔群三人充翰林学士。翰林学士地位贵重，人皆向往，三人之外不乏争位进谗者。在这种情形下，李吉甫有意试探韩愈，欲其依附用命。韩愈性格耿介，不肯趋敬，言语间触忤吉甫，遂愤辞学士之职。韩愈又恐吉甫追仇，旋自请分司东都以避之。

反观本章开篇所引皇甫湜《神道碑》"不丽邪宠，惧而中请分司东都避之"云云，[②] 与这段史事正相吻合；而李翱《行状》仅记"有争先者，构公语以非之"，容易使人理解为韩愈因遭谗毁而求分司，不若《神道碑》切实。

---

① 张清华：《韩愈年谱汇证》，见张清华：《韩学研究》下册，江苏教育出版社 1998 年版，第 238 页。

② 皇甫湜斥李吉甫为"邪宠"，不仅是为韩愈鸣不平，大概也与李吉甫参与制造元和三年制举案有一定关系，详见下章论述。

第五章　三正卦象中的元和制举案——《陆浑山火一首和皇甫湜用其韵》笺证

　　作为韩愈奇诡诗风的代表，《陆浑山火一首和皇甫湜用其韵》一诗向来引人注目。或云："只是咏野烧耳，写得如此天动地岋，凭空结撰，心花怒生。"[①] 或云："止是竞奇，无甚风致"[②]。无论赞赏还是批评，前人往往见其奇奥诡怪，至谓"徒聱牙輵舌，而实无意义"[③]。

　　然而，这篇看似"实无意义"的奇奥之作，诞生于一个具有"复杂意义"的政治事件发生后不久。元和三年（808年）四月，唐宪宗诏令策试贤良方正直谏举人，皇甫湜、牛僧孺、李宗闵得上第，却因对策多讽时政，触恼权幸，三举人被斥为关外官，皇甫湜补陆浑尉，牛僧孺调伊阙尉，李宗闵补洛阳尉，考策官户部侍郎杨於陵、覆策官翰林学士裴垍、王涯等亦遭

---

　　① 乾隆敕编：《唐宋诗醇》卷三〇，《景印文渊阁四库全书》第1448册，台湾商务印书馆1986年版，第576页。

　　② 顾嗣立：《昌黎先生诗集注》卷四朱彝尊批语，清道光十六年膺德堂本，第10页。

　　③ 赵翼著，霍松林、胡主佑校点：《瓯北诗话》卷三，人民文学出版社1963年版，第30页。

放逐。[1] 这场著名的元和制举案，通常被认为是牛李党争的导火索，备受史家关注。其时，韩愈以国子博士分司东都，虽未亲历此案，却与多位涉案人士交谊颇深。其中，皇甫湜为韩愈弟子，王涯为韩愈同年好友，且为皇甫湜之舅。制举案后，王涯出刺袁州，韩愈赠以《祖席》二首，表达了深切同情。诗云：

> 祖席洛桥边，亲交共黯然。
> 野晴山簇簇，霜晓菊鲜鲜。
> 书寄相思处，杯衔欲别前。
> 淮阳知不薄，终愿早回船。
>
> 淮南悲木落，而我亦伤秋。
> 况与故人别，那堪羁宦愁。
> 荣华今异路，风雨苦同忧。
> 莫以宜春远，江山多胜游。[2]

与此同时，被出为岭南节度使的杨於陵辟韩愈弟子、侄婿李翱为僚佐，韩愈有《送李翱》一诗，亦不乏慨叹与劝慰。诗云：

> 广州万里途，山重江逶迤。

---

① 参见刘昫等：《旧唐书》卷一四《宪宗纪上》，中华书局 1975 年版，第 425 页；司马光编著：《资治通鉴》卷二三七，中华书局 2011 年版，第 7771—7772 页；魏仲举：《新刊五百家注音辩昌黎先生文集》卷四引樊汝霖注，上海涵芬楼影宋本，第 14 页；白居易：《论制科人状》，见白居易著，谢思炜校注：《白居易文集校注》卷二一，中华书局 2011 年版，第 1191 页；李翱：《唐故金紫光禄大夫尚书右仆射致仕上柱国弘农郡开国公食邑二千户赠司空杨公墓志并序》，见李翱著，郝润华校点：《李翱集》卷一四，甘肃人民出版社 1992 年版，第 112 页。

② 韩愈：《祖席》，见韩愈著，钱仲联集释：《韩昌黎诗系年集释》卷六，上海古籍出版社 1984 年版，第 682—683 页。

行行何时到，谁能定归期？

揖我出门去，颜色异恒时。

虽云有追送，足迹绝自兹。

人生一世间，不自张与施。

譬如浮江木，纵横岂自知。

宁怀别时苦，勿作别后思。①

要言之，韩愈虽非元和三年制举案的亲历者，其间获罪人士多与韩愈有着直接或间接的关系，韩愈对他们的遭遇悲慨不已。其时，王涯、李翱相继南下，而皇甫湜补官陆浑尉，作诗赠韩，韩愈答以《陆浑山火一首和皇甫湜用其韵》（以下简称《陆浑山火》）。相比之下，《祖席》《送李翱》皆语言浅近、旨意明白，何独《陆浑山火》以奇奥诡怪而被目为"实无意义"耶？

宋人尝引《陆浑山火》末四句"皇甫作诗止睡昏，辞夸出真遂上焚。要余和增怪又烦，虽欲悔舌不可扪"②，认为皇甫湜亡佚之原作"语怪而好讥骂"③。今按，夸，奢也，有过度之义；④出，见也，显也；⑤真，犹真实也。⑥"辞夸出真"可进一步理解为：皇甫湜于繁冗夸饰之际，未免激言讥骂，以致显露出真实的创作意图。值得注意的是，韩愈曾告诫弟子："缵

---

① 韩愈：《送李翱》，见韩愈著，钱仲联集释：《韩昌黎诗系年集释》卷六，上海古籍出版社 1984 年版，第 710 页。

② 韩愈：《陆浑山火一首和皇甫湜用其韵》，见韩愈著，钱仲联集释：《韩昌黎诗系年集释》卷六，上海古籍出版社 1984 年版，第 685 页。

③ 王仲镛：《唐诗纪事校笺》卷三五，巴蜀书社 1989 年版，第 953 页。

④ 许慎撰，徐铉校定：《说文解字》卷一〇下，中华书局 1963 年版，第 213 页；王念孙：《广雅疏证》卷一下，江苏古籍出版社 1984 年版，第 39 页。

⑤ 顾野王：《大广益会玉篇》卷二九，中华书局 1987 年版，第 130 页；郭象注，成玄英疏，曹础基、黄兰发点校：《南华真经注疏》卷五，中华书局 1998 年版，第 255 页。

⑥ 《玄应音义》卷二〇，见徐时仪校注：《一切经音义三种校本合刊》，上海古籍出版社 2008 年版，第 415 页。

言以为文，非以夸多而斗靡也。"① 他还专门教导皇甫湜，作诗应借鉴《春秋》书王法，不诛其人身"的原则。② 韩愈并不赞赏无谓的夸饰，更不赞成直言臧否人物。由此可知，韩愈"增怪又烦"地铺叙山火，恐怕并非"止是竞奇""只是咏野烧"那么简单，当是为了弥缝皇甫湜讥骂太过、泄露真意的疵病，而以更隐晦的方式托讽令人愤然不平的现实事件。否则，"辞夸出真"的原作不必"上焚"，韩愈也不会产生"虽欲悔舌不可扪"的纠结心态。

那么，令皇甫湜讥骂"出真"、韩愈欲罢不能的竟为何事？结合前述背景及诗首"皇甫补官古贲浑"句，③ 不难联想到直接导致"皇甫补官"的元和制举案。清人沈钦韩即以此立说，指出：

> 火以喻权幸势方熏灼，炎官热属则指附和之人。牛、李等以直言被黜，犹黑螭之遭焚。终以申雪幽枉，属望九重。其词诡怪，其旨深淳矣。④

此说首次揭示了奇诡辞句背后的深淳旨意，在一定程度上修正了所谓"止是竞奇""只是咏野烧"的偏见，洵为难得。⑤ 然此说简略，仅及水火

---

① 韩愈：《送陈秀才彤序》，见韩愈著，马其昶校注，马茂元整理：《韩昌黎文集校注》卷四，上海古籍出版社2014年版，第291页。

② 韩愈：《读皇甫湜公安园池诗书其后二首》，见韩愈著，钱仲联集释：《韩昌黎诗系年集释》卷一〇，上海古籍出版社1984年版，第1081页。

③ 韩愈：《陆浑山火一首和皇甫湜用其韵》，见韩愈著，钱仲联集释：《韩昌黎诗系年集释》卷六，上海古籍出版社1984年版，第684页。

④ 沈钦韩撰，胡承珙订：《韩集补注》，清光绪十七年广雅书局本，第4页。

⑤ 此说多为今人所采，参见韩愈著，钱仲联集释：《韩昌黎诗系年集释》卷六，上海古籍出版社1984年版，第684—685页；王仲镛：《韩愈〈陆浑山火〉诗义甄微》，见王仲镛：《居易室文史考索》，巴蜀书社2011年版，第178—190页；陈克明：《韩愈年谱及诗文系年》，巴蜀书社1999年版，第309页；卞孝萱、张清华编选：《韩愈集》，凤凰出版社2006年版，第160页；邓潭洲：《韩愈研究》，湖南教育出版社1991年版，第272页；罗联添：《韩愈研究》，天津教育出版社2012年版，第170页；汤贵仁：《韩愈诗选注》，上海古籍出版社1984年版，第105页；张清华：《韩愈年谱汇证》，见张清华：《韩学研究》下册，江苏教育出版社1998年版，第246页；王基伦注析：《韩愈诗选》，中州古籍出版社2016年版，第125页。

二象，而诗中还出现了"雷公"形象，虽着墨不多，但一出场便导致"海水翻"，[①]与水象形成了鲜明对立，既然水火二象均与元和制举案中的政治势力相关，岂独雷象为虚设耶？又，沈氏以火喻权幸，语焉不详。今人补证沈说者，或以权幸为宰相李吉甫，[②]或以为宦官集团，[③]迄无定说。凡此种种，归根结底由于元和制举案原为唐史一大悬案，两《唐书》诸传及《资治通鉴》所记尚多含混乖互，近代以来更是众说纷纭。[④]今欲求韩诗之确解，必先究明史事。

第一节　元和制举案之异载与史料之取舍

两《唐书》、《资治通鉴》对元和制举案的异载，根据事件制造者的不同，庶可分为三类。第一类记载直接或间接地指出此案为宰相李吉甫一手制造。如《资治通鉴》宪宗元和三年夏四月条略云：

①　韩愈：《陆浑山火一首和皇甫湜用其韵》，见韩愈著，钱仲联集释：《韩昌黎诗系年集释》卷六，上海古籍出版社 1984 年版，第 685 页。

②　邓潭洲：《韩愈研究》，湖南教育出版社 1991 年版，第 272—273 页。

③　王仲镛：《韩愈〈陆浑山火〉诗义甄微》，见王仲镛：《居易室文史考索》，巴蜀书社 1999 年版，第 181—184 页。

④　参见陈寅恪：《唐代政治史述论稿》，生活·读书·新知三联书店 2009 年版，第 288—293 页；岑仲勉：《隋唐史》卷下，高等教育出版社 1957 年版，第 409—411 页；岑仲勉：《通鉴隋唐纪比事质疑》，中华书局 1964 年版，第 261—263 页；唐长孺：《唐修宪穆敬文四朝实录与牛李党争》，见唐长孺：《山居存稿》，中华书局 2011 年版，第 216—223 页；冯承基：《牛李党争始因质疑》，《台湾大学文史哲学报》1958 年第 8 期；韩国磐：《唐朝的科举制度与朋党之争》，见韩国磐：《隋唐五代史论集》，生活·读书·新知三联书店 1979 年版，第 281 页；傅锡壬：《牛李党争与唐代文学》，东大图书有限公司 1984 年版，第 11—17 页；傅璇琮：《李德裕年谱》，中华书局 2013 年版，第 50—56 页；程奇立：《元和制举案辨正——兼与岑仲勉、傅璇琮先生商榷》，《烟台师范学院学报》1990 年第 1 期；王炎平：《牛李党争》，西北大学出版社 1996 年版，第 1—6 页；金滢坤：《论元和三年制举科场案——兼论牛李党争之发端与影响》，《人文杂志》2015 年第 8 期。

上策试贤良方正直言极谏举人，伊阙尉牛僧孺、陆浑尉皇甫湜、前进士李宗闵皆指陈时政之失，无所避；吏部侍郎杨於陵、吏部员外郎韦贯之为考策官，贯之署为上第。上亦嘉之，诏中书优与处分。李吉甫恶其言直，泣诉于上，且言"翰林学士裴垍、王涯覆策。湜，涯之甥也，涯不先言；垍无所异同"。上不得已，罢垍、涯学士，垍为户部侍郎，涯为都官员外郎，贯之为果州刺史。后数日，贯之再贬巴州刺史，涯贬虢州司马。乙亥，以杨於陵为岭南节度使，亦坐考策无异同也。僧孺等久之不调……①

根据《资治通鉴》的记载，此案源于皇甫湜等人"指陈时政"而触忤宰相李吉甫。吏部考策官将皇甫湜等人署为上第，翰林学士覆策亦无异议，这表明内外朝官对皇甫湜等人"指陈时政"的认同，李吉甫无形中成为众矢之的。于是，李吉甫"泣诉于上"，将考策官、覆策官连同举人一并贬斥。又如《旧唐书·李宗闵传》云：

应制之岁，李吉甫为宰相当国，宗闵、僧孺对策，指切时政之失，言甚鲠直，无所回避。考策官杨於陵、韦贯之、李益等又第其策为中等，又为不中第者注解牛、李策语，同为唱诽。又言翰林学士王涯甥皇甫湜中选，考核之际，不先上言。裴垍时为学士，居中覆视，无所异同。吉甫泣诉于上前，宪宗不获已，罢王涯、裴垍学士，垍守户部侍郎，涯守都官员外郎；吏部尚书杨於陵出为岭南节度使，吏部员外郎韦贯之出为果州刺史。王涯再贬虢州司马，贯之再贬巴州刺史，僧孺、宗闵亦久之不调……七年，吉甫卒，方入朝为监察御史，累迁礼部员外郎。②

---

① 司马光编著：《资治通鉴》卷二三七，中华书局 2011 年版，第 7771—7772 页。
② 刘昫等：《旧唐书》卷一七六《李宗闵传》，中华书局 1975 年版，第 4551—4552 页。

较之《资治通鉴》，此传更加凸显了李吉甫与诸人的矛盾：段首明言"李吉甫为宰相当国"，再叙牛、李等人"指切时政"；段末强调元和七年李吉甫殁后，李宗闵方得入朝，呼应前文"久之不调"的记载，更见吉甫衔恨牛、李而刻意压制之。

与以上二则记载相似，《旧唐书·王涯传》《旧唐书·李德裕传》《新唐书·李宗闵传》《新唐书·李德裕传》皆明言李吉甫制造了元和三年制举案；①《旧唐书·杨於陵传》《新唐书·杨於陵传》《新唐书·牛僧孺传》《新唐书·王涯传》虽未及李吉甫，但指出此案系"宰相""执政"所为。②其时当权视事、深得宪宗宠信之宰相唯李吉甫一人，余者如杜佑、郑絪皆循默充位而已，③故四传所指"宰相"亦皆李吉甫无疑。

除上述直接或间接指称李吉甫的记载外，还有一类记载并未明言制举案的制造者。如《旧唐书·裴垍传》云：

> （元和）三年，诏举贤良，时有皇甫湜对策，其言激切，牛僧孺、李宗闵亦苦讦时政。考官杨於陵、韦贯之升三子之策皆上第，垍居中覆视，无所同异。及为贵幸泣诉，请罪于上，宪宗不得已，出於陵、贯之官，罢垍翰林学士，除户部侍郎。④

① 参见刘昫等：《旧唐书》卷一六九、卷一七四，中华书局1975年版，第4401、4510页；欧阳修、宋祁：《新唐书》卷一七四、卷一八〇，中华书局1975年版，第5235、5327页。

② 参见刘昫等：《旧唐书》卷一六四，中华书局1975年版，第4293页；欧阳修、宋祁：《新唐书》卷一六三、卷一七四、卷一八〇，中华书局1975年版，第5032、5229、5317页。

③ 参见唐长孺：《唐修宪穆敬文四朝实录与牛李党争》，见唐长孺：《山居存稿》，中华书局2011年版，第218页。关于杜佑、郑絪的相关情况，本书于第三章、第四章分别涉及，亦可供参考。

④ 刘昫等：《旧唐书》卷一四八《裴垍传》，中华书局1975年版，第3990页。

又如《旧唐书·宪宗纪》云：

> （元和三年夏四月）乙丑，贬翰林学士王涯虢州司马，时涯甥皇甫湜与牛僧孺、李宗闵并登贤良方正科第三等，策语太切，权幸恶之，故涯坐亲累贬之。[1]

与第一类记载《资治通鉴》《旧唐书·李宗闵传》等篇相比，以《旧唐书·裴垍传》《旧唐书·宪宗纪》为代表的第二类记载叙述事件经过几无差别，唯独第一类记载指涉李吉甫处，第二类仅讳曰"贵幸"或"权幸"。

第三类记载为两《唐书》之《李吉甫传》，二传明言"权幸"并非李吉甫：

> （元和）三年秋，裴均为仆射、判度支，交结权幸，欲求宰相。先是，制策试直言极谏科，其中有讥刺时政，忤犯权幸者，因此均党扬言皆执政教指，冀以摇动吉甫……[2]
>
> 裴均以尚书右仆射判度支，结党倾执政。会皇甫湜等对策，指摘权强，用事者皆怒，帝亦不悦。均党因宣言："殆执政使然。"[3]

值得注意的是，第三类记载与前二类有很大不同。

首先，第三类记载是在叙述裴均"冀以摇动吉甫"这一事件中引入了制举案，而非直面制举案本身。

其次，前两类记载都提及了牛僧孺、李宗闵两位烜赫一时的牛党核心成员，而《新唐书·李吉甫传》仅见皇甫湜而不及牛、李，《旧唐书·李吉甫传》索性连皇甫湜的名字也隐去了。

再次，第三类记载表明制举案与李吉甫无关，举人所讥刺、忤犯的对

---

① 刘昫等：《旧唐书》卷一四《宪宗纪上》，中华书局 1975 年版，第 425 页。

② 刘昫等：《旧唐书》卷一四八《李吉甫传》，中华书局 1975 年版，第 3993 页。

③ 欧阳修、宋祁：《新唐书》卷一四六《李吉甫传》，中华书局 1975 年版，第 4740 页。

象（即所谓"权幸""权强""用事者"）别有其人，李吉甫还险些背上"教指举人"的罪名。

此外，第三类记载中唐宪宗的态度与前两类大相径庭。在前两类记载中，宪宗对举人的言论颇为赞赏，还要"诏中书优与处分"，而后贬斥举人和考官实属"不得已"，并非宪宗本心；而第三类记载明言宪宗对举人言论之"不悦"，这再次反映了贬斥举人与考官一事出自宪宗与"权幸"的共同意志，与李吉甫毫无关系。

那么，第三类记载中的"权幸"竟为何人？

上引《旧唐书·李吉甫传》谓"裴均为仆射、判度支，交结权幸"，而《资治通鉴》明言裴均"素附宦官得贵显，为仆射"，[①]可见"权幸"显然是指当时深受宪宗宠信的宦官。史载元和初期深受宪宗宠信、势焰嚣张之宦官，有权侔南衙宰相的神策中尉吐突承璀、枢密使刘光琦等人（下详），[②]第三类记载所谓"权幸"当即此辈。

作为研治唐代文史的基本文献，两《唐书》诸传与《资治通鉴》对元和制举案的记载乖互若此，令人无所适从。究其原因，实由修史所据之《宪宗实录》先后为牛李二党曲撰、改饰所致，这一问题前人已有详尽的考述。[③]由于五代修唐史所据《宪宗实录》之版本已不可考，[④]我们不应在考证制举案的制造者——这一涉及牛李党争的关键问题时轻率地引用上

---

① 司马光编著：《资治通鉴》卷二三七，中华书局 2011 年版，第 7772 页。

② 刘昫等：《旧唐书》卷一八四《吐突承璀传》，中华书局 1975 年版，第 4768 页；刘昫等：《旧唐书》卷一五八《郑余庆传》，中华书局 1975 年版，第 4164 页；王钦若等编纂，周勋初等校订：《册府元龟》卷六六五，凤凰出版社 2006 年版，第 7665 页。

③ 参见唐长孺：《唐修宪穆敬文四朝实录与牛李党争》，见唐长孺：《山居存稿》，中华书局 2011 年版，第 201—215 页；Denis Twitchett, *The Writing of Official History Under the Tang*, Cambridge: Cambridge University Press, 1992, pp.151-154。

④ 参见唐长孺：《唐修宪穆敬文四朝实录与牛李党争》，见唐长孺：《山居存稿》，中华书局 2011 年版，第 215、223 页。

述三类史料，① 而毋宁认为这些史料都存在着不同程度的失真。上述史料在考证过程中不外乎两种价值，一是勾勒制举案的梗概，二是提示制举案发生的三种可能性：第一种可能是宰相李吉甫制造制举案，第二种可能是宦官制造此案，当然不排除第三种可能，即非李吉甫亦非宦官单方面制造此案。

今欲判断三种可能性，当借助真实程度高于两《唐书》《资治通鉴》之史料，即不依赖《宪宗实录》、作于牛李党争之前、未受牛李党争影响的史料：

其中一类是元和三年制举对策，② 由此可以分析举人"讥刺时政"的具体内容，从而推断对策有可能忤犯的"权幸"。

另一类记载就是制举案目击者的相关记述，其中白居易《论制科人状》、李翱《唐故金紫光禄大夫尚书右仆射致仕上柱国弘农郡开国公食邑二千户赠司空杨公墓志并序》（以下简称《杨公墓志》）二文尤当注意。白居易的《论制科人状》作于元和三年五月，③ 其时白居易与裴垍、王涯诸学士一同覆策，亲见二人考覆至公，反遭斥逐，内心忧愤而上疏宪宗谓"密缄手疏，潜吐血诚，苟合天心，虽死无恨"云云。④ 可见，《论制科人状》诚为第一时间之纪实文字，且上疏动机真诚、方式隐密，其真实程度自不待言。李翱《杨公墓志》所记墓主，即制举案中的考策官杨於陵。元和四年杨於陵因制举案出镇岭南，辟李翱入幕，二人甚相得，言谈之间，极有可能涉及元和制举案的具体情形；且杨於陵为人"节操坚明，始终不

---

① 此案之所以众说纷纭，很大程度上即由直接引用此三类本应存疑的材料所致。

② 皇甫湜对策见于集中，而牛、李对策世所罕见，学者皆谓亡佚。实际上，牛僧孺对策尚存于宋人所编《增注唐策》一书中，内容真实可信。参见周浩：《新辑牛僧孺贤良策文考释》，见杜文玉主编：《唐史论丛》第 20 辑，三秦出版社 2015 年版，第 199—217 页。

③ 司马光编著：《资治通鉴》卷二三七，中华书局 2011 年版，第 7772 页。

④ 白居易：《论制科人状》，见白居易著，谢思炜校注：《白居易文集校注》卷二一，中华书局 2011 年版，第 1193—1194 页。

失其正"①，李翱刚直耿介，恪守"用仲尼褒贬之心，取天下公是、公非为本"的著史原则，② 故杨於陵之述必不失其正，李翱之书必不失其真，其与二举人对策、白居易奏状皆为考证元和三年制举案最可凭信之史料。③今由此数文入手，剖判两《唐书》诸传与《资治通鉴》之记载，此案事实便得昭晰。

第二节　元和制举案相关史事与诸方态度

一、宦官主谋

皇甫湜《对贤良方正直言极谏策》中确有一番"集矢宦官"④的激切言论：

> 今宰相之进见亦有数，侍从之臣，皆失其职，百执事奉朝请以进，而律且有议及乘舆之诛，未知为陛下出纳喉舌者为谁乎，为陛下爪牙者为谁乎？日夕侍起居、从游豫，与之论臣下之是非、赏罚之臧否者，复何人也？股肱不得而接，何疾如之；爪牙不足以卫，其危甚矣！夫裔夷亏残之微，褊险之徒，皂隶之职，岂可使之掌王命，握兵柄，内膺腹心之寄，外当耳目之任乎？此壮夫义士所以寒心销志，泣愤而不能已也。诚能复周之旧典，去汉之末祸，还谏官、史官、侍臣

---

①　欧阳修、宋祁：《新唐书》卷一六三《杨於陵传》，中华书局1975年版，第5033页。

②　李翱：《答皇甫湜书》，见李翱著，郝润华校点：《李翱集》卷六，甘肃人民出版社1992年版，第42页。

③　除牛僧孺对策罕见外，其余三文世所共知，以往学者在考证制举案时多所援引，惜乎每与两《唐书》诸传、《资治通鉴》混用，其论证过程及所得结论或未允当。

④　岑仲勉：《隋唐史》卷下，高等教育出版社1957年版，第410页。

之职……则政不足平，刑不足措，人不足和，财不足丰，蛮夷戎狄不足臣，休征嘉瑞不足致矣。①

皇甫湜通过两重诘问，对举宰相及百官之失职与"侍起居、从游豫"者擅权僭越，进而直斥"裔夷亏残之微""皂隶之职"，又借"汉之末祸"警醒宪宗，其斥责宦官意甚显豁、辞甚激切，如此对策而为考官称奖，这对于"掌王命、握兵柄"、每与宪宗议论"臣下之是非、赏罚之臧否"的宦官集团而言，岂肯甘心受辱、大权旁落，而得无谮于宪宗？

又按牛僧孺对策云：

> 中代以前，以不专之德御臣下，故佞邪退而忠直进。夫不专之德，岂造次而已乎？所谓坚甲劲兵，不令专任；询咨应对，不令专权；夕处朝游，不令专侍。俾无专任，则轻重得以相临；俾无专权，则轻重得以相制；俾无专侍，则贤良得以相参。此所以佞邪无所入，忠直无所退。中代以降，又有甚于此。谓之宰辅，不见于涉旬；谓之公卿，不见于越月；处之谏列，不见于经时；目之侍臣，不见于终岁。若然者，虽有小人，安知而远之；虽有壮士，安知而近之？此所以巧谀无所退、忠直无所进者，有由然乎！②

牛僧孺虽未作"亏残""褊险"之直刺，而以"佞邪""小人""巧谀"之专任专对，与南衙"宰辅""公卿""谏列""侍臣"之无所进用相对比，用意与皇甫湜对策不殊，将矛头直指深得宪宗宠信的宦官。具体而言，牛策与皇甫策对两类宦官提出明确批评，第一类即皇甫湜策所谓"握兵柄"、

---

① 皇甫湜：《对贤良方正直言极谏策》，董诰等编：《全唐文》卷六八五，中华书局1983年版，第7015页。

② 《增注唐策》卷一《牛僧孺贤良策》，《景印文渊阁四库全书》第1361册，台湾商务印书馆1986年版，第789页。

牛策所谓专任于"坚甲劲兵"者，第二类即皇甫湜策所谓"掌王命"、牛策所谓"询咨应对"者，这两类宦官即分掌军政大权的神策中尉和枢密使。史载宪宗元和初，左神策中尉吐突承璀势方熏灼、不可一世。《新唐书·宦者传上》略云：

> 吐突承璀字仁贞，闽人也。以黄门直东宫，为掖廷局博士，察察有才。宪宗立，擢累左监门将军、左神策护军中尉、左街功德使，封蓟国公。
>
> 王承宗叛，承璀揣帝锐征讨，因请行。帝见其果敢自喜，谓可任，即诏承璀为行营招讨处置使，以左右神策及河中、河南、浙西、宣歙兵从之。内寺伯宋惟澄、曹进玉为馆驿使……又诏内常侍刘国珍、马朝江分领易、定、幽、沧等州粮料使。于是谏官李廊、许孟容、李元素、李夷简、吕元膺、穆质、孟简、独孤郁、段平仲、白居易等众对延英，谓古无中人位大帅，恐为四方笑。帝乃更为招讨宣慰使，为御通化门慰其行。承璀御众无它远略，为卢从史侮狎，逾年无功，赖中诏擒使执从史，而间遣人说承宗上书待罪，乃诏班师，还为中尉。平仲劾承璀轻谋弊赋，损国威，不斩首无以谢天下。帝不获已，罢为军器庄宅使。寻拜左卫上将军，知内侍省。[1]

吐突承璀本东宫之旧，宪宗宠信异常，俾掌神策，后又不顾多位谏官的强烈反对，开宦官挂帅之先例，即便承璀无功而返，也是象征性地稍作惩戒，并未真正降罪。[2] 不难想见，元和初期吐突承璀之隆宠及南衙诸官之忧愤，无怪皇甫湜等人借对策之机大加挞伐。此外还有一处细节，吐突承璀为闽人，正与皇甫湜策所谓"裔夷亏残"相合，承璀闻此难免震怒而

---

① 欧阳修、宋祁：《新唐书》卷二○七《宦者传上》，中华书局1975年版，第5869—5870页。

② 参见司马光编著：《资治通鉴》卷二三七，中华书局2011年版，第7771页。

"泣诉于上"。

与承璀同时的，还有枢密使刘光琦，此人也有拥戴宪宗之功，[①] 元和初始置枢密使，即充之。[②] 此职不仅限于"承受表奏于内进呈"、将"人主处分宣付中书门下施行"这一本职，[③] 由于"地居近密"，枢密使得以全面谋议朝政，外夺宰相之权，内侵学士之职，从而深入到中枢决策之中，以致干预大臣的任免，[④] 刘光琦即始作俑者。《旧唐书·郑余庆传》略云：

> 有主书滑涣，久司中书簿籍，与内官典枢密刘光琦情通。宰相议事，与光琦异同者，令涣达意，未尝不遂所欲。宰相杜佑、郑絪皆姑息之，议者云佑私呼为滑八，四方书币资货，充集其门，弟泳官至刺史。及余庆再入中书，与同僚集议，涣指陈是非，余庆怒其僭，叱之。寻而余庆罢相，为太子宾客。[⑤]

刘光琦暗中操控宰相集议，妄图把持朝政。主书滑涣身为流外入流的小官吏，只因依附刘光琦，竟得到宰相杜佑等人的亲昵，又得四方资货盈门，这从侧面反映出枢密使刘光琦权倾中外之势焰。更当注意的是，像斥责属吏之妄这样的细事，一旦触及刘光琦，即便是位高权重的郑余庆也难逃罢相的命运。凡此种种，如非对策所谓凭借"掌王命""询咨应对"而专权侵政，刘光琦岂得至此；且皇甫湜对策所谓"论臣下之是非、赏罚之臧否"诸情状，深合郑余庆罢相一案。总之，枢密使刘光琦与南衙之矛盾

---

① 刘昫等：《旧唐书》卷一八四《宦者传》，中华书局1975年版，第4767页。

② 王钦若等编纂，周勋初等校订：《册府元龟》卷六六五，凤凰出版社2006年版，第7665页。

③ 王明清：《挥麈录·后录》卷一，中华书局1961年版，第65页。

④ 参见唐长孺：《唐代的内诸司使及其演变》，见唐长孺：《山居存稿》，中华书局2011年版，第253—254页；李鸿宾：《唐代枢密使考略》，见李鸿宾：《隋唐五代诸问题研究》，中央民族大学出版社2006年版，第244—245页。

⑤ 刘昫等：《旧唐书》卷一五八《郑余庆传》，中华书局1975年版，第4164页。

亦甚突出，对策直刺"掌王命"者，无非希望宪宗摈黜刘光琦辈。

由此可见，皇甫湜、牛僧孺等在元和三年制举对策中批评了宦官祸政，将矛头直指权宦吐突承璀、刘光琦等人；而后，对策又得到考策官与覆策官的一致首肯，这难免激怒宦官集团。今按白居易《论制科人状》（以下简称"白《状》"）所述覆策事，便可窥悉宦官集团蓄意制造制举案之经过：

> 臣昨在院与裴垍、王涯等覆策之时，日奉宣，令臣等精意考核。臣上不敢负恩，下不忍负心，唯秉至公以为取舍。虽有雠怨，不敢弃之；虽有亲故，不敢避之。唯求直言，以副圣意。故皇甫湜虽是王涯外甥，以其言直合收，涯亦不敢以私嫌自避。当时有状，具以陈奏。不意群小，构成祸端。圣心以此察之，则或可悟矣。①

制举覆策并非常格。此科之覆策当与宦官不满于考策结果有关。详考文中"日奉宣"云云，在"裴垍、王涯等覆策之时"句后，可知"日奉宣，令臣等精意考核"非命翰林学士覆策之诏，而是在诸学士覆策过程中再次发出的诏命，白居易为何特别强调在覆策过程中的"日奉宣"，此又当注意者。随后，白《状》透露了两个重要内容：其一，诸学士坚持秉公覆策，以举人"言直合收"，即维持了考策官对皇甫湜等人所定的等第。其二，皇甫湜为王涯外甥这一事实，王涯已然具状陈奏。而后又云"不意群小，构成祸端"，此指王涯等人被逐出院事。关于构陷王涯等人的罪状，旧史所载皆同，其文云：

> 翰林学士裴垍、王涯覆策。湜，涯之甥也，涯不先言；垍无所

---

① 白居易著，谢思炜校注：《白居易文集校注》卷二一《论制科人状》，中华书局2011年版，第1193页。

异同。①

对照白《状》"湜亦不敢以私嫌自避，当时有状，具以陈奏"数句可知，王涯早已意识到"私嫌"的问题，并及时向宪宗陈奏，而"群小"正是通过王涯陈奏抓住了其与皇甫湜有亲这一把柄，从而诬陷王涯。那么，王涯以翰林学士向宪宗陈奏，谁有可能接触到奏状呢？今按唐代北司设翰林使，专掌学士与皇帝间的上传下达，且得谋议政事。杜元颖《翰林院使壁记》云：

> （翰林使）进则承睿旨而宣于下，退则受嘉谟而达于上，军国之重事，古今之大体，庶政之损益，众情之异同，悉以关揽，因而启发……②

白《状》所谓"日奉宣"与上呈王涯陈奏二事，当皆翰林使所为。史载制举案发生的元和三年，翰林使为吕如金。③ 从人事关系上看，此人与刘光琦、吐突承璀同为永贞元年（805年）拥戴宪宗之党；④ 从职位关系来看，翰林使为内诸司使之一，与作为北司之首的神策中尉、枢密使存在着统属关系。⑤ 其时翰林学士秉公覆策，认为举人"言直合收"，这无疑会

---

① 司马光编著：《资治通鉴》卷二三七，中华书局 2011 年版，第 7771 页。按，此一记载诸史皆同，当非后世窜改之史料，且牛李党人皆无窜改此条史料之必要，应予采信。

② 洪遵辑：《翰苑群书》卷二《重修承旨学士壁记》，见傅璇琮、施纯德编：《翰学三书》，辽宁教育出版社 2003 年版，第 10 页。

③ 王钦若等编纂，周勋初等校订：《册府元龟》卷六六五，凤凰出版社 2006 年版，第 7665 页。

④ 欧阳修、宋祁：《新唐书》卷二〇七《宦者传上》，中华书局 1975 年版，第 5868 页。《新唐书》作"吕如全"，其事迹与《册府元龟》所载相同，知为一人。

⑤ 参见唐长孺：《唐代的内诸司使及其演变》，见唐长孺：《山居存稿》，中华书局 2011 年版，第 252 页。

再次激怒以吐突承璀、刘光琦为代表的宦官集团，而翰林使吕如金往来于宪宗与学士之间，最得伺机报复之便。由此再观白《状》，白居易先突出了"日奉宣"一事，暗示了翰林使的第一次出场，后云王涯"具以陈奏，不意群小，构成祸端"，进一步明确了祸端由王涯陈奏而起，而其时得以接触奏状、构成祸端的只有宦官集团中人。于是，白居易紧承"构成祸端"一语，又云"圣心以此察之，则或可悟矣"。由此可见，白居易的言外之意：王涯实已具状详陈其与皇甫湜的关系，也正因如此，宦官集团乘送呈之机，从奏状中抓到了王涯的这一把柄，藉以构陷覆策至公的翰林学士。

综上所述，吐突承璀、刘光琦等作为拥戴宪宗之党，在宪宗即位之后深得宠信，权势日益膨胀。对此，南衙官员无可奈何，低眉趋附者得以保全禄位，而奋起抵制如郑余庆者，旋遭罢官。在这样的背景下，皇甫湜、牛僧孺等人在元和三年制举对策中讥刺宦官专权祸政，考策官又擢之上第，皆为宦官集团所深忌。于是，此次制举打破常格，特设覆策一节，又以身处内廷之翰林学士作为覆策官。其时，吐突承璀、刘光琦之党吕如金为翰林使，叮嘱翰林学士"精意考核"，意在通过覆策环节，改变考策结果，从而压制皇甫湜等人。不意翰林学士秉公覆策，维持了考策结果，这令宦官集团更为恼火。其时，宦官集团通过上呈王涯奏状的便利，抓住了王涯与皇甫湜存在亲属关系这一把柄，乘势构陷，贬斥了王涯等人。故曰：深得宪宗宠信的宦官集团实为元和制举案之主谋。

二、李吉甫助澜

那么，是否可以据此认为李吉甫与元和制举案无关呢？事实恐怕不是非此即彼那样简单。今据对策可知，皇甫湜、牛僧孺在讥刺宦官祸政的同时，也指陈了朝廷任人、用兵之弊，其矛头不可避免地指向了宰相李吉甫。如皇甫湜对策略云：

陛下备众官以序贤俊，而乏才之叹未辍于终食者，由在上者迁之太亟，在下者刻之太深故也……才能如积，抑郁在下，一朝阙辅相之职、卿大夫之官不得，则曰岳不降神，时之乏人。于是循环其所已用者递迁。居上者不知格限，无闻声绩，或一时超拜，或再岁四迁，以是为适当然耳。是仕进之门常阖，而天子之官、天子之权，当途者五六人迭居持之而已。……以宰相之公忠，夫岂不欲人之足用乎？①

这里，皇甫湜指出朝廷用人存在着在上者亟迁、在下者抑郁的问题。其中"或一时超拜，或再岁四迁"虽未明所指，却很容易让人联想到李吉甫之速进。史载李吉甫历官云：

宪宗嗣位，（李吉甫由饶州刺史）征拜考功郎中、知制诰，既至阙下，旋召入翰林为学士，转中书舍人，赐紫。……（元和二年春）擢吉甫为中书侍郎、平章事。②

李吉甫仅用了一年出头的时间，便完成了从远州刺史到考功郎中再到中书舍人以至宰相的升迁之路，实即元和初期"在上者迁之太亟"的典型。皇甫湜又言"天子之权，当途者五六人迭居持之而已"，这充分暗示了"以宰相之公忠，夫岂不欲人之足用乎"的反讽意图，批判宰相操持"天子之权"而不欲"人之足用"，以致"仕进之门常阖"，人才得不到效用门径，朝廷也得不到优秀人才，其不公不忠之寓意，由是托出。要言之，皇甫湜先刺"在上者迁之太亟"，又以"辅相阙职""宰相公忠"作讽，所指皆与李吉甫密切相关。

牛僧孺对策虽未直刺李吉甫，然其议论朝政与吉甫不相合处，难免致

---

① 皇甫湜：《对贤良方正直言极谏策》，董诰等编：《全唐文》卷六八五，中华书局1983年版，第7017—7018页。

② 刘昫等：《旧唐书》卷一四八《李吉甫传》，中华书局1975年版，第3993页。

其不满。今按牛僧孺对策的一大主题就是"忧天子炽于武功"，批评朝廷"黩武"。① 而李吉甫先于元和元年积极谋划征讨西川刘辟，又于元和二年力劝宪宗征讨浙西李锜，"以功封赞皇县侯，徙赵国公"②，可谓积极推行用兵政策而深得宪宗信用之代表人物。故牛僧孺批判朝廷"黩武"之政策，与李吉甫处理藩镇问题的基本主张相悖，亦难免触忤吉甫。

又按李吉甫其人颇自尊大，特别是自永贞元年末任翰林承旨学士以来，每邀下僚趋敬，无容异己之量。彼时翰林学士李建仅因"视草不诡随"，便被斥逐出院；韩愈本人也慑于吉甫威权，选择退避东都。③ 而今制举人上言讥讽，势必更难为李吉甫所容。本书第四章所引吉甫殁亡十年后皇甫湜所作《韩文公神道碑》中，皇甫湜仍不得释怀而怒斥吉甫为"邪宠"，④ 试想若非当日吉甫逞憾于皇甫湜，岂能激言如此。反观李翱《杨公墓志》载考策官杨於陵出镇岭南，不仅由于"中贵人大怒"，且"宰相有欲因而出之者"，⑤ 当即李吉甫衔恨制举人而迁怒于考策官的表现。⑥

此外，李吉甫与覆策官的关系更耐人寻味。今存史料并未明确记载李吉甫与当日覆策官之关系，这一阙如的情形本身便是一种暗示。当时舆论多称颂覆策官的正直，认为他们不应被逐而当"依旧职奖用"，⑦ 正如白

① 参见《增注唐策》卷一《牛僧孺贤良策》，《景印文渊阁四库全书》第 1361 册，台湾商务印书馆 1986 年版，第 793 页；杜牧：《唐故太子少师奇章郡开国公赠太尉牛公墓志铭并序》，见杜牧撰，吴在庆校注：《杜牧集系年校注》卷七，中华书局 2008 年版，第 701 页。

② 参见欧阳修、宋祁：《新唐书》卷一四六《李吉甫传》，中华书局 1975 年版，第 4738—4740 页。

③ 参见本书第四章论述。

④ 参见本书第四章论述。

⑤ 李翱：《杨公墓志》，见李翱著，郝润华校点：《李翱集》卷一四，甘肃人民出版社 1992 年版，第 112 页。下引均据此本，不再出注。

⑥ 其时宰相杜佑、郑絪皆充位无权，当途行令者，唯李吉甫一人而已。（参见唐长孺：《唐修宪穆敬文四朝实录与牛李党争》，见唐长孺：《山居存稿》，中华书局 2011 年版，第 218 页）故《杨公墓志》所谓"宰相"当即李吉甫。

⑦ 白居易著，谢思炜校注：《白居易文集校注》卷二一，中华书局 2011 年版，第 1193 页。

《状》所载：

> 臣伏以裴垍、王涯、卢坦、韦贯之等，皆公忠正直，内外咸知。所宜授以要权，致之近地。故比来众情私相谓曰："此数人者皆人之望也。若数人进，则必君子之道长；若数人退，则必小人之道行。故卜时事之否臧，在数人之进退也。"①

在众情所望之际，白居易奋然上疏，此举为士林所重，又为史官所书。假设此时身为宰相又深得宪宗信重的李吉甫亦为覆策官请命，宪宗未必不会"俯回圣览，特示宽恩"②；即使宪宗仍碍于宠宦之请而不允其奏，吉甫此举亦必如白居易上疏一样，为士林推重而载入国史。而今遍检史乘，其中指斥李吉甫诸传自不待言，即便是极力回护李吉甫、疑出李党会昌改修本之两《唐书·李吉甫传》，③也只是一味撇清其与元和制举案之关系，只字未及李吉甫与当日覆策官亦旧时翰苑同僚裴垍、王涯之关系。

实际上，诸多史料已然表明李吉甫与裴垍之间在元和三年制举案之后便存在着种种嫌隙，而《李吉甫传》所据之会昌本却极力粉饰二人关系，从而达到溢美李吉甫的目的。④ 试想只要李吉甫在制举案中对覆策官稍有赞同，哪怕是些许同情，李党诸人必然在改修本中大事渲染，这样便可从源头上掩盖李、裴二人的矛盾。相反地，今由《李吉甫传》之阙载，不难想见当日李吉甫未必不会像贬斥考策官一样，对裴垍也作出类似"因而出

---

① 白居易著，谢思炜校注：《白居易文集校注》卷二一，中华书局 2011 年版，第 1192 页。

② 白居易著，谢思炜校注：《白居易文集校注》卷二一，中华书局 2011 年版，第 1193 页。

③ 参见唐长孺：《唐修宪穆敬文四朝实录与牛李党争》，见唐长孺：《山居存稿》，中华书局 2011 年版，第 214 页。

④ 杜牧：《唐故东川节度使检校右仆射兼御史大夫赠司徒周公墓志铭》，见杜牧撰，吴在庆校注：《杜牧集系年校注》卷七，中华书局 2008 年版，第 714 页。有关二人关系，参见唐长孺：《唐修宪穆敬文四朝实录与牛李党争》，见唐长孺：《山居存稿》，中华书局 2011 年版，第 214 页。

之"的举动。退一步讲，即便裴垍出院是宦官集团一手所为，李吉甫在这个过程中至少没有主动援救，而是听之任之，以致冤案铸成。要言之，李吉甫在制举案中并未施援裴垍，甚至不排除斥逐排挤之可能，而李党诸人第止于"掩恶"不书，① 更无从"溢美"矣。②

裴垍以覆策"无所异同"尚且出院，作为皇甫湜之舅的王涯，势必益为李吉甫所衔。今从一处历史细节中便不难窥见李吉甫与王涯之间的微妙关系：

> 永宁王二十、光福王八二相，皆出于先安邑李丞相之门。安邑薨于位，一王素服受慰，一王则不然，中有变色，是谁过欤？③

据考，王涯居永宁里，行二十，王播居光福里，行八，二人先后为相，故曰"永宁王二十、光福王八二相"。④ 今按元和六年李吉甫再度入相不

---

① 史载："李德裕奏改修《宪宗实录》所载吉甫不善之迹，郑亚希旨削之，德裕更此条奏，以掩其迹。搢绅谤议，武宗颇知之。"刘昫等：《旧唐书》一八上《武宗纪》，中华书局 1975 年版，第 589 页。

② 时人云："李太尉德裕会昌中以恩撰元和朝实录四十篇，溢美其父吉甫为相事。"见杜牧：《唐故东川节度使检校右仆射兼御史大夫赠司徒周公墓志铭》，见杜牧撰、吴在庆校注：《杜牧集系年校注》卷七，中华书局 2008 年版，第 714 页。需要补充说明的是，元和三年制举案以前，李吉甫与裴垍二人关系不为不近，元和元年李吉甫尚请其代为"选擢贤俊"（参见本书第四章论述），而竟以覆策事反目如此，质之常情遽难想象，其事关吉甫则不足异。今按《旧唐书·李吉甫传》略云："吉甫早岁知奖羊士谔，擢为监察御史；又司封员外郎吕温有词艺，吉甫亦眷接之。窦群亦与羊、吕善，群初拜御史中丞，奏请士谔为侍御史，温为郎中、知杂事。吉甫怒其不先关白……持之数日不行，因而有隙。"（刘昫等：《旧唐书》一四八《李吉甫传》，中华书局 1975 年版，第 3993 页）由此可见，李吉甫颇自尊大，其待人之厚薄，以政治倾向、人事异同为重要标尺；一旦不称心意，其旧日交谊固不复存在。李吉甫与裴垍之交，亦当如是观。

③ 王谠撰，周勋初校证：《唐语林校证》，中华书局 1987 年版，第 581 页。

④ 参见岑仲勉：《唐人行第录（外三种）》，上海古籍出版社 1978 年版，第 11、16 页。

久，王播即领盐铁使之要职，[1] 由此不难想见二人关系之近密程度，故"素服受慰"者当即王播，则"变色"者为王涯。试想若非李吉甫于元和制举案中落井下石，曾经颇受其沾溉的王涯又何以至此。

此外，从制举人登第、授官的角度可以窥见李吉甫逞憾于诸朝士的又一原因。唐代制举分为五等，第一、二等不授，从第三等起授，[2] 前引《旧唐书·宪宗纪》谓皇甫湜等人登"第三等"也即《旧唐书·裴垍传》所谓"上第"。朝廷对"上第"举人非常重视，往往"委中书门下即超资与处分"或"优与处分"，[3] 按惯例立即授予左右拾遗之官。[4] 拾遗品秩虽卑，然以"掌供奉讽谏，扈从乘舆"之清要，向为时人所重。[5] 值得注意的是，拾遗之官"论时政得失，动关宰辅"[6]，以致与宰相有亲故者皆不得授。[7] 要言之，考策官、覆策官将皇甫湜等人定为第三等后，如果宪宗无异议，就会通过中书门下正式授予第三等举人拾遗之官。如从当时李吉甫的角度看，刚刚讥刺过自己的举人们被擢为上第，又将通过自己执掌的中书门下荣任拾遗之官，接下来这些与自己政见不合的拾遗们势必更加无所忌避，尽心尽职地发表"动关宰辅"的"讽谏"。这对于颇自尊大、惯邀下僚趋敬的李吉甫而言，势必无法接受而深所忌惮。由此可见，无论考策官、覆策官的真实

---

① 刘昫等：《旧唐书》卷一四《宪宗纪上》，中华书局 1975 年版，第 435 页。

② 参见傅璇琮：《唐代科举与文学》，陕西人民出版社 2007 年版，第 142 页。

③ 宋敏求编：《唐大诏令集》卷一〇六《贞元元年放制科举人诏》、《元和元年放制举人敕》，商务印书馆 1959 年版，第 544、545 页。

④ 如贞元元年（785 年）贤良方正能直言极谏科第三等韦执谊除右拾遗，元和元年（806 年）才识兼茂明于体用科第三等元稹除右拾遗，长庆元年（821 年）贤良方正能直言极谏科第三等庞严除左拾遗。见欧阳修、宋祁：《新唐书》卷一六八《韦执谊传》，中华书局 1975 年版，第 5123 页；刘昫等：《旧唐书》卷一六六《元稹传》，中华书局 1975 年版，第 4327 页；刘昫等：《旧唐书》卷一六六《庞严传》，中华书局 1975 年版，第 4339 页。

⑤ 陈仲夫点校：《唐六典》卷八，中华书局 1992 年版，第 247 页。参见赖瑞和：《唐代中层文官》，中华书局 2011 年版，第 94—125 页。

⑥ 裴廷裕撰，田廷柱点校：《东观奏记》卷中，中华书局 1994 年版，第 115 页。

⑦ 参见赖瑞和：《唐代中层文官》，中华书局 2011 年版，第 109 页。

想法如何，他们将制举人擢为上第的这一决定本身，便极有可能被李吉甫判作异己之举。那么，当制举人与考官遭到宦官集团的构陷而将被斥逐之际，李吉甫推波助澜、"因而出之"也是势所必然的了。

综上所述，制举对策不仅讽刺了宦官集团，而且在指陈朝政得失之际，对李吉甫之速进及其执政主张提出了批评。李吉甫为人颇自尊大，下僚行事不称意者，便反目斥逐；在制举案后，其与皇甫湜、杨於陵、裴垍、王涯存在着不同程度的嫌隙，而此数人分别为元和制举案中的举人、考策官、覆策官，且同为此案所累。统观以上几点，没有理由不认为李吉甫在制造元和制举案过程中起到了一定作用，参之前引《杨公墓志》"中贵人大怒，宰相有欲因而出之者"的记载，可以说：李吉甫对制举人的直言批评心怀不满，适逢宦官肆意构陷，李吉甫遂推波助澜、"因而出之"，与宦官集团共同制造了元和制举案。

三、宪宗制衡

元和初期，虽然宦官势力日益膨胀，但仍处于唐宪宗统治权威之下。纵观元和三年制举案，无论宦官集团的构陷、李吉甫的衔怨，还是白居易的申诉，最终起决定作用的还是唐宪宗本人。也正因如此，为牛李党窜饰的诸多史料对唐宪宗态度的记载是互相矛盾的，或以唐宪宗赞赏制举人，或以唐宪宗对制举人"不悦"，令人无所适从。今转从元和三年制举案后事入手，或可窥见宪宗真实态度。

（一）论白居易上疏事件

如前文所述，元和三年五月，白居易密疏《论制科人状》，这为元和制举案的研究提供了第一手材料。同时，白居易上疏这一事件本身也值得深入分析。白居易上此密疏，目的是向宪宗申明制举人及考官的无辜，希望宪宗"俯回圣览，特示宽恩"，使"僧孺等准往例与官，裴垍等依旧职奖用"。① 值得注意的是，白居易在论述制举人无辜的过程中，其言辞之激切不殊于制举人之对策。其文略云：

> （制举一案）臣若不言，谁当言者？臣今言出身戮，亦所甘心。何者？臣之命至轻，朝廷之事至大故也。
>
> 臣又闻：君圣则臣忠，上明则下直。故尧之圣也，天下已太平矣，尚求诽谤以广聪明。汉文之明也，海内已理矣，贾谊犹比之倒悬，可为痛哭。二君皆容纳之，所以得称圣明也。今陛下明下诏令，征求直言。既得直言，反以为罪。此臣所以未谕也。陛下视今日之理，何如尧与汉文之时乎？若以为及之，则诽谤痛哭者尚合容而纳之，况征之直言，索之极谏乎？若以为未及，则僧孺等之言固宜然也。……
>
> 德宗皇帝初即位年，亦征天下直言极谏之士，亲自临试，问以天旱。穆质对云："两汉故事，三公当免。卜式著议，弘羊可烹。"此皆指言当时在权位而有恩宠者。德宗深嘉之，自第四等拔为第三等，自翻尉擢为左补阙。书之国史，以示子孙。今僧孺等对策之中，切直指陈之言亦未过于穆质，而遽斥之。臣恐非嗣祖宗承耿光之道也。书诸史策，后嗣何观焉？陛下得不再三思之乎？再三省之乎？
>
> ……若以臣此理非允当，以臣覆策事涉乖宜，则臣等见在四人，亦宜各加黜责。岂可六人同事，唯罪两人？虽圣造优容，且过朝夕。在臣惧惕，岂可苟安？敢不自陈，以待罪戾？②

这里，白居易高度赞同并明确支持制举人对"在权位而有恩宠者"的

---

① 白居易著，谢思炜校注：《白居易文集校注》卷二一，中华书局 2011 年版，第 1193 页。

② 白居易著，谢思炜校注：《白居易文集校注》卷二一，中华书局 2011 年版，第 1192—1193 页。

批判，举出古代圣明君主与宪宗相较，设"以为及之"与"以为未及"二端，意在强调无论宪宗"及"与"未及"，制举人的言论都是适宜的，都应该被接受。更为激切的是，白居易对宪宗亦有微词，指出宪宗本为"征求直言"而开科，而今"既得直言，反以为罪"，同时搬出了德宗故事，认为宪宗斥逐举人的做法"非嗣祖宗承耿光之道"。

今观白居易上疏之时，制举案已然酿成，制举人已遭贬斥，而此时明确赞同对策之言，且质疑宪宗之成命，其风险可想而知。试想，如果宪宗全然赞同宦官集团与李吉甫之态度，白居易即便未如他自己所说的"言出身戮"，至少也会遭遇与同官裴垍、王涯一样的"出院"命运；当然，如果宪宗幡然醒悟，全然不顾宦官集团与李吉甫之态度，自然也会收回成命，而使"僧孺等准往例与官，裴垍等依旧职奖用"。事实上，这两种情况都没有发生：白居易不但没有"言出身戮"——依旧安居内职，而宪宗也没有召回制举人与考官。由此初步推断，宪宗对制举案应当有着自己的判断，他虽然宠信宦官集团与李吉甫，但不可能尽以其是非为是非；同时，白居易虽然言辞激切，但宪宗并未降罪，这意味着宪宗并未完全否定白居易的言论，这也意味着宪宗并未完全否定白居易所赞同的制举人的言论。

（二）论李吉甫出镇、裴垍拜相及宪宗对南北衙的制衡

就在制举案发生的五个月后，发生了更具戏剧性的一幕——裴垍入相，吉甫出镇淮南，二人势位出现反转。《旧唐书·宪宗纪》云：

> （元和三年九月）丙申，以户部侍郎裴垍为中书侍郎、同平章事。戊戌，以中书侍郎、平章事李吉甫检校兵部尚书、兼中书侍郎、平章事、扬州大都督府长史、淮南节度使。[1]

---

[1] 刘昫等：《旧唐书》卷一四《宪宗纪上》，中华书局1975年版，第426页。

关于李吉甫罢相的原因，今人傅璇琮通过爬梳史料，详细分析了李吉甫与宦官之间存在的矛盾，并举出其揭发滑涣罪行一事，力证其罢相出镇是"为宦官所抑"。① 由此益知，宦官集团与李吉甫在制举案中的统一立场具有偶然性和暂时性，不能从根本上消弭南北衙之间因权力斗争而形成的固有矛盾。更当注意的是，虽然宪宗再次准允了宦官请求而将李吉甫罢相，但宪宗并没有任用交结宦官、"欲求宰相"的裴均，② 反而启用了刚刚因制举案被逐出院的裴垍，这使得南衙势力一时间又回到了与北衙均势的状态上来。《旧唐书·裴垍传》略云：

> （裴垍）作相之后，恩请旌别淑慝，杜绝蹊径，齐整法度，考课吏理，皆蒙垂意听纳。吐突承璀自春宫侍宪宗，恩顾莫二。承璀承间欲有所关说，宪宗惮垍，诫勿复言，在禁中常以官呼垍而不名。杨於陵为岭南节度使，与监军许遂振不和，遂振诬奏於陵，宪宗令追与慢官，垍曰："以遂振故罪一藩臣，不可。"请授吏部侍郎。严绶在太原，其政事一出监军李辅光，绶但拱手而已，垍具奏其事，请以李鄘代之。③

裴垍作相期间，深得宪宗信重，所施政令一如制举人对策所言，有效抑制了宦官的嚣张气焰，即便是"恩顾莫二"的北衙首领吐突承璀也为宪宗所诫，地方监军更难得张狂。值得注意的是，裴垍不仅为杨於陵开脱了罪责，又请擢为吏部侍郎，这比杨於陵在制举案前所任户部侍郎还高一阶。凡此种种，都暗示着宪宗对制举案的立场与宦官集团和李吉甫皆不相同。如果宪宗一味信重李吉甫，则李吉甫不必罢相；如果宪宗一味信重宦官集团，就不会擢拔主张抑制宦官的裴垍为相。

---

① 傅璇琮：《李德裕年谱》，中华书局 2013 年版，第 56—59 页。
② 刘昫等：《旧唐书》卷一四八《李吉甫传》，中华书局 1975 年版，第 3993 页。
③ 刘昫等：《旧唐书》卷一四八《裴垍传》，中华书局 1975 年版，第 3990—3991 页。

反观制举案相关史料，《资治通鉴》所谓"上亦嘉之，诏中书优与处分"，《旧唐书·裴垍传》所谓"宪宗不得已，出於陵、贯之官，罢垍翰林学士"云云，相对可信。彼时宪宗之所以"不得已"，主要由于制举人"苦诋时政"的范围甚广，不仅触及宪宗宠信的宦官集团，同时触及南衙权相李吉甫，以至吉甫暂与宦官态度相近，一时间南衙势力分化，而宪宗为平息"用事者皆怒"的局面，"不得已"而下斥逐之命。然而，当李吉甫再被宦官所抑时，南北衙之势力一时失衡，宪宗虽宠信北衙权宦，更需要南衙贤臣之辅佐，在这种情况下，宪宗起用了甫遭罢黜的翰林承旨学士裴垍，君相之相得，不殊李吉甫在位之时，南北衙势力遂趋平衡。

总而言之，唐宪宗既为宦官所拥立，其宠信宦官而俾掌大权，始终不易；同时，宪宗作为中兴英主，特重南衙能臣之选，先用李吉甫，又擢裴垍整顿朝政，皆是也。故曰：唐宪宗实欲南北衙各尽其用，遂自居制衡调停之立场。

第三节　《陆浑山火》托寓元和制举案之运思

根据以上考证可知，元和三年制举案是一起牵涉高层权力纠葛的复杂政治事件，具体表现为宦官集团主谋、李吉甫推波助澜、唐宪宗居中制衡三重博弈。今史实既明，韩愈《陆浑山火》一诗托寓制举案、劝慰皇甫湜之主旨便不难索解。

其诗云：

> 皇甫补官古贲浑，时当玄冬泽干源。山狠谷很相吐吞，风怒不休何轩轩，摆磨出火以自燔。有声夜中惊莫原，天跳地踔颠乾坤。赫赫上照穷崖垠，截然高周烧四垣。神焦鬼烂无逃门，三光弛隳不复暾。虎熊麋猪逮猴猿，水龙鼍龟鱼与鼋，鸦鸱雕鹰雉鹄鹍，燖毛煨燖孰飞

奔。祝融告休酌卑尊，错陈齐玫辟华园，芙蓉披猖塞鲜繁。千钟万鼓咽耳喧，攒杂啾嚄沸簁塕。形幢绛旆紫蠹襂，炎官热属朱冠襘，髹其肉皮通髋臀，颏胸垆腹车掀辕。缇颜韎股豹两鞬，霞车虹靷日毂辐，丹蕤缥盖绯翻帤。红帷赤幕罗脤膰，啞池波风肉陵屯，谽呀巨壑颇黎盆，豆登五山瀛四樽，熙熙醺酬笑语言。雷公擘山海水翻，齿牙嚼啮舌腭反，电光礔礰赪目暖。顼冥收威避玄根，斥弃舆马背厥孙，缩身潜喘拳肩跟，君臣相怜加爱恩。命黑螭侦焚其元。天阙悠悠不可援，梦通上帝血面论，侧身欲进叱于阍。帝赐九河涤涕痕，又诏巫阳反其魂，徐命之前问何冤。火行于冬古所存，我如禁之绝其飧，女丁妇壬传世婚，一朝结仇奈后昆。时行当反慎藏蹲，视桃著花可小騫，月及申酉利复怨，助汝五龙从九鲲，溺厥邑囚之昆仑。皇甫作诗止睡昏，辞夸出真遂上焚。要余和增怪又烦，虽欲悔舌不可扪。[1]

全诗开篇作"皇甫补官古贲浑"，"贲浑"即"陆浑"，[2] 此处交代了皇甫湜坐制举案出为陆浑尉这一事件。而后直入主题，依次出现了火、雷、水三象，其中火象应题为主，着墨最多。诗中通过大肆铺陈火势之盛，衬出水神被欺、哀哀无告。沈钦韩尝谓"火以喻权幸势方熏灼"，水以喻举人"以直言被黜，犹黑螭之遭焚"，[3] 意谓火浸水之铺叙即制举人被权幸所抑之象征。那么，这里所说的权幸，是喻指作为制举案主谋的宦官集团，还是推波助澜的李吉甫呢？

值得注意的是，诗歌铺叙了包括火神祝融及诸"炎官"在内的大聚会，

---

① 韩愈：《陆浑山火一首和皇甫湜用其韵》，见韩愈著，钱仲联集释：《韩昌黎诗系年集释》卷六，上海古籍出版社1984年版，第684—685页。按，标点间出己意。

② 方崧卿曰："贲，音陆，字本《公羊》。"朱熹曰："'贲'，或作'陆'。方从杭、蜀本。祝本、魏本作'陆'。廖本、王本作'贲'。"姚范曰："《公羊》宣三年经文：'楚子伐贲浑戎。'陆氏《释文》：'贲，旧音六，或音奔。'"见韩愈著，钱仲联集释：《韩昌黎诗系年集释》卷六注，上海古籍出版社1984年版，第688页。

③ 沈钦韩撰，胡承珙订：《韩集补注》，清光绪十七年广雅书局本，第4页。

其中有"卑"有"尊"，人数众多，朱紫纷纭，可见这里暗示的并非某一个体，当即势力庞大的宦官集团。今按《旧唐书·宦官传序》略云：

> 玄宗在位既久，崇重宫禁，中官稍称旨者，即授三品左右监门将军，得门施棨戟。开元、天宝中……衣朱紫者千余人。[1]

至宪宗时，宦官总数约为四千六百一十八人。[2] 随着委任日重，固有章服制度形同虚设，宪宗时超授朱紫的情况非常普遍，[3] 是为北司宦官权势日隆之表现。韩愈在诗中大事渲染朱紫纷纭，正见宦官集团势焰熏灼。不仅如此，诗中的不少细节都与宦官所充内诸司使职密切相关，由此衬出一个庞大的、侵夺南衙职权的宦官集团，生动地托讽宦官势力无处不在、无所不包：

如云"鸦鸱雕鹰雉鹄鹍，焌焂煨燧孰飞奔"[4]，事与五坊使相关。《唐会要》云："五坊，谓雕、鹘、鹰、鹍、狗，共为五坊，宫苑旧以一使掌之。"[5] 五坊使自李辅国始改由宦官充任，每借贡物之名，肆意横行，对国家政治经济产生了极恶劣影响。[6]

又云"错陈齐玫辟华园，芙蓉披猖塞鲜繁"，[7] 事与内园使相关。《事

---

① 刘昫等：《旧唐书》卷一八四《宦官传序》，中华书局 1975 年版，第 4754 页。

② 王溥：《唐会要》卷六五《内侍省》，上海古籍出版社 2006 年版，第 1339 页。

③ 参见徐成：《〈唐重修内侍省碑〉所见唐代宦官高品、内养制度考索》，《中华文史论丛》2014 年第 4 期。

④ 韩愈：《陆浑山火一首和皇甫湜用其韵》，见韩愈著，钱仲联集释：《韩昌黎诗系年集释》卷六，上海古籍出版社 1984 年版，第 685 页。

⑤ 王溥：《唐会要》卷七八《诸使中》，上海古籍出版社 2006 年版，第 1682 页。

⑥ 参见李锦绣：《唐代财政史稿》下卷，北京大学出版社 2001 年版，第 493、495、496 页。

⑦ 韩愈：《陆浑山火一首和皇甫湜用其韵》，见韩愈著，钱仲联集释：《韩昌黎诗系年集释》卷六，上海古籍出版社 1984 年版，第 685 页。

物纪原》引李吉甫《百司举要》云："则天分置园苑使，后改曰内园。"[1] 其职德宗时已改由宦官充任，掌宫苑"花圃之政"，[2] 王建诗"尽放宫人出看花""殿头先报内园家"是也。[3] 韩诗不仅点出了"错陈齐攻""塞鲜繁"的"花圃之政"，更以"披猖"一语，[4] 讽刺宦官集团的猖獗狂妄。

又云"千钟万鼓咽耳喧，攒杂啾嚄沸篪埙"[5]，事与武德使相关。《唐六典》谓将作监左校令掌乐悬簨虡之供，[6] 天宝以后，渐为宦官所充之武德使所侵夺。[7]《通典·乐典·乐悬》略云："天子宫悬，太子轩悬。宫悬之乐，镈钟十二，编钟十二，编磬十二，凡三十有六簨。……镈钟在于编悬之间，各依辰位。四隅建鼓，左枹右敔。又设笙、竽、笛、箫、篪、埙，系于编钟之下；偶歌琴、瑟、筝、筑，系于编磬之下。其在殿庭前，则加鼓吹十二案于建鼓之外，羽葆之鼓、大鼓、金錞、歌箫笳置于其上焉。又设登歌钟、磬、节鼓、琴、瑟、筝、筑于堂上，笙、笳、箫、篪、埙于堂下。轩悬之乐，去其南面镈钟、编钟、编磬各三，凡九簨，设于辰丑申之位，三建鼓亦如之，余如宫悬之制。"[8] 由此可见，唐代乐悬所设钟鼓之繁多，宜乎韩诗夸饰为"千钟万鼓咽耳喧"，又以弹拨吹奏诸器亦繁，

---

① 高承撰、李果订、金圆等点校：《事物纪原》卷六《东西使班部》，中华书局 1989 年版，第 303 页。

② 郁知言：《记室备要》，见上海古籍出版社、法国国家图书馆编：《法藏敦煌西域文献》第 27 册，上海古籍出版社 2007 年版，第 133 页。

③ 王建：《宫词》，见王宗堂校注：《王建诗集校注》卷一〇，中州古籍出版社 2006 年版，第 565 页。参见李锦绣：《唐代财政史稿》下卷，北京大学出版社 2001 年版，第 470 页。

④ 韩愈《此日足可惜一首赠张籍》："纷纷百家起，诡怪相披猖。"见韩愈著，钱仲联集释：《韩昌黎诗系年集释》卷一，上海古籍出版社 1984 年版，第 84 页。

⑤ 韩愈：《陆浑山火一首和皇甫湜用其韵》，见韩愈著，钱仲联集释：《韩昌黎诗系年集释》卷六，上海古籍出版社 1984 年版，第 685 页。

⑥ 陈仲夫点校：《唐六典》卷二三，中华书局 1992 年版，第 596 页。

⑦ 李锦绣：《唐代财政史稿》下卷，北京大学出版社 2001 年版，第 498 页。

⑧ 杜佑撰，王文锦等点校：《通典》卷一四四，中华书局 1988 年版，第 3686—3687 页。

统状为"攒杂啾嚄"，并选取"篪""埙"二器作为代表，亦得押韵。

又云"缇颜靺股豹两鞬"，^①事与辟仗使相关。《周礼·司服》郑玄注："韦弁，以靺为弁，又以为衣裳。《春秋传》曰'晋郄至衣靺韦之跗注'是也。今时伍伯缇衣，古兵服之遗色。"贾公彦疏："靺……谓赤色也。缇衣……纁赤之衣。"^② 又，《西京赋》："迾卒清候，武士赫怒。缇衣靺鞈，睢盱拔扈。"李善注："迾，遮也。……缇衣靺鞈，武士之服。"^③《汉书·武五子传》："迾宫清中。"邓展曰："令其宫中清靖。"王先谦引周寿昌曰："巡迾宫垣，清除中禁。"^④ 又，《国语》韦昭注："鞬，弓弢也。"^⑤ 今按唐之禁卫皆佩弓值守，^⑥且自唐德宗后，禁中除神策军外，有左右羽林、龙武、神武三军，由宦官所充左右三军辟仗使统之。^⑦辟仗使身负"提骑警巡，严整环卫"之职，^⑧颇合"巡迾宫垣"之古典。故知"缇颜靺股豹两鞬"融会古今典实，以衬出左右三军辟仗使。

又云"霞车虹靷日毂辐，丹蕤缥盖绯翻帟"^⑨，事与中尚使相关。祝充

---

① 韩愈：《陆浑山火一首和皇甫湜用其韵》，见韩愈著，钱仲联集释：《韩昌黎诗系年集释》卷六，上海古籍出版社 1984 年版，第 685 页。

② 阮元校刻：《十三经注疏·周礼注疏》卷二一，中华书局 1980 年版，第 782 页。

③ 萧统注，李善等注：《六臣注文选》卷二，中华书局 2012 年版，第 55 页。

④ 王先谦：《汉书补注》卷六三，书目文献出版社 1995 年版，第 1243 页。

⑤ 徐元诰撰，王树民等点校：《国语集解》卷一〇《晋语四》，中华书局 2002 年版，第 332 页。

⑥ 参见欧阳修、宋祁：《新唐书》卷二三上《仪卫志上》，中华书局 1975 年版，第 482—496 页。

⑦ 《大唐传载》，中华书局 1958 年版，第 5 页；唐长孺：《唐书兵志笺正》，科学出版社 1957 年版，第 106 页；杜文玉：《唐代内诸司使考略》，《陕西师范大学学报》（哲学社会科学版）1999 年第 3 期。

⑧ 杨魏沛：《唐故银青光禄大夫行内侍者省掖庭局令员外置同正员致仕上柱国弘农县开国侯食邑一千户赐紫金鱼袋赠内侍省内侍杨府君（玄略）墓志铭》，见吴钢主编：《全唐文补遗》第 2 辑，三秦出版社 1996 年版，第 253 页。

⑨ 韩愈：《陆浑山火一首和皇甫湜用其韵》，见韩愈著，钱仲联集释：《韩昌黎诗系年集释》卷六，上海古籍出版社 1984 年版，第 685 页。

云："靷，引轴也。"文谠云："霞、日，皆言赤色。縓，赤黄色也。毂，辐所凑也。轓，车箱也。蓁，旗也。帠亦幡也。翻，风吹旗也。"[1]可见此二句敷衍车旗之盛。今按天子车舆有赤质金辂，其旌旗、车盖亦赤，[2]原为少府监中尚署、左尚署所掌，唐玄宗以来渐为宦官所充之中尚使所摄。[3]

又云"红帷赤幕罗脤膰，炰池波风肉陵屯"[4]，事与营幕使、尚食使相关。《周礼·大宗伯》郑玄注："脤膰，社稷宗庙之肉。"[5]祝充云："脤膰，祭肉。炰，血也。"[6]方崧卿述诗意云："炰如池而波风，肉如陵之屯聚。"[7]今按唐代殿中省设有尚食局，不仅掌天子常膳，且掌"诸陵月享"，唐德宗后其职渐为尚食使所侵。此外，殿中省尚舍局掌设帐幕，其制"朱蜡骨，绯紬绫"，又兼掌祭祀之施设，中唐以降其职渐为营幕使所侵。[8]

至"豆登五山瀛四樽，熙熙醮酬笑语言"[9]，孙汝听云："豆登五山者，

---

① 祝充音注：《音注韩文公文集》卷三，民国甲戌文禄堂影宋本，第 8 页；文谠注，王俦补注：《新刊经进详注昌黎先生文集》卷四，《续修四库全书》第 1309 册，上海古籍出版社 2002 年版，第 436—437 页。

② 唐制，天子车舆有五辂，且比之五行，金辂即应火德。参见孙机：《两唐书舆（车）服志校释稿》，见孙机：《中国古舆服论丛》，文物出版社 2001 年版，第 355—356、367—368 页。

③ 参见赵雨楽「唐代における内諸司使の構造—その成立時点と機構の初歩的整理」，東洋史研究會編『東洋史研究』第五十卷第四号，1992 年 3 月，第 132—133 页；李锦绣：《唐代财政史稿》下卷，北京大学出版社 2001 年版，第 502 页。

④ 韩愈著，钱仲联集释：《韩昌黎诗系年集释》卷六，上海古籍出版社 1984 年版，第 685 页。

⑤ 阮元校刻：《十三经注疏·周礼注疏》卷一八，中华书局 1980 年版，第 760 页。

⑥ 祝充：《音注韩文公文集》卷三，民国甲戌文禄堂影宋本，第 8 页。

⑦ 方崧卿著，刘真伦汇校：《韩集举正汇校》卷一，凤凰出版社 2007 年版，第 71 页。

⑧ 陈仲夫点校：《唐六典》卷一一，中华书局 1992 年版，第 324、329 页。参见李锦绣：《唐代财政史稿》下卷，北京大学出版社 2001 年版，第 484 页；徐成：《北朝隋唐内侍制度研究》，上海师范大学 2012 年博士学位论文，第 224 页。

⑨ 韩愈：《陆浑山火一首和皇甫湜用其韵》，见韩愈著，钱仲联集释：《韩昌黎诗系年集释》卷六，上海古籍出版社 1984 年版，第 685 页。

以五岳为豆登；瀛四樽者，以四海为酒樽也。"① 乍观此二句，直是酒坊使之寓；② 然而作为火象铺叙之结句，更有一层总括宦官集团权势盛大之寓意。正如史乘所载，宦官集团或"内供奉，或外监节度军，修功德，市鸟兽皆为之使，所衰获，动巨万计"，"至慄士奇材，则养以为子，巨镇强藩，则争出我门"。③ 要之，宦官集团不仅以内诸司使侵夺南衙之政、操控中央政权，同时与藩镇交结，又不乏以监军使把持藩镇军政者，皆得攫取巨大利益。④ 作为铺叙火象之结句，这里泛讽了宦官集团得四海之供养而权倾天下的势焰。⑤

综观火象之铺叙，韩愈在描摹炽烈山火的过程中，幻化出"炎官热属"的人物形象和一系列相关物象，通过物象的组合，实现了具有现实指向性的场景构建，从而生动地托讽势焰熏灼的宦官集团。那么，"火"何以衍生"炎官热属""日毂""霞车""虹鞓""豹""鞭"等诸多物象，这些物象又何以与"火"发生关联呢？

---

① 魏仲举：《新刊五百家注音辩昌黎先生文集》卷四，上海涵芬楼影宋本，第16页。

② 供酒之职，原为光禄寺良酝署所掌，唐德宗后渐为酒坊使侵夺，参见李锦绣：《唐代财政史稿》下卷，北京大学出版社2001年版，第487—488页。

③ 欧阳修、宋祁：《新唐书》卷二〇七《宦者传》，中华书局1975年版，第5858、5856页。

④ 有关监军在藩镇中的地位与影响，参见张国刚：《唐代藩镇研究》，中国人民大学出版社2010年版，第110—120页。

⑤ 如果进一步考察火象所寓内诸司使在元和初的充任情况，可确知者有马存亮、仇士良二人，且皆与其时宦官集团首领吐突承璀等人有着密切关系。今按马存亮于元和初为中尚使，此后累擢左神策军副使、左监门卫将军，知内侍省事，进左神策中尉。对照吐突承璀元和初所任左监门将军、左神策军中尉、知内省事，可知马存亮实为吐突承璀之继任。此后，吐突承璀在内廷斗争中失败被杀，马存亮"论其冤"，使其得以收葬，可见二人关系非同寻常。又，仇士良于元和三年充五坊使，以早岁侍从唐宪宗于东宫而"旧恩本固"，知其亦属拥戴宪宗一党，其与吐突承璀、刘光琦等宪宗旧宦之关系自不待言。参见欧阳修、宋祁：《新唐书》卷二〇七《马存亮传》，中华书局1975年版，第5870页；李锦绣：《唐代财政史稿》下卷，北京大学出版社2001年版，第502页；郑熏：《内侍省监楚国公仇士良神道碑》，见李昉等编：《文苑英华》卷九三二，中华书局1966年版，第4904页；欧阳修、宋祁：《新唐书》卷二〇七《仇士良传》，中华书局1975年版，第5872页。

今据旧注，《周易·说卦传》谓"《离》为火"，"为日"，"为甲胄，为戈兵"，又系诸人象，韩诗涉火诸象率皆由此化出。[①]沿此推想，诗中继火象之后出现的水、雷二象，当亦本诸《周易》。《说卦传》谓"坎者，水也，正北方之卦也"，"为隐伏"，"其于人也……为血卦"。[②]韩诗所谓"项冥"，即北方水神颛顼、玄冥，[③]合于《坎》卦方位及为水之象；其收威退避、"缩身潜喘"之描摹，合于隐伏之象；至"梦通上帝血面论"，则用"为血卦"之人象，更见水神之属遭受欺凌之惨状。

又，《说卦传》谓"《震》为雷"，其卦辞云："震来虩虩，笑言哑哑。震惊百里，不丧匕鬯。"注云："震之为义，威至而后乃惧也，故曰'震来虩虩'，恐惧之貌也。……威震惊乎百里，则是可以不丧匕鬯矣。匕，所以载鼎实；鬯，香酒。"[④]诗中"雷公"句由诸炎官之"豆登五山瀛四樽，熙熙醹酬笑语言"转出，此二句意与卦辞"笑言哑哑""不丧匕鬯"相合。可见雷神虽有令人惊惧之威，诸炎官仍能"笑言哑哑"地开怀饮食，则雷神之威并非针对"炎官热属"。相比之下，雷神一出场便搅翻了海水，其"齿牙嚼啮舌腭反，电光礘磼赪目睒"以致"项冥收威避玄根"，[⑤]最终水神之属难逃火焚之厄。由此可见，雷神近乎火神炎官的立场，与火神共同欺压了水神之属。诗中描绘的火、雷、水之关系，与元和三年制举案中，宦官集团和宰相李吉甫暂时形成一致立场，以致制举人与考官群体遭到斥逐之情势，若合符契。今既证明火象乃宦官集团之寓，那么，为火所渗之水象当即寓指被斥逐的制举人与考官群体，而雷象所寓不外乎在制举案中

　　① 参见顾嗣立：《昌黎先生诗集注》卷四引刘石龄注，清道光十六年膺德堂本，第12—13页。

　　② 阮元校刻：《十三经注疏·周易正义》卷九，中华书局1980年版，第94—95页。

　　③ 《淮南子·时则训》谓："(北方)漂润群水之野，颛顼、玄冥之所司者，万二千里。"刘文典撰，冯逸、乔华点校：《淮南鸿烈集解》卷五，中华书局1989年版，第186页。

　　④ 阮元校刻：《十三经注疏·周易正义》卷五，中华书局1980年版，第95、62页。

　　⑤ 韩愈著，钱仲联集释：《韩昌黎诗系年集释》卷六，上海古籍出版社1984年版，第685页。

推波助澜的李吉甫。

值得注意的是，在《陆浑山火》后半，即自"天阙悠悠不可援，梦通上帝血面论"起，又出现了"上帝"的形象。[1] 诗中先言水神欲诉无门、无从得到上帝的援助。于是，水神只能通过梦境来想象申诉天阙之经过：虽然水神在见到上帝之前遭到了阍寺的呵叱，但上帝待之颇厚，为之洗泪招魂并多所劝慰。上帝以"火行于冬古所存，我如禁之绝其飧，女丁妇壬传世婚，一朝结仇奈后昆"[2] 四句阐述了水火相济之理，用以表明立场。所谓"女丁妇壬传世婚"，洪兴祖云："丁，火也。壬，水也。火，女也。水，男也。丁为妇于壬，故曰女丁妇壬。"[3] 朱熹云："丁为阳中之阴，壬为阴中之阳，故言女之丁者，为妇于壬，以见水火之相配。"[4] 今按《礼记·月令》略云：

> 孟夏之月……其日丙丁，其帝炎帝，其神祝融。
> 孟冬之月……其日壬癸，其帝颛顼，其神玄冥。[5]

高诱略云：

> 丙丁，火日也。炎帝，少典之子，姓姜氏，以火德王天下，是为炎帝，号曰神农，死托祀于南方，为火德之帝。祝融，颛顼氏后，老童之子吴回也，为高辛氏火正，死为火官之神。

---

[1] 韩愈著，钱仲联集释：《韩昌黎诗系年集释》卷六，上海古籍出版社 1984 年版，第 685 页。

[2] 韩愈著，钱仲联集释：《韩昌黎诗系年集释》卷六，上海古籍出版社 1984 年版，第 685 页。

[3] 方崧卿著，刘真伦汇校：《韩集举正汇校》卷一，凤凰出版社 2007 年版，第 72 页。

[4] 朱熹：《昌黎先生集考异》卷二，上海古籍出版社 1985 年版，第 48 页。

[5] 阮元校刻：《十三经注疏·礼记正义》卷一五，中华书局 1980 年版，第 1364 页；阮元校刻：《十三经注疏·礼记正义》卷一七，中华书局 1980 年版，第 1380 页。

壬癸，水日。颛顼，黄帝之孙，昌意之子，以水德王天下，号高阳氏，死祀为北方水德之帝。玄冥，官也。少暤氏之子曰循，为玄冥师，死祀为水神。[1]

又，《说卦传》云"《坎》再索而得男，故谓之中男"[2]，此即朱熹所谓"阴中之阳"者；《说卦传》云"《离》再索而得女，故谓之中女"，[3] 此即朱熹所谓"阳中之阴"者。由此可见，韩诗用《月令》之说，以"丁"代"火"、以"壬"代"水"，又以《离》"阳中之阴"（☲），象中女，《坎》"阴中之阳"（☵），象中男，故"丁""壬"得为婚媾，表达了水火相济、"相逮"而"不相射"之理，[4] 进而表达了上帝不愿禁绝火神之飨、亦不愿水火结仇之意。

上帝在阐述了水火相济的立场后，对饱受欺压的水神颇加宽慰，并答应助其"复怨"，即所谓"时行当反慎藏蹲，视桃著花可小騫，月及申酉利复怨"云云。[5] 今按《礼记·月令》："仲春之月……始雨水，桃始华"，"是月也，玄鸟至"；[6]《广雅·释诂》："騫，飞也"，王念孙疏证："騫之言轩也，轩轩然起也"；[7]《京氏易传》："申中有生水"[8]；《淮南子·天文训》："水生于申"，"火死于戌"。[9] 凡此皆得参照汉易卦气图所示：

①　许维遹撰，梁运华整理：《吕氏春秋集释》卷四、卷一〇，中华书局 2009 年版，第 83、215 页。

②　阮元校刻：《十三经注疏·周易正义》卷九，中华书局 1980 年版，第 94 页。

③　阮元校刻：《十三经注疏·周易正义》卷九，中华书局 1980 年版，第 94 页。

④　阮元校刻：《十三经注疏·周易正义》卷九，中华书局 1980 年版，第 94 页。又，虞翻注："射，厌也。"见李道平撰，潘雨廷点校：《周易集解纂疏》卷一〇，中华书局 1994年版，第 692 页。

⑤　韩愈：《陆浑山火一首和皇甫湜用其韵》，见韩愈著，钱仲联集释：《韩昌黎诗系年集释》卷六，上海古籍出版社 1984 年版，第 685 页。

⑥　阮元校刻：《十三经注疏·礼记正义》卷一五，中华书局 1980 年版，第 1361 页。

⑦　王念孙：《广雅疏证》卷三上，江苏古籍出版社 1984 年版，第 74—75 页

⑧　京房著，陆绩注：《京氏易传》卷下，中华书局 1991 年版，第 32 页。

⑨　刘文典撰，冯逸、乔华点校：《淮南鸿烈集解》卷三《天文训》，中华书局 1989 年版，第 121 页。

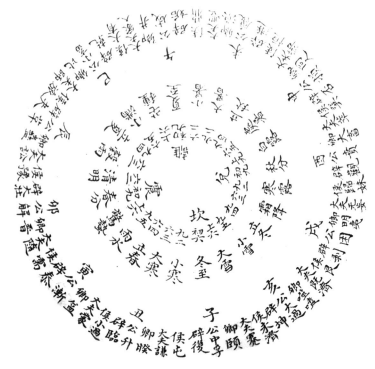

图 5-1 汉易卦气图 [1]

其原理而言：

> 卦气图以《坎》、《离》、《震》、《兑》为四正卦，余六十卦卦主六
> 日七分，合周天之数。……四卦主四时，爻主二十四气……六十卦主
> 六日七分，爻主三百六十五日四分日之一。……二至二分，寒温风雨，
> 总以应卦为节。是以《周易参同契》曰："君子居室，顺阴阳节；藏器

<hr />

① 惠栋：《易汉学》卷一《孟长卿易上》，见《景印文渊阁四库全书》第 52 册，台湾
商务印书馆 1986 年版，第 305—306 页。

俟时，勿违卦月。"①

卦气学说将六十四卦与岁时节气统一起来，在卦气图5-1中，四正卦之《坎》主冬、《震》主春、《离》主夏、《兑》主秋，岁时推移表现为右旋运动方向。反观韩诗所寓"始雨水，桃始华"之节气，即正卦《坎》之九五所主，②且对应六十卦之《渐》。今按《坎》之九五："坎不盈，祗既平，无咎。"③又按《渐》卦注："渐进之卦也"，孔疏："凡物有变移，徐而不速，谓之渐也。"且《渐》六爻之辞皆作"鸿渐"，王弼注："鸿，水鸟也。"④可见"桃始华"之际，水神之属的咎害已去，渐得舒展轩起，故云"视桃著花可小骞"。

又云"月及申酉利复怨"，自申之酉，其间有正卦《离》之六五、上九，且申对应六十卦之《损》、酉对应六十卦之《贲》。今按《离》之六五："戚嗟若"；《离》之上九："王用出征，有嘉折首，获匪其丑，无咎"，孔疏："出征罪人，事必克获"，《象》曰："'王用出征'，以正邦也"。⑤又按生水之申所对应的《损》卦云："利有攸往"⑥，且《贲·象传》云："文明以止"⑦，孟喜云："至于八月，文明之质衰，《离》运终焉"⑧。要言之，自申至酉之月，水应时而生，火则日渐衰损，又值皇王伐罪之宜，故知诗云"月及申酉"利于水神"复怨"，且上帝助其惩戒火神势力。

---

① 惠栋：《易汉学》卷一《孟长卿易上》，见郑万耕点校：《周易述》，中华书局2007年版，第515页。

② 参见郑玄注：《易纬通卦验》卷下，中华书局1991年版，第41页。

③ 阮元校刻：《十三经注疏·周易正义》卷三，中华书局1980年版，第42页。

④ 阮元校刻：《十三经注疏·周易正义》卷五，中华书局1980年版，第63页。

⑤ 阮元校刻：《十三经注疏·周易正义》卷三，中华书局1980年版，第43页。

⑥ 阮元校刻：《十三经注疏·周易正义》卷四，中华书局1980年版，第52页。

⑦ 阮元校刻：《十三经注疏·周易正义》卷三，中华书局1980年版，第37页。

⑧ 张惠言：《易义别录》卷一《周易孟氏》，见广文编译所编辑：《张惠言易学十书》，广文书局2012年版，第1038页。

综上所述，韩愈运化汉易卦气之说，① 借上帝之口表达了两层含义：其一，上帝不会绝禁火神之飨，同时希望看到水火交好而非结仇；其二，针对火神欺压水神这一事件，上帝劝慰水神暂避锋芒，俟后自会助其惩戒火神。由此可见，上帝固不愿绝禁火神之飨，也不愿水神之属一直无辜受屈，故自居调停制衡之立场，以保持水火之均势。参之前述唐宪宗之态度，其宠信宦官，兼重南衙能臣，制衡双方势力，一如诗中上帝调和水火；今既知火象寓指宦官集团，水象寓指制举人及考官群体，则上帝寓指唐宪宗无疑矣。

由此再味诗意，"天阙悠悠不可援，梦通上帝血面论"② 二句通过水神

---

① 《月令》、《说卦传》之义，为汉易卦气说所本，兹以卦气说统称之。参见朱伯崑：《易学哲学史》，昆仑出版社 2005 年版，第 133—135 页；惠栋：《易汉学》卷二《孟长卿易下》，见郑万耕点校：《周易述》，中华书局 2007 年版，第 539 页。这里，不妨再补充一点推测：韩愈之所以在《陆浑山火》一诗中运化卦气之说，盖源于元和三年制举策问与皇甫湜对策之话语。策问云："何方可以序六气、来百祥，何施可以寿群生、仁众姓？征于前训而有据，议于当代而易从。勿猥勿并，以称朕意。"皇甫湜对策略云："臣闻古者山林薮泽，皆有时禁，动作之为，无差《月令》，则六气以序，百祥以来，而生生之类，莫不跻仁寿之域矣。……伏惟陛下动遵《月令》，前训可据之文也；事稽时禁，当代易从之道也。施之而不已，执之而有恒，则帝皇之美，远惭于今日矣。臣谨对。"（见董诰等编：《全唐文》卷六八五，中华书局 1983 年版，第 7014、7019 页）针对"序六气"这一命题，皇甫湜明确指出《月令》即"前训可据之文"。按照《月令》的说法，四时当各行其令，颛顼、玄冥所主冬季当行冬令，若仲冬行夏令，"则其国乃旱"，"雷乃发声"。郑玄注云"仲冬者，日月会于星纪，而斗建子之辰也"，"（其国乃旱），午之气乘之也"，"（雷乃发声），雷气动也，午属震"。高诱略云："夏火炎上，故其国旱也。……夏气发泄，故雷动声也。"据图 5-1 所示，《坎》即"建子"之卦，而《离》卦主"午之气"，即"夏火"也，又由"午属震""雷动声"可知，《离》火之乘乎《坎》水，必动《震》雷之气。要之，四时之行本由《坎》而《震》而《离》呈右旋，而以冬行夏令之错谬，则由《离》而《震》而《坎》呈左旋。反观韩诗之铺叙结构，其先叙《离》火之肆虐、再叙《震》雷之动声、后接《坎》水之被欺，即冬行夏令之左旋，以象六气之不序、《月令》之不遵，凡此皆由制策话语发想，敷衍卦气之说，衬出皇甫湜诸人因对策被冤事。此外，韩诗开篇着意刻画"焄炱煨爊孰飞奔"之惨状，以见"生生之类"无一幸免，亦为制策之反调，其讽意自在其中矣。

② 韩愈：《陆浑山火一首和皇甫湜用其韵》，见韩愈著，钱仲联集释：《韩昌黎诗系年集释》卷六，上海古籍出版社 1984 年版，第 685 页。

被欺、不得面诉上帝之描述，交代诗歌创作的背景，意谓皇甫湜等人遭到构陷，却无缘向宪宗面陈冤情，于是韩愈安排了"梦通上帝"的想象之辞，通过描摹宪宗心意来劝慰皇甫湜；"侧身欲进叱于阍"则点出了宦官形象，[①] 上承火象之托寓，再次强调了元和制举案中南北衙之间的矛盾；而后"帝赐九河涤涕痕，又诏巫阳反其魂，徐命之前问何冤"三句，[②] 与宦官呵叱制举人这一想象性描述形成鲜明对比，以见宪宗本意非如宦官集团一般；"火行于冬古所存"数句，[③] 实为韩愈洞明时事之语，一方面他深知宦官集团为宪宗宠信，势焰熏灼，不仅构陷了制举人和考官群体，就连宪宗信重的李吉甫也被排挤罢相，遂出"火行于冬古所存，我如禁之绝其飧"二句，盖以此宽慰皇甫湜，意谓宪宗信用宦官由来已久，不会因为对策中的几句言辞就"绝禁"宦官势力；接着"女丁妇壬传世婚，一朝结仇奈后昆"[④] 二句更进一步，直指宪宗制衡南北衙之策略，俾皇甫湜看清时事变化之因由；此后"时行当反慎藏蹲"数句，[⑤] 亦是劝慰皇甫湜，不必激愤太过，权且谨慎行事，日后当为宪宗所知，所受冤屈必得洗雪。

结合前证，韩愈于元和三年冬作此诗，其时因制举案出院的裴垍已然入相，有力地抑制了宦官势力，即便是皇甫湜在对策中讽刺的北司首领吐突承璀，也不得专信于宪宗，甚至被宪宗"诫勿复言"。又按元和制举案之际，裴垍为翰林承旨学士，是制举人与考官群体中地位最高者，可堪诗

---

① 阍，即阍寺，宦官之义。见范晔撰，李贤等注：《后汉书》卷四〇上《班固传》，中华书局 1965 年版，第 1345 页。

② 韩愈：《陆浑山火一首和皇甫湜用其韵》，见韩愈著，钱仲联集释：《韩昌黎诗系年集释》卷六，上海古籍出版社 1984 年版，第 685 页。

③ 韩愈：《陆浑山火一首和皇甫湜用其韵》，见韩愈著，钱仲联集释：《韩昌黎诗系年集释》卷六，上海古籍出版社 1984 年版，第 685 页。

④ 韩愈：《陆浑山火一首和皇甫湜用其韵》，见韩愈著，钱仲联集释：《韩昌黎诗系年集释》卷六，上海古籍出版社 1984 年版，第 685 页。

⑤ 韩愈：《陆浑山火一首和皇甫湜用其韵》，见韩愈著，钱仲联集释：《韩昌黎诗系年集释》卷六，上海古籍出版社 1984 年版，第 685 页。

中水神之地位；而吐突承璀为北司首领，一如统领诸炎官之火神。前者裴
垍被吐突承璀构陷出院，一如诗中水神为火神所欺、遭逢"险陷"而被"斥
弃"之铺叙；① 而今裴垍承恩入相、抑制北司，吐突承璀不得关白、为帝
所诫，又类诗中上帝慰赐水神并助其"复怨"之铺叙。其时，南北衙之情
状虽不及"溺厥邑囚之昆仑"之夸张，② 然谓裴垍得"鸾"并不为过。裴
垍既得"鸾"，制举人及诸考官的情况也必然有所好转。事实证明，此后
不久原考策官杨於陵就由岭南节度入为吏部侍郎，此即"水神之属"得以
"小鸾"之明证。由此可见，诗中"时行当反"数语非仅劝慰皇甫湜之辞，
也包含着韩愈对时局动向的观察和对未来形势的期待。

纵观全诗，火象铺叙最繁，至上帝出场后，象征宦官集团的火神势力
又成为被惩罚的对象。相比之下，以雷公托寓李吉甫之铺叙颇简略，只暗
示了他在制举案中推波助澜的角色，至上帝出场后，雷公便没有出现在被
惩罚、报复的铺叙之中。这样的处理，凸显了韩愈设象托讽的主观倾向：
虽然李吉甫在制举案中推波助澜，但比起南北衙之矛盾，李吉甫与制举
人、诸考官之间毕竟属于南衙内部的意气之争，对待李吉甫之态度固不必
与宦官集团相同，况且其时李吉甫已被权宦排挤罢相，故韩诗后半只强调
水火结仇，而隐去了水雷之憾。此外，上帝形象也存在类似的处理：一方
面，韩愈借上帝之口暗寓宪宗不愿禁绝宦官之权这一事实；而另一方面，
韩愈着意通过上帝湔涤、反魂、问冤、溺囚等一系列想象性铺叙，塑造贤
明君主的形象，充分体现了韩愈"期之以尧舜"的敦厚之心，"其词诡怪，
其旨深淳"，信然。

总而言之，韩愈《陆浑山火一首和皇甫湜用其韵》一诗以火、雷、水
三象关系为基础，构筑了一个繁复而隐秘的托寓结构，有效地弥缝了皇甫

---

① 《易·坎》注："坎，险陷之名"，见阮元校刻：《十三经注疏·周易正义》卷三，
中华书局 1980 年版，第 42 页。

② 韩愈的这种夸张，不仅为了安慰皇甫湜，同时有回护、美化宪宗之意味。下文
详论。

湜原作"出真"之疵病，全面托寓了唐史上的重大政治事件——元和制举案。其中，卦气学说之运化与上帝形象之构建，乃由超越现实而观照现实，由思想文本敷衍文学文本，充分实现了文本与现实的互动。由此反思韩愈奇诡诗风之形成，可得一点新的认识：

以往谈及韩愈乃至韩孟诗派的奇诡诗风，多从审美倾向上立论。事实上，为了全面而深入地托寓诡谲险恶的政治形势以及在此种形势下的坎壈仕途，采用"增怪又烦"的铺叙手法是势所必然的，这直接决定了作品的奇诡风格。在这个意义上讲，奇诡诗风与托寓现实的需要密切相关，在更深层次上践履了"不平则鸣"的文学主张，而非仅审美抑或审丑好尚使然。换言之，奇诡诗风不仅是目的性存在，亦是工具性存在。这种工具性存在非但无损于奇诡诗风的美学价值，相反地，由于托寓现实的需要，诗作既要体现物象的固有特征，更要隐晦曲折地指向人事，为此诗人需最大限度地调动知识储备设辞造境，这势必迥异于咏物写景的惯常作法，给人带来匪夷所思的审美冲击力，将奇诡诗风推向前所未有的新高度。

第六章　奇诡托讽与诗派建构——
《月蚀诗效玉川子作》笺证

在洛期间，韩愈不仅与皇甫湜等故旧唱酬往还，还结识了洛中众多贤士，其中最为倾心者，当属诗风瑰异、学养深厚、性格介僻的处士卢全。韩愈《寄卢全》略云：

> 玉川先生洛城里，破屋数间而已矣。
> 一奴长须不裹头，一婢赤脚老无齿。
> 辛勤奉养十余人，上有慈亲下妻子。
> 先生结发憎俗徒，闭门不出动一纪。
> ……
> 劝参留守谒大尹，言语才及辄掩耳。
> 水北山人得名声，去年去作幕下士。
> 水南山人又继往，鞍马仆从寒闾里。
> 少室山人索价高，两以谏官征不起。
> 彼皆刺口论世事，有力未免遭驱使。
> 先生事业不可量，惟用法律自绳己。
> 春秋三传束高阁，独抱遗经究终始。
> 往年弄笔嘲同异，怪辞惊众谤不已。
> 近来自说寻坦涂，犹上虚空跨绿骓。

　　去岁生儿名添丁，要令与国充耘耔。

　　国家丁口连四海，岂无农夫亲耒耜？

　　先生抱才终大用，宰相未许终不仕。

　　假如不在陈力列，立言垂范亦足恃。

　　苗裔当蒙十世宥，岂谓贻厥无基址。

　　故知忠孝生天性，洁身乱伦安足拟。

　　……①

　　由此可见，韩愈对卢仝的道德文章极为推崇，同时力劝其出仕，以全忠孝之性。在诗中，韩愈举出当时洛中著名处士"水北山人"石洪、"水南山人"温造先后入幕的例子作为劝诱。今按韩愈为石洪、温造二人所作送序可知，其时河阳节度使乌重胤奉诏征讨以王承宗为首的成德叛镇，石、温受到乌重胤礼聘，感奋而起，出仕从军，颇为韩愈称赏。② 故知诗中所谓"彼皆刺口论世事"之"世事"，即朝廷征讨王承宗事。

　　相比之下，卢仝虽未如石、温二人出仕从军，对于王承宗叛乱这一世事亦颇为关注；而韩愈毕生以反对藩镇割据、维护中央政权为己任，其于王承宗祸乱之态度更不待言。于是，卢仝以《月蚀诗》倡其前，韩愈《月蚀诗效玉川子作》继其后，皆以奇崛诡怪的天象书写托讽现实政治，诚可谓"天地间自欠此体不得"③ 的双子奇作，韩孟诗派高度成熟的重要标志。今既笺韩诗、释诗派，则需以卢仝原作为比照焉。

---

　　① 韩愈：《寄卢仝》，见韩愈著，钱仲联集释：《韩昌黎诗系年集释》卷七，上海古籍出版社 1984 年版，第 782 页。

　　② 韩愈：《送石处士序》《送温处士赴河阳军序》，见韩愈著，马其昶校注，马茂元整理：《韩昌黎文集校注》卷四，上海古籍出版社 2014 年版，第 312—317 页。

　　③ 严羽著，郭绍虞校释：《沧浪诗话校释》，人民文学出版社 1961 年版，第 180 页。

第一节　韩愈、卢仝"月蚀"二诗对读

　　兹移录韩、卢二诗，[①] 句意相近者并列左右，[②] 独出之句自成数行，分段述其大意，以窥梗概。

表 6-1　韩愈、卢仝《月蚀诗》对照表

诗意述略	韩愈效作[①]	卢仝原作[②]
第一段： 首句点明时间， 写环境之严酷。	元和庚寅斗插子， 月十四日三更中。 森森万木夜僵立， 寒气戁眉顽无风。	新天子即位五年，岁次庚寅， 斗柄插子，律调黄钟。 森森万木夜僵立， 寒气颎顽无风。
写月之完美灿烂， 卢诗尤着意铺陈。	月形如白盘， 完完上天东。	烂银盘从海底出， 出来照我草屋东。 天色绀滑凝不流， 冰光交贯寒瞳胧。 初疑白莲花， 浮出龙王宫。 八月十五夜， 比并不可双。
皆言明月被食， 卢诗极写全食之惨状。	忽然有物来啖之， 不知是何虫？	此时怪事发， 有物吞食来轮中。 轮如壮士斧斫坏， 桂似雪山风拉摧。 百炼镜，照见胆， 平地埋寒灰。 火龙珠，飞出脑， 却入蚌蛤胎。 摧环破璧眼看尽， 当天一搭如煤炲。

---

　　① 韩愈：《月蚀诗效玉川子作》，见韩愈著，钱仲联集释：《韩昌黎诗系年集释》卷七，上海古籍出版社1984年版，第745—747页。
　　② 卢仝：《月蚀诗》，见卢仝撰，孙之騄注：《玉川子诗集》卷一，《续修四库全书》第1311册，上海古籍出版社2002年版，第44—68页。

诗意述略	韩愈效作	卢仝原作
写月被食， 众星攒集有如撒沙而出， 甚至油灯微光亦如长虹， 皆得"争强雄"矣。	如何至神物， 遭此狼狈凶。 星如撒沙出， 攒集争强雄。 油灯不照席， 是夕吐焰如长虹。	磨踪灭迹须臾间， 便似万古不可开。 不料至神物， 有此大狼狈。 星如撒沙出， 争头事光大。 奴婢炷灯看， 撩葵如玭珇。 今夜吐焰长如虹， 孔隙千道射户外。
第二段： 首见卢仝（玉川子） 月蚀之忧。 诗人以天眼之喻， 点出"日"与"月" 乃上天行道所由， 韩诗则强调， 此亦吾人行道所由。 继而，卢诗又否定了 "日""月"相蚀 以及"好色丧明"二说， 隐见"月蚀"之设 别有一番含义。	玉川子涕泗， 下中庭独行。 念此日月者， 为天之眼睛。 此犹不自保， 吾道何由行？	玉川子，涕泗下， 中庭独自行。 念此日月者， 太阴太阳精。 皇天要识物， 日月乃化生。 走天汲汲劳四体， 与天作眼行光明。 此眼不自保， 天公行道何由行？ 吾见阴阳家有说： 望日蚀月月光灭， 朔月掩日日光缺。 两眼不相攻， 此说吾不容。 又孔子师老子云： 五色令人目盲。 吾恐天似人， 好色则丧明。 幸且非春时， 万物不娇荣。 青山破瓦色， 绿水冰峥嵘。 花枯无女艳， 鸟死沉歌声。 顽冬何所好？ 偏使一目盲。

续表

诗意述略	韩愈效作	卢仝原作
点出食月者为虾蟆精，强调所食对象"径圆千里"之特质，并写虾蟆精之丑态，极尽诟骂。	尝闻古老言， 疑是虾蟆精。 径圆千里纳女腹， 何处养女百丑形。 杷沙脚手钝， 谁使女解缘青冥。	又闻古老说， 蚀月虾蟆精。 径圆千里入汝腹， 如此痴騃阿谁生？ 可从海窟来， 便解缘青冥。 恐是眶睫间， 揞塞所化成。
	黄帝有四目， 帝舜重其明。	黄帝有二目， 帝舜重瞳明。 二帝悬四目， 四海生光辉。 吾不遇二帝， 滉漾不可知。
比照上古圣君之明目，而今之天竟为"偏盲"。	今天只两目， 何故许食使偏盲。	何故瞳子上， 坐受虫豸欺。 长嗟白兔捣灵药， 恰是有意防奸非。 药成满臼不中度， 委任白兔夫何为。 忆昔尧为天， 十日烧九州。 金烁水银流， 玉燋丹砂燋。 六合烘为窑， 尧心增百忧。 帝见尧心忧， 勃然发怒决洪流。
	尧呼大水浸十日， 不惜万国赤子鱼头生。[2]	立拟沃杀九日妖。 天高日走沃不及， 但见万国赤子戢戢生鱼头。
卢诗敷衍诸典，[1]		此时九御导九日，

---

① 参见卢仝撰，孙之騄注：《玉川子诗集》卷一，《续修四库全书》第1311册，上海古籍出版社2002年版，第12—13页。

② 赤子，百姓之谓。唐太宗曰："王者视四海如一家，封域之内，皆朕赤子。"参见司马光编著：《资治通鉴》卷一九二，中华书局2011年版，第6135页。

续表

诗意述略	韩愈效作	卢仝原作
铺叙九御"争持节幡" 导九日而祸乱九州， 以致生人罹难。		争持节幡挥幢旎。 驾车六九五十四头蛟螭虬， 掣电九火辆。
彼时竟不见"虾蟆精" 为帝尧靖乱解忧。 韩诗用卢诗之意， 而笔法颇简。	女于此时若食日， 虽食八九无馋名。	汝若蚀开龃龉轮， 衔辔执索相爬钩， 推荡轰渴入汝喉。
	赤龙黑乌烧口热， 翎鬣倒侧相搏撑。 婪酣大肚遭一饱， 饥肠彻死无由鸣。	红鳞焰鸟烧口快， 翎鬣倒侧声盏邹。 撑肠拄肚礧礧如山丘， 自可饱死更不偷。 不独填饥坑， 亦解尧心忧。
再次转入对"虾蟆精" 的批判：当食者不食， 不当食者食不休。	后时食月罪当死，	恨汝时当食， 埋头撇脑不肯食， 不当食，张唇哆嘴食不休。 食天之眼养逆命，
	天罗磕匝何处逃女刑？	安得上帝请汝刘？ 呜呼！
卢诗谓"虾蟆精"食月， 实由"天"之恩养姑息 所致。 今者必"手操春喉戈"， 处死"虾蟆精"， 无致其食月"不吐出"。		人养虎，被虎啮。 天媚蟆，被蟆瞎。 乃知恩非类， 一一自作孽。 吾见患眼人， 必索良工诀。 想天不异人， 爱眼固应一。 安得常娥氏， 来习扁鹊术？ 手操春喉戈， 去此睛上物。 初既犹朦胧， 既久如抹漆。 但恐功业成， 便此不吐出。

续表

诗意述略	韩愈效作	卢仝原作
第三段：	玉川子立于庭而言曰：	玉川子又涕泗下，
段首再次出现卢仝形象，		心祷再拜额搨沙土中。
表达他替“天”剪除	地行贱臣仝，	地上虮虱臣仝，
“虾蟆精”之心愿。	再拜敢告上天公。	告诉帝天皇。
	臣有一寸刃，	臣心有铁一寸，
	可刳凶蟆肠。	可刳妖蟆痴肠。
	无梯可上天，	皇天不为臣立梯磴，
	天阶无由有臣踪。	臣血肉身无由飞上天，扬天光。
卢诗明言“封词”	寄笺东南风，	封词付与小心风，
“代天谋”云云，	天门西北祈风通。	越排阊阖入紫宫。
韩诗更有		密迩玉几前，
“丁宁附耳莫漏泄”句，		劈拆奏上臣仝顽愚胸。
可知此后内容至为关键。	丁宁附耳莫漏泄，	
	薄命正值飞廉慵。	
		敢死横干天，
		代天谋其长。
铺叙东方苍龙之象，	东方青色龙，	东方苍龙，
讥其势力强大	牙角何呀呀？	角插戟，尾捭风。
却不救月蚀。		当心开明堂，
	从官百余座，	统领三百六十鳞虫，
		坐理东方宫。
	嚼啜烦官家。	
	月蚀女不知，	月蚀不救援，
	安用为龙窟天河？	安用东方龙？
铺叙南方朱雀之象，	赤鸟司南方，	南方火鸟赤泼血，
笔墨颇多，	尾秃翅觰沙。	项长尾短飞跋刺，
以其月蚀即在		头戴丹冠高达枿。
“鸟宫十二度”，	月蚀于女头，	月蚀鸟宫十二度，
朱雀竟不杀“虾蟆精”，		鸟为居停主人不觉察。
这令诗人尤为愤怒。	女口开呀呀。	贪向何人家？行赤口毒舌。
卢诗明言	虾蟆掠女两吻过，	毒虫头上吃却月，
“鸟罪不可雪”。	忍学省事不以女觜啄虾蟆？	不啄杀。
		虚眨鬼眼赤突窝，
		鸟罪不可雪。
铺叙西方白虎之象，	於菟蹲于西，	西方攫虎立踦踦，
其供养颇为丰厚，	旗旄卫毵毸。	斧为牙，凿为齿。

续表

诗意述略	韩愈效作	卢仝原作
且"根于天"， 却仍坐视明月被食。	既从白帝祠， 又食于蜡礼有加。 忍令月被恶物食， 枉于女口插齿牙？	偷牺牲，食封豕。 大蟆一窝，固当软美。 见似不见，是何道理？ 爪牙根天不念天， 天若准拟错准拟。
铺叙北方玄武之象， 见其缩颈自保之状。 韩诗更以 "抉出""钻灼"数语 着意挞伐。①	乌龟怯奸怕寒， 缩颈以壳自遮。	北方寒龟被蛇缚， 藏头入壳如入狱， 蛇筋束紧束破壳。 寒龟夏鳖一种味， 且当以其肉充雁。 死壳没信处， 唯堪支床脚，
在东方苍龙、南方朱雀、 西方白虎、北方玄武四象 之后， 卢诗又铺叙了岁星、 荧惑、土星、太白、 辰星诸象， 再次呼应了所谓 "星如撒沙出"之语。 其中明确点出了 "董秦""郦定进" 等现实人物， 率皆与"昧目覃成就， 害我光明王"之事相关， 从而更为明确地暗示了 诗歌寓意。 韩诗或嫌其铺叙	终令夸蛾抉女出， 卜师烧锥钻灼满板如星罗。 此外内外官， 琐细不足科。	不中钻灼与天卜。 岁星主福德， 官爵奉董秦， 忍使黔娄生， 覆尸无衣巾？ 天失眼不吊， 岁星胡其仁？ 荧惑瞿铄翁， 执法大不中。 月明无罪过， 不纠蚀月虫。 年年十月朝太微， 支卢谪罚何灾凶？ 土星与土性相背， 反养福德生祸害。

---

① "钻灼"为龟卜之过程，卢诗"不中钻灼与天卜"，侧重北方寒龟不能为天效力之刺，而韩诗言辞更为激烈，剥离了卢诗"与天卜"这层意思，承上"夸蛾抉女出"而作"卜师烧锥钻灼"云云，用以描写寒龟应受严惩。关于龟卜之法，参见朱熹撰，王贻梁校点，吕友仁审读：《仪礼经传通解·士丧礼上》，见朱杰人、严佐之、刘永翔主编：《朱子全书》第3册，上海古籍出版社、安徽教育出版社2010年版，第1408页。

175

诗意述略	韩愈效作	卢仝原作
"谲险万万党"之冗赘，遂以"此外内外官，琐细不足科"概括之。		到人头上死破败， 今夜月蚀安可会？ 太白真将军， 怒激锋铓生。 恒州阵斩郦定进， 项骨脆甚春蔓菁。 天唯两眼失一眼， 将军何处行天兵？ 辰星任廷尉， 天律自主持。 人命在盆底， 固应乐见天盲时。 天若不肯信， 试唤皋陶鬼一问而今。 三台文章宫， 作上天纪纲。 环天二十八宿， 磊落尚书郎。 整顿排班行， 剑握他人将。 一四太阳侧， 一四天市旁。 操斧代大匠， 两手不怕伤。 弧矢引满反射人， 天狼呀啄明煌煌。 痴牛与騃女， 不肯勤农桑。 徒劳含淫思， 旦夕遥相望。 蚩尤簸旗弄句朔， 始捶天鼓鸣珄琅。 枉矢龙蛇行， 眉目森森张。 天狗下舐地， 血流何滂滂？

诗意述略	韩愈效作	卢仝原作
意谓需扫除者， 非仅虾蟆精， 所有姑息者， 皆当获罪。 所谓"诛奸狂" "无信他人忠"云云， 其人事之托寓最为明显。	臣请悉扫除， 慎勿许语令啾哗。	谲险万万党， 构架何可当？ 眛目窅成就， 害我光明王。 请留北斗一星相北极， 指麾万国悬中央。 此外尽拂除， 沙碛如山冈， 赎我父母光。 当时恒星没， 殒雨如抨浆。 似天会事发， 叱喝诛奸狂。 何故中道废， 自遗今日殃？ 善善又恶恶， 郭公所以亡。 愿天神圣心， 无信他人忠。
至结尾处，韩诗总结了 玉川子的主张， 一为"归我月"， 二为"蛙礴死"。 此外，众奸狂①非元凶， 故其罪尚可赦。	并光全耀归我月， 盲眼镜净无纤瑕。 弊蛙拘送主府官， 帝箠下腹尝其蟠。 依前使兔操杵臼， 玉阶桂树闲婆娑。	玉川子词讫， 风色紧格格。 近月黑暗边， 有似动剑戟。 须臾痴蟆精， 两吻自决坼。 初露半个璧， 渐吐满轮魄。

---

① 韩诗所谓"尽释众罪"之"众"，即卢诗所谓"奸狂"者，故称之"众奸狂"。

诗意述略	韩愈效作	卢全原作
韩诗通过"虽无明言，潜喻厥旨"二语，强调此诗绝非凭空虚构，确有一番寓意在焉。 相比韩诗之简净，卢诗则借助明月满轮、再见天眼之想象，来表达"众星尽原赦，一蟆独诛磔"之立场。此后，卢诗详细申明托寓月蚀之象的动机。	恒娥还宫室， 太阳有室家。 天虽高，耳属地。 感臣赤心，使臣知意。 虽无明言，潜喻厥旨。 有气有形，皆吾赤子。 虽忿大伤，忍杀孩稚？ 还女月明，安行于次。 尽释众罪，以蛤磔死。	众星尽原赦， 一蟆独诛磔。 腹肚忽脱落， 依旧挂穹碧。 光采未苏来， 惨淡一片白。 奈何万里光， 受此吞吐厄。 再得见天眼， 感荷天地力。 或问玉川子： 孔子修《春秋》， 二百四十年， 月蚀尽不收。 今子咄咄词， 颇合孔意不？ 玉川子笑答： 或请听逗遛。 孔子父母鲁， 讳鲁不讳周。 书外书大恶， 故月蚀不见收。
其间明言"余命唐天"，知其所寓皆与时事相关。		余命唐天，口食唐土， 唐礼过三，唐乐过五。 小犹不说，大不可数。 灾诊无有小大愈， 安引衰周，研核可否？ 日分昼，月分夜，辨寒暑。

续表

诗意述略	韩愈效作	卢仝原作
"主刑""主德"云云， 皆为典型政治话语， 有助于窥见诗歌旨意。		一主刑，二主德，政乃举。 孰为人面上， 一目偏可去？ 愿天完两目， 照下万方土。 更不瞽，万万古。

第二节 千年聚讼中的逻辑罅隙

通过初步的对比分析可知，卢仝原作形制漫长，韩愈效作颇多损益，唯托寓时事之用心不殊。然而具体到《月蚀诗》[①] 的托讽对象，自北宋迄今聚讼不息，成为诗史上一大疑案。

有关《月蚀诗》的托讽对象，现存最早的论断见于欧阳修、宋祁《新唐书》：

> 仝自号玉川子，尝为《月蚀诗》以讥切元和逆党，愈称其工。[②]

然此说宋人已纠其谬：

> 仝诗作于元和五年，而宦官陈洪（弘）志之乱，乃在于十五年，安得预知而刺之？盖《唐史》误也。[③]

---

① 由于卢仝《月蚀诗》和韩愈《月蚀诗效玉川子作》主旨相同（下详），为省篇幅，以下以"《月蚀诗》"兼指韩、卢二诗，需要分别指称的时候，则简称"韩诗"或"卢诗"。

② 欧阳修、宋祁：《新唐书》卷一七六《卢仝传》，中华书局1975年版，第5268页。

③ 魏仲举：《新刊五百家注音辩昌黎先生文集》卷五引孙汝听注，上海涵芬楼影宋本，第32页。孙汝听所谓"陈洪志"，两《唐书》作"陈弘志"。

今按卢诗开篇作"新天子即位五年，岁次庚寅"，①而韩诗亦明言"元和庚寅"，②知二诗作于元和五年（810年）。又所谓"元和逆党"一词，最早出现于元和十五年（820年）唐宪宗死后，特指陈弘志、王守澄等弑逆宪宗的宦官集团。③那么，作于元和五年的诗，不可能讽刺十年之后的事，《新唐书》的说法显然是站不住脚的。

宋人虽然认识到《新唐书》的这一错谬，却未能摆脱托讽宦官之说的思维惯性，而欲溯及元和初期的宦官。如方崧卿云：

> 《新史》以为讥元和逆党，然稽之岁月不可合，盖元和初宦官已横恣。④

江端友云：

> 元和五年，时杜佑、裴垍、李藩、权德舆为平章事，其他在朝类多贤俊，独假宦官权太盛，又往往出于闽岭。玉川诗云"才从海窟来，

---

① 卢仝：《月蚀诗》，见卢仝撰，孙之騄注：《玉川子诗集》卷一，《续修四库全书》第1311册，上海古籍出版社2002年版，第44页。

② 韩愈：《月蚀诗效玉川子作》，见韩愈著，钱仲联集释：《韩昌黎诗系年集释》卷七，上海古籍出版社1984年版，第745页。

③ 参见刘昫等：《旧唐书》卷一八四《宦官传》，中华书局1975年版，第4769页；欧阳修、宋祁：《新唐书》卷一七九《李训传》，中华书局1975年版，第5310页；欧阳修、宋祁：《新唐书》卷二〇八《宦者传下》，中华书局1975年版，第5883页；黄永年：《六至九世纪中国政治史》，上海书店出版社2004年版，第465页。

④ 方崧卿著，刘真伦汇校：《韩集举正汇校》卷二，凤凰出版社2007年版，第102页。

便解缘青冥"，盖专讯刺宦官也。①

洪迈则拈出卢诗"官爵奉董秦"一语，谓"董秦"即汉代以嬖幸擅位的董贤、秦宫，卢全借以托讽当朝权宦吐突承璀。②

到了明代，胡震亨进一步关联元和五年吐突承璀平叛无功之时事，直欲坐实专讯承璀之说：

> 　　按此诗叙有年月云"元和庚寅"，则吐突承璀讨王承宗无功而归之岁也。初，宪宗信用承璀，令典神策，拜大帅，专征。及败衄，仍不加罪，宠任如故。有太阴养蟾蜍为所食之象，故取以比讽。"恒州阵斩郦定进，项骨脆甚春蔓菁"。定进者，承璀骁将，初交战即被杀，师因气折无功。详见《承宗传》，此正实纪其事处。……通阅前后，为承璀而作甚明。③

清代以来，何焯、沈钦韩、王元启等皆认同胡震亨之说，认为《月蚀诗》的托讽对象即以吐突承璀为代表的宦官势力。④

对于主讽宦官这派观点，历来不乏异见。朱熹曾直言"未必然"，惜

---

① 　洪兴祖：《韩子年谱》附引，见徐敏霞校辑：《韩愈年谱》，中华书局1991年版，第53页。

② 　洪迈著，孔凡礼点校：《容斋随笔·续笔》卷一四，中华书局2005年版，第393页。

③ 　胡震亨：《唐音癸签》卷二三《诂笺八》，古典文学出版社1957年版，第201页。

④ 　参见何焯著，崔高维点校：《义门读书记》卷三〇《昌黎集》，中华书局1987年版，第517页；沈钦韩撰，胡承珙订：《韩集补注》，清光绪十七年广雅书局本，第8页；王元启：《读韩记疑》卷二，《续修四库全书》第1310册，上海古籍出版社2002年版，第491页。又，当代学者也往往受此影响，虽未必拘执吐突承璀事，但也承认《月蚀诗》为讥刺宦官而作，应该是可信的"。参见项楚：《卢全诗论》，见项楚：《柱马屋存稿》，商务印书馆2003年版，第168页；郑慧霞：《卢全综论》，华东师范大学2007年博士学位论文，第36页。

乎未作申论。① 宋代还有一些学者认为，卢诗所谓"董秦"并非汉代董贤、秦宫的合称，而是唐德宗初期叛将李忠臣的原名。② 这样看来，则与吐突承璀关系不大。至清人方世举考论最详，他认为《月蚀诗》主要讽刺的是吐突承璀的征讨对象，即成德节度使王承宗：

> 崧卿之驳《新书》，容斋之祖崧卿，皆误认"元和逆党"四字为庚子陈弘志弑逆之党，而不考庚寅王承宗叛逆之党。……按卢诗"恒州阵斩郦定进"，郦定进者，讨王承宗之神策将。承宗拒命，帝遣中人吐突承璀将左右神策帅讨之。承璀无威略，师不振。神策将郦定进及战，北驰而偾，赵人害之。是则承宗抗师杀将，逆莫大矣。史书郦定进死在元和五年，韩诗"元和庚寅"，卢诗"新天子即位五年"，时事正合。是诗自为承宗叛逆而发……
>
> 卢诗又云："岁星主福德，官爵奉董秦。"旧说董秦即李忠臣，洪容斋以为是时秦死二十七年，何为而追刺之。当是用董贤、秦宫嬖幸擅位，以喻吐突承璀。以愚观之，旧说是而洪说又非。董秦者，史思明将，归正封王，赐名李忠臣，后复附朱泚为逆。时承宗上疏谢罪，上遂下诏浣雪，尽以故地畀之，罢诸道兵。是则今日之承宗，与昔日之董秦，朝廷处分，正自相同。董秦可以复叛，安知承宗不然？反侧之臣，明有前鉴，故以董秦比之。左右参考，是诗确为承宗作。……至东西南北龙虎鸟龟诸天星，无不仿《大东》之诗刺及者，指征讨诸镇也。当时命恒州四面藩镇各进兵招讨，军久无功。……
>
> 卢诗凡一千六百余字，昌黎芟汰其半，而于郦定进、董秦诸语明

---

① 朱熹：《昌黎先生集考异》卷二，上海古籍出版社1985年版，第67页。

② 洪迈著，孔凡礼点校：《容斋随笔·续笔》卷一四引说者云，中华书局2005年版，第393页。

涉事迹者，又皆削去，诗语较为浑然。而考核事实，卢诗为据。①

无论是以胡震亨为代表的讽承璀说，还是以方世举为代表的讽承宗说，都是从卢诗"恒州阵斩郦定进"②这一"明涉事迹"的描写中生发出来的，都认为《月蚀诗》与元和四年至五年间王承宗之乱密切相关。今按卢诗"郦定进"句意甚明晰，于史有征，确有助于我们探究诗歌本事。但如果进一步明确托讽对象，则不应拘执于个别字句，而是要从整体上把握诗歌内容及结构，厘清其与王承宗事件的对应关系。

在韩、卢二诗中，导致月蚀的元凶是一只"虾蟆精"，而月与日并为天之双目，是"天公行道"之所由，因此卢诗痛斥"虾蟆精"道："食天之眼养逆命，安得上帝请汝刘。"③韩诗痛斥道："后时食月罪当死，天罗磕匝何处逃女刑？"④可见"虾蟆精"的食月行径是针对"天公"（或云"上帝"）造成的伤害。此后，韩、卢二诗依次批判东方苍龙、南方朱雀、西方白虎、北方玄武四象姑息养奸的渎职行为，他们对于"虾蟆精"冒犯"天公"一事或无动于衷，或畏葸不前。如韩诗讽东方苍龙云"月蚀女不知，安用为龙窟天河"⑤，托讽南方朱雀云"虾蟆掠女两吻过，忍学

---

① 方世举著，郝润华、丁俊丽整理：《韩昌黎诗集编年笺注》卷七，中华书局 2012 年版，第 392—393 页。

② 卢全：《月蚀诗》，见卢全撰，孙之騄注：《玉川子诗集》卷一，《续修四库全书》第 1311 册，上海古籍出版社 2002 年版，第 58 页。

③ 卢全：《月蚀诗》，见卢全撰，孙之騄注：《玉川子诗集》卷一，《续修四库全书》第 1311 册，上海古籍出版社 2002 年版，第 49 页。又，《尚书·盘庚上》孔传："刘，杀也。"见阮元校刻：《十三经注疏·尚书正义》卷九，中华书局 1980 年版，第 168 页。

④ 韩愈：《月蚀诗效玉川子作》，见韩愈著，钱仲联集释：《韩昌黎诗系年集释》卷七，上海古籍出版社 1984 年版，第 746 页。

⑤ 韩愈：《月蚀诗效玉川子作》，见韩愈著，钱仲联集释：《韩昌黎诗系年集释》卷七，上海古籍出版社 1984 年版，第 746 页。

省事不以女觜啄虾蟆"①，托讽西方白虎云"忍令月被恶物食，枉于女口插齿牙"②，托讽北方玄龟云"乌龟怯奸怕寒，缩颈以壳自遮"③，皆是也。在韩诗结尾处，还特意区分了"蛙罪"与"众罪"，诗云："尽释众罪，以蛙磔死。"④意谓四方星象的渎职之罪尚可赦免，而冒犯了"天公"的"虾蟆精"是不可饶恕的，必须处以极刑。既然韩、卢二诗集矢"虾蟆精"，那么我们所推定的主要托讽对象应与"虾蟆精"的行为相近，否则便不能成立。

在王承宗祸乱之际，吐突承璀代表朝廷讨伐王承宗，其"逾年无功""轻谋弊赋"，⑤理应加以斥责，但这些罪过与"虾蟆精食天眼"的行为有本质上的不同。诗中的"虾蟆精"将矛头直指人格化的"天公"，而吐突承璀虽专横跋扈，却从不违拗唐宪宗，⑥直到元和十五年宪宗被陈弘志、王守澄等杀害，吐突承璀也旋即被杀，其成败兴亡与宪宗相始终。⑦由此反观《新唐书》讥刺"元和逆党"之说，时间固然不合，却道出了《月蚀诗》的托讽对象危害宪宗这一含义；后世指摘《新唐书》之余，转谓《月蚀诗》专讽吐突承璀，虽然时间吻合，却不及《新唐书》对诗义的准确体

---

① 韩愈：《月蚀诗效玉川子作》，见韩愈著，钱仲联集释：《韩昌黎诗系年集释》卷七，上海古籍出版社 1984 年版，第 746 页。

② 韩愈：《月蚀诗效玉川子作》，见韩愈著，钱仲联集释：《韩昌黎诗系年集释》卷七，上海古籍出版社 1984 年版，第 746 页。

③ 韩愈：《月蚀诗效玉川子作》，见韩愈著，钱仲联集释：《韩昌黎诗系年集释》卷七，上海古籍出版社 1984 年版，第 746 页。

④ 韩愈：《月蚀诗效玉川子作》，见韩愈著，钱仲联集释：《韩昌黎诗系年集释》卷七，上海古籍出版社 1984 年版，第 747 页。

⑤ 欧阳修、宋祁：《新唐书》卷二〇七《宦者传上》，中华书局 1975 年版，第 5869 页。

⑥ 参见白居易：《论承璀职名状》，见白居易著，谢思炜校注：《白居易文集校注》卷二二，中华书局 2011 年版，第 1241 页。

⑦ 参见欧阳修、宋祁：《新唐书》卷二〇七《宦者传上》，中华书局 1975 年版，第 5870 页。

认，令人抱憾。[1]

此外，若以吐突承璀作为主要托讽对象，则四方星象之托讽亦无着落。诗中的四方星象皆姑息纵容"虾蟆精"，而吐突承璀自挂帅之初，就遭到了南衙诸官的集体性抗议，班师后又遭南衙弹劾，"罢为军器庄宅使"，[2] 自始至终，除宪宗姑息回护承璀外，未见他人有姑息之举。这样看来，无论从哪个方面讲，吐突承璀都不可能成为韩、卢二诗的主要托讽对象。

第三节 政治话语与四方星象

一、政治话语与"蛙罪"托讽

排除了吐突承璀，再来看不尊朝廷、挑战宪宗权威的成德镇帅王承宗。据史载，王承宗父王士真，祖王武俊。自唐德宗建中、兴元以来，王武俊节度成德军，先是僭号称王，归正后，父子相袭近三十年，"自补属吏，赋不上供"，颇不尊朝廷。[3] 至元和四年（809 年）三月王士真卒，承宗又欲袭位。史载：

> 士真卒，三军推（承宗）为留后，朝廷伺其变，累月不问。承宗惧，累上表陈谢。至八月，上令京兆少尹裴武往宣谕，承宗奉诏甚恭，且曰："三军见迫，不候朝旨，今请割德、棣二州上献，以表丹

---

① 相比之下，方世举有意矫正旧说对《新唐书》的全盘否定，指摘旧说误认"元和逆党"为陈弘志弑逆之党，而不考王承宗叛逆之党云云。然而，方世举仅就字面意思发论，殊不知"元和逆党"本即陈弘志一党的专称，遂于指摘旧说之际又生新瑕。

② 欧阳修、宋祁：《新唐书》卷二〇七《宦者传上》，中华书局 1975 年版，第 5869—5870 页。

③ 刘昫等：《旧唐书》卷一四二《王武俊王士真传》，中华书局 1975 年版，第 3873、3877 页；司马光编著：《资治通鉴》卷二三七，中华书局 2011 年版，第 7781 页。

恩。"由是起复云麾将军、左金吾卫大将军同正、检校工部尚书、镇州大都督府长史、御史大夫、成德军节度、镇冀深赵等州观察等使。又以德州刺史薛昌朝检校右散骑常侍、德州刺史、御史大夫，充保信军节度、德棣观察等使。昌朝，故昭义节度使嵩之子，婚姻于王氏，入仕于成德军，故为刺史。承宗既献二州，朝廷不欲别命将帅，且授其亲将。保信旌节未至德州，承宗遣数百骑驰往德州，虏昌朝归真定囚之。朝廷又加棣州刺史田涣充本州团练守捉使，冀渐离之。令中使景忠信往谕旨，令遣昌朝还镇，承宗不奉诏。①

由此可见，王承宗割献德、棣二州并非本心，实为起复袭位而欺君行诈，一旦得旌节，便拒命囚帅，不臣之心昭然若揭。至是，宪宗震怒，命吐突承璀统帅诸道兵马，讨伐承宗。毫无统帅才能的吐突承璀"威令不振"，屡败于承宗，又折损了平蜀骁将郦定进，使"军中夺气"，诸道军更是"观望养寇，空为逗挠"，战争由此陷入僵持状态。②

到了元和五年（810 年），朝廷财力消耗颇大，宪宗对这场战役已无必得之志。是年七月，承宗上表"求雪"，宪宗只好顺水推舟，"复以德、棣二州与之，悉罢诸道行营将士"。③ 此后，王承宗"自谓计得"，更加"謷然无顾惮"。④ 由此可见，这场以宪宗妥协退让而不了了之的征伐，非但没有遏制父子袭帅之弊，成德一镇反被王承宗借朝廷之口而彻底侵占，助长了王承宗的不臣之心。对于这段时事，朝中士人痛心疾首，直斥承宗"盗据"成德。⑤

---

① 刘昫等：《旧唐书》卷一四二《王承宗传》，中华书局 1975 年版，第 3878—3879 页。

② 刘昫等：《旧唐书》卷一四《宪宗纪上》，中华书局 1975 年版，第 431 页；司马光编著：《资治通鉴》卷二三八，中华书局 2011 年版，第 7793 页。

③ 司马光编著：《资治通鉴》卷二三八，中华书局 2011 年版，第 7799—7800 页。

④ 欧阳修、宋祁：《新唐书》卷二一一《王承宗传》，中华书局 1975 年版，第 5957 页。

⑤ 周绍良、赵超主编：《唐代墓志汇编续集》大和〇三八《唐故卫尉卿赠左散骑常侍柏公墓志铭》，上海古籍出版社 2001 年版，第 910 页。

综观元和四年至五年间的这场祸乱，由王承宗不尊朝廷、谋求镇帅而起，至宪宗妥协、承宗得帅而终，王承宗实为这场祸乱的罪魁，对唐宪宗的权威构成极大挑战。这一关系格局，与《月蚀诗》中"虾蟆精"冒犯"天公"的情形颇为相似。

不但如此，《月蚀诗》的修辞策略及作者意图还与代表宪宗立场的官方政治话语构成了密切的互文关系。这里不妨将元和四年王承宗叛乱之初颁布的《削夺王承宗官爵诏》与《月蚀诗》稍作对比：

其一，诏文开篇云"天地以大德煦物，而高秋励肃杀之威。帝皇以至道育人，而前王设诛罚之典"①，而卢诗云"日分昼，月分夜，辨寒暑。一主刑，二主德，政乃举"②，二者皆由自然界之象征转入为政以德、以刑的合理性论述，且皆有意凸显典刑一端的重要性，颇具现实针对性。

其二，诏文在批判王承宗之前，先提及昔年西川、浙东二镇之乱，谓宪宗不得已"陈原野之众，行鈇钺之刑"③，意在表明对于成德镇王承宗之乱，宪宗也一样会不惜代价，严惩元凶。而《月蚀诗》在描绘"虾蟆精"食月时，插入了一段上古诸日作乱的传说，其中卢诗以"争持节幡挥幢旄"④形容诸日作乱，这会令人联想起为窃取节钺而犯上作乱的藩镇将帅，韩诗则强调"尧呼大水浸十日，不惜万国赤子鱼头生"⑤，意谓尧不惜以"万国赤子"为代价平叛祸乱，这与诏文中"陈原野之众"的官方话语别无二致，皆以显示申明国家典刑之决心。

其三，诏文将王承宗比作忘恩负义、贪得无厌的野兽，谓"豺狼之

---

① 宋敏求编：《唐大诏令集》卷一一九，商务印书馆 1959 年版，第 630 页。

② 卢仝：《月蚀诗》，见卢全撰，孙之騄注：《玉川子诗集》卷一，《续修四库全书》第 1311 册，上海古籍出版社 2002 年版，第 68 页。

③ 宋敏求编：《唐大诏令集》卷一一九，商务印书馆 1959 年版，第 630 页。

④ 卢仝：《月蚀诗》，见卢全撰，孙之騄注：《玉川子诗集》卷一，《续修四库全书》第 1311 册，上海古籍出版社 2002 年版，第 49 页。

⑤ 韩愈：《月蚀诗效玉川子作》，见韩愈著，钱仲联集释：《韩昌黎诗系年集释》卷七，上海古籍出版社 1984 年版，第 746 页。

心，饱之而逾发；枭獍之性，养之而益生"①，讽刺其既得镇帅，反生不臣之心、威胁朝廷。而在韩诗中"虾蟆精"即具有"娄醋大肚"的特征，②卢诗更是痛陈"人养虎，被虎啮。天媚蟆，被蟆瞎。乃知恩非类，一一自作孽"③，这些描述与诏文中讽刺王承宗忘恩负义的情形差相仿佛。

其四，诏文直斥王承宗"潜窥戎镇"，"分土"而"怀奸"，④而卢诗斥责"虾蟆精"云"径圆千里入汝腹"，⑤韩诗作"径圆千里纳女腹"⑥，如果说"径圆千里"可用来代称"戎镇"之广，那么"纳女腹""入汝腹"适足讽刺承宗"分土"之奸。

其五，诏文直斥王承宗"神祇所以不祐，天地所以不容"，理当"龚行天诛，示于有制"，⑦而韩诗亦斥"虾蟆精"云"后时食月罪当死，天罗磕匝何处逃女刑"，⑧严刑不贷之意正相吻合。

此外，卢诗还讥骂"虾蟆精"云："可从海窟来。"⑨在古人的观念中，所谓"海"，指"荒晦绝远之地，不必至海水也"，⑩如李益《塞下曲》"莫

---

① 宋敏求编：《唐大诏令集》卷一一九，商务印书馆1959年版，第630页。

② 韩愈：《月蚀诗效玉川子作》，见韩愈著，钱仲联集释：《韩昌黎诗系年集释》卷七，上海古籍出版社1984年版，第746页。

③ 卢仝：《月蚀诗》，见卢仝撰，孙之騄注：《玉川子诗集》卷一，《续修四库全书》第1311册，上海古籍出版社2002年版，第50页。

④ 宋敏求编：《唐大诏令集》卷一一九，商务印书馆1959年版，第630页。

⑤ 卢仝：《月蚀诗》，见卢仝撰，孙之騄注：《玉川子诗集》卷一，《续修四库全书》第1311册，上海古籍出版社2002年版，第48页。

⑥ 韩愈：《月蚀诗效玉川子作》，见韩愈著，钱仲联集释：《韩昌黎诗系年集释》卷七，上海古籍出版社1984年版，第746页。

⑦ 宋敏求编：《唐大诏令集》卷一一九，商务印书馆1959年版，第630页。

⑧ 韩愈：《月蚀诗效玉川子作》，见韩愈著，钱仲联集释：《韩昌黎诗系年集释》卷七，上海古籍出版社1984年版，第746页。

⑨ 卢仝：《月蚀诗》，见卢仝撰，孙之騄注：《玉川子诗集》卷一，《续修四库全书》第1311册，上海古籍出版社2002年版，第68页。

⑩ 王先谦撰，沈啸寰、王星贤点校：《荀子集解》卷五引杨倞注，中华书局1988年版，第161页。

遗只轮归海窟"①。史载王承宗本非中原人氏，出自契丹怒皆部，②那么"可从海窟来"之讥，正与王承宗出身相合。

综上可知，《月蚀诗》有关"虾蟆精"冒犯"天公"的书写，与王承宗盗据藩镇、触忤宪宗一事颇为相似，并且与以《削夺王承宗官爵诏》为代表的官方政治话语构成密切的互文关系，无论从情节性还是文本性来看，《月蚀诗》的主要托讽对象均指向元和四年至五年间对抗朝廷、兴乱不臣的成德镇帅王承宗。

二、四方星象与"众罪"托讽

值得注意的是，《月蚀诗》不仅斥责了冒犯"天公"的"虾蟆精"，还斥责了姑息纵容"虾蟆精"的四方星象。既然"虾蟆精"托讽王承宗，那么从情势上推断，姑息纵容"虾蟆精"的不外乎奉命征讨承宗、实则"观望养寇"的诸军统帅。前引方世举之说，实已涉及"征讨诸镇"的猜测，惜乎语焉未详。如果我们参照当时的分野之说，揭开关联诗史文本的天学要素，便不难从可能性走向确定性，逐一落实四方星象的托讽对象。

韩诗首叙东方苍龙云：

> 东方青色龙，牙角何呀呀？
> 从官百余座，嚼啜烦官家。
> 月蚀女不知，安用为龙窟天河？③

① 李益：《塞下曲》，见郝润华辑校，胡大浚审订：《李益诗歌集评》卷五，甘肃人民出版社1997年版，第131页。

② 刘昫等：《旧唐书》卷一四二《王武俊传》，中华书局1975年版，第3871页；欧阳修、宋祁：《新唐书》卷二一一《王武俊传》，中华书局1975年版，第5951页。

③ 韩愈：《月蚀诗效玉川子作》，见韩愈著，钱仲联集释：《韩昌黎诗系年集释》卷七，上海古籍出版社1984年版，第746页。

由此初步推断，东方苍龙所讽，当为一强势藩镇，然而镇帅对王承宗之乱漠不关心。

卢诗云：

> 东方苍龙，角插戟，尾捭风。
> 当心开明堂，统领三百六十鳞虫，坐理东方宫。
> 月蚀不救援，安用东方龙？①

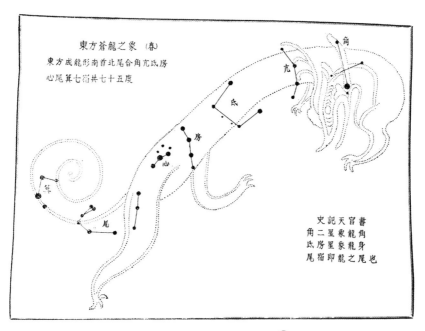

图 6-1　东方苍龙之象 ②

　　① 卢仝：《月蚀诗》，见卢仝撰，孙之騄注：《玉川子诗集》卷一，《续修四库全书》第 1311 册，上海古籍出版社 2002 年版，第 51 页。
　　② 高鲁：《星象统笺》，《国立中央研究院天文研究所专刊》1933 年第 2 号。下文所示四方星象图均见此本，不再一一出注。

由此可印证东方苍龙必指某一雄镇，且由"月蚀不救援"[①] 可知，此镇并未参与平叛王承宗之役。又据"当心开明堂""坐理东方宫"[②] 可知，此镇治所正当心宿（见图 6-1）之分野。《旧唐书·天文志》谓心宿配大火之次，分野为汉之陈留县。[③] 陈留县在唐属汴州，[④] 唐玄宗天宝元年（742年）改汴州为陈留郡，唐肃宗乾元元年（758 年）复称汴州。[⑤] 唐德宗建中以后，汴州为宣武军治所，宣武一镇即当时之雄镇。韩愈早年在汴幕任职时曾这样描述宣武镇：

> 今之天下之镇，陈留为大。屯兵十万，连地四州，左淮右河，抱负齐楚，浊流浩浩，舟车所同。故自天宝已来，当藩垣屏翰之任，有弓矢铁钺之权，皆国之元臣，天子所左右。[⑥]

无论分野定位还是其雄重之势，有关东方苍龙的描述均与宣武镇的特征相吻合。唐宪宗元和时期，宣武节度使为韩弘，他在元和十三年（818年）宪宗平淮西以前，长期保持中立地位，既不交结临镇，亦未尊奉朝廷。[⑦] 在征讨王承宗之役中，宣武军自然不会有任何动作。这样看来，卢

---

① 韩愈：《月蚀诗效玉川子作》，见韩愈著，钱仲联集释：《韩昌黎诗系年集释》卷七，上海古籍出版社 1984 年版，第 746 页。

② 卢仝：《月蚀诗》，见卢仝撰，孙之騄注：《玉川子诗集》卷一，《续修四库全书》第 1311 册，上海古籍出版社 2002 年版，第 50 页。

③ 刘昫等：《旧唐书》卷三六《天文下》，中华书局 1975 年版，第 1315 页。

④ 李吉甫撰，贺次君点校：《元和郡县图志》卷七《河南道三》，中华书局 1983 年版，第 175 页。

⑤ 刘昫等：《旧唐书》卷三八《地理志一》，中华书局 1975 年版，第 1433 页。

⑥ 韩愈：《送汴州监军俱文珍序》，见韩愈著，马其昶校注，马茂元整理：《韩昌黎文集校注》外集卷上，上海古籍出版社 2014 年版，第 751 页。

⑦ 刘昫等：《旧唐书》卷一五六《韩弘传》，中华书局 1975 年版，第 4134—4136 页。

诗"安用东方龙"、① 韩诗"安用为龙"② 的责问，意在讽刺韩弘身膺镇帅之重、坐拥宣武之雄，却不能与宪宗同心、助平王承宗之乱。

在东方苍龙之后，韩诗叙南方朱雀之象云：

> 赤乌司南方，尾秃翅鼫沙。
> 月蚀于女头，女口开呀呀。
> 虾蟆掠女两吻过，
> 忍学省事不以女膂啄虾蟆？③

卢诗云：

> 南方火乌赤泼血，项长尾短飞跋剌，
> 头戴丹冠高达桥。
> 月蚀乌宫十二度，乌为居停主人不觉察。
> 贪向何人家？行赤口毒舌。
> 毒虫头上吃却月，不啄杀。
> 虚眨鬼眼赤突窝，乌罪不可雪。④

从韩诗"月蚀于女头""虾蟆掠女两吻过"和卢诗"毒虫头上吃却月，不啄杀"来看，南方朱雀的托讽对象似与王承宗之乱有着密切关系。此

---

① 卢仝：《月蚀诗》，见卢仝撰，孙之騄注：《玉川子诗集》卷一，《续修四库全书》第 1311 册，上海古籍出版社 2002 年版，第 51 页。

② 韩愈：《月蚀诗效玉川子作》，见韩愈著，钱仲联集释：《韩昌黎诗系年集释》卷七，上海古籍出版社 1984 年版，第 746 页。

③ 韩愈：《月蚀诗效玉川子作》，见韩愈著，钱仲联集释：《韩昌黎诗系年集释》卷七，上海古籍出版社 1984 年版，第 746 页。

④ 卢仝：《月蚀诗》，见卢仝撰，孙之騄注：《玉川子诗集》卷一，《续修四库全书》第 1311 册，上海古籍出版社 2002 年版，第 51 页。

外，卢诗凸显了"鸟罪"的严重性和不可饶恕性，并斥南方朱雀为"毒虫"，可见其愤恨之深。

参照图6-2可知，所谓"毒虫头上"即朱雀头上方的井宿与鬼宿，《旧唐书·天文志》云："东井、舆鬼，鹑首之次也。未初起井十二度"，其分野为"汉之三辅"。[①] 这样看来，所谓"鸟宫十二度""毒虫头上"，均指京兆之地，是朝廷之所在、宪宗之所居。那么，韩诗"月蚀于女头"[②]、卢诗"月蚀鸟宫十二度"[③]，皆可视为朝廷权威和利益遭受直接损害的象征。在讨伐王承宗的诸军统帅中，直接代表朝廷出征的，只有吐突承璀及其所辖王师——神策军。

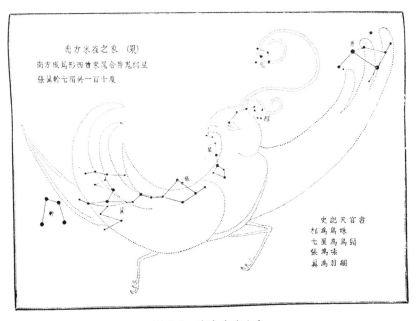

图6-2　南方朱雀之象

①　刘昫等：《旧唐书》卷三六《天文下》，中华书局1975年版，第1313页。

②　韩愈：《月蚀诗效玉川子作》，见韩愈著，钱仲联集释：《韩昌黎诗系年集释》卷七，上海古籍出版社1984年版，第746页。

③　卢全：《月蚀诗》，见卢全撰，孙之騄注：《玉川子诗集》卷一，《续修四库全书》第1311册，上海古籍出版社2002年版，第51页。

如前所述，吐突承璀虽在宪宗面前夸口请缨，但他既无统帅之才，也无作战之勇，"自去已来，未敢苦战"，反而损兵折将，养寇无功。① 不仅如此，吐突承璀还与王承宗暗通款曲，"令上疏待罪，许以罢兵为解"②。就这样，吐突承璀为自己换取了一条体面的退路，以致王承宗更加"鳌然无顾惮"③，最终以合法的形式盗据了成德一镇。为此，南衙诸官对吐突承璀极为愤慨，甚者奏请宪宗"斩之以谢天下"④。

反观《月蚀诗》有关南方朱雀之铺叙，韩诗"忍学省事不以女觜啄虾蟆"数语，⑤ 正合承璀养寇无功之事，而卢诗直言"鸟罪不可雪"，⑥ 反映了当时的舆论倾向，意谓吐突承璀在这场战役中犯有不可饶恕的罪过。

此后，韩诗叙西方白虎之象云：

　　於菟蹲于西，旗旄卫彭彭。

　　既从白帝祠，又食于蜡礼有加。

　　忍令月被恶物食，枉于女口插齿牙？　⑦

卢诗云：

---

① 参见白居易：《请罢兵第二状》，见白居易著，谢思炜校注：《白居易文集校注》卷二二，中华书局 2011 年版，第 1250 页。

② 刘昫等：《旧唐书》卷一八四《宦官传》，中华书局 1975 年版，第 4768 页。

③ 欧阳修、宋祁：《新唐书》卷二一一《王承宗传》，中华书局 1975 年版，第 5957 页。

④ 刘昫等：《旧唐书》卷一八四《宦官传》，中华书局 1975 年版，第 4768 页。

⑤ 韩愈：《月蚀诗效玉川子作》，见韩愈著，钱仲联集释：《韩昌黎诗系年集释》卷七，上海古籍出版社 1984 年版，第 746 页。

⑥ 卢仝：《月蚀诗》，见卢仝撰，孙之騄注：《玉川子诗集》卷一，《续修四库全书》第 1311 册，上海古籍出版社 2002 年版，第 51 页。

⑦ 韩愈：《月蚀诗效玉川子作》，见韩愈著，钱仲联集释：《韩昌黎诗系年集释》卷七，上海古籍出版社 1984 年版，第 746 页。

> 西方攫虎立踦踦，
>
> 斧为牙，凿为齿。
>
> 偷牺牲，食封豕。
>
> 大蟆一窝，固当软美。
>
> 见似不见，是何道理？
>
> 爪牙根天不念天，天若准拟错准拟。[①]

韩诗"既从白帝祠，又食于蜡礼有加"与卢诗"偷牺牲，食封豕"相呼应，揭示了西方白虎"爪牙根天"的属性。然而，根于天的"白虎"却对月蚀之事视而不见，卢诗斥其"根天不念天"，韩诗更着一"枉"字，表达了对"白虎"的失望与批评。简单说，西方白虎的托讽对象既"根天"，与朝廷有一定渊源关系，却又"忍令月食""不念天"，在讨伐王承宗之役中不念朝廷恩遇，并未力战，竟使承宗得志。

从星宿分野来看，韩诗云"枉于女口插齿牙"，卢诗更直白地说"斧为牙，凿为齿"，参照图6-3所示，觜、参象虎首，当即"插齿牙"之所在。又据《旧唐书·天文志》，此二宿配实沈之次，分野在太原。[②] 太原是当时河东节度使治所，[③] 时任太原尹、河东节度使的是三朝老将范希朝。范希朝曾蒙唐德宗器重，"置于左神策军中"；唐顺宗时为左神策、京西诸城镇行营节度使；至唐宪宗元和四年（809年）迁河东节度使。[④] 河东一镇，又向来听命于朝廷，因此宪宗在"用兵之初，第一倚望承璀，第二

---

① 卢仝：《月蚀诗》，见卢仝撰，孙之騄注：《玉川子诗集》卷一，《续修四库全书》第1311册，上海古籍出版社2002年版，第53页。

② 刘昫等：《旧唐书》卷三六《天文下》，中华书局1975年版，第1313页。

③ 李吉甫撰，贺次君点校：《元和郡县图志》卷一三《河东道二》，中华书局1983年版，第359页。

④ 刘昫等：《旧唐书》卷一四《宪宗纪上》，中华书局1975年版，第425—426页；刘昫等：《旧唐书》卷一五一《范希朝传》，中华书局1975年版，第4058—4059页。

准拟希朝"①，对范希朝的河东军寄予厚望。然而，希朝"数月已来，方入贼界"②，而后"屯军向欲半年，过新市一镇未得"③，"玩寇不前，物议罪之"④。

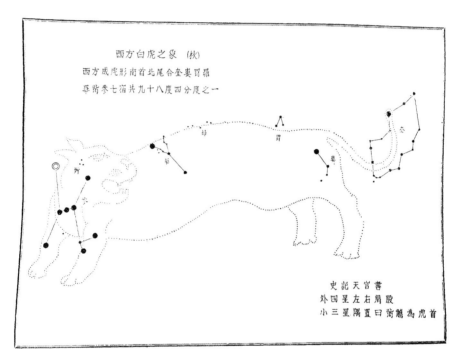

图 6-3　西方白虎之象

————

　　① 白居易：《请罢兵第二状》，见白居易著，谢思炜校注：《白居易文集校注》卷二二，中华书局 2011 年版，第 1250 页。参见白居易：《与希朝诏》，见白居易著，谢思炜校注：《白居易文集校注》卷一九，中华书局 2011 年版，第 1032—1033 页。

　　② 白居易：《请罢兵第二状》，见白居易著，谢思炜校注：《白居易文集校注》卷二二，中华书局 2011 年版，第 1250 页。

　　③ 白居易：《请罢兵第三状》，见白居易著，谢思炜校注：《白居易文集校注》卷二二，中华书局 2011 年版，第 1254 页。

　　④ 刘昫等：《旧唐书》卷一五一《范希朝传》，中华书局 1975 年版，第 4059 页。

反观卢诗"爪牙根天不念天，天若准拟错准拟"二句，^①与希朝出身禁军却不念朝廷安危、劳师无功之事颇为吻合，特别是"准拟"一词，似有意径用"准拟希朝"这一当日庙堂言说，并分别以"若""错"二字引领，构成同句复现，充斥着强烈的批判现实色彩；同时又与韩诗"忍令月被恶物食，枉于女口插齿牙"^②相映衬，生动体现了当时"物议罪之"的普遍情绪。

最后，韩诗叙北方玄武之象云：

> 乌龟怯奸怕寒，缩颈以壳自遮。
> 终令夸蛾抉女出，卜师烧锥钻灼满板如星罗。^③

卢诗作：

> 北方寒龟被蛇缚，藏头入壳如入狱，
> 蛇筋束紧束破壳。
> 寒龟夏鳖一种味，且当以其肉充膹。
> 死壳没信处，唯堪支床脚，
> 不中钻灼与天卜。^④

参照图 6-4 可知，北方玄武乃龟蛇二象的组合。卢诗描摹龟蛇二象

---

①　卢仝：《月蚀诗》，见卢全撰，孙之騄注：《玉川子诗集》卷一，《续修四库全书》第 1311 册，上海古籍出版社 2002 年版，第 53 页。

②　韩愈：《月蚀诗效玉川子作》，见韩愈著，钱仲联集释：《韩昌黎诗系年集释》卷七，上海古籍出版社 1984 年版，第 746 页。

③　韩愈：《月蚀诗效玉川子作》，见韩愈著，钱仲联集释：《韩昌黎诗系年集释》卷七，上海古籍出版社 1984 年版，第 746 页。

④　卢仝：《月蚀诗》，见卢全撰，孙之騄注：《玉川子诗集》卷一，《续修四库全书》第 1311 册，上海古籍出版社 2002 年版，第 48 页。

甚详，意在批判其"藏头"与"没信"。《广韵·震韵》："信，用也。"[1]
杨倞云："信，亦任也。"[2] 卢诗所谓"没信处"，即无可用之处，进而引
出"不中钻灼与天卜"，责其不能尽龟卜之本职以事天。相比之下，韩
诗虽简，却同样批评龟蛇二象退避自保，后二句以"终令"领起，更凸
显了惩处二象之态度。特别是与前三象的批评相比，韩诗措辞从未有
"烧锥钻灼"这样酷烈。由此推断，龟蛇二象的托讽对象当比前三者的
性质更为恶劣。

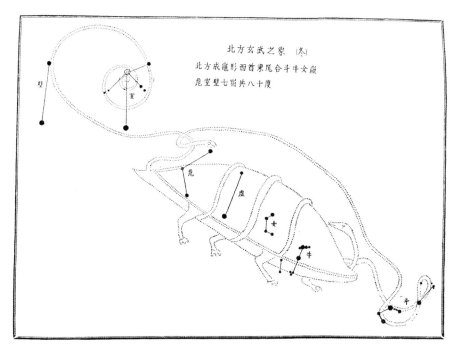

图6-4　北方玄武之象

从星宿分野来看，龟象包含的女、虚、危为玄枵之次，分野为淄州、
青州、齐州一带；蛇象包含的室、壁为陬訾之次，分野为相州、魏州、卫

---

① 周祖谟：《广韵校本》，中华书局1960年版，第394页。

② 王先谦撰，沈啸寰、王星贤点校：《荀子集解》卷二〇，中华书局1988年版，第
545页。

州以及濮州、郓州。① 在唐宪宗元和时期，淄、青、齐、濮、郓诸州属平卢淄青镇，节度使为李师道；相、魏、卫诸州属魏博镇，节度使为田季安。此二镇不仅与成德王承宗相邻，且皆具父子相袭、割据河朔之性质，② 二镇阳奉进讨承宗之命，暗中则颇怀异志：

> 师道、季安元不可保，今看情状，似相计会，各收一县，便不进军。……据其去就，岂有成功？③

又据《资治通鉴》唐宪宗元和四年条云：

> （绛人谭忠谓田季安）曰："王师入魏，君厚犒之。于是悉甲压境，号曰伐赵；而可阴遗赵人书曰：'魏若伐赵，则河北义士谓魏卖友；魏若与赵，则河南忠臣谓魏反君。卖友反君之名，魏不忍受。执事若能阴解陴障，遗魏一城，魏得持之奏捷天子以为符信，此乃使魏北得以奉赵，西得以为臣。于赵有角尖之耗，于魏获不世之利，执事岂能无意于魏乎！'赵人脱不拒君，是魏霸基安矣。"季安曰："善！先生之来，是天眷魏也。"遂用忠之谋，与赵阴计，得其堂阳。④

由此可见，同为河朔藩镇的魏博、淄青二镇并不愿卷入成德之役，名义上"伐赵"，佯作朝廷的"忠臣"，实则"奉赵"，与成德镇潜相勾结，

---

① 刘昫等：《旧唐书》卷三六《天文下》，中华书局 1975 年版，第 1312 页。
② 一般认为，在唐代藩镇中，魏博、成德、淄青三镇属于"河朔割据型"。参见张国刚：《唐代藩镇研究》，中国人民大学出版社 2010 年版，第 44 页。
③ 白居易：《请罢兵第二状》，见白居易著，谢思炜校注：《白居易文集校注》卷二二，中华书局 2011 年版，第 1251 页。
④ 司马光编著：《资治通鉴》卷二三八，中华书局 2011 年版，第 7791—7792 页。

形成利益联盟。

反观卢诗"寒龟夏鳖一种味"①已见二镇沆瀣一气之讥，至韩诗"烧锥钻灼满板如星罗"②，从卢诗"不中钻灼与天卜"③句意化出，其中"钻灼"一语从龟卜过程的客观描述转为严惩不贷的主观期待，并缀以"满板如星罗"，流露出全面打击河朔藩镇的强烈愿望。

综上所述，《月蚀诗》先叙食月之"蛙罪"，托讽成德节度使王承宗不尊朝廷、触忤宪宗、盗据藩镇；后叙姑息纵容虾蟆精之"众罪"，以东方苍龙之象托讽宣武军节度使韩弘，以南方朱雀之象托讽神策军中尉吐突承璀，以西方白虎之象托讽河东节度使范希朝，以北方玄武之象合讽魏博节度使田季安、平卢淄青节度使李师道，一一批判这些养寇无功的诸军统帅。④至全诗结尾部分，卢诗云"众星尽原赦，一蟆独诛磔"⑤，韩诗云"尽释众罪，以蛙磔死"，⑥最终回到对成德之役的始作俑者——王承宗的批判上来，再现了全诗的托讽主旨。

① 卢仝：《月蚀诗》，见卢仝撰，孙之騄注：《玉川子诗集》卷一，《续修四库全书》第1311册，上海古籍出版社2002年版，第53页。

② 韩愈：《月蚀诗效玉川子作》，见韩愈著，钱仲联集释：《韩昌黎诗系年集释》卷七，上海古籍出版社1984年版，第746页。

③ 卢仝：《月蚀诗》，见卢仝撰，孙之騄注：《玉川子诗集》卷一，《续修四库全书》第1311册，上海古籍出版社2002年版，第53页。

④ 在此四象后，卢诗尚有一段诸天星之铺叙，韩诗省作"此外内外官，琐细不足科"，可见亦属"众罪"范畴，第不若四象罪行之著。韩诗既略去，今亦不必赘考，以免"琐细"之虞。

⑤ 卢仝：《月蚀诗》，见卢仝撰，孙之騄注：《玉川子诗集》卷一，《续修四库全书》第1311册，上海古籍出版社2002年版，第67页。

⑥ 韩愈：《月蚀诗效玉川子作》，见韩愈著，钱仲联集释：《韩昌黎诗系年集释》卷七，上海古籍出版社1984年版，第747页。

第四节 诗派建构：诗性与德性的统一

究明《月蚀诗》的托讽对象及本事，有助于我们进一步体认韩、卢二诗异同及其在韩孟诗派建构中的重要意义。从篇幅上看，卢诗长达 1600 余字，至韩诗已不足 600 字。自宋代以来，论者往往扬韩抑卢，认为卢诗险怪太过、冗语太多，肯定了韩愈删削卢诗的必要性，甚至认为韩愈诗题所谓"效玉川子作"，并非真正的"效"，其本质乃是"删"。①

实际上，"删"与"效"本非截然对立的存在。虽然韩诗在一些细节描写上多有删改，却并未改变"蛙罪"与"众罪"的托讽结构，并未改变批判王承宗叛乱的托讽主旨，甚至连"虾蟆精"、四方星象的托讽次序和具体对象也与卢诗一一对应。这样看来，韩诗篇幅虽不及卢诗一半，但本质上当仍属"效"而非"删"，或可谓效而删之，不离其宗。

从另一方面讲，"删"虽非韩诗的本质属性，其于韩孟诗派建构的意义却不逊于"效"。如果说"效"宣示着卢仝对韩孟诗派的重要贡献，凸显了奇诡诗风对于韩孟诗派的重要价值，那么"删"不啻为韩愈以诗派主盟的姿态对诗派成员从技艺到话语的双重规训。

具体地讲，韩愈对卢诗的删削包括三类情形：

第一类是有泄露托讽本事之嫌的诗句，如卢诗直言时人董秦、郦定进之事，"致失比兴之体"，此点前人已指出，② 不赘。

第二类是拉杂繁冗，甚至游离于托讽主旨的诗句，比如卢诗铺叙月色

---

① 参见魏仲举：《新刊五百家注音辩昌黎先生文集》卷五引陈长方评语，上海涵芬楼影宋本，第 39 页；王观国撰，田瑞娟点校：《学林》卷八，中华书局 1988 年版，第 256—257 页；李东阳著，李庆立校释：《怀麓堂诗话校释》，人民文学出版社 2009 年版，第 155 页。

② 参见王元启：《读韩记疑》卷二，见《续修四库全书》第 1310 册，上海古籍出版社 2002 年版，第 491 页。

之皎洁、罗列月蚀成因诸说等。

尤当注意的是第三类，即卢诗多处讽刺"天"的诗句。

比如，"人养虎，被虎啮。天媚蟆，被蟆瞎。乃知恩非类，一一自作孽"①，这里反用"天作孽，犹可违；自作孽，不可逭"②之典，意谓"天媚蟆"亦属"自作孽"，通过对"天"的批评和警示，表达对唐宪宗最终向王承宗妥协而罢兵的强烈不满。

又如，"爪牙根天不念天，天若准拟错准拟"③，不仅讽刺了不念天恩的诸军统帅，还讽刺了决策失误的唐宪宗本人。

再如，卢诗提及郦定进时说道"太白真将军，怒激锋铓生"，"天唯两眼失一眼，将军何处行天兵"，④意谓郦定进真堪将才，可惜捐躯疆场，再不能统兵作战，其根本原因在于上天失察，再次把矛头指向错用承璀将兵的唐宪宗。

要言之，卢诗不仅批判了兴乱不臣的王承宗和渎职姑息的诸军统帅，而且对错用诸帅并最终向王承宗妥协的唐宪宗也毫不避讳地予以批评。然而在韩诗中，卢诗怨刺宪宗的情绪，随着讽"天"诗句的消失而消失；与此同时，"蛙罪"与"众罪"的铺叙节奏更为紧凑，托讽王承宗叛乱这一主旨得以强化，唐宪宗的形象得到有效维护，全诗尊王攘夷的思想倾向进一步凸显。

可以说，韩愈对卢诗讽"天"诗句的删削，已非单纯的诗艺问题，而是关涉到托讽话语的取舍、奇诡诗风的形塑和诗派气质的建构。正如本章

① 卢仝：《月蚀诗》，见卢仝撰，孙之騄注：《玉川子诗集》卷一，《续修四库全书》第1311册，上海古籍出版社2002年版，第50页。

② 孔安国传，孔颖达等正义：《尚书正义》卷八，上海古籍出版社1990年版，第115页。

③ 卢仝：《月蚀诗》，见卢仝撰，孙之騄注：《玉川子诗集》卷一，《续修四库全书》第1311册，上海古籍出版社2002年版，第53页。

④ 卢仝：《月蚀诗》，见卢仝撰，孙之騄注：《玉川子诗集》卷一，《续修四库全书》第1311册，上海古籍出版社2002年版，第58、59页。

开篇所引韩愈元和六年《寄卢仝》诗云，"彼皆刺口论世事，有力未免遭驱使"，"故知忠孝生天性，洁身乱伦安足拟"，韩愈并不认同处士群体普遍存在的"刺口论世"的冲动和"洁身乱伦"的气质，在这一气质之下的诗歌创作，即便达到了"怪辞惊众"的艺术效果，也难以被韩愈接受。为此，韩愈一再提醒卢仝回到"立言垂范"[①] 的根本上来。可以说，韩愈所倡导的诗派气质，并不赞同与敦厚诗教截然对立的创作姿态，并不接受假借审美抑或审丑的艺术好尚消解以君臣父子为根柢的古典伦理价值；[②] 相反地，韩愈尝试以奇诡诗风开示古典伦理之诗性言说的又一法门，俾诗性之超越与德性之醇正交结共生。

---

① 韩愈：《寄卢仝》，见韩愈著，钱仲联集释：《韩昌黎诗系年集释》卷七，上海古籍出版社 1984 年版，第 782 页。

② 20 世纪以来的中国文学史书写，往往把韩孟诗派的奇诡诗风与重视伦理道德的传统诗教相对照。近年来，又有学者提出韩愈诗歌的现代性问题。这些论述颇有见地，予人启迪。同时也应看到，韩愈所倡导的奇诡诗风及其大量创作实践存在着复杂面相，不少作品中诗性的现代性与德性的前现代性扭结杂糅，奇诡诗风不仅是目的性存在，亦是工具性存在（见本书第五章结尾部分）。在这种状况下，韩愈及韩孟诗派是否具备出离前现代场域的可能性，有待进一步探讨。

第七章　诗派后期的孤芳与微澜——
《石鼎联句》笺证

　　中唐之世，在韩愈、孟郊奇诡诗风的感召下，一批文人纷集影从，形成了中国文学史上卓荦横绝的韩孟诗派。一般认为，韩孟诗派草创于唐德宗贞元八年（792 年）韩孟订交之际，正式成立于贞元十四年（798 年）韩孟等人汴州唱和之时，于唐宪宗元和元年（806 年）进入创作高峰期，至元和九年（814 年）孟郊去世后开始衰微，最终结束于唐敬宗长庆四年（824 年）韩愈去世，历时三十年左右。①

　　细绎这一历程，诗派从衰微到终止历时十年，占诗派存续期的三分之一。那么，后期韩孟诗派何以十年不绝如线、衰而不亡？韩愈既被视为诗派主盟，彼时是否曾有复兴诗派之主观意愿？他如何面对"后孟郊时代"的诗派成员与诗派创作？凡此种种，直接关涉到后期韩孟诗派的诗派自觉程度，关涉到韩愈作为诗派主盟的合法性，关涉到"后孟郊时代"诗派存续的实际状况等一系列问题。而令人稍感遗憾的是，以往的韩孟诗派研究大多详其盛而略其衰，对上述问题未予充分关注。

　　众所周知，韩孟诗派追求奇崛诡怪的诗风，这种诗风往往是在唱和过程中相互欣赏、相互推崇、相互感发、相互仿效乃至相互竞争而不断走向

---

　　① 参见毕宝魁：《韩孟诗派研究》，辽宁大学出版社 2000 年版，第 52、58、61、65 页；肖占鹏：《韩孟诗派研究》，南开大学出版社 1999 年版，第 10—11 页；尚永亮等：《中唐元和诗歌传播接受史的文化学考察》，武汉大学出版社 2010 年版，第 32—36 页。

成熟的，可以说，正是这一"交往诗学"构筑了诗派发展的动力机制，而最能充分表征此种动力机制的，即是韩孟诗派十余首篇幅冗长、往复不厌的联句诗。在以往研究中，学者已经注意到联句诗在韩孟诗派建构过程中的重要意义。比如，贞元十四年（798年）《远游联句》被认为是韩孟诗派正式成立的重要标志；元和元年（806年）《会合联句》《纳凉联句》《同宿联句》《雨中送孟刑部几道联句》《秋雨联句》《城南联句》《斗鸡联句》《征蜀联句》等一系列井喷式的联句创作，被视为韩孟奇诡诗风之彰显与定型，标志着韩孟诗派创作高潮的到来。①

联句创作既然能够生动反映韩孟诗派的发展与兴盛，那么或许也能在一定程度上揭示韩孟诗派衰微过程中的若干问题。然而，在后期韩孟诗派的联句作品中，具有鲜明诗派风格的重要作品《石鼎联句》，从作者归属到作品本事及作年，自宋代以来聚讼不息，纷无定论。或许只有在平决《石鼎联句》千年阐释史、破解其间种种疑团之后，才能有效推进后期韩孟诗派研究，更为深入地揭示韩孟诗派的盛衰嬗变。

第一节　《石鼎联句》阐释史述要

综观千年以来《石鼎联句》阐释史，聚讼焦点有二，一是作者问题，二是作品本事及作年问题，此二者皆为厘清该诗与韩孟诗派关系的重要因素。

---

① 参见毕宝魁：《韩孟诗派研究》，辽宁大学出版社 2000 年版，第 56—58、60—61 页；尚永亮等：《中唐元和诗歌传播接受史的文化学考察》，武汉大学出版社 2010 年版，第 35 页；巩本栋：《唱和诗词研究》，中华书局 2013 年版，第 135、139—141 页；贾晋华：《论韩孟集团》，《唐代文学研究》第 5 辑，广西师范大学出版社 1994 年版，第 406—407 页；赵乐：《试论韩孟的唱和诗》，《北京大学学报》2015 年第 6 期。

一、《石鼎联句》作者之讼

韩集历代版本大多收录《石鼎联句》，但诗中并无韩愈署名，题署的是侯喜、刘师服和轩辕弥明。其中，侯喜、刘师服确有其人，皆为韩愈挚友，韩愈集中存有多首与二人唱酬的诗篇，唯所谓轩辕弥明者，既不见史载，亦无诗名流传。或许正是虑及此点，韩愈特意写了一篇《石鼎联句诗序》(以下简称《诗序》)，①序中生动描绘了该诗创作过程，时间、地点、人物一应俱全，着意渲染轩辕弥明确有其人，且确与侯、刘二人共作联句。

然而，一旦直面《石鼎联句》的文本场域，便会时时感受到其与韩愈奇诡诗风的高度相似性，这在署作轩辕弥明的联句中表现得尤为突出。因此，即便韩愈在《诗序》中始终强调轩辕弥明的真实存在，后世学者依然对其真实性发出质疑。

如宋儒朱熹云：

> 此诗句法全类韩公，而或者所谓寓公姓名者，盖轩辕反切近韩字，弥字之义又与愈字相类。②

由此可见，在朱熹之前，已有学者认为轩辕弥明乃韩愈之假托，朱熹不仅从音韵训诂的角度予以落实，还特别标举句法风格这一本体视角，强化了韩愈托名作诗的可能性。

还有一派观点则固守《诗序》，并关联后世衍生文本，笃信轩辕弥明确有其人。如洪兴祖指出："《序》云：'衡山道士轩辕弥明貌极丑，白须黑面，长颈而高结，喉中又作楚语，年九十余。'此岂亦退之自谓邪？"又云：

---

① 韩愈著，马其昶校注，马茂元整理：《韩昌黎文集校注》卷四，上海古籍出版社2014年版，第328—330页。

② 朱熹：《昌黎先生集考异》卷六，上海古籍出版社1985年版，第235页。

"《仙传拾遗》有《弥明传》,虽祖述退之之语,亦必有是人矣。"[1]

对此,朱熹反驳道:

> 洪氏所疑容貌声音之陋,乃故为幻语,以资笑谑,又以乱其事实,使读者不之觉耳。若《列仙传》,则又好事者因此序而附着之,尤不足以为据也。[2]

在朱熹看来,《诗序》本非纪实之作,不过是掩人耳目的设幻之文,其衍生文本更是不经,因此《诗序》一系文本缺乏作为论据的合理性与有效性。今人卞孝萱又对洪氏所谓《弥明传》作了一番细密考证,断定此文是五代道士杜光庭承袭《诗序》而作的"宗教宣传品",其间"无新资料,无史料价值",[3] 有力佐证了朱熹的观点。

直到明代,仍有学者旁搜幽讨,欲证成弥明的真实性。如焦竑援引宋代张栻奏疏云"臣所领州有唐帝祠,去城二十里而近,其山曰尧山,高广为一境之望。祠虽不详所始,然有唐衡岳道士弥明诗刻",遂据以证明轩辕弥明确有其人。[4] 然而,即使焦氏引述不误,生活在12世纪的张栻距《仙传拾遗》问世也有两百余年、距《诗序》问世则有三百余年了,其时,《诗序》所描绘的轩辕弥明形象早已随韩集之盛名广播宇内,且已出现包括《仙传拾遗》在内的衍生文本。在此种情形下,所谓弥明诗刻的真实性便大有可疑,甚至不能排除好事者伪造之可能。要之,焦竑据诗刻立论,与洪兴祖据《诗序》一系文本立论并无本质区别,皆乏坚证,难以服人。

---

① 洪兴祖:《韩子年谱》,见徐敏霞校辑:《韩愈年谱》,中华书局1991年版,第57页。

② 朱熹:《昌黎先生集考异》卷六,上海古籍出版社1985年版,第235页。

③ 卞孝萱:《唐传奇新探》,江苏教育出版社2001年版,第132—134页。

④ 焦竑撰,李剑雄点校:《焦氏笔乘》续集卷五,上海古籍出版社1986年版,第340页。

或许由于文献不足征，清代以后鲜有学者再去探讨弥明的真实性问题；相反地，弥明与韩愈的共通性特征被不断揭示出来。如王元启云：

> 公《祭侯喜文》有"我或为文，笔俾子持"之语，知篇中所谓"子为我书"及"把笔来，我与汝就之"之云，皆实事也。弥明为公自谓，益无疑矣。然篇中不言侯校书把笔，偏托之刘进士，则亦朱子所谓故乱其事实者也。①

又如黄钺云：

> 公《病中赠张十八》诗"连日挟所有，形躯顿胮肛。将归乃徐谓，子言得无哤？回军与角逐，斫树收穷庬"云云，与公诗意正同，又何疑？②

由此可见，清人注重发掘韩集内证，揭示韩愈自托之迹，益见弥明事属子虚，在一定程度上呼应了朱熹等人的论断，较之前代取得了重大突破；但究其性质仍以碎片化论述为主，对于朱熹提出的"此诗句法全类韩公"这一整体性、结构性、探本式论断，尚乏深入研究。

二、《石鼎联句》作年之讼

如果说朱熹之言是从联句风格特征上做出的可能性推断，那么，还应进一步追问：是否存在韩愈托名作诗的必要性呢？

对此，宋人孙汉公有云：

---

① 王元启：《读韩记疑》卷六，见《续修四库全书》第1310册，上海古籍出版社2002年版，第535页。按，王氏此论，乃于《诗序》设幻之语中抉出"通性真实"，颇具只眼。
② 黄钺：《昌黎先生诗增注证讹》卷一一，清咸丰七年四明鲍氏刻本，第10页。

盖以其词多讥刺，虑为人所知。①

这一基于阅读经验的代表性观点，不仅为解决作者问题提供了重要视角，同时蕴含着论域转换与深入之权舆：后续研究势必触及作品本事层面，探究讥刺对象及相关事件，由事件系联时间，确定作品系年，以期在"作者—本事—系年"三位一体的建构中厘定《石鼎联句》对于韩孟诗派的独特价值。

与作者问题类似，作品本事及系年问题在清代获得实质性突破。其中，关于托讽对象的性质，诸家别无异议，都认为是当朝宰相之属。如清人方世举云：

借石鼎以喻折足覆𫗧之义，刺时相也。②

卞孝萱就此申论云：

《易·鼎》："鼎折足，覆公𫗧。"古以比喻大臣力薄，如委以重任，必至败坏国事。如《后汉书》卷五七《谢弼传》："曾上封事曰：今之四公，唯司空刘宠断断守善，余皆素餐致寇之人，必有折足覆𫗧之凶。"李贤等注："𫗧，鼎实也。折足覆𫗧，言不胜其任。"唐代沿用之，如李肇《唐国史补》卷上："鱼朝恩于国子监高座讲《易》，尽言《鼎》卦，以挫元（载）、王（缙）。"③

---

① 王辟之撰，吕友仁点校：《渑水燕谈录》卷七引孙汉公言，中华书局1981年版，第84—85页。
② 方世举著，郝润华、丁俊丽整理：《韩昌黎诗集编年笺注》卷八，中华书局2012年版，第442页。
③ 卞孝萱：《唐传奇新探》，江苏教育出版社2001年版，第134页。

由此可见，无论从典源还是用例来看，借石鼎刺时相之说是完全可以成立的。

然而，论及具体托讽对象，则存在两种不同见解。一说以方世举为代表，认为托讽对象是元和七年之宰相李吉甫：

> 序言元和七年，时李吉甫同平章事。史称吉甫与李绛数争论于上前，故曰："谬当鼎鼐间，妄使水火争。"上每直绛，吉甫至中书，长吁而已，故曰："直柄未当权，塞口且吞声。"吉甫又与枢密使梁守谦相结，故曰："一块元气闭，细泉幽窦倾。"吉甫自为相，专修旧怨，故曰："方当烘炉燃，益见小器盈。"又时劝上为乐，李绛争之，上直绛而薄吉甫。又劝上峻刑，会上以于頔亦劝峻刑，指为奸臣，吉甫失色，故曰："以兹翻溢怒，实负任使诚。"吉甫恶兵部尚书裴垍，以为太子宾客，欲自托于吐突承璀，以元义方素媚承璀，擢为京兆尹，故曰："宁依暖热弊，不与寒凉并。"所奏请者，不过减削官俸，择人尚主，故曰："区区徒自效，琐琐不足呈。"篇中言言合于吉甫，的为李吉甫作。①

方氏言似凿凿，然究其根柢，乃在《诗序》"元和七年"之词，本质上仍属洪兴祖依《诗序》立论的研究进路，而这一进路在前述作者问题论争中已告失效，那么，仅就《诗序》所谓的"元和七年"来限定托讽对象，而后再寻觅联句诗意与李吉甫事迹的可能性关联，如此执果索因、抱虚求实的论说逻辑，诚难服人。对此，稍后的魏源有较为深入的反思，别立一说：

---

① 方世举著，郝润华、丁俊丽整理：《韩昌黎诗集编年笺注》卷八，中华书局2012年版，第442—443页。

　　昌黎恐过激贾祸，故原序务为廋遁，则其所谓元和七年十二月，亦不足据也。元和七年，宰相为李吉甫，虽好修旧怨，希旨树党，不及李绛之忠鲠，然才略明练，尚有裨益，不致如所诋之甚。即以诗考之，其元和十三年宪宗以皇甫镈、程异同平章事时所作乎？史言淮西既平，上浸骄侈，镈、异掌度支，数进羡余，由是有宠；又厚结吐突承璀，遂拜相。制下，朝野惊愕，市井负贩皆嗤之。裴度、崔群极言其不可，度耻与小人同列，力辞位求退，上不许。二人自知不为众所与，镈益为巧诌以自固。异月余不敢知印秉笔云云。以史证诗，则篇中所刺，字字无虚设矣。章末瑚琏、俎豆，以比裴度、李绛之流。磨砻、浸润，谓宪宗欲拂拭而用之也。"愿君莫嘲诮，此物方施行"，乃结明本意也。……其后宪宗得公《潮州谢表》，欲复召用，卒以镈阻挠，仅得量移。况方在朝时，得不韬其词乎？《巷伯》"投畀"之诗，淳于隐语之谏，千秋昧昧，悲夫！①

　　继朱熹之后，魏源再次明确强调《诗序》"务为廋遁"之特质，可见所谓"元和七年"不可能具备真正的史料价值，不仅如此，历史上李吉甫的过恶程度与《石鼎联句》的讥刺力度也存在明显的差异。这样来看，无论方说的出发点还是落脚点，皆不无可议。于是，魏源摆脱了方氏"援序考诗"的路径，直"以诗考之"，复"以史证诗"，在"诗史互证"中将托讽对象推定为元和十三年（818 年）之宰相皇甫镈、程异等人，在《石鼎联句》本事及系年问题上迈出了至关重要的一步。

　　虽然魏氏指示了合理的研究路径，但其最终结论将皇甫镈、程异并列，似仍未稳。相比于皇甫镈的骄纵，程异入相后"自知叨据，以谦逊自牧"②，其实魏源也提及程异"月余不敢知印秉笔"这样的细节，而程异的

---

　　① 魏源：《诗比兴笺》卷四《韩愈诗笺》，见《魏源全集》第 20 册，岳麓书社 2004 年版，第 594 页。

　　② 刘昫等：《旧唐书》卷一三五《程异传》，中华书局 1975 年版，第 3738 页。

这些举动显然与《石鼎联句》"妄使水火争""大似烈士胆""徒示坚重性"[1]
诸句讽意扞格，此即魏说难以解决的内在矛盾。魏说在解构《诗序》的权
威性之后，尚未建构起与《石鼎联句》映射无碍的本事脉络和整全自洽的
意义空间，终致结论游移囹圄。

即便如此，综观《石鼎联句》的历代阐释，朱熹—魏源一派仍然最具
典范意义。从宏观层面看，朱、魏皆能摆落《诗序》之蔽圃，指示了"去
序考诗"的重要路径。具体到作者问题上，表现为朱熹"此诗句法全类韩
公"之按断，这是从联句本体特质的角度"去序考诗"；在作品本事及系
年方面，表现为魏源"诗史互证"之方法，这是从联句意义空间的建构上
"去序考诗"。若沿此二途继为考论，庶可从根本上解决长期以来萦绕在
《石鼎联句》上的诸种疑团。

第二节　联句创变与《石鼎联句》归属

朱熹"此诗句法全类韩公"之说，至少蕴含两个阐证层次：首先有必
要分析韩愈的联句作品（以下简称"韩愈联句"）究竟有哪些特质，是否
与其他唐人联句（以下简称"非韩愈联句"）构成显著差异；若然，则进
一步考量《石鼎联句》是否符合韩愈联句之特质，若均能符合，便不难落
实韩愈假托弥明之说，否则，《石鼎联句》作者仍当存疑。

一、韩愈联句：形式创变与内容拓展

众所周知，在联句诗史上，韩愈不仅促成了联句创作的高潮，也极大

---

[1]　韩愈等：《石鼎联句》，见韩愈著，钱仲联集释：《韩昌黎诗系年集释》卷八，上海
古籍出版社1984年版，第851页。

推动了联句诗体的创变。因而，若要洞悉韩愈联句的特质，则应将其置于唐代联句发展流变的脉络中作一比较分析。兹不避繁冗，将唐初至元和二百年间的联句诗列表于下，以便从定量和定性双重维度详加考察。

表 7-1 唐人联句分析表（唐初至元和）

联句题目	作者及人数	总句数	联句频次
《两仪殿赋柏梁体》	唐太宗等 5 人	5 句	1 次
《咸亨殿宴近臣诸亲柏梁体》	唐高宗等 7 人	7 句	1 次
《十月诞辰内殿宴群臣效柏梁体联句》	唐中宗等 16 人	16 句	1 次
《景龙四年正月五日移仗蓬莱宫御大明殿会吐蕃骑马之戏因重为柏梁体联句》	唐中宗等 14 人	14 句	1 次
《赐梨李泌与诸王联句》	唐肃宗等 4 人	8 句	1 次
《改九子山为九华山联句》	李白等 3 人	8 句	2 次
《夏夜李尚书筵送宇文石首赴县联句》	杜甫等 3 人	16 句	3 次
《登岘山观李左相石尊联句》	颜真卿等 29 人	58 句	1 次
《水堂送诸文士戏赠潘丞联句》	颜真卿等 6 人	28 句	2 次
《与耿湋水亭咏风联句》	颜真卿等 12 人	24 句	1 次
《又溪馆听蝉联句》	颜真卿等 10 人	20 句	1 次
《送耿湋拾遗联句》	颜真卿等 2 人	32 句	2 次
《五言月夜啜茶联句》	颜真卿等 6 人	14 句	2 次
《五言夜宴咏灯联句》	颜真卿等 5 人	10 句	1 次
《三言喜皇甫曾侍御见过南楼玩月》	颜真卿等 6 人	22 句	1 次
《七言重联句》	颜真卿等 5 人	20 句	1 次
《五言送李侍御联句》	颜真卿等 4 人	8 句	1 次
《五言玩初月重游联句》	颜真卿等 4 人	8 句	1 次
《五言重送横飞联句》	颜真卿等 3 人	6 句	1 次
《五言夜集联句》	颜真卿等 2 人	4 句	1 次
《三言拟五杂组联句》	颜真卿等 6 人	36 句	1 次
《竹山连句题潘氏书堂》	颜真卿等 18 人	36 句	1 次
《三言重拟五杂组联句》	皎然等 4 人	24 句	1 次
《七言大言联句》	皎然等 4 人	4 句	1 次
《七言小言联句》	皎然等 2 人	2 句	1 次

续表

联句题目	作者及人数	总句数	联句频次
《七言乐语联句》	皎然等4人	4句	1次
《七言嚬语联句》	皎然等4人	4句	1次
《七言滑语联句》	皎然等5人	5句	1次
《七言醉语联句》	皎然等4人	4句	1次
《建元寺昼公与崔秀才见过联句与郑奉礼说同作》	皇甫曾等4人	20句	2次
《建元寺西院寄李员外纵联句》	皇甫曾等4人	20句	4次
《中元日鲍端公宅遇吴天师联句》	严维等14人	28句	1次
《酒语联句各分一字》	严维等10人	11句	2次
《一字至九字诗联句》	严维等8人	18句	1次
《云门寺小溪茶宴怀院中诸公》	严维等8人	16句	1次
《严氏园林》	严维等7人	14句	1次
《寻法华寺西溪联句》	贾弇等9人	32句	2次
《征镜湖故事》	陈允初等8人	16句	1次
《自云门还泛若耶入镜湖寄院中诸公》	谢良弼等7人	14句	1次
《秋日宴严长史宅》	郑概等9人	20句	2次
《柏梁体状云门山物》	鲍防等11人	22句	2次
《花岩寺松潭》	张叔政等8人	28句	2次
《登法华寺最高顶忆院中诸公》	周颂等9人	18句	1次
《宣上人病中相寻联句》	李益等2人	8句	1次
《八月十五夜宣上人独游安国寺山庭院步人迟明将至因话昨宵乘兴联句》	李益等2人	8句	1次
《重阳夜集兰陵居与宣上人联句》	李益等2人	8句	1次
《与宣供奉携瘿尊归杏溪园联句》	李益等2人	8句	1次
《兰陵僻居联句》	李益等3人	12句	1次
《天津桥南山中各题一句》	李益等4人	4句	1次
《红楼下联句》	李益等3人	12句	1次
《赋应门照绿苔》	李益等2人	8句	1次
《寄司空曙李端联句》	耿湋等3人	20句	5次
《连句多暇赠陆三山人》	耿湋等2人	24句	6次
《道州春日感兴》	李景俭等3人	8句	2次

联句题目	作者及人数	总句数	联句频次
《中秋夜听歌联句》	武元衡等 6 人	12 句	1 次
《城南联句》	韩愈等 2 人	306 句	77 次
《会合联句》	韩愈等 4 人	68 句	11 次
《斗鸡联句》	韩愈等 2 人	50 句	7 次
《纳凉联句》	韩愈等 2 人	84 句	4 次
《秋雨联句》	韩愈等 2 人	76 句	13 次
《征蜀联句》	韩愈等 2 人	88 句	7 次
《同宿联句》	韩愈等 2 人	34 句	7 次
《莎栅联句》	韩愈等 2 人	4 句	1 次
《雨中寄孟刑部几道联句》	韩愈等 2 人	60 句	7 次
《远游联句》	韩愈等 3 人	78 句	5 次
《晚秋郾城夜会联句》	韩愈等 2 人	200 句	25 次
《有所思联句》	韩愈等 2 人	8 句	1 次
《遣兴联句》	韩愈等 2 人	24 句	6 次
《赠剑客李园联句》	韩愈等 2 人	20 句	5 次

据表 7-1，唐初至元和间联句共 69 首，其中韩愈联句 14 首，非韩愈联句 55 首。①

从联句篇幅来看，非韩愈联句大多篇幅短小，即使最长的《登岘山观李左相石尊联句》也不过 58 句，篇幅排第二的《竹山连句题潘氏书堂》36 句，而最为常见的形制则在 20 句之内。今将统计表中的 55 首非韩愈联句的句数加和后求取平均值，可知非韩愈联句的平均篇幅值仅为 15.56 句。相比之下，韩愈联句大多漫长恢宏，总句数不少于 50 句的作品就有 9 首，其中《城南联句》多达 306 句，《晚秋郾城夜会联句》200 句，《征蜀联句》《纳凉联句》等 80 余句，当然也有少量作品在 20 句之内，仍依

---

① 统计来源见彭定求等编：《全唐诗》，中华书局 1960 年版，第 20、24—25、43、8879—8892、8902—8915 页；陈尚君辑校：《全唐诗补编》，中华书局 1992 年版，第 283—284、736、904—909 页。需要说明的是，个别联句由于没有标识作者，无从分析联句频次，故不在统计之列；《石鼎联句》归属未定，亦不在统计之列。

唐人联句一般形制；但总体算来，14 首韩愈联句的平均篇幅值依然高达 78.57 句，不仅远远超出了非韩愈联句的平均篇幅值（15.56 句），甚至明显超过非韩愈联句的最大篇幅值（58 句）。

从联句频次来看，[①] 非韩愈联句频次很少。将统计表中的 55 首非韩愈联句频次加和后求取平均值，可知非韩愈联句的平均频次仅 1.45 次，其中联句频次最高的作品《连句多暇赠陆三山人》不过 6 次。相比之下，韩愈联句频次较多，14 首韩愈联句的平均频次为 12.57 次，其中频次最高的《城南联句》达 77 次，无论平均频次还是最高频次，皆超出非韩愈联句 10 倍左右。

由此可见，非韩愈联句总体篇幅相对较短、联句频次相对较低。究其创作机理，非韩愈联句多受柏梁旧制的影响，每人联句的频次和句数都相对较少且基本相当，形成了"作者人数 × 每次每人句数 × 联句频次 = 总句数"的基本规律。比如《十月诞辰内殿宴群臣效柏梁体联句》，作者人数 16 人，每人每次 1 句，联句频次 1 次，总句数即为 16 句（16×1×1=16）。又如《柏梁体状云门山物》，作者人数 11 人，每人每次 1 句，联句频次 2 次，总句数即为 22 句（11×1×2=22）。再如《登岘山观李左相石尊联句》，作者人数 29 人，每人每次 2 句，联句频次 1 次，总句数 58 句（29×2×1=58）。可以说，正是因为每人句数与联句频次都相对较少，在一定程度上限制了非韩愈联句的总体规模，即便是总句数最多的《登岘山观李左相石尊联句》，每人句数与联句频次依然很少，只是由于作者人数众多，才使得全诗篇幅有所扩充。

相比之下，韩愈联句的参与者最多不过 4 人，其总句数之激增，皆由每人句数与联句频次之增多使然。不仅如此，韩愈联句中的每人每次句数存在着一定程度的差异，打破了非韩愈联句中每人每次句数基本相当的分布样态。

---

① 联句频次即一首联句诗中同一作者参与联句的最高次数。

比如《会合联句》：

离别言无期，会合意弥重_籍。

病添儿女恋，老丧丈夫勇_愈。

剑心知未死，诗思犹孤耸_郊。

愁去剧箭飞，欢来若泉涌_彻。

析言多新贯，摅抱无昔壅_籍。

念难须勤追，悔易勿轻踵_愈。

吟巴山荦嶍，说楚波堆垄_郊。

马辞虎豹怒，舟出蛟鼍恐_彻。

狂鲸时孤轩，幽狖杂百种_愈。

瘴衣常腥腻，蛮器多疏冗_籍。

剥苔吊斑林，角饭饵沉冢_愈。

忽尔衔远命，归欤舞新宠_郊。

鬼窟脱幽妖，天居觌清栱_愈。

京游步方振，谪梦意犹惝_籍。

诗书夸旧知，酒食接新奉_愈。

嘉言写清越，愈病失肮肿_郊。

夏阴偶高庇，宵魄接虚拥_愈。

雪弦寂寂听，茗碗纤纤捧_郊。

驰辉烛浮萤，幽响泄潜蛩_愈。

诗老独何心，江疾有余尰_郊。

我家本瀍谷，有地介皋巩。

休迹忆沉冥，峨冠惭阘茸_愈。

升朝高辔逸，振物群听悚。

徒言濯幽泌，谁与剃荒茸_籍。

朝绅郁青绿，马饰曜珪琫。

国仇未销铄，我志荡邛陇_郊。

君才诚倜傥，时论方汹溶。

格言多彪蔚，悬解无梏拲。

张生得渊源，寒色拔山冢。

坚如撞群金，眇若抽独蛹_愈。

伊余何所拟，跛鳖诅能踊。

块然堕岳石，飘尔胃巢_郊。

龙筛垂天卫，云韶凝禁甬，

君胡眠安然？朝鼓声汹汹_愈。①

在这首联句中，张籍参与 5 次，前 4 次每次 2 句，后 1 次 4 句；孟郊参与 8 次，前 6 次每次 2 句，后 2 次每次 4 句；韩愈参与 11 次，前 8 次每次 2 句，后 3 次中有 2 次各 4 句，还有 1 次 8 句之情形。总体来看，全诗前半部分尚保持着 1 次 2 句的稳定格局，后半则扩充为 1 次至少 4 句。又如《斗鸡联句》：

大鸡昂然来，小鸡竦而待_愈。

峥嵘颠盛气，洗刷凝鲜彩_郊。

高行若矜豪，侧睨如伺殆_愈。

精光目相射，剑戟心独在_郊。

既取冠为胄，复以距为镦。

天时得清寒，地利挟爽垲_愈。

碟毛各噤瘁，怒癭争碨磊。

俄膺忽尔低，植立睥而改_郊。

---

① 韩愈等：《会合联句》，见韩愈著，钱仲联集释：《韩昌黎诗系年集释》卷四，上海古籍出版社 1984 年版，第 410—411 页。

膈膞战声喧，缤翻落羽翿。

中休事未决，小挫势益倍_愈。

妒肠务生敌，贼性专相醢。

裂血失鸣声，啄殷甚饥馁_郊。

对起何急惊，随旋诚巧绐。

毒手饱李阳，神槌困朱亥_愈。

恻心我以仁，碎首尔何罪？

独胜事有然，旁惊汗流浼_郊。

知雄欣动颜，怯负愁看贿。

争观云填道，助叫波翻海_愈。

事爪深难解，嗔睛时未怠。

一喷一醒然，再接再砺乃_郊。

头垂碎丹砂，翼拓拖锦彩。

连轩尚贾余，清厉比归凯_愈。

选俊感收毛，受恩惭始隗。

英心甘斗死，义肉耻庖宰。

君看斗鸡篇，短韵有可采_郊。①

联句开篇时，韩愈、孟郊各以 2 句往还 2 次，而后扩至 4 句并往还 4 次，最终孟郊连作 6 句结尾，每人联句数量亦呈渐次增多之样态。

再如《纳凉联句》：

递啸取遥风，微微近秋朔_郊。

金柔气尚低，火老候愈浊_愈。

---

① 韩愈等：《斗鸡联句》，见韩愈著，钱仲联集释：《韩昌黎诗系年集释》卷五，上海古籍出版社 1984 年版，第 594 页。

熙熙炎光流，竦竦高云擢〔郊〕。

闪红惊蚴虬，凝赤耸山岳〔愈〕。

目林恐焚烧，耳井忆瀎潏。

仰惧失交泰，非时结冰雹。

化邓渴且多，奔河诚已愗。

暍道者谁子？叩商者何乐？

洗矣得滂沱，感然鸣鸴鸴。

嘉愿苟未从，前心空缅邈。

清砧千回坐，冷环再三握。

烦怀却星星，高意还卓卓〔郊〕。

龙沉剧煮鳞，牛喘甚焚角。

蝉烦鸣转喝，乌噪饥不啄。

昼蝇食案殽，宵蚋肌血渥。

单缔厌已褫，长箑倦还捉。

幸兹得佳朋，于此荫华桷。

青荧文簟施，淡澉甘瓜濯。

大壁旷凝净，古画奇驳荦。

凄如盯寒门，皓若攒玉璞。

扫宽延鲜飙，汲冷渍香穱。

簋实摘林珍，盘殽馈禽毂。

空堂喜淹留，贫馔羞龌龊〔愈〕。

殷勤相劝勉，左右加砻斫。

贾勇发霜硎，争前曜冰槊。

微然草根响，先被诗情觉。

感衰悲旧改，工异迈新貌。

谁言摈朋老，犹自将心学。

危檐不敢凭，朽机惧倾扑。

青云路难近，黄鹤足仍镯。

未能饮渊泉，立滞叫芳药㹩。

与子昔暌离，嗟余苦屯剥。

直道败邪径，拙谋伤巧诼。

炎湖度氛氲，热石行荦硞。

痟肌夏尤甚，疟渴秋更数。

君颜不可觌，君手无由搤。

今来沐新恩，庶见返鸿朴。

儒庠恣游息，圣籍饱商榷。

危行无低回，正言免呫嗫。

车马获同驱，酒醪欣共欶。

惟忧弃菅蒯，敢望侍帷幄。

此志且何如，希君为追琢愈。①

联句开篇时，韩愈、孟郊先各以 2 句往还 2 次，而后孟郊一气联出 16 句，韩愈更是联出 22 句之多，如此篇幅，韩孟往复 2 次才肯收笔，全诗以每人联句数量激增之态势，最终形成 84 句之规模。

此外，《秋雨联句》《征蜀联句》《同宿联句》《雨中寄孟刑部几道联句》《远游联句》诸篇，也不同程度地存在每人联句数量增多之现象，限于篇幅，不再移录。

总的来看，韩愈联句具有篇幅冗长、联句频次多、每人联句数量增多三重形式特征。那么，在这些形式特征下，联句内容及主题表现是否也与非韩愈联句作品有所不同呢？

一般而言，联句创作是文人集会场景下的一项交往活动，甚或一种文

---

① 韩愈等：《纳凉联句》，见韩愈著，钱仲联集释：《韩昌黎诗系年集释》卷四，上海古籍出版社 1984 年版，第 419—420 页。

字游戏，往往以轻快简明之笔触，作即目所见之书写，其内容不过纪游历、状景物、叙宴饮而已，表 7-1 所列李白、杜甫、颜真卿、皎然、李益诸家联句，大抵不外乎此。而到了韩愈这里，联句规模之扩充，非仅争奇斗韵，亦是主题表现之需。韩愈联句已不再局限于文人间的赏心乐事，而是有意识地与现实政治联系起来，使联句诗的表现范围得以扩展，书写内容更为繁复。其中一类直接以当时重大政治军事事件为主题，如《征蜀联句》叙写元和元年王师征讨刘辟事，《晚秋郾城夜会联句》叙写元和间裴度率军平淮西事。另一类是在诗派成员切磋砥砺的情境下，介入现实政治之观照，如《远游联句》以"德风变谗巧，仁气销戈矛"数句[1]瞩望朝廷政治清明、社会安定，《会合联句》以"国仇未销铄，我志荡邛陇"数句[2]表达对国家统一的期待。

值得注意的是，韩愈联句不仅有正面讴歌，还有尖锐的讽刺批判，这在恪守传统的非韩愈联句中更是难以觅见的。如《远游联句》"系石沉斩尚，开弓射鹍哎。路暗执屏翳，波惊戮阳侯"数句，"借喻刺时，谓诛奸除谗险耳"。[3]又如《秋雨联句》"贫薪不烛灶，富粟空填廥"[4]，《纳凉联句》"直道败邪径，拙谋伤巧诼"[5]，《雨中寄孟刑部几道联句》"争名求鹄徒，腾口甚蝉喝"[6]，《晚秋郾城夜会联句》"左右供谄誉，亲交献谀喉。名声载揄扬，

[1] 韩愈著，钱仲联集释：《韩昌黎诗系年集释》卷一，上海古籍出版社 1984 年版，第 45 页。

[2] 韩愈著，钱仲联集释：《韩昌黎诗系年集释》卷四，上海古籍出版社 1984 年版，第 410 页。

[3] 韩愈著，钱仲联集释：《韩昌黎诗系年集释》卷一并引朱彝尊云，上海古籍出版社 1984 年版，第 45、53 页。

[4] 韩愈著，钱仲联集释：《韩昌黎诗系年集释》卷五，上海古籍出版社 1984 年版，第 473 页。

[5] 韩愈著，钱仲联集释：《韩昌黎诗系年集释》卷四，上海古籍出版社 1984 年版，第 419 页。

[6] 韩愈著，钱仲联集释：《韩昌黎诗系年集释》卷五，上海古籍出版社 1984 年版，第 466 页。

权势实熏灼"① 等，讽意显豁，皆对社会不公、权邪得势的严酷现实发出激烈批判。

综观韩愈联句，讽语最多、最为集中的当属前引《斗鸡联句》。全诗借斗鸡事比讽党争，其间"高行若矜豪，侧睨如伺殆""妒肠务生敌，贼性专相醯"数语，② 以鸡喻人，颇见"当时朋党恩怨争势死利之徒，为权门之鹰犬，快报复于睚眦者"的托讽意味；③ 至结句以"君看斗鸡篇，短韵有可采"托出言外之意，即谓此诗非徒赋斗鸡，人情世事尽寓其中，堪为采诗之资。通观全篇，韩孟二人步调谐和、环环相扣，托讽主旨高度统一，已非传统意义上的即兴联句所能及，而只有在联句作者预先沟通并就创作目的、创作手法达成共识之后，才可能实现，此即前人所谓韩孟"商量定篇法，然后递联句"④ 之义。由此再品结尾二句，韩、孟既已预先谋定诗旨，则所谓"君看"并非联句作者之间的指称，而是在提示预期读者注意其间蕴含的托讽旨意。可以说，韩孟诗派的联句创作在一定程度上超越了联句固有的"作者即读者"的闭环效应和自娱属性，在联句作者和预期读者之间，构筑并传导富含政治讽谕和人性反思的"意义空间"，极大拓展了联句诗的文体功用。

总而言之，韩愈联句除了篇幅冗长、联句频次高、每人联句数量增多三重形式特征之外，在主题表现方面，有意识地触及现实政治，揭露世道人心，构筑起联句诗体前所未有的复杂意义空间。在这个过程中，既要顾及政治的敏感性和人性的复杂性，也要考虑联句的结构性和语言的象征

---

① 韩愈著，钱仲联集释：《韩昌黎诗系年集释》卷一〇，上海古籍出版社 1984 年版，第 1039 页。

② 韩愈著，钱仲联集释：《韩昌黎诗系年集释》卷五，上海古籍出版社 1984 年版，第 594 页。

③ 魏源：《诗比兴笺》卷四《韩愈诗笺》，见《魏源全集》第 20 册，岳麓书社 2004 年版，第 594 页。

④ 韩愈著，钱仲联集释：《韩昌黎诗系年集释》卷五引朱彝尊云，上海古籍出版社 1984 年版，第 523 页。

性，这就需要联句必须具有一定的篇幅容量，且须经过充分的往复和深入的描摹，以使所涉人物、事件的敏感性和复杂性得以妥善安顿，联句主题的表现力和完整度得到有效提升。可以说，韩愈联句的三重形式特征与其复杂意义空间之建构相伴相生、密切关联，共同推动了联句诗体的创变，成为韩愈联句区别于其他联句作品的显著标志。

二、《石鼎联句》：韩愈联句的又一高峰

反观《石鼎联句》，无论其形式还是内容，均与韩愈联句之特征高度契合。为论述方便，兹移录全诗如下：

巧匠斫山骨，刳中事煎烹师服。

直柄未当权，塞口且吞声喜。

龙头缩菌蠢，豕腹涨彭亨弥明。

外苞干藓文，中有暗浪惊师服。

在冷足自安，遭焚意弥贞喜。

谬当鼎鼐间，妄使水火争弥明。

大似烈士胆，圆如战马缨师服。

上比香炉尖，下与镜面平喜。

秋瓜未落蒂，冻芋强抽萌弥明。

一块元气闭，细泉幽窦倾师服。

不值输写处，焉知怀抱清喜？

方当洪炉然，益见小器盈弥明。

皖皖无刃迹，团团类天成师服。

遥疑龟负图，出曝晓正晴喜。

旁有双耳穿，上为孤髻撑弥明。

或讶短尾铫，又似无足铛师服。

可惜寒食球，掷此傍路坑_喜。

何当出灰炮？无计离瓶罂_{弥明}。

陋质荷斟酌，狭中愧提擎_{师服}。

岂能煮仙药，但未污羊羹_喜。

形模妇女笑，度量儿童轻_{弥明}。

徒示坚重性，不过升合盛_{师服}。

傍似废毂仰，侧见折轴横_喜。

时于蚯蚓窍，微作苍蝇鸣_{弥明}。

忽惟翻溢惄，实负任使诚_{师服}。

常居顾眄地，敢有漏泄情_喜？

宁依暖热弊，不与寒凉并_{弥明}。

区区徒自效，琐琐不足呈_喜。

回旋但兀兀，开阖惟铿铿_{师服}。

全胜瑚琏贵，空有口传名。

岂比俎豆古，不为手所振。

磨砻去圭角，浸润著光精。

愿君莫嘲诮，此物方施行_{弥明}。^①

从总体篇幅上看，《石鼎联句》共 66 句，篇幅较长，接近韩愈联句的平均篇幅值（78.57 句），远远超出了非韩愈联句的平均篇幅值（15.56 句），且高于非韩愈联句的最大篇幅值（58 句）。

从联句频次上看，《石鼎联句》联句频次 10 次，频次较高，接近韩愈联句的平均频次（12.57 次），远远超出了非韩愈联句的平均频次（1.45 次），且高于非韩愈联句的最高频次（6 次）。

---

① 韩愈著，钱仲联集释：《韩昌黎诗系年集释》卷八，上海古籍出版社 1984 年版，第 851—852 页。

从每人联句数量上看，《石鼎联句》总体保持每人每次 2 句，但最终却由署作轩辕弥明者连作 8 句结尾，使每人联句数量呈现出韩愈联句所独有的扩增态势。

从主题内容上看，如前所述，清人即已道破《石鼎联句》以石鼎托讽时相之旨。今详加考察，不难发现联句中存在诸多高度拟人化之语，大致可分三类：一是比拟人物动作的"塞口""吞声""妇女笑"等，二是比拟人物性情的"自安""弥贞""怀抱清""度量""坚重性"等，三是比拟人物政治行为的"谬当鼎鼐间""当权""任使""常居顾眄地"等。在这三类词句高密度出现的同时，更以"且""妄""强""焉知""益见""可惜""岂能""但未""徒示""不过""实负""敢有""宁依""不足""惟""空有""岂比"等一系列表示轻蔑、嘲笑、质疑、呵诋、否定等态度的词语贯穿其间，使全诗始终充盈着借物托讽的意蕴。

尤其值得注意的是全诗结句"愿君莫嘲诮，此物方施行"①。此前通篇写尽"嘲诮"之语，这里却说"愿君莫嘲诮"，可知此处的"君"亦非联句作者之间的称呼，实与《斗鸡联句》结句"君看斗鸡篇，短韵有可采"②同一机杼——以"君"暗指预期读者，并提示读者注意诗中的"嘲诮"意蕴。只不过《斗鸡联句》云"有可采"，是正说；《石鼎联句》用"莫嘲诮"，正言若反，目的是托出下句"此物方施行"，点明全诗托讽对象既非虚构人物，亦非历史人物，而是"方施行"——当下正在施权行令的人物。

由此可见，《石鼎联句》与《斗鸡联句》一样，本质上均属借物托讽之作，而无论结句"愿君莫嘲诮，此物方施行"，还是诗中"谬当鼎鼐

---

① 韩愈著，钱仲联集释：《韩昌黎诗系年集释》卷八，上海古籍出版社 1984 年版，第 852 页。

② 韩愈著，钱仲联集释：《韩昌黎诗系年集释》卷五，上海古籍出版社 1984 年版，第 594 页。

间""徒示坚重性""实负任使诚""常居顾盼地"数句，[1] 均可见《石鼎联句》
的托讽寓意比《斗鸡联句》更为显豁，在一定程度上与前文提及的《秋雨
联句》《纳凉联句》《雨中寄孟刑部几道联句》《晚秋郾城夜会联句》诸篇
中的直言讥刺相去无几了。

　　要言之，《石鼎联句》不仅在形式特征上与韩愈联句若合符契，在主
题方面，《石鼎联句》延续并发展了《斗鸡联句》借物托讽的创作传统，
暗讽直刺交错并出，嬉笑怒骂无一不到，将韩愈联句批判现实的主题倾向
及创作手法推向了新的高度。考论至此，《石鼎联句》作为韩愈联句作品
中不可或缺之一首，也就不言自明了。

　　既然证成了《石鼎联句》属于韩愈联句，实际上也就表明所谓的轩辕
弥明实为韩愈之假托。若详加探究，无论从形式还是内容上看，署作弥
明之诗句，对于赋予《石鼎联句》以韩愈联句之特质确实起到了决定性
作用。从形式特征上看，如果没有署作弥明的 1 次 8 句联句，《石鼎联句》
单人联句数量就会呈现平均分布的格局，这便与一般联句作品无异了。从
主题内容上看，如果没有署作弥明的"愿君莫嘲诮，此物方施行"[2] 这一
标识性结句，就难以发现其与《斗鸡联句》高度近似的托讽手法；如果没
有署作弥明的"谬当鼎鼐间，妄使水火争"等语，[3] 就难以发现其托讽宰
相的寓意，也难以坐实其与韩愈联句托讽现实政治之倾向的密切关联。可
以说，正是署作轩辕弥明的诗句，为判定《石鼎联句》属于韩愈联句而非
一般唐人联句提供了关键依据。由此可见，这个所谓的轩辕弥明，无比熟
稔韩愈联句的各类特征，无比熟稔韩愈联句的创变倾向，若非韩愈本人假

---

　　① 　韩愈著，钱仲联集释：《韩昌黎诗系年集释》卷八，上海古籍出版社 1984 年版，
第 851、852 页。

　　② 　韩愈著，钱仲联集释：《韩昌黎诗系年集释》卷八，上海古籍出版社 1984 年版，
第 852 页。

　　③ 　韩愈著，钱仲联集释：《韩昌黎诗系年集释》卷八，上海古籍出版社 1984 年版，
第 851 页。

托，其诗岂得如此酷肖？

退一步讲，就算轩辕弥明并非韩愈而另有其人，那么他必定与韩愈有过深入切磋和交往，因为只有如此，才能充分体认韩愈的联句创作理念，才能熟练运用韩愈的联句创作技法，否则难以写出《石鼎联句》这样深具韩愈联句之神髓的作品。然而，一旦追究轩辕弥明与韩愈的关系，却只有韩愈在《诗序》中一句冷冰冰的"余不能识其何道士也"①。这一极其反常的现象不能不让人对弥明其人的真实性产生强烈怀疑。

再退一步讲，即使弥明实在是天赋异禀，不待与韩愈相接，便自行参透了韩愈联句中的玄机，但联句创作的成功，毕竟不是逞一人之力就能实现的，以韩愈、孟郊之高才，尚需"商量定篇法"，那么，弥明与侯喜、刘师服三人共作《石鼎联句》以托讽时相，事先也必然需要经过一番沟通安排，否则三人联句不可能如此顺畅流转，几至天衣无缝。然而，韩愈在《诗序》中只是将三人联句描绘为一场即兴联句，这显然违背了长篇托讽联句的创作规律，诚是欲盖而弥彰。

以上种种乖悖情理之处足以说明，认为《诗序》实录其事、轩辕弥明确有其人的猜测，无论如何都是难以成立的。由此可以更加肯定的是：所谓的轩辕弥明，只可能是韩愈假托之名，《诗序》也只不过是韩愈担心联句"嘲诮"太过而有意掩人耳目的虚构之作。

第三节 《石鼎联句》本事与作年

《石鼎联句》作者问题之落实，有助于将该诗全面纳入韩孟诗派的研究视阈之中，也为究明联句本事与作年奠定了坚实基础。而探究本事与作

---

① 韩愈著，马其昶校注，马茂元整理：《韩昌黎文集校注》卷四，上海古籍出版社2014年版，第330页。

年的过程，适可深入揭示诗歌的意义空间是以何种方式、在何时、何种情形下被建构起来的，这对于厘定《石鼎联句》在韩孟诗派中的位置，重审韩孟诗派的发展脉络及创作系谱，皆有所助益。

一、托讽对象之辨正

如前所述，清人考论《石鼎联句》的重要贡献之一就是发明其借石鼎讽时相之旨。若沿此进一步考察，全诗之托讽主要表现在两个方面：一是以石鼎质地之陋，讥讽时相资质鄙陋，如"陋质荷斟酌""琐琐不足呈""冻芋强抽萌"云云；[①] 二是以石鼎容量之狭，讥讽时相性情褊狭，如"狭中愧提擎""益见小器盈""度量儿童轻"云云。[②]

反观本章第一节引述的方世举之说，均将上述两方面与元和七年之宰相李吉甫关联起来。其中，列述吉甫党伐行径，谓其器局褊狭，或无不可；然以吉甫"所奏请者，不过减削官俸"云云，作为联句"琐琐不足呈"之本事，则难以服人。今按方氏所谓"减削官俸"事，实为李吉甫综合考量当日政治、经济、社会、民生等一系列复杂因素而推行的一项重大改革举措。《新唐书·李吉甫传》云：

> 吉甫疾吏员广，繇汉至隋，未有多于今者，乃奏曰："方今置吏不精，流品庞杂，存无事之官，食至重之税，故生人日困，冗食日滋。又国家自天宝以来，宿兵常八十余万，其去为商贩、度为佛老、杂入科役者，率十五以上。天下常以劳苦之人三奉坐待衣食之人七。而内外官仰奉禀者，无虑万员，有职局重出，名异事离者甚众，故财

---

① 韩愈著，钱仲联集释：《韩昌黎诗系年集释》卷八，上海古籍出版社 1984 年版，第 851、852 页。

② 韩愈著，钱仲联集释：《韩昌黎诗系年集释》卷八，上海古籍出版社 1984 年版，第 851、852 页。

日寡而受禄多，官有限而调无数。九流安得不杂？万务安得不烦？汉初置郡不过六十，而文、景化几三王，则郡少不必政紊，郡多不必事治。今列州三百、县千四百，以邑设州，以乡分县，费广制轻，非致化之本。愿诏有司博议，州县有可并并之，岁时入仕有可停停之，则吏寡易求，官少易治。国家之制，官一品，奉三千，职田禄米大抵不过千石。大历时，权臣月奉至九千缗者，州刺史无大小皆千缗，宰相常衮始为裁限，至李泌量闲剧稍增之，使相通济。然有名在职废，奉存额去，闲剧之间，厚薄顿异，亦请一切商定。"乃诏给事中段平仲、中书舍人韦贯之、兵部侍郎许孟容、户部侍郎李绛参阅蠲减，凡省冗官八百员，吏千四百员。①

由此可见，李吉甫推出的是一项综合性举措，不仅"减削官俸"，还要"蠲减冗官"，目的在于扭转"职局重出，名异事离""生人日困，冗食日滋"的困局，这对于当日加强中央集权、提升行政效能、稳定财政收支、改善百姓生活均有重大意义。

若从李吉甫疏奏的基本观点来看，所谓"去为商贩、度为佛老、杂入科役者，率十五以上，天下常以劳苦之人三奉坐待衣食之人七"云云，与韩愈《原道》所谓"农之家一，而食粟之家六，……奈之何民不穷且盗"②的论断如出一辙，率皆揭出中唐以降社会生产与国民经济面临的症结所在；而李吉甫的改革措施，就是要改变这一困境，从根本上实现"致化"理想，这与韩愈"行君之令而致之民"③的主张也是完全吻合的，况且从

---

① 欧阳修、宋祁：《新唐书》卷一四六《李吉甫传》，中华书局 1975 年版，第 4741 页。

② 韩愈：《原道》，见韩愈著，马其昶校注，马茂元整理：《韩昌黎文集校注》卷一，上海古籍出版社 2014 年版，第 17 页。

③ 韩愈：《原道》，见韩愈著，马其昶校注，马茂元整理：《韩昌黎文集校注》卷一，上海古籍出版社 2014 年版，第 17 页。

改革的实际成效来看，李吉甫也确实收到了"时以为当"①的积极评价。可以说，无论从客观实际还是主观认知出发，韩愈等人不可能以"区区徒自效，琐琐不足呈"之类的话去贬低李吉甫的这一善政。

如进一步考察李吉甫生平事迹，其人虽不免褊狭之疵，然其擘画之能，亦无愧为中兴一相。特别是元和元年李吉甫入朝以来，政绩卓著，信而有征，除了上述省官减俸之举，至少还有以下几点：

其一，支持征讨拥兵自重的西川节度使刘辟，并密献计策。其二，果断处置擅命专权的浙西节度使李锜。其三，罢斥中书吏滑涣，遏制宦官势力。其四，通过徙易方镇、以郎吏为刺史等措施，维护中央集权。其五，奏收都畿佛祠田、砠租入，以宽贫民。其六，积极筹备征讨淮西吴元济，为元和中兴铺平道路。②

正因如此，时人于李吉甫盖棺之际，称颂他"南定句吴，西歼邛僰，默运宏略，宏宣大猷"③。既有"南定""西歼"之功、"宏略""大猷"之才，则愈见其与《石鼎联句》"区区徒自效，琐琐不足呈"及"陋质荷斟酌"④诸语所讽大相径庭。要言之，无论"减削官俸"这一具体事件，还是李吉甫生平大节，均与韩愈等人所讽内容有着本质区别，李吉甫不可能成为《石鼎联句》的托讽对象。

---

① 刘昫等：《旧唐书》卷一四八《李吉甫传》，中华书局 1975 年版，第 3994 页。

② 参见刘昫等：《旧唐书》卷一四八《李吉甫传》，中华书局 1975 年版，第 3992—3997 页。欧阳修、宋祁：《新唐书》卷一四六《李吉甫传》，中华书局 1975 年版，第 4738—4744 页。傅璇琮：《李德裕年谱》，中华书局 2013 年版，第 35—86 页。

③ 武元衡：《祭李吉甫文》，见董诰等编：《全唐文》卷五三一，中华书局 1983 年版，第 5390 页。

④ 韩愈等：《石鼎联句》，见韩愈著，钱仲联集释：《韩昌黎诗系年集释》卷八，上海古籍出版社 1984 年版，第 851、852 页。

二、托讽本事之落实

相比之下，曾为魏源提及的元和后期宰相皇甫镈，则与《石鼎联句》包含的资质鄙陋、性情褊狭双重讽意皆相契合。今按《皇甫镈崖州司户参军制》云：

> 皇甫镈器本凡近，性惟险狭，行靡所顾，文无可观，虽早践朝伦，而素乖公望。自掌邦计，属当军兴，以剥下为徇公，既鼓众怒；以矫迹为孤立，用塞人言。浼尘台司，益蠹时政，不知经国之大体，不虑安边之远图，三军多冻馁之忧，百姓深凋瘵之弊。事皆罔蔽，言悉虚诬，远近咸知，朝野同怨。而又恣求方士，上惑先朝，潜通奸人，罪在难舍……①

由此可见，皇甫镈生平之两大痼疾，即所谓"器本凡近"与"性惟险狭"，恰好对应着《石鼎联句》所讽资质、性情二端。而且《参军制》所陈皇甫镈为政期间"行靡所顾"的斑斑劣迹，诸如"以剥下为徇公，既鼓众怒""以矫迹为孤立，用塞人言""不知经国之大体，不虑安边之远图""恣求方士，上惑先朝"等，足以证明皇甫镈"器本凡近"与"性惟险狭"是确凿无疑的事实。

若进一步探究，《石鼎联句》不止于资质与性情之泛讽，亦不乏与皇甫镈具体事迹潜相系联。

比如，"岂能煮仙药，但未污羊羹"二句，紧承"陋质荷斟酌，狭中愧提擎"而来，②讥讽"石鼎"不堪大用。其中，"仙药"即传说中的长生不老药，史载皇甫镈入相后为取悦宪宗皇帝，"荐方士柳泌、浮屠大通为

---

① 刘昫等：《旧唐书》卷一三五《皇甫镈传》，中华书局 2013 年版，第 3742 页。
② 韩愈著，钱仲联集释：《韩昌黎诗系年集释》卷八，上海古籍出版社 1984 年版，第 851 页。

长年药，帝惑之”①。又所谓"羊羹"，《史记·宋微子世家》云："楚命郑伐宋。宋使华元将，郑败宋，囚华元。华元之将战，杀羊以食士，其御羊斟不及，故怨，驰入郑军，故宋师败，得囚华元。"② 故后世有"羊羹不斟而宋国危"③ 之语，可见战争状态下物资调配之重要性。回视千载之下，皇甫镈在淮西战役"切于馈运"之际，却能"勾剥严急，储供办集"，从而"益承宠遇"，骤至相位。④ 如果说华元之咎在于"羊羹不斟"——物资调配不合理不及时，那么皇甫镈仅借调配物资之功便跻身相位，这在时人看来亦是才德不配其位的非分之举，直斥其"市肆商徒"，⑤ 颇轻鄙之。要言之，"仙药""羊羹"作为象征语，与皇甫镈上荐丹药、馈运淮西二事密切相关，"仙药"前著"岂能煮"，是直刺，"羊羹"冠以"但未污"，乃反讽，益见皇甫镈别无他才，但倚馈运之能而尘玷台司。

又如，"忽罹翻溢愆，实负任使诚，常居顾眄地，敢有漏泄情"四句，⑥ 拟人托讽之意味更为明显。其中"任使""顾眄"二词，唐时多用于表示君主对宰相的信任和重视，如"朕比任使，多所称意"（唐太宗谓宰相马周语），⑦"猥蒙任使，待罪宰相"（陆贽语），⑧"负陛下任使之恩"（李德裕语），⑨ 以及"臣承先帝顾眄"（魏元忠语），⑩"自是顾眄日隆"（史臣形

---

① 欧阳修、宋祁：《新唐书》卷一六七《皇甫镈传》，中华书局 1975 年版，第 5114 页。

② 司马迁：《史记》卷三八《宋微子世家》，中华书局 1982 年版，第 1629 页。

③ 刘文典撰，冯逸、乔华点校：《淮南鸿烈集解》卷一〇《缪称训》，中华书局 1989 年版，第 335 页。

④ 刘昫等：《旧唐书》卷一三五《皇甫镈传》，中华书局 1975 年版，第 3739 页。

⑤ 刘昫等：《旧唐书》卷一三五《皇甫镈传》，中华书局 1975 年版，第 3741 页。

⑥ 韩愈著，钱仲联集释：《韩昌黎诗系年集释》卷八，上海古籍出版社 1984 年版，第 851—852 页。

⑦ 刘昫等：《旧唐书》卷六五《长孙无忌传》，中华书局 1975 年版，第 2453 页。

⑧ 刘昫等：《旧唐书》卷一三九《陆贽传》，中华书局 1975 年版，第 3801 页。

⑨ 刘昫等：《旧唐书》卷一七《敬宗纪》，中华书局 1975 年版，第 511 页。

⑩ 刘昫等：《旧唐书》卷九二《魏元忠传》，中华书局 1975 年版，第 2953 页。

容唐宪宗信用萧俛语)①，等等。既明乎此，则知此四句所指十分明确，意谓彼相渎职严重，有负皇帝信任，然以职高位重，帝常所顾昳，故不敢漏泄实情，唯矫饰欺蒙而已。

今按皇甫镈以朽帛配给边军、欺蒙宪宗一案，《资治通鉴·唐纪》宪宗元和十三年九月条云：

> 时内出积年缯帛付度支令卖，（皇甫）镈悉以高价买之，以给边军。其缯帛朽败，随手破裂，边军聚而焚之。（裴）度因奏事言之，镈于上前引其足曰："此靴亦内库所出，臣以钱二千买之，坚完可久服。度言不可信。"上以为然。由是镈益无所惮。②

内库朽败之帛本无所值，而皇甫镈却以高价收买，实是变相向内库行贿、取悦宪宗。不仅如此，他竟将这批朽帛配给边军，引发边军极大怨愤，要知道，中唐以来历次军事变乱往往是由边军引发的，可见皇甫镈的这一举动不止于变相行贿，而且严重危及国家安全，诚非细事。也正因如此，同朝宰相裴度毅然直奏，而皇甫镈竟以巧言文饰，欺蒙宪宗。

由此反观《石鼎联句》"忽罹翻溢怨"领起四句，③"翻溢"一语至关重要。从词义上看，"溢"，流出也，④"翻"，反也，覆也，⑤石鼎是"翻溢"的主语，其意颇类前述卞孝萱所谓以"鼎折足，覆公餗"象征宰相败坏国事、倾危

---

① 刘昫等：《旧唐书》卷一七二《萧俛传》，中华书局1975年版，第4476页。

② 司马光编著：《资治通鉴》卷二四〇，中华书局2011年版，第7875页。

③ 韩愈著，钱仲联集释：《韩昌黎诗系年集释》卷八，上海古籍出版社1984年版，第851—852页。

④ 裴骃：《史记集解》引苏林曰，见司马迁：《史记》卷二八，中华书局1982年版，第1366页。

⑤ 萧统编，李善等注：《六臣注文选》卷三七刘良注，中华书局1987年版，第698页；许慎：《说文解字》卷三下，中华书局1963年版，第64页。

社稷。同时，"溢"还有"溢价"之用例，唐诗有云"将军溢价买吴钩"，[①]
而皇甫镈则是溢价买朽帛，诚可谓著一"溢"字揭其要害、直抵本事。"翻
溢"之后，复以"愆"字并下句之"实负"凸显此事件之恶劣性及严重性；
"翻溢"之前，冠以"忽罹"，则暗示了裴度奏闻之举；后接"敢有漏泄情"，
既衬出裴度正直敢言，又揭示了皇甫镈惧怕漏泄实情而巧言弥缝的狡诈心
理。由此可见，"忽罹"四句环环相扣，字无虚设，生动托出皇甫镈在溢
价买帛案中的奸回与虚矫。

　　值得注意的是，与皇甫镈的奸回虚矫形成鲜明对照的，是宰相裴度的
仗义执言。众所周知，裴度为元和勋臣，举世称誉，史官谓其"内不虑身
计，外不恤人言，古之所难也，（裴）晋公能之，诚社稷之良臣，股肱之
贤相"[②]。今按裴度于元和十年（815年）宰相武元衡遇刺后，临危拜相。[③]
至元和十二年（817年），裴度克复淮西，受封晋国公，复入知政事，声
望弥重。然而，宪宗"以世道渐平"而"肆意娱乐"，不久便擢拔"巧媚
承宠"的皇甫镈与裴度共居相位，一时间熏莸同器，物议哗然。[④] 先是，
裴度曾疏谏宪宗，直言皇甫镈"非代天理物之器"，以至"请罢己相位"，
耻与之同列，宪宗"反以度为朋党，不内其言"。[⑤] 至镈入相后，裴度仍"执
性不回，忠于事上，时政或有所阙，靡不极言之"，镈深忌之，遂伺机构
陷，以致宪宗每事多直皇甫镈，益不悦于度，[⑥] 今从溢价买帛案中便可窥

---

① 曹唐：《和周侍御买剑》，见彭定求等编：《全唐诗》卷六四〇，中华书局 1960 年
版，第 7343 页。

② 刘昫等：《旧唐书》卷一七〇《裴度传》，中华书局 1975 年版，第 4434 页。

③ 刘昫等：《旧唐书》卷一七〇《裴度传》，中华书局 1975 年版，第 4414—4415 页。

④ 刘昫等：《旧唐书》卷一三五《皇甫镈传》，中华书局 1975 年版，第 3741 页；刘
昫等：《旧唐书》卷一七〇《裴度传》，中华书局 1975 年版，第 4419—4420 页；司马光编著：
《资治通鉴》卷二四〇，中华书局 2011 年版，第 7868 页。

⑤ 刘昫等：《旧唐书》卷一七〇《裴度传》，中华书局 1975 年版，第 4420 页；欧阳修、
宋祁：《新唐书》卷一六七《皇甫镈传》，中华书局 1975 年版，第 5113 页。

⑥ 刘昫等：《旧唐书》卷一七〇《裴度传》，中华书局 1975 年版，第 4421 页；欧阳修、
宋祁：《新唐书》卷一六七《皇甫镈传》，中华书局 1975 年版，第 5113 页。

见一斑。要言之，皇甫镈媚上入相，与裴度颇多龃龉争执，其奸回褊狭与裴度的忠鲠贤良形成了鲜明对照。

由此反观《石鼎联句》，该诗不仅直斥"石鼎"之陋，还列举了"鼎鼐""洪炉""瑚琏"这样的国之重器，在其映衬下，"石鼎"愈显卑劣，如所谓"谬当鼎鼐间，妄使水火争"，"方当洪炉然，益见小器盈"，"全胜瑚琏贵，空有口传名"云云。① 值得注意的是，"鼎鼐""洪炉""瑚琏"等词在唐人笔下往往用以指称相位，如高适《留上李右相》"氛氲鼎鼐铭"②，张祜《投魏博李相国三十二韵》"鼎鼐传家世"③，皇甫澈《赋四相诗》"猗欤瑚琏器"④，还有许多专以称誉裴度的用例，如韩愈、李正封《晚秋郾城夜会联句》谓裴度"洪炉衣狐貉"⑤，刘禹锡《奉和裴侍中将赴汉南留别座上诸公》"暂辍洪炉观剑戟，还将大笔注《春秋》"⑥，张祜《献太原裴相公二十韵》"轮辕归大匠，剑戟尽洪炉"⑦。既明此数语之含义及用例，再结合前述皇甫镈与裴度关系之史事，便不难窥见《石鼎联句》崇度贬镈之讽意：

其一，裴度曾斥皇甫镈"非代天理物之器"，而皇甫镈终窃相位，二人遂多争执，这与《石鼎联句》"谬当鼎鼐间，妄使水火争"之意蕴相

① 韩愈等：《石鼎联句》，见韩愈著，钱仲联集释：《韩昌黎诗系年集释》卷八，上海古籍出版社 1984 年版，第 851、852 页。

② 高适：《留上李右相》，见高适著，刘开阳笺注：《高适诗集编年笺注》，中华书局 1981 年版，第 201 页。

③ 张祜：《投魏博李相国三十二韵》，见尹占华校注：《张祜诗集校注》卷九，巴蜀书社 2007 年版，第 450 页。

④ 皇甫澈：《赋四相诗》，见彭定求等编：《全唐诗》卷三一三，中华书局 1960 年版，第 3524 页。

⑤ 韩愈、李正封：《晚秋郾城夜会联句》，见韩愈著，钱仲联集释：《韩昌黎诗系年集释》卷一〇，上海古籍出版社 1984 年版，第 1039 页。

⑥ 刘禹锡：《奉和裴侍中将赴汉南留别座上诸公》，见刘禹锡著，瞿蜕园笺证：《刘禹锡集笺证》外集卷六，上海古籍出版社 1989 年版，第 1353 页。

⑦ 张祜：《献太原裴相公二十韵》，见尹占华校注：《张祜诗集校注》卷一〇，巴蜀书社 2007 年版，第 473 页。

倖。① 此二句主语为"石鼎"，且分别冠以"谬""妄"，盖言以"石鼎"之才充数于鼎鼐之间，实不配位，适可托出皇甫镈入相之荒谬悖妄，并衬出其与裴度之争实由入相而起，其间诗意之承转与史事发展逻辑颇为契合。

其二，裴度是征讨藩镇的中兴功臣，包括韩愈等在内的中唐诗人每以"洪炉"称誉之；相比之下，皇甫镈不过"巧媚承宠"，在溢价买帛等事件中，二人高下立见。《石鼎联句》"方当洪炉然，益见小器盈"二句，②推崇"洪炉"，斥"石鼎"为"小器"，以此崇度贬镈，可以说是再恰切不过了。

其三，裴度虽然相才卓荦，却不及皇甫镈深得宪宗宠信，故二人虽同居相位，实有失势与得志之别。这一人事上的微妙对比，也被韩愈衍为讽语"全胜瑚琏贵，空有口传名"③，意在指斥皇甫镈虽一时得志，势压"瑚琏"，④ 却不过空有宰相之名，全无才德之实。

值得注意的是，如果不能洞悉其托讽本事，则极易错会诗意。比如，清人方成珪曾对"全胜瑚琏贵"提出质疑，认为"以上皆讥讽语，不应此句，忽加奖借"，甚至怀疑"全胜瑚琏贵"当作"全逊瑚琏贵"。⑤ 方成珪

---

① 韩愈等：《石鼎联句》，见韩愈著，钱仲联集释：《韩昌黎诗系年集释》卷八，上海古籍出版社 1984 年版，第 851 页。

② 韩愈等：《石鼎联句》，见韩愈著，钱仲联集释：《韩昌黎诗系年集释》卷八，上海古籍出版社 1984 年版，第 851 页。

③ 韩愈等：《石鼎联句》，见韩愈著，钱仲联集释：《韩昌黎诗系年集释》卷八，上海古籍出版社 1984 年版，第 852 页。

④ 这也再次表明，《石鼎联句》不可能托讽李吉甫，因为与李吉甫同居相位且多有争执的宰相李绛经常得到唐宪宗的支持，史载"绛性刚讦，每与吉甫争论，人多直绛。宪宗察绛忠正自立，故绛论奏，多所允从"（刘昫等：《旧唐书》卷一六四《李绛传》，中华书局 1975 年版，第 4287—4288 页），由此可见，与皇甫镈相比，李吉甫居相位时并未形成"全胜瑚琏贵"的权力格局。

⑤ 韩愈著，钱仲联集释：《韩昌黎诗系年集释》卷八引方成珪云，上海古籍出版社 1984 年版，第 857 页。

的疑惑和无端假设表明，仅从表层意义上索解，难得真诠，甚至面临着改字解诗的风险，只有深入到本事层面，才能真正洞悉"全胜瑚琏贵"并非突兀奖借，而是基于事实的反讽，由此可见深掘《石鼎联句》之本事的合理性与必要性。①

三、联句作年之厘定

《石鼎联句》之托讽对象及本事既已落实，便可依据相关人物及事件信息，厘定《石鼎联句》之作年。

先从人物生平来看，有三个时间点值得注意：

其一，皇甫镈入相在元和十三年（818年）九月，② 这是他"谬当鼎铏间"③ 的开始，《石鼎联句》作年当不早于此。

其二，皇甫镈罢相远贬在元和十五年（820年）正月，④ 此时宪宗已逝，穆宗即位，皇甫镈大势已去，不久便死于贬所。据《石鼎联句》结句"此

---

① 以上论证《石鼎联句》托讽皇甫镈，多采撷当时公议及正史定评。若从微观视角作一考察，亦不难测度韩愈本人对皇甫镈之态度。《旧唐书》载韩愈刺潮后，"上欲复用愈，故先语及，观宰臣之奏对。而皇甫镈恶愈狷直，恐其复用，率先对曰：'愈终太狂疏，且可量移一郡。'乃授袁州刺史"（刘昫等：《旧唐书》卷一六〇《韩愈传》，中华书局1975年版，第4202页），《新唐书》略同，且云"皇甫镈素忌愈直"（欧阳修、宋祁：《新唐书》卷一七六《韩愈传》，中华书局1975年版，第5262页）。从一"素"字可知，二人龃龉由来已久，韩愈对皇甫镈的态度当无异于裴度；否则，一向顺从宪宗的皇甫镈，不可能在宪宗有意重新启用韩愈之际，不惮违拗宪宗而横加阻挠。此外，新帝唐穆宗即位、皇甫镈远贬崖州之后，韩愈在其文章中斥责皇甫镈为"奸邪""奸嬖"（韩愈著，马其昶校注，马茂元整理：《韩昌黎文集校注》卷五，上海古籍出版社2014年版，第696、703—704页），这充分反映了韩愈对皇甫镈的态度，同时也从侧面表明，在皇甫镈当权之际，韩愈不便直言斥责，只好借助《石鼎联句》寄托讽意。

② 刘昫等：《旧唐书》卷一五《宪宗纪》，中华书局1975年版，第464页。

③ 韩愈等：《石鼎联句》，见韩愈著，钱仲联集释：《韩昌黎诗系年集释》卷八，上海古籍出版社1984年版，第851页。

④ 司马光编著：《资治通鉴》卷二四一，中华书局2011年版，第7900页。

物方施行"①之意，则此诗作年应在元和十五年（820年）皇甫镈罢相之前。

其三，韩愈刺潮在元和十四年（819年）正月，②未见参与联句之侯喜、刘师服随行，且当时韩愈因谏迎佛骨被贬，身心饱受摧挫，恐怕很难再有以往那种嘲讽调笑的心态，因此无论从客观条件还是主观心境上讲，《石鼎联句》作年应在韩愈刺潮之前。

从上述三重限定因素来看，《石鼎联句》当作于元和十三年（818年）九月至十二月间。

再从本事时间来看，《石鼎联句》所寓皇甫镈勾剥馈运、窃据相位、溢价买帛、反诬裴度、妄荐柳泌诸事中，最晚发生的一件当即妄荐柳泌事。史载："（元和十三年）十一月……丁亥，以山人柳泌为台州刺史，为上于天台山采仙药故也。制下，谏官论之，不纳。"③据此，《石鼎联句》作年当不早于元和十三年（818年）十一月。

综上，《石鼎联句》当作于元和十三年（818年）十一月至十二月间。④

第四节 《石鼎联句》与韩孟诗派之中兴

如果说联句创作是韩孟诗派形成与发展的动力机制和重要表征，那

①　韩愈等：《石鼎联句》，见韩愈著，钱仲联集释：《韩昌黎诗系年集释》卷八，上海古籍出版社1984年版，第852页。

②　司马光编著：《资治通鉴》卷二四〇，中华书局2011年版，第7881页。

③　刘昫等：《旧唐书》卷一五，中华书局1975年版，第465页。

④　关于《石鼎联句》写作时间，或许还有进一步细化的可能性。诗中"时于蚯蚓窍"一句，历代诸本均失注，而其间包含着可供参考的岁时信息。今按《礼记·月令》："仲冬之月……蚯蚓结。"孔疏引蔡云："结，犹屈也，蚯蚓在穴，屈首下向，阳气气动，则宛而上首，故其结而屈也。"（郑玄注，孔颖达正义，吕友仁整理：《礼记正义》卷二五，上海古籍出版社2008年版，第729、732、734页）其时序专指十一月，则《石鼎联句》写作时间或可细化至元和十三年（818年）十一月。

么，《石鼎联句》作者、本事及作年的考定，自然在一定程度撬动了文学史意义上的韩孟诗派版图及其盛衰格局，为界说韩孟诗派的最后十年提供了重要依据。

首先应当承认的是，以孟郊去世作为诗派衰落期的起点，原因在于孟郊在诗派中的地位是难以替代的，像孟郊那样与韩愈势均力敌、争奇斗险地创作长篇联句，殊非易事。然而，在孟郊骤然离世后的一段时间里，韩愈似乎并不甘于接受现实，转将复兴诗派、重整旗鼓的愿望寄托于其他成员的身上——

比如张籍。韩愈曾在元和十一年那首著名的《调张籍》中以李白、杜甫为楷模，期待张籍"与我高颉颃"①，而韩愈上一次以李杜比拟自己与友朋的交谊，还是他与孟郊订交时在《醉留东野》中高唱的"吾与东野生并世，如何复蹑二子踪"②。然而，张籍虽与韩愈交谊甚厚，但对韩孟诗派的奇诡之作并无深嗜。张籍平生只参与过一次韩愈联句活动，即本章第二节所引元和元年《会合联句》，其联句数量和频次远逊韩孟，其诗风亦见貌合神离之态。孟郊逝后，张籍与韩愈虽不乏唱和，却多是"往往造平淡"的律绝，鲜有奇崛诡怪的鸿篇巨制，故张籍未能代替孟郊成为复兴诗派的主力。

除了张籍，韩愈或许也曾属意于贾岛。诗云："孟郊死葬北邙山，从此风云得暂闲。天恐文章浑断绝，更生贾岛著人间。"③相比张籍而言，贾岛诗风更近韩孟，但问题在于元和中后期贾岛多与韩愈异地而处，不但没有联句创作，就连一般意义上的唱和诗也不多，切磋与互动的匮乏，令贾

---

① 韩愈：《调张籍》，见韩愈著，钱仲联集释：《韩昌黎诗系年集释》卷九，上海古籍出版社1984年版，第989页。

② 韩愈：《醉留东野》，见韩愈著，钱仲联集释：《韩昌黎诗系年集释》卷一，上海古籍出版社1984年版，第58页。

③ 韩愈：《赠贾岛》，见韩愈著，钱仲联集释：《韩昌黎诗系年集释》卷一二，上海古籍出版社1984年版，第1288页。

岛一时间也难以代替孟郊在诗派中的位置，无法在短期内对韩孟诗派的发展作出直接贡献。

在张籍、贾岛等骨干成员难惬其意的情况下，如果韩愈仍然有所期待，则非与之共作《石鼎联句》的侯喜、刘师服莫属。尤其是侯喜，虽然他没有留下更多诗作而鲜为人知，但在当日韩愈心中却占据了极重要的位置。先不论韩愈所谓"我狎我爱，人莫与夷；自始及今，二纪于兹"的深厚交谊，[①]仅从文学创作上看，韩愈亦对侯喜推崇备至，至有"惟子文学，今谁过之"的称赞，且二人切磋十分密切，韩愈曾回忆道："我或为文，笔俾子持；唱我和我，问我以疑。"[②]

值得注意的是，韩愈对侯喜的推崇，并不始于孟郊殁后，早在元和元年韩孟联唱势头正劲之际，韩愈就将侯喜与孟郊对举了，《喜侯喜至赠张籍张彻》诗略云：

> ……孟生去虽索，侯氏来还歉。欹眠听新诗，屋角月艳艳。杂作承间骋，交惊舌互瞻。缤纷指瑕疵，拒捍阻城堑。以余经摧挫，固请发铅椠。居然妄推让，见谓蒸天焰。比疏语徒妍，悚息不敢占。……[③]

其时，韩愈刚刚与孟郊完成了包括《斗鸡联句》在内的多首长篇联句，奇诡兴味正浓，然而孟郊为了生计不得不赴洛任职，就在韩愈孤寂索寞之际，侯喜的到来让他颇感快慰，故诗云："孟生去虽索，侯氏来

---

① 韩愈：《祭侯主簿文》，见韩愈著，马其昶校注，马茂元整理：《韩昌黎文集校注》卷五，上海古籍出版社 2014 年版，第 367 页。

② 韩愈：《祭侯主簿文》，见韩愈著，马其昶校注，马茂元整理：《韩昌黎文集校注》卷五，上海古籍出版社 2014 年版，第 367 页。

③ 韩愈：《喜侯喜至赠张籍张彻》，韩愈著，钱仲联集释：《韩昌黎诗系年集释》卷五，上海古籍出版社 1984 年版，第 621 页。

还歉。"① 这种快慰，不只是由于二人交谊深厚的缘故，更与侯喜的诗学造诣和诗风好尚有密切关系。在"侯氏来还歉"句后，韩愈以十数句之篇幅，详细描写了与侯喜连夜切磋诗艺的场景。虽然韩愈吟诵的是令人"交惊舌互磟"的奇诡之作，侯喜竟能饶有兴致地"欹眠听新诗"，甚至还能"缤纷指瑕疵"，以至韩愈"固请发铅椠"，强烈希望侯喜也作诗一首，与之切磋唱和。由此可见，侯喜之所以能够代替孟郊，给韩愈以心灵的慰藉，正是因为侯喜对韩愈的奇诡诗风有着浓厚的兴趣和较为深入的体认，他的见解给韩愈较大触动。然而，由于侯喜的"妄推让"，这一时期侯喜在韩孟诗派中大抵只扮演了评论家的角色，而较少参与创作实践。

由此推及元和九年孟郊殁后，韩愈难免陷入更为强烈的"孟生去虽索"式的孤寂之中，而早岁即为韩愈推重的侯喜，此时便不再"妄推让"下去了。至迟在孟郊去世后的第二年，韩侯二人曾以"咏笋"为题相唱和。侯喜原诗已佚，韩愈《和侯协律咏笋》尚存。诗中"成行齐婢仆，环立比儿孙""得时方张王，挟势欲腾骞""外恨苞藏密，中仍节目繁"数语，② 已颇见借物托讽之意蕴。③ 又从末四句"侯生来慰我，诗句读惊魂。属和才将竭，呻吟至日暾"④ 不难窥知，侯喜的原作当有着更为奇诡的面貌，不仅给人以惊心动魄的阅读体验，而且制造了较高的唱和难度，以至韩愈竭尽才思、毕整日之力才完成和作。

---

① "歉"，同"嗛"，"嗛，快也"。参见韩愈著，钱仲联集释：《韩昌黎诗系年集释》卷五补释云，上海古籍出版社 1984 年版，第 623 页。

② 韩愈：《和侯协律咏笋》，见韩愈著，钱仲联集释：《韩昌黎诗系年集释》卷九，上海古籍出版社 1984 年版，第 982 页。

③ 前人认为该诗托讽李逢吉及八关十六子之徒。参见韩愈著，钱仲联集释：《韩昌黎诗系年集释》卷九引樊汝霖、王元启云，上海古籍出版社 1984 年版，第 982—983 页。

④ 韩愈：《和侯协律咏笋》，见韩愈著，钱仲联集释：《韩昌黎诗系年集释》卷九，上海古籍出版社 1984 年版，第 982 页。

可以说，元和十一年的咏笋唱和，堪为"后孟郊时代"奇诡托讽的成功实践：从托讽性质上看，它继承发展了以韩孟《斗鸡联句》为代表的借物托讽的创作传统；从创作难度上看，韩愈和诗的艰难程度即从侧面表明侯喜深谙奇诡托讽之道，其才力之雄健当不输孟郊，韩愈"惟子文学，今谁过之"的称赞并非虚誉。自此，韩愈在创作实践中觅得势均力敌的同道，韩孟诗派闪现出中兴的曙光。

在这个意义上反观元和十三年的《石鼎联句》，不啻韩孟诗派中兴道路上的巅峰之作。此次，韩愈不仅采用了最具诗派特色的联句体，而且延展为三人同唱的创作格局：除了韩愈、侯喜之外，还有被韩愈誉为"由来骨鲠材""公心有勇气"[1]的进士刘师服。其间，韩愈依然发挥了无可替代的主导作用，而侯、刘二人联句亦足以媲美韩诗，如侯喜"直柄未当权，塞口且吞声""岂能煮仙药，但未污羊羹""常居顾眄地，敢有漏泄情"数句，刘师服"陋质荷斟酌，狭中愧提擎""徒示坚重性，不过升合盛""忽罹翻溢愆，实负任使诚"数句，[2]皆见借物托讽之奇思，与韩诗配合默契，若出一手，淋漓尽致，置于昔年韩孟诸联句之中，略无愧色。

非但如此，《石鼎联句》还呈现出前所未有的若干特点。

首先，托讽力度和规模明显增强。在韩孟诗派以往的联句作品中，一般先用大量笔墨铺叙客观物象、情境或事件，至后半才托出讽语。而《石鼎联句》从开篇的"刳中事煎烹"[3]即见鄙薄之意，紧接着便以"直柄未

---

① 韩愈：《送进士刘师服东归》，见韩愈著，钱仲联集释：《韩昌黎诗系年集释》卷八，上海古籍出版社 1984 年版，第 884、885 页。

② 韩愈等：《石鼎联句》，见韩愈著，钱仲联集释：《韩昌黎诗系年集释》卷八，上海古籍出版社 1984 年版，第 851、852 页。

③ 韩愈等：《石鼎联句》，见韩愈著，钱仲联集释：《韩昌黎诗系年集释》卷八，上海古籍出版社 1984 年版，第 851 页。

当权，塞口且吞声”① 刺其丑态，至结句“此物方施行”② 毕其现实意蕴，借物托讽之笔法几乎贯穿全篇，直抵要害，惟妙惟肖。可以说，《石鼎联句》不仅忠实继承了韩孟诗派鼎盛时期的联句形制，而且在最具难度的借物托讽一脉上着意用工，踵事增华，将韩孟诗派联句创作推向新的高峰。

其次，成功突破了韩孟诗派双人联句平分秋色的格局，宿将侯喜从幕后走向前台，新秀刘师服亦得崭露头角，一变双雄竞胜而为三足鼎立，扭转了韩孟诗派顿失大纛以来的颓势，酝酿着韩孟诗派在“后孟郊时代”的结构性变革。

再次，韩愈等人既然选择了通篇托讽、反复指刺的新模式，就必须防范“过激贾祸”的政治风险。这便引出了韩愈写作《诗序》、托名弥明以掩人耳目之举。可以说，正是由于《石鼎联句》的通篇托讽，才催生出虚构精妙、情节生动、颇具小说色彩的《石鼎联句诗序》，而《诗序》的诞生，不仅在一定程度上遮蔽了《石鼎联句》的托讽旨意，徒令后世聚讼纷纭，还丰富了韩愈古文创作的样貌，在古文运动中迸发出“以古文为小说”③ 的异彩。这一现象表明，《石鼎联句》在推动联句诗体自身发展的同时，客观上也为古文创变营造了殊胜因缘，孕育着韩孟诗派与古文运动融合发展的美妙契机。

可惜的是，韩孟诗派这一难能可贵的中兴趋势，竟被突如其来的严酷现实遏止了。就在《石鼎联句》诞生的一两个月后，即元和十四年（819年）正月，韩愈因谏迎佛骨被贬潮州，身心备受摧残。虽然一年之后新帝

---

① 韩愈等：《石鼎联句》，见韩愈著，钱仲联集释：《韩昌黎诗系年集释》卷八，上海古籍出版社 1984 年版，第 851 页。

② 韩愈等：《石鼎联句》，见韩愈著，钱仲联集释：《韩昌黎诗系年集释》卷八，上海古籍出版社 1984 年版，第 852 页。

③ 陈寅恪：《韩愈与唐代小说》，陈寅恪：《讲义及杂稿》，生活·读书·新知三联书店 2009 年版，第 443 页。

穆宗即位，韩愈入朝复居要职，但在衰老与疾病困扰之下，韩愈再无推动奇诡诗风的心力了，自谓"抵暮但昏眠，不成歌慷慨"[①]，这与元和初年同侯喜"欹眠听新诗""交惊舌互礧"的高昂情态判若两人。即使偶有所得，则如"天街小雨润如酥"[②]一般平易恬淡，虽亦清丽可喜，却非复韩孟诗派之本色。在诗派建设上，韩愈更显力不从心，自云"归来身已病，相见眼还明。更遣将诗酒，谁家逐后生"[③]，后生晚辈既不得接引，同好侯喜不久殁亡，刘师服不知所终，至长庆四年（824年）韩愈辞世，韩孟诗派风流云散。

综观韩孟诗派的最后十年，衰落是大势，但这是一个复杂变化的过程，不应囫囵视之。其中，元和十三年（818年）的《石鼎联句》扮演了分水岭的角色。自孟郊辞世至元和十三年，韩愈不断寻求奇诡诗风的继承者与合作者，以《调张籍》《和侯协律咏笋》诸篇延展奇诡诗风之余韵，努力推动诗派再度复兴。在这个背景下，《石鼎联句》的诞生绝非偶然，该诗借助联句创作的固有机制，使诗派阵容得以优化重组，奇诡托讽的诗派技艺实现了传承创新，批判现实的诗派品格得以砥砺弘扬。试想，如果宪宗昔年接纳了韩愈谏迎佛骨的诤言，没有将他贬谪潮州，或许韩愈仍能保有批判现实的情怀和动力，不会在短时间内失却发扬奇诡诗风的精力和激情，也不会丧失接引后辈的热忱和勇气，甚或如《石鼎联句》这样的作品还会继续涌现，甚或带动侯喜、刘师服开拓更多更新的创作领域，甚或吸引更多的诗人共同加入光大诗派的事业中来……然而，历史不容假设。随着韩愈刺潮，韩孟诗派的中兴事业戛然而止，韩孟诗派进入了无可挽回

---

① 韩愈：《朝归》，见韩愈著，钱仲联集释：《韩昌黎诗系年集释》卷一二，上海古籍出版社1984年版，第1227页。

② 韩愈：《早春呈水部张十八员外二首》，见韩愈著，钱仲联集释：《韩昌黎诗系年集释》卷一二，上海古籍出版社1984年版，第1257页。

③ 韩愈：《杏园送张彻侍御》，见韩愈著，钱仲联集释：《韩昌黎诗系年集释》卷一二，上海古籍出版社1984年版，第1206页。

的断崖式衰落期。当然，从另一个角度而言，这也恰好成就了《石鼎联句》在韩孟诗派中难以替代的位置：它既是诗派中兴的顶点，也是诗派中兴的终点，它最后一次奏响了韩孟诗派奇诡托讽的主旋律，在中兴事业的苗圃中绽放为一枝绝异的孤芳，漾开几许涟漪。

第八章 文本阐释与文化观照——
韩愈研究的二重面相

上之七章，通过作品笺证，发明史事文心，庶可窥见中唐政治与韩愈诗文之深层关系及复杂面相。除了文学与历史、政治之会通研究外，韩愈作品的文本维度和文化维度也有许多值得反思和深度发掘的问题域，它们是韩愈研究之根柢与旨归，且率多触及学术史与文化史之肯綮。故于笺证之余，稍作申说，以期略见韩愈研究之全体大用。

第一节 韩愈作品整理与研究的反思和进境

韩愈作为中国文学史和中国文化史上的宗匠巨擘，在身后一千二百年间，其文学作品受到持续而广泛的关注，早在宋代已著"五百家注"之名号，今人更冠以"韩学"的盛称。[①] 历代有关韩愈作品整理与研究的成果层出不穷。在各种选本和札记类著作中涉及韩愈诗文的论述更是不胜枚举，剩义纷呈，共同构筑了深厚而开放的阐释传统，持续推进着韩愈作品的经典化历程。

然而，从晚近的各类集注集释本来看，它们大多谨守定式，客观地呈

---

① 傅璇琮：《唐诗论学丛稿》，京华出版社 1999 年版，第 466—469 页。

现历代诸家复杂多元的见解主张，即使偶作按断，也仅指示所当然与或然，而鲜言其所以然。这种述而不作、集而不论的方式，体现了学者审慎克己的美德，诚为可贵。而从另一个角度来看，或许正是由于这一传统体例，历代整理与研究成果长期处于以时间为序的线性分布状态中，其背后所蕴含的文本意义之错综、学术理念之异同、学术方法之沿革及高下得失，往往难以得到清晰的梳理和深入的辨析。[①] 今笔者不揣谫陋，在前人丰厚成果的基础上，试以专论形式对韩愈诗歌的典故注释、标点体例、系年方法等方面略作辨析，藉以窥见古代文学作品整理与研究中的一些普遍性问题，并尝试探求与当下蓬勃发展的数字人文研究的对话契机。

一、无过无不及：典故注释之边界

精准揭示文学作品中的典故运用，是文学阐释的基础与关键，是整理研究水平的重要表征。特别是以韩愈这样的"涵泳经史，烹割子集"[②] 的学者型作品为研究对象，如果没有深厚的学养和识力，恐怕不易达到理想的阐释效果。比如，韩愈《陆浑山火一首和皇甫湜用其韵》铺叙了迷离繁复的诸多物象，遣词造句一如夐戛独造，向来颇难索解。直至清代，学者刘石龄才揭开其中的经传渊源：

　　　　公诗根柢，全在经传。如《易·说卦》："《离》为火，其于人也，

---

① 钱锺书曾用"开会"来比喻集注集释的工作，委婉地批评当代学者只做会议邀请人而不做会议主持人，面对历代整理与研究成果，没有担负起"调停他们的争执，折中他们的分歧，综括他们的智慧，或者驳斥他们的错误"的责任。见钱锺书：《写在人生边上　人生边上的边上　石语》，生活·读书·新知三联书店 2007 年版，第 286 页。

② 韩愈著，钱仲联集释：《韩昌黎诗系年集释》卷二引蒋抱玄云，上海古籍出版社1984 年版，第 171 页。

为大腹。"故于"炎官热属"，以"颡胸垤腹"拟诸其形容，非臆说也。
又"彤幢""紫蠹""日毂""霞车""虹蜺""豹""鞬""电光""赪目"
等字，亦从"为日，为电，为甲胄，为戈兵"句化出。造语极奇，必
有依据，以理考索，无不可解者。世儒于此篇，每以怪异目之，且以
不可解置之。吁！此亦未深求其故耳，岂真不可解哉？①

　　沿着前人指示的这一重要思路继续追溯，便不难发现此诗不唯敷衍
《离》卦之象，亦化用与《离》相对的《坎》卦之象。《周易·说卦》提及《坎》
卦时，先概述"坎者，水也，正北方之卦也"，"坎为水，为沟渎，为隐
伏"，而后分别论述《坎》卦对应于"人""马""舆"诸事物中的具体表现，
并强调"其于人也……为血卦"。②反观《陆浑山火一首和皇甫湜用其韵》
后半有"顼冥收威避玄根，斥弃舆马背厥孙。缩身潜喘拳肩跟""梦通上
帝血面论"数句，③其中的"顼冥"，指北方水神颛顼、玄冥，④合乎《说卦》
所谓《坎》卦方位及为水之象；而水神的具体状态则饰以"收威""避""缩
身""潜""拳"等一系列词汇，皆合《坎》卦的隐伏之象；又云"斥弃舆
马背厥孙"，则在点出《坎》卦对应的舆、马二象的同时，标明本诗"斥弃"
二象而不取；至"梦通上帝血面论"一句，遂见其独取"为血卦"之人象，
凸显了造语使事的人格化倾向。由此可以确定，《陆浑山火一首和皇甫湜
用其韵》中的繁复物象并非韩愈凭空生造，而是在《说卦传》基础上敷衍
《离》《坎》二象，进而设置了水火相争的铺叙结构。
　　精准揭示典故的运用，不仅有助于从整体上把握作品的结构义脉，有

---

　　①　顾嗣立：《昌黎先生诗集注》卷四引刘石龄云，清道光十六年膺德堂本，第12—
13页。
　　②　阮元校刻：《十三经注疏·周易正义》卷九，中华书局1980年版，第94、95页。
　　③　韩愈：《陆浑山火一首和皇甫湜用其韵》，见韩愈著，钱仲联集释：《韩昌黎诗系年
集释》卷六，上海古籍出版社1984年版，第685页。
　　④　《淮南子·时则训》："（北方）漂润群水之野，颛顼、玄冥之所司者。"见刘文典
撰，冯逸、乔华点校：《淮南鸿烈集解》卷五，中华书局1989年版，第186页。

时也能通过对关键词句的解读，深化对作品主旨的理解。如韩愈《元和圣德诗》"若杵投臼"①句，诸本失注。唯文廷式《纯常子枝语》云：

> "遂自颠倒，若杵投臼"，形容近于儿戏。②

然而，如果详玩此句蕴含的语典，则知其不仅非同儿戏，反而十分贴切得体。今按《元和圣德诗》为韩愈称颂唐宪宗平定藩镇叛乱所作，其中"遂自颠倒，若杵投臼"用以形容剑南西川节度使刘辟叛乱失败后，投江自尽的场景。"若杵投臼"语出《周易·系辞传》，传文云："断木为杵，掘地为臼，臼杵之利，万民以济，盖取诸《小过》。"孔疏："取诸《小过》，以小事之用过而济物，杵臼亦小事，过越而用以利民。"③由此可见，所谓"若杵投臼"或许不只是将刘辟比作杵、大江比作臼那样简单，而是兼用杵臼为"小事"且"用以利民"二义，轻诋刘辟叛乱不过毫末细事，王师一至，刘辟便溃败投江，万民遂享太平一统之福祉。故知此语之设，实是韩愈站在中央王朝立场上的讽刺和象征，甚合扬厉朝廷盛德的主旨。④

以上二例，庶可见失注之憾与补注之功，然而，所谓精准揭示典故，亦非补注典故多多益善，一旦忽视文意而强加出典，反而会孳乳过犹不及的新问题。

如韩愈在与孟郊共作的《纳凉联句》中有"君颜不可觌，君手无由搦"

---

① 韩愈：《元和圣德诗》，见韩愈著，钱仲联集释：《韩昌黎诗系年集释》卷六，上海古籍出版社1984年版，第628页。

② 文廷式：《纯常子枝语》卷五，见《续修四库全书》第1165册，上海古籍出版社2002年版，第79页。按，今人亦有引用此说者，见韩愈著，钱仲联集释：《韩昌黎诗系年集释》卷六，上海古籍出版社1984年版，第638页。

③ 阮元校刻：《十三经注疏·周易正义》卷八，中华书局1980年版，第87页。

④ 韩愈《元和圣德诗序》云："（臣）以经籍教导国子，诚宜率先作歌诗以称道盛德。"见韩愈著，钱仲联集释：《韩昌黎诗系年集释》卷六，上海古籍出版社1984年版，第627页。

二句，王鸣盛《蛾术编》以此二句似出《说苑》，略引其事云：

> 襄城君衣翠衣，带玉剑，履缟舄，立于游水之上。楚大夫庄辛过
> 而说之，遂拜谒曰："臣愿把君之手，其可乎？"襄城君忿而不言。庄
> 辛曰："君独不闻鄂君子晳感于越人之歌乎？"襄城君乃奉手而进之。[1]

乍看或可备一说，而一旦复归原始语境，则多见抵牾。《纳凉联句》
作于元和元年（806 年），此时韩愈刚刚结束贬谪生活，重返长安。联句
多用对话体表现挚友交谊，如韩愈以"幸兹得佳朋"致意孟郊，孟郊以"殷
勤相劝勉"致意韩愈。至全诗结尾，韩愈连作十数韵，向孟郊倾吐久别重
逢之慨：

> ……
> 与子昔睽离，嗟余苦屯剥。
> 直道败邪径，拙谋伤巧诼。
> 炎湖度氛氲，热石行荦确。
> 痟饥夏尤甚，疟渴秋更数。
> 君颜不可觐，君手无由搦。
> 今来沐新恩，庶见返鸿朴。
> 儒庠恣游息，圣籍饱商榷。
> 危行无低回，正言免咿喔。
> 车马获同驱，酒醪欣共歠。
> 惟忧弃菅蒯，敢望侍帷幄。

---

① 王鸣盛著，顾美华标校：《蛾术编》卷七六《说集二·韩昌黎》，上海书店出版社
2012 年版，第 1119 页。按，今人亦有引用此说者，参见韩愈著，钱仲联集释：《韩昌黎诗
系年集释》卷四，上海古籍出版社 1984 年版，第 427 页；屈守元、常思春主编：《韩愈全集
校注》第二册，四川大学出版社 1996 年版，第 997 页。

> 此志且何如，希君为追琢。①

值得注意的是，此节以"与子昔暌离"领起，以"希君为追琢"作结，无论是"子"还是"君"，皆指孟郊，这是显而易见的。此节中"君颜不可觐，君手无由搦"，既呼应前面的"与子昔暌离"，意谓昔日远贬阳山，不能相与游处，又衬出后面的"车马获同驱，酒醪欣共歠"，以表达与孟郊重逢同游的喜悦。由此可见，此节前后义脉一贯，皆以孟郊为倾诉对象，"君颜""君手"之"君"与"希君"之"君"、"与子"之"子"一样，显然都是用以指称挚友孟郊的。

另有一条更为直接的证据，韩愈在同年所作《游青龙寺赠崔大补阙》诗中，以极为近似的笔触铺叙贬谪生活，表达了对另一位挚友崔群的情谊：

> 前年岭隅乡思发，踯躅成山开不算。
> 去岁羁帆湘水明，霜枫千里随归伴。
> 猿呼鼯啸鹧鸪啼，恻耳酸肠难濯浣。
> 思君携手安能得，今者相从敢辞懒。
> ……②

这里的"思君携手安能得"与《纳凉联句》的"君手无由搦"别无二致，不过是韩愈表现挚友交谊的惯用语而已，"君"是韩愈对挚友的敬称，这本是一目了然、不言自明的。

然而，一旦采用《蛾术编》所出典故，反而徒生许多困惑。其中最重

---

① 韩愈等：《纳凉联句》，见韩愈著，钱仲联集释：《韩昌黎诗系年集释》卷四，上海古籍出版社 1984 年版，第 419—420 页。

② 韩愈：《游青龙寺赠崔大补阙》，见韩愈著，钱仲联集释：《韩昌黎诗系年集释》卷五，上海古籍出版社 1984 年版，第 563 页。

要的问题在于，原典中襄城君与庄辛原本是有距离感的，这种距离感来自君臣之间的身份差异，若以此典出注，则极易曲解《纳凉联句》的本义，甚至系联"君手无由搦"之下句"今来沐新恩"，把"君颜"、"君手"之"君"理解为当世之君主，即错贬了韩愈的唐德宗。而韩诗于历叙友情之际，阑入思君之情，不唯不合文理，亦乖悖情理。唐德宗晚年昏聩自专，黜抑直臣，信用奸佞，以致纲弛政紊。作为德宗晚期政局的亲历者与受累者，韩愈曾在《顺宗实录》中直言德宗"失君人大体"[1]，其对德宗的态度可见一斑。同时，遍检韩愈阳山诗作，鲜见恋阙思君之句，反而多是"脍成思我友，观乐忆吾僚""投章类缟带，伫答逾兼金"这类思念友人的诗句。[2] 更何况襄城君与庄辛之事颇具狎亵性质，一向以儒家道统自膺的韩愈怎会以此来比拟自己与君主的关系呢？

退一步讲，如果认为韩愈只是借用此典表达自己与友人的亲密关系，那么此处便成了以君臣之伦比拟朋友之伦，韩愈为了一个并不高明的修辞而不惜违背他所笃信的儒家的基本伦常，这又会有多少可能呢？[3]

可以说，无论从何种意义上，韩愈都不必援《说苑》之典作《纳凉联句》，"君颜不可亲，君手无由搦"本为平铺直叙，一旦强加出典，不仅无益于作品解释，反生歧义无穷，使原本显豁畅达的诗意变得扞格难通。

要言之，实现典故的精准注释，需要把握"无过无不及"这一总原则，以理取舍，因文损益，既要精准发掘作品背后的典故渊源，特别是文学研究者知识体系中相对薄弱的经、史、子部典籍，同时更应以文意为经、情

---

① 韩愈：《顺宗实录》卷四，见韩愈著，马其昶校注，马茂元整理：《韩昌黎文集校注》外集卷下，上海古籍出版社 2014 年版，第 797 页。

② 韩愈：《叉鱼》、《县斋读书》，见韩愈著，钱仲联集释：《韩昌黎诗系年集释》卷二，上海古籍出版社 1984 年版，第 215、191 页。

③ 韩愈曾在《原道》中着重阐述名位伦常之重要性，其一生出处大节尽本乎此。韩诗风格虽然奇崛诡怪，却始终不逾儒家伦常规矩，具有"诗性之超越与德性之醇正交结共生"的特质（参见本书第六章结尾部分）。

理为纬，审慎对待"无一字无来历"的传统观念，尽力避免所注典故溢出合理性边界，造成过犹不及的状况。

"无过无不及"这一原则，不仅适用于韩愈诗歌的注释，其他作家、其他文体的作品亦同此理。就"无不及"一端而言，历代诗文作品大多惯于用典，精准注释的必要性是不言自明的；即便是古代小说、戏曲作品，虽被归为俗文学，实则往往产生于宫廷文化、士林文化、市井文化和乡村文化的交融共生之中，具有复合型的文化品格，其对儒释道各类经典的化用程度并不逊于正统的诗文作品，那么，精准注释各类典故的必要性自然不殊于雅正之诗文。① 就"无过"一端而言，前述王鸣盛对韩愈作品的过度注释亦非个案，有清以降，仇兆鳌之于杜甫、冯浩之于李商隐、查慎行之于苏轼，普遍存在不同程度的过度注释，对于这一学术史现象，前修时彦已多有反思，兹不赘述。② 这里想要补充的是，在当前数字人文时代，"不及"的问题或许能够借助数据检索在一定程度上得以缓解，但过度注释的问题却可能因之不降反增。特别是文本型文献资源库向结构化数据库转型升级的过程中，某个语词下系若干出典殊非难事，注释体量也大大超越了以往任何一个时代，然而，新的问题旋即产生：不断增殖的出典究竟有多少被控制于合理性边界以内，会不会在更广范围和更深程度上淆乱文意，从而重蹈清代学者之故辙？这是我们在热情拥抱数字技术的同时，应予以高度警惕的。

---

① 比如，有学者指出《聊斋志异》"具有士林文化辅以乡村文化的双重品格"，特别是作为士林文化主流的儒家文化，对小说创作起到了重要影响，准确揭示小说中蕴含的儒典，"是当代解析《聊斋志异》真义的关键所在"。参见赵伯陶：《儒家经典与古代小说关系窥管——以〈聊斋志异〉为中心》，《国际儒学（中英文）》2021 年第 1 期。

② 需要说明的是，以往对于过度注释的批评，大多从炫学之癖、蛇足之累的角度出发，而由过度注释淆乱文意的讨论相对较少。

二、普遍与特殊：标点方案之拓殖

比起典故注释，标点的重要性及其难度往往会被轻忽。其原因大概在于标点诗文的方案相对简单而明确，普适性较强。一般认为，非韵文的标点以文义为据，韵文的标点以用韵为据。[①] 这一方案的确扼要清通，据此可以准确标点大多数古代文学作品，但也并非放之四海皆准。比如，像韩愈这样才力雄劲的大家之作中，往往会出现一些高古奇僻的文体，甚至在一定程度上打破了韵文与非韵文的边界。面对这类情况，标点工作也要相应地从普遍性原则中派生出特殊性方案，以适应变体作品的复杂特征，否则难免会在标点时出现舛误，甚至是系统性舛误。

众所周知，韩愈向以变体为文著称，其诗更是"奸穷怪变"，面貌崚嶒，这给后人整理与研究带来不少困难，即便标点一役，仍有很多问题悬而未决。比如，韩愈元和元年《送区弘南归》诗中叙述与岭南士子区弘交往一节，诸本标点差异颇多，今从各类标点本中选取专业性较强的 25 部，可归纳出以下 7 种类型。

  （1）我迁于南日周围，来见者众莫依稀。爰有区子荧荧晖，观以彝训或从违。我念前人譬荟菲，落以斧引以繇徽。虽有不逮驱骓骓，或采于薄渔于矶。服役不辱言不讥，从我荆州来京畿。离其母妻绝因依，嗟我道不能自肥……

  （2）我迁于南日周围，来见者众莫依俙，爰有区子荧荧晖，观以彝训或从违。我念前人譬荟菲，落以斧引以繇徽。虽有不逮驱骓骓，或采于薄渔于矶。服役不辱言不讥，从我荆州来京畿，离其母妻绝因依……

---

  ① 参见黄永年：《古籍整理概论》，陕西人民出版社 1985 年版，第 124 页；胡渐逵：《古籍整理概论释例》，岳麓书社 1995 年版，第 165 页。

（3）我迁于南日周围，来见者众莫依稀，爰有区子荧荧晖，观以彝训或从违。我念前人譬莳菲，落以斧引以綗徽。虽有不逮驱騑騑，或采于薄渔于矶，服役不辱言不讥。从我荆州来京畿，离其母妻绝因依……

（4）我迁于南日周围，来见者众莫依俙。爰有区子荧荧晖，观以彝训或从违。我念前人譬莳菲，落以斧引以綗徽。虽有不逮驱騑騑，或采于薄渔于矶，服役不辱言不讥。从我荆州来京畿，离其母妻绝因依……

（5）我迁于南日周围，来见者众莫依俙。爰有区子荧荧晖，观以彝训或从违。我念前人譬莳菲，落以斧引以綗徽。虽有不逮驱騑騑，或采于薄渔于矶。服役不辱言不讥，从我荆州来京畿，离其母妻绝因依……

（6）我迁于南日周围，来见者众莫依俙。爰有区子荧荧晖，观以彝训或从违。我念前人譬莳菲，落以斧引以綗徽，虽有不逮驱騑騑，或采于薄渔于矶，服役不辱言不讥，从我荆州来京畿，离其母妻绝因依……

（7）我迁于南日周围，来见者众莫依稀。爰有区子荧荧晖，观以彝训或从违。我念前人譬莳菲，落以斧引以綗徽，虽有不逮驱騑騑。或采于薄渔于矶，服役不辱言不讥。从我荆州来京畿，离其母妻绝因依……①

对比以上七种类型可见，第（1）种标点始终呈现奇句下逗号、偶句下句号的交互式分布样态，而其他几种标点分布则与句之奇偶没有必然关联性。依句之奇偶标点，本质上是依用韵之奇偶标点，像第（1）种那样

---

① 这七种类型不仅见于韩集标点本，还见于各类总集、选本等，限于篇幅，不再一一出注。

的交互式分布，适用于偶句用韵的情况，这在近体诗和大部分古体诗中是比较常见的。然而，详考此诗不难发现，全诗句数与韵脚数相等，如前引12句中，共有"围""稀／俙""晖""违""菲""徽""騑""矶""讥""畿""依""肥"12个韵脚字，故知此诗属于句句用韵、平声韵到底的柏梁体，习用的交互式标点法，并不适用于柏梁体。这里，不妨先以一首更著名也更浅近的柏梁体——杜甫《饮中八仙歌》为例：在"汝阳三斗始朝天，道逢曲车口流涎，恨不移封向酒泉。左相日兴费万钱"[①]四句中，"天""涎""泉""钱"皆是韵脚，而前三句写的是汝阳郡王李琎，第四句转写左相李适之，那么，即便"道逢曲车口流涎"处于偶句位，其后也应当下逗号而非句号，即便"恨不移封向酒泉"处于奇句位，其后也应当下句号而非逗号，否则便有淆乱诗义之虞，这个道理是浅显易明的。由此可见，在柏梁体句句用韵的状态下，标点符号已经丧失了标识韵脚的功用，其使用价值转而化归为标识诗歌的结构义脉。简单说，诗歌的结构义脉，乃是标点柏梁体的基本依据。

柏梁体发展到韩愈这里，又遭遇了"以文为诗"的变体风格，前引《送区弘南归》一节中，大量散文句式充斥其间，这在客观上进一步增强了以义脉而非用韵作为标点依据的可能性和必要性。在这种情形下，不仅要舍弃以往习用的奇偶交互标点法，更应严格依据诗歌结构义脉加以标点，尽量避免人为造成歧义。

今详考此节结构，包含投师、课徒、采渔、从行四个层次。

（一）投师

"我迁于南日周围，来见者众莫依稀，爰有区子荧荧晖，观以彝训或从违。"此四句诗总写区弘投师，前二句陪衬，后二句为主体，谓韩愈谪居阳山时，投师者甚众，唯区弘才性光明，然尚不能全从经义。故在此四

---

① 萧涤非主编：《杜甫全集校注》卷一，人民文学出版社2014年版，第136—137页。

句后下一句号为宜，或以两两成句，亦无不可。

（二）课徒

"我念前人譬葑菲"，樊汝霖云："《诗》：'采葑采菲，无以下体。'兴不可弃也。"孙汝听云："言此者，以譬弘虽未尽善，不可遂弃之也。"①

"落以斧引以纆徽"，文谠云："言弘有造道之质，当引而进之，如大匠之制材也。"②

"虽有不逮驱骒骒"，文谠云："言弘虽有不及，常勉而进也。《诗》曰：'四牡骒骒。'毛云：'行不止之貌。'"③

由此可知，此三句是韩愈借《诗经》中的"无以下体"之义，自谓不嫌区弘有违彝训，规之如下斧斤、引纆徽，虽其一时不能尽合于道，无妨常加劝勉，如驱马使进步也。

要之，"我念前人譬葑菲，落以斧引以纆徽，虽有不逮驱骒骒"三句用典设譬，合写韩愈谆谆课徒之事，义脉贯通无碍，故在此三句后下一句号为宜。④而前文列出的第（1）至（5）种情形，均在"落以斧引以纆徽"后下句号，又在"虽有不逮驱骒骒"后下逗号，与后面一节连属，未免碟裂诗义，不妥。

---

① 屈守元、常思春主编：《韩愈全集校注》第2册引樊汝霖及孙汝听云，四川大学出版社1996年版，第391页。

② 文谠注，王俦补注：《新刊经进详注昌黎先生文集》卷四，见《续修四库全书》第1309册，上海古籍出版社2002年版，第433页。

③ 文谠注，王俦补注：《新刊经进详注昌黎先生文集》卷四，见《续修四库全书》第1309册，上海古籍出版社2002年版，第433页。

④ 宋人葛立方提及韩愈"以师道自任"、教诲区弘时，即连续引此三句，引至"虽有不逮驱骒骒"为止，客观上印证了笔者的观点。见葛立方：《韵语阳秋》卷六，上海古籍出版社1984年版，第85页。

（三）采渔

"或采于薄渔于矶"，韩愈《送区册序》云："有区生者……与之翳嘉林，坐石矶，投竿而渔，陶然以乐。"[①]由此可知，此句实写师徒二人同往采渔。

"服役不辱言不讥"，是称赞区弘事师之恭谨。

以上二句纯用白描，展现了区弘陪侍韩愈采渔之场景，故当在此二句后下一句号，与前面的课徒事相区别。若像第（1）至（5）种那样标点，将前面的"虽有不逮驱骓骓"与"或采于薄渔于矶"连属成句，不但碟裂了课徒之描写，而且混淆了课徒、采渔二事，会使人误以为韩愈驱使区弘去采渔，或误以为"采渔"与"驱骓骓"同为设譬，极易导致诗义解释上的重大偏差。

（四）从行

"从我荆州来京畿，离其母妻绝因依。"谓区弘离家随韩愈北行。或于前节末句"服役不辱言不讥"后下逗号而归入此节，多是为前节误点所累，遂造成系统性舛误。

反观前引7种标点类型，第(1)种纯是奇偶交互式标点；第(2)至(5)种或对柏梁体有所体认，而在结构义脉层面偶有疏失，特别是对"虽有不逮驱骓骓"这类关键诗句的处理或有未稳；第（6）种在句号使用上显得十分克制，在层次划分上做了一定的泛化处理，颇见巧思；相比之下，第（7）种标点最为明晰，精准标识了该诗的结构义脉，高度契合该诗的文体特质。

要言之，在一般情况下，诗歌标点可视为一种奇偶交互的模式化操

---

① 韩愈：《送区册序》，见韩愈著，马其昶校注，马茂元整理：《韩昌黎文集校注》卷四，上海古籍出版社 2014 年版，第 299 页。

作，而一旦遭遇像《送区弘南归》这类具有特殊文体风格的作品，模式化的标点方案便不再具有普遍效力，特殊性方案需要建立在文体识别和文义辨析的基础之上，这是一项不应被忽视的系统性学术工作。然而，从以上案例来看，标点方案的普遍性与特殊性关系尚未得到足够重视，其间既有因循致误的因素，或许也有不明字句义涵、结构层次甚至文体特质的因素，凡此仍需在今后的整理与研究实践中不断加以总结、完善。

正确把握标点方案的普遍性与特殊性关系，亦非仅适用于韩愈一家、柏梁一体，实是处理有唐以降古体诗作的公理通义。特别是七言古诗，由于其句式和用韵的灵活性，诗句义脉之承转也颇多变化，就像前述《送区弘南归》"课徒"一节"我念前人譬蓍菲，落以斧引以纆徽，虽有不逮驱騑騑"那样，以三句连属成义的现象并不罕见，兹举韩愈以外诸家典型句例如下：

> 九族分离作楚囚，深溪寂寞弦苦幽，草木悲感声飕飗。（王昌龄《箜篌引》）①

> 别君去兮何时还，且放白鹿青崖间，须行即骑访名山。（李白《梦游天姥吟留别》）②

> 吾为子起歌都护，酒阑插剑肝胆露，钩陈苍苍玄武暮。（杜甫《魏将军歌》）③

> 轮台九月风夜吼，一川碎石大如斗，随风满地石乱走。（岑参《走马川行奉送出师西征》）④

> 浓沙剥蚀隐文章，磨以玉粉缘金黄，清樽旨酒列华堂。（欧阳修

---

① 李云逸注：《王昌龄诗注》卷二，上海古籍出版社 1984 年版，第 90 页。
② 李白撰，安旗等笺注：《李白全集编年笺注》卷七，中华书局 2015 年版，第 722 页。
③ 杜甫著，仇兆鳌注：《杜诗详注》卷四，中华书局 1979 年版，第 261 页。
④ 岑参撰，廖立笺注：《岑嘉州诗笺注》卷二，中华书局 2004 年版，第 323 页。

《鹦鹉螺》）①

贞观之德来万邦，浩如沧海吞河江，音容伧狞服奇厖。（苏轼《阎立本〈职贡图〉》）②

邺王城上秋风惊，昔时城中邺王第，只今蔓草无人行。（晁补之《和关彦远秋风吹我衣》）③

秋风谡谡松树枝，仙人骨轻云一丝，不饮不食玉雪姿。（元好问《松上幽人图》）④

如果说奇偶交互标点的基本模式可以用 ABAB 来表示，那么三句连属成义的标点则呈现为 AAB 的特征。ABAB 模式与 AAB 特征最大的区别在于，ABAB 在近体诗和一部分古体诗中是可以一直循环下去的，即从起句到结句普遍适用；而 AAB 的可循环性是较弱的，只有在很少一部分古体诗中会始终保持 AAB 的三句连属状态，在大多数古体诗中，AAB 往往是偶一为之。

也正是由于这个原因，ABAB 可谓具有相对普遍性的标点"模式"，而 AAB 只能被视为标点"特征"。即便如此，作为"特征"的 AAB 足以打破 ABAB 这一惯用"模式"，构成对奇偶交互标点的重要挑战。在标点实践中，判断诗作是否包含 AAB 特征、AAB 所处的具体位置和 AAB 是否具有可循环性，是准确标点的关键所在。

在前述韩愈《送区弘南归》的 25 部标点本中，只有 2 部标点本明确

---

① 欧阳修撰，刘德清等笺注：《欧阳修诗编年笺注》卷九，中华书局 2012 年版，第 1041 页。

② 苏轼撰，王文诰辑注，孔凡礼点校：《苏轼诗集》卷三四，中华书局 1982 年版，第 1832 页。

③ 吴之振等选，管庭芬等补：《宋诗钞·鸡肋集钞》，中华书局 1986 年版，第 1115 页。

④ 元好问著，狄宝心校注：《元好问诗编年校注》卷四，中华书局 2011 年版，第 789 页。

标识出"课徒"一节的 AAB 特征，① 在其他 23 部中，有的把 AAB 置入"采渔"一节，有的则全部按照 ABAB 模式标点，无论哪种情况，本质上都是缺乏对 AAB 的准确判断导致的。在上述唐宋金人具有 AAB 特征的诗作中，各类标点本也存在不同程度的差异，其中未能准确判断 AAB 特征而致误的亦不在少数，限于篇幅，不再一一列举。

处理好标点实践中 ABAB 与 AAB 的关系，对于近年来方兴未艾的自动标点研究或许也能提供一些启示。自动标点是数字人文研究起步较早的一个领域，从 CRF（Conditional Random Field）模型，到 BERT（Bidirectional Encoder Representation from Transformers）模型，再到各类模型的综合运用，十余年来古典文献自动标点研究和实践取得了长足发展，标点准确率不断提高。特别是包括古诗在内的集部文本，标点实验的准确率高于经、史、子三部，这在数字人文学者看来，主要是由于集部文本具有较为规范的结构，因此在自动标点上表现优异。如果进一步从集部内部来看，较之词曲、骈散诸体，诗的结构化程度无疑是最高的，而在诗的内部，近体的结构化程度高于古体，今后若要继续提升集部文本自动标点的准确率，则有必要从诗体内部入手，侧重优化古体诗的标点方案，突破奇偶交互的 ABAB 模式，精准识别 AAB 特征。

三、事件与时间："以本事系年"之策略

与其他文学经典类似，韩愈诗文虽经历代整理研究，仍有一些作品难以确定写作年代，被归入疑年的行列。造成疑年的原因有很多，其中一类作品因触及时政，不便指实，只能以借物托讽的手法出之，字里行间隐晦委曲，所讽人物、事件颇费猜详，给作品系年制造了诸多不确定因素。这

---

① 分别为宗传璧《韩愈诗选注》（山东教育出版社 1986 年版）和胡守仁、胡敦伦《韩孟诗选》（海峡文艺出版社 1995 年版）。

类情形，本书正论七章已多有涉及，兹不妨再举一例。

例如，韩愈《咏雪赠张籍》一诗通篇写雪，并无确切的时地信息，却时时流露出以雪拟人的倾向，尤其是：

> 松篁遭挫抑，粪壤获饶培。
>
> 隔绝门庭遽，挤排陛级才。
>
> 岂堪裨岳镇，强欲效盐梅。
>
> 隐匿瑕疵尽，包罗委琐该。
>
> ……①

此数语讽意最为显豁。对此，宋人已有阐释。樊汝霖云："《书》：高宗命傅说曰：'若作和羹，尔惟盐梅。'"②盐梅者，作相之谓，而诗云"强欲效盐梅"，则知是"专以讥时相"③之意。曾季狸亦认为此诗"皆讥时相"。④而方崧卿不但认为是讽刺时相，还尝试将这层讽意接榫于具体事件之中，云："公时以柳涧事下迁，疑寄意于时宰。"⑤韩愈确于元和七年（812年）因为华阴令柳涧辨曲直有失，下迁国博，方氏既作此推测，却无具体论证，以致朱熹反驳道："此诗无岁月，方说恐未必然。"⑥朱说亦简略，其未必不认同韩诗存在讽意，要在指摘方说臆必太过，难以服人。

---

① 屈守元、常思春主编：《韩愈全集校注》第 2 册，四川大学出版社 1996 年版，第952 页。

② 屈守元、常思春主编：《韩愈全集校注》第 2 册引樊汝霖云，四川大学出版社1996 年版，第 957 页。

③ 屈守元、常思春主编：《韩愈全集校注》第 2 册引樊汝霖云，四川大学出版社1996 年版，第 953 页。

④ 曾季狸：《艇斋诗话》，见丁福保辑：《历代诗话续编》，中华书局 2006 年版，第286 页。

⑤ 方崧卿著，刘真伦汇校：《韩集举正汇校》卷三，凤凰出版社 2007 年版，第 163 页。

⑥ 朱熹：《昌黎先生集考异》卷三，上海古籍出版社 1985 年版，第 107 页。

直到清代，诸家论说稍详，其中方世举、王元启二家最具代表性。方世举云：

> 公以柳涧事下迁，在元和初年。时宰相为郑余庆、武元衡，与诗所讥者不类。此乃为皇甫镈、程异、王播诸人入相而作。镈、异之相，在元和十三年九月，播之相在长庆元年十月，三人皆以聚敛之臣，骤登宰执，故因咏雪以刺之……①

方世举先列举时之郑余庆、武元衡诸相，这些人都是忠荩之臣，且与韩愈有交谊，不可能是韩诗的讥讽对象，由此反证方崧卿之说诚难服人。而后，方世举提出了另一种可能，认为该诗讽刺的是元和末期到长庆初年的三位宰相——皇甫镈、程异和王播。方世举之说影响较大，此后方成珪《昌黎先生诗文年谱》、陈克明《韩愈年谱及诗文系年》等均依方世举之说，将韩诗系于长庆元年（821年）。②

然而，方世举之说亦存在明显漏洞，正如稍后的王元启质疑的那样：

> 播之相后于镈、异三年，不应于长庆初并刺元和之相。③

从常理上讲，以一物事并刺三人的可能性本就不大，更何况三人入相时间尚有三年之差。不但如此，今从卒年上看，程异于元和十四年（819年）

---

① 方世举著，郝润华、丁俊丽整理：《韩昌黎诗集编年笺注》卷一一，中华书局2012年版，第641页。

② 参见方成珪：《昌黎先生诗文年谱》，见徐敏霞校辑：《韩愈年谱》，中华书局1991年版，第170页；陈克明：《韩愈年谱及诗文系年》，巴蜀书社1999年版，第605页。

③ 王元启：《读韩记疑》卷三，见《续修四库全书》第1310册，上海古籍出版社2002年版，第500页。

卒于任,① 皇甫镈于元和十五年（820 年）卒于贬所,② 若韩诗果作于长庆元年（821 年）,则三位宰相中有两位已经下世,此时作诗讽刺的意义还有多大呢？这样来看,方世举主张的长庆元年之说,恐怕也是禁不住推敲的。

王元启在批评方世举的同时,拈出诗中"隐匿瑕疵尽,包罗委琐该""专绳困约灾""威贪陵布被"③ 数语,别立一说：

> 盖德宗末年,任用京兆尹李实,专事剥民奉上,而王叔文、韦执谊等,朋党比周,密结当时欲速侥幸之徒,定为死交,此诗皆有所指,疑亦贞元十九年春作。④

在王元启看来,韩诗诸句意蕴与德宗末期乱政极为相近,故将此诗系于唐德宗贞元十九年（803 年）。王元启虽然批评了方世举之说,但他同样列出了李实、王叔文、韦执谊等多个托讽对象,这大概仍是证据不足、难以进一步坐实所致。尽管如此,王元启的推断也得到了一些学者的支持,比如钱仲联《韩昌黎诗系年集释》、张清华《韩愈年谱汇证》等均将该诗系于贞元十九年。⑤

另需说明的是,当代诸家除了认同方世举或王元启之说的,还有一派

---

① 参见刘昫等：《旧唐书》卷一五《宪宗纪》,中华书局 1975 年版,第 468 页。

② 参见刘昫等：《旧唐书》卷一六《穆宗纪》,中华书局 1975 年版,第 484 页。

③ 屈守元、常思春主编：《韩愈全集校注》第 2 册,四川大学出版社 1996 年版,第 953 页。

④ 王元启：《读韩记疑》卷三,《续修四库全书》第 1310 册,上海古籍出版社 2002 年版,第 500 页。

⑤ 参见韩愈著,钱仲联集释：《韩昌黎诗系年集释》卷二,上海古籍出版社 1984 年版,第 163 页；张清华：《韩愈年谱汇证》,见张清华：《韩学研究》下册,江苏教育出版社 1998 年版,第 175 页。

只是罗列诸说，亦认同韩诗有所托讽，但本事不明，作年存疑。①

综观《咏雪赠张籍》一诗的阐释史，呈现为层层递进、相反相成的三个阶段。

第一阶段以南宋樊汝霖、方崧卿为代表，他们较早地尝试揭开韩诗托讽之旨。

第二阶段以清代方世举、王元启为代表，他们虽不满前人的具体结论，却无不认同韩诗寓事托讽的风格特征，并在此基础上尽可能追溯托讽对象及其本事，最终推及作品系年，探索出一条"以本事系年"的研究路径，至少在这一点上，谓之迈越宋贤，当不为虚誉。

第三阶段表现为当代诸家的莫衷一是，这亦有学术史意义：沿用清人之说而详其系年者，无论主张哪一派观点，皆意味着对"以本事系年"之方法的默认；胪列前人之说而疑其系年者，则意味着对"以本事系年"之方法的疏离。一家一说是非事小，此种研究方法究竟能否成立，诚当考论。

一般而言，作品系年无非是摭取、系联作品中的时间、地点、人物、事件等实存信息，并参照信史记载的相应时间或含有时间要素的相关信息，来确定作品诞生的具体时间。当然，对于不同作品而言，系年工作在具体步骤上有繁简之别，有的一望而知，有的需要推导论证。所谓"以本事系年"，本质上即依事件系年，只不过这一"事件"并非明示于作品之中，而是潜藏于诗义背后，需要在客观史事与诗句义脉之间构筑相对完整的、甚至具有排他性的映射关系。唯有如此，作为本事的"事件"以及与"事件"关联的时间才会被赋予确定性，作品系年才得成立，否则只能屏诸疑年的行列。反观当代对前人论说的接受状况，或偏取，或阙疑，根本原因乃在前人所指托讽对象过于笼统，以致本事游移。

鉴于此，不妨仍回到《咏雪赠张籍》文本上来，重审宋贤以降屡屡提

---

① 参见宗传璧：《韩愈诗选注》，山东教育出版社1986年版，第68页；屈守元、常思春主编：《韩愈全集校注》第2册，四川大学出版社1996年版，第953页；陈贻焮主编：《增订注释全唐诗》第2册，文化艺术出版社2001年版，第1421页。

及的"岂堪裨岳镇，强欲效盐梅"二语，以期发现症结所在。

首先，"强欲效盐梅"是否有更恰切的解释？前人既知"盐梅"用以形容宰相，便谓"强欲效盐梅"是"专以讥时相"，但详玩诗意，"强欲效"三字不过讽刺某人才德不配相位而已，并不能据以断定其身份一定是"时相"。当然，以"强欲效"讥刺已充相位之人固无不可，但若用以讥刺本无才德却骄纵自负、觊觎相位之人，或许更为贴切，更加入木三分。

其次，既然"强欲效盐梅"讽意明显，那么与之相对而出的"岂堪裨岳镇"一句是否也有所讽呢？所谓"岳镇"，宋人旧注云："岳，五岳。镇，大山也。"① 若依旧注，则"岂堪裨岳镇"一句不过实写雪势未能对山岳有所裨益，这说明雪势并不大。然而从原诗语境看，无论是此句之前的"隔绝门庭遽，挤排陛级才"，还是此句之后的"隐匿瑕疵尽，包罗委琐该"，皆见雪势之巨，且其人格化倾向颇为明显。由此可见，"岳镇"当非旧注所谓"山岳"那么简单。

今按潘岳《为贾谧作赠陆机》："藩岳作镇，辅我京室。"吕延济注："藩岳，谓诸侯也。谓惠帝弟吴王晏，出为大将军以镇吴，机为郎中令，故云'辅我京室'也。"② 到了唐代，多以"岳镇"代指诸侯或诸侯所辖之藩镇，这种用法十分普遍，不妨举几个韩愈同时期的典型用例：

> 况岳镇之方，表章继至。（权德舆《中书门下贺恒州华州嘉禾合穗表》）③
>
> 儒衣登坛，岳镇荆蛮。（吕温《续羊叔子传赞》）④

---

① 屈守元、常思春主编：《韩愈全集校注》第 2 册引孙汝听观点，四川大学出版社 1996 年版，第 957 页。

② 萧统编，李善等注：《六臣注文选》卷二四，中华书局 2012 年版，第 458 页。

③ 董诰等编：《全唐文》卷四八四，中华书局 1983 年版，第 4947 页。

④ 董诰等编：《全唐文》卷六二九，中华书局 1983 年版，第 6349 页。按，这里的"岳镇"是名词作动词用。

岳镇阙而不知所取，台省空而不知所求。（白居易《为人上宰相书》）①

不仅当日外部语言环境如此，从韩诗内部结构来看，"岳镇"又与下句象征宰相的"盐梅"相对，由此可以比较肯定地讲，"岳镇"并非泛指山岳，而是用以指代诸侯，即当时藩镇节度使。"岂堪神岳镇，强欲效盐梅"二句，实即托讽某人既不堪辅佐节度使、安定藩镇，又骄纵自负、觊觎宰相之位。

比照清人推测的若干托讽对象，无论是觊觎权柄的王叔文、韦执谊，还是身居相位皇甫镈、程异、王播，均不如李实之生平与诗意吻合程度之高。据《旧唐书·李实传》载：

嗣曹王皋……为山南东道节度使，复用（李实）为节度判官、检校太子宾客、员外郎。（贞元八年）皋卒，新帅未至，实知留后，刻薄军士衣食，军士怨叛，谋杀之，实夜缒城而出。归诣京师，用为司农少卿，加检校工部尚书、司农卿。

贞元十九年，为京兆尹，卿及兼官如故。寻封嗣道王。自为京尹，恃宠强愎，不顾文法，人皆侧目。

……陵轹公卿百执事，随其喜怒，诬奏迁逐者相继，朝士畏而恶之。又诬奏万年令李众，贬虔州司马，奏虞部员外郎房启代众，升黜如其意，怙势之色，蓼然在眉睫间。故事，吏部将奏科目，奥密，朝官不通书问，而实身诣选曹迫赵宗儒，且以势恐之。前岁，权德舆为礼部侍郎，实托私荐士，不能如意，后遂大录二十人迫德舆曰："可依此第之；不尔，必出外官，悔无及也。"②

---

① 董诰等编：《全唐文》卷六七四，中华书局1983年版，第6886页。
② 刘昫等：《旧唐书》卷一三五《李实传》，中华书局1975年版，第3730—3732页。

由此不难看出，李实昔年曾有藩镇任职经历，初为山南东道节度判官，此即藩镇僚佐，后为节度留后，竟不能安定藩镇，反以刻薄致乱，正合"岂堪裨岳镇"之讽。至李实归京后，因得德宗宠信，不仅未加罪，反而窃据升黜之权，凌驾公卿百官之上，其"怙势之色，謷然在眉睫间"，虽未拜相，实已"权倾相府"，[1] 更契"强欲效盐梅"之刺。从本传中还能看出，遭李实欺压者，不乏赵宗儒、权德舆这样的骨鲠之臣，究其原因，乃在于李实"托私荐士"，凡此又合韩诗"松篁遭挫抑，粪壤获饶培"之喻。

除此之外，李实过恶之极者，乃在贞元十九年（803 年）天旱人饥之际，施刻剥之故伎，肆征求以固宠事，据《资治通鉴》载：

> 京兆尹嗣道王实务征求以给进奉，言于上曰："今岁虽旱而禾苗甚美。"由是租税皆不免，人穷至坏屋卖瓦木、麦苗以输官。优人成辅端为谣嘲之；实奏辅端诽谤朝政，杖杀之。[2]

对此，韩愈曾痛心疾首，自谓"归舍不能食，有如鱼中钩"[3]。此后不久，韩愈因拜监察御史，上疏痛陈云：

> 右臣伏以今年已来，京畿诸县夏逢亢旱，秋又早霜，田种所收，十不存一。陛下恩逾慈母，仁过春阳，租赋之间，例皆蠲免。所征至少，所放至多；上恩虽弘，下困犹甚。至闻有弃子逐妻以求口食，坏屋伐树以纳税钱，寒馁道涂，毙踣沟壑。有者皆已输纳，无者徒被追

---

① 刘昫等：《旧唐书》卷一三五《韦渠牟传》，中华书局 1975 年版，第 3729 页。

② 司马光编著：《资治通鉴》卷二三六，中华书局 1956 年版，第 7604 页。

③ 韩愈：《赴江陵途中寄赠王二十补阙李十一拾遗李二十六员外翰林三学士》，见韩愈著，钱仲联集释：《韩昌黎诗系年集释》卷三，上海古籍出版社 1984 年版，第 288 页。

征。臣愚以为此皆群臣之所未言，陛下之所未知者也！……①

由此反观《咏雪赠张籍》一诗，在以"岂堪裨岳镇，强欲效盐梅"讽刺李实拙劣而龌龊的政治生涯之后，又出"巧借奢豪便，专绳困约灾。威贪陵布被，光肯离金罍"②数语，诚与贞元十九年信史所载、韩愈疏奏李实之恶政相表里。其中，"巧借奢豪便，专绳困约灾"二语意谓李实巧借给进奉而刻剥征求，以致生人困顿不堪；③"威贪陵布被"即韩疏"上恩虽弘，下困犹甚"之意，谓李实专行暴戾贪狠之政而欺瞒德宗，以致德宗恩泽不得布被于民；"光肯离金罍"，《毛传》云"人君黄金罍"，④此以雪光附离于金罍之描写，暗讽李实媚上邀宠。

考证至此，通过外在史实和韩文内证双重论据，可以基本确定《咏雪赠张籍》一诗的讽刺对象是贞元时期先失意于藩镇，而后权倾相府、暴戾贪狠的酷吏李实，此诗的托讽本事即贞元十九年李实"务征求以给进奉"之恶政。由此便可将"事件"的确定性转化为"时间"的确定性，将《咏雪赠张籍》一诗系于贞元十九年。反观前人诸说，唯王元启系年可从，然谓兼寓王、韦事则无据。

由此不难窥知，古代文学作品整理与研究的方法创新，往往需要经历一个漫长的不断试错的过程。宋人解诗，臆必太过，但首次揭示了诗歌的托讽性质，为后世深入探究本事指示了基本方向。清人在事实层面否定宋人，而能继承并深化宋人的研究路径，孕育出"以本事系年"这一新方法的雏形。今从学术史经验出发，在客观史事与诗句义脉之间构筑相对完整

---

① 韩愈：《御史台上论天旱人饥状》，见韩愈著，马其昶校注，马茂元整理：《韩昌黎文集校注》卷八，上海古籍出版社 2014 年版，第 655 页。

② 屈守元、常思春主编：《韩愈全集校注》第 2 册，四川大学出版社 1996 年版，第 953 页。

③ 对此，韩愈、柳宗元《天说》一文有着更为深刻的讽刺，详见本书第二章之笺证。

④ 阮元校刻：《十三经注疏·毛诗正义》卷一，中华书局 1980 年版，第 278 页。

的映射关系，尝试将游移的"本事"还原为确凿的"事件"，足见"以本事系年"这一方法是完全可以成立的。

"以本事系年"的方法实践，比起前述注释、标点等工作更为繁难。在今后的研究中，亦不妨借助大数据技术，先行做出批量分析处理。比如，通过词性标注、语义分析等方法，批量处理现存大量的疑年诗，以期发现诸如"岳镇""盐梅"这样的多义性词汇，最大限度地标识其象征义、隐喻义、双关义，这些词汇存在于某一作品中的数量越多，多义性越丰富，与同主题作品相比，其异质性越明显，[①] 该作品存在寓意的可能性就越大，"以本事系年"的可能性即存乎其中。借助机器完成可能性判断，然后再转由人工做出事实性判断，这不仅有助于提高研究效率、扩大研究规模，而且可能性阶段的语义分析范围之广、程度之深，也势必能够提升事实性判断的全面性和准确性。

以上通过韩愈作品典故注释、标点体例和系年方法的探讨，可见系统总结学术史经验之重要性：某个词句的标点或注释，时或关系着一类文体的认知，牵涉到古代文学作品整理与研究的一般规律；而一首作品的阐释史中，甚或反映学术思想之异同，涌动着方法创新之潜流。凡此，皆当予以系统梳理发掘，并合理运用到新的学术实践之中，庶可为古代文学学术遗产的创造性转化和创新性发展略尽绵薄。

在推动"两创"的过程中，我们尤当瞩望于不久的将来，以守正出新的立场积极寻求传统学术研究与数字人文的对话契机。近年来，借助数字人文的技术利器，古籍整理实现了前所未有的规模化发展，各类作家作品全校全注全评本层出不穷，甚至机器自动标点注释也已成为可能。我们在

---

① 有关《咏雪赠张籍》的异质性，清人汪师韩《诗学纂闻》中已有体悟："自谢惠连作《雪赋》，后来咏雪者多骋妍词，独韩文公不然……《咏雪赠张籍》一章，所以讥贬者甚至……岂直为翻案变调耶？"见吴文治编：《韩愈资料汇编》第 3 册，中华书局 1983 年版，第 937—938 页。在数字人文时代，或许能够通过"妍词"与"讥词"的分析比对，将《咏雪赠张籍》这类诗作的异质性更加直观地呈现出来。

热情拥抱这一技术红利的同时，也要积极应对与技术红利相伴相生的学术内卷：在这个拥有数千年积淀、百余年充分发展的传统学科范式之下，除了数字技术带来的整理成果的体量性膨胀，究竟还能在多大程度上拓展主体性学术创新，实现学术思想、学术方法上的突破？处理好这个问题，既是当代学人对于学术史的一份责任，也是未来数字技术与传统学术实现深度交叉、融合发展的前提所在。

结合本节多维度的个案研究，或许可以说，在数字人文的时代浪潮中，尤需注意调适"数字"与"人文"二者关系，尽量避免疏离冷峻的对象化言说和裹挟包办式的单向度建构，当在持守"人文"端的基础上发展"数字"端，以"人文"端的研究经验、规律、方法及其不足之处为依据，为"数字"端开具需求清单，持续推动"数字"与"人文"的交互赋能，以期真正实现人文学术研究的观念迭代与方法创新。

第二节　韩愈研究的文化观照与时代精神窥管

——以陈寅恪、朱自清学术互动为例

20 世纪前半期，在西学思潮的影响下，中国学术全面开启了以学科分列、话语构建、观念变革为标志的现代转型历程，生动体现着破旧立新的时代精神与文化诉求，却又难免坠入"西化—现代化"的路径依赖和价值迷思。与此潮流不同的是，一些学者在打通古今中西的通观视域中，更加注重发掘中国学术与文化传统中具有普遍意义的质素，以高度的文化自觉探索学术独立自强之路。那么，趋新与守正、崇西与持中的种种分野，在具体的学术研究中如何被表述？在学术互动中又会产生何种影响与趋向？本节拟以陈寅恪与朱自清围绕《韩愈与唐代小说》一文展开的学术互动为例，管窥中国学术现代转型背景下韩愈研究蕴藏的文化观照、时代精

神及其典范意义。

同为 20 世纪文化名流，陈寅恪以史学见长，朱自清则以新文学名家。通常意义上的学术史研究，不甚措意二人关系。事实上，他们有着长达二十余载的同事之谊。1925 年，陈、朱先后受聘于清华大学，直至 1948 年 8 月，朱自清病逝，陈寅恪不久南下。① 在这段同事生涯中，朱自清对陈寅恪始终钦敬有加。早在入职之初，朱自清就去聆听陈寅恪的课程。② 此后，朱自清还在日记中专门记录了陈寅恪的大量学术观点，这些观点不仅来自陈氏著作，还包括他们在寓所、宴会甚至学生论文答辩会上论学的内容。③ 有一次当友人提及陈寅恪的某篇论文时，朱自清尚未读到，竟为此感到"甚惭"。④ 试想，如果朱自清没有把陈氏论著视为不可不读的当代学术经典，恐怕不会产生如此强烈的羞愧感。然而，陈、朱交谊也经历过一次不大不小的考验——1936 年《韩愈与唐代小说》退稿事件，这个事件一度改变了二人云龙相从的关系，实为一段饶有深意的学术公案。

一、欲迎还拒：退稿事件及后世余波

1935 年 10 月，朱自清刚刚接手清华学报编辑部主任的工作，便诚恳

---

① 参见姜健、吴为公：《朱自清年谱》，光明日报出版社 2010 年版，第 52、310 页；卞僧慧纂，卞学洛整理：《陈寅恪先生年谱长编》，中华书局 2010 年版，第 89、250 页。

② 陈哲三：《陈寅恪先生轶事及其著作》，见俞大维等：《谈陈寅恪》，传记文学出版社 1978 年版，第 95 页。

③ 朱自清：《日记》（上），见朱乔森编：《朱自清全集》第 9 卷，江苏教育出版社 1998 年版，第 202、208—209、216、246、264 页。

④ 朱自清：《日记》（上），见朱乔森编：《朱自清全集》第 9 卷，江苏教育出版社 1998 年版，第 268 页。

地向陈寅恪约稿，陈亦欣然接受。① 然而时隔一年，当陈寅恪向朱自清询问审稿结果时，却吃了闭门羹。朱自清 1936 年 10 月 22 日日记：

> 昨日陈寅恪电话，询问彼寄投学报翻译哈佛大学某杂志发表《韩愈与唐代小说》一文之原稿，是否准备采用。因不易决断，故答以不采用。然恐已造成问题矣。②

今按陈寅恪《韩愈与唐代小说》一文，曾由哈佛大学教授魏楷（J. R. Ware）译成英文，发表于 1936 年 4 月出版的《哈佛亚细亚学报》（*Harvard Journal of Asiatic Studies*）第 1 卷第 1 期。然而，朱自清并未因该文得到国际权威学术机构的推崇而放松审查，只可惜他没有把审稿意见写在日记里。即便如此，我们至少能从日记的语势转折中推断，陈文的某些观点大概是朱自清无法认同的，而朱自清自知约稿在先，遂形成"不易决断"的心理，即便最终决意退稿，仍担心"造成问题"——影响与陈的关系。可能正是出于这样的心理，朱自清在退稿的第二天再次阅读了该文，③ 但仍未做出正面评价，退稿的决定自然也没有撤回。

---

① 今检 1936 年 1 月出版的《清华学报》第 11 卷第 1 期编辑部成员名单，始列朱自清为编辑部主任。前一期即 1935 年 10 月出版的《清华学报》第 10 卷第 4 期所载主任为社会学系教授吴景超。值得注意的是，1935 年 10 月清华大学另一学术刊物《社会科学》创刊，吴景超出任编辑部主任；本月，朱自清除了向陈寅恪约稿，还向同系俞平伯以及哲学系王维诚约稿，同时拟调整学报栏目和体例。综上可知，1935 年 10 月，随着《社会科学》的创刊，吴景超已将《清华学报》的工作移交给朱自清，此时是朱自清承担清华学报编辑部主任工作的开始。参见朱自清：《日记》（上），见朱乔森编：《朱自清全集》第 9 卷，江苏教育出版社 1998 年版，第 385、386、387 页；齐家莹编撰：《清华大学人文学科年谱》，清华大学出版社 1999 年版，第 173 页；万俊人主编：《清华大学文史哲谱系》，清华大学出版社 2012 年版，第 323 页。

② 朱自清：《日记》（上），见朱乔森编：《朱自清全集》第 9 卷，江苏教育出版社 1998 年版，第 442 页。

③ 朱自清：《日记》（上），见朱乔森编：《朱自清全集》第 9 卷，江苏教育出版社 1998 年版，第 442 页。

　　自此之后，陈寅恪没有在他处发表中文原稿，直到晚年还叮嘱弟子蒋天枢在编纂《陈寅恪文集》时不收此稿。① 今行于世的《韩愈与唐代小说》一文，已非朱自清所见的原稿，而是退稿事件发生的十一年后，由程千帆据魏楷英译本回译而成的，发表于1947年7月10日出版的《国文月刊》第57期,1984年曾收入程千帆《闲堂文薮》。世纪之交三联版《陈寅恪集》问世，陈氏二女念及"父亲原意"，同时"期望从不同角度反映父亲的学术生涯"，② 仅将此文收入《讲义及杂稿》，而没有收入陈寅恪生前审定编目的《金明馆丛稿》初编、二编等论文集中。

　　陈寅恪自佚原稿的背后或许有种种考虑，但他并未放弃文中的主要观点。陈寅恪在《韩愈与唐代小说》一文中指出，中唐贞元、元和时期，"为古文之黄金时代，亦为小说之黄金时代"，在此时代背景下，韩愈早年即已深嗜小说，后来创作《石鼎联句诗序》《毛颖传》等篇，是"以古文为小说之一种尝试"。③ 十余年后，陈寅恪在《元白诗笺证稿》中深化了他的观点：

> 今日所谓唐代小说者，亦起于贞元元和之世，与古文运动实同一时，而其时最佳小说之作者，实亦即古文运动中之中坚人物是也。此二者相互之关系，自来未有论及之者……古文之兴起，乃其时古文家以古文试作小说，而能成功之所致，而古文乃最宜于作小说者也。④

　　从《韩愈与唐代小说》到《元白诗笺证稿》，陈氏把韩愈"以古文为小说"

---

① 程千帆：《闲堂文薮·题记》，齐鲁书社1984年版，第1页。

② 陈流求、陈美延：《陈寅恪集后记》，见陈寅恪：《讲义及杂稿》，生活·读书·新知三联书店2009年版，第500页。

③ 陈寅恪：《韩愈与唐代小说》，见陈寅恪：《讲义及杂稿》，生活·读书·新知三联书店2009年版，第440—443页。

④ 陈寅恪：《元白诗笺证稿·长恨歌》，生活·读书·新知三联书店2009年版，第2—3页。

的论断拓展到古文运动与唐代小说的关系上。然而这一系列观点问世后，屡有持反对意见者。比如，钱穆曾直言陈寅恪这些观点"不一定对"，并援引《旧唐书》中的传统观点来说明韩愈古文创作的渊源，否定了古文运动与唐代小说的关系。①李长之曾系统梳理了唐传奇的发展历程，其间虽未直接否定陈氏观点，但对沿用陈说的刘开荣、张长弓等人的论述，都予以不同程度的批评。与此同时，李长之始终强调古文运动与传奇小说关系的有限性，在梳理十余位唐传奇代表作家时，韩愈等古文家被排在了最后的位置，并指出"真正属于韩愈那个古文运动系统底下的传奇文学作者是沈亚之"，而沈亚之的传奇创作成就并不高，②这些论述无疑与陈寅恪的观点形成鲜明对立。

此后，黄云眉、王运熙等针对陈氏观点做了更为深入的批评：一方面指出，韩愈倡导的"古文运动的中心思想在建立道统，排斥佛老"，与此相关的一系列论说文"毋宁是更为重要的宣传文字"，而"这种论说文是无法以试作小说来做准备工作的"。另一方面指出，所谓韩愈的小说作品，陈氏仅举出《毛颖传》《石鼎联句诗序》两篇，而这两篇都作于唐宪宗元和年间，其时古文运动的高潮期早已到来，"从时间上讲，韩愈是不可能以这两篇文章为试验来兴起古文运动的"，至于陈氏所谓"愈于小说，先有深嗜"，"只是一种推测，没有坚强有力的证据"。③时至今日，古代文学研究者大多认同王运熙等的批评意见，而对陈氏观点持保留态度。④

---

① 钱穆讲授，叶龙记录整理：《中国文学史》，天地出版社 2018 年版，第 220 页。

② 李长之：《中国文学史略稿》第 3 卷，五十年代出版社 1955 年版，第 8、13、30、38、39 页。

③ 王运熙：《汉魏六朝唐代文学论丛》，上海古籍出版社 2014 年版，第 255—256 页；参见黄云眉：《读陈寅恪先生〈论韩愈〉》，《文史哲》1955 年第 8 期。

④ 参见程毅中：《唐代小说史话》，文化艺术出版社 1990 年版，第 328 页；陈尚君：《转益多师》，上海辞书出版社 2015 年版，第 124 页；崔际银：《诗与唐人小说》，天津古籍出版社 2004 年版，第 60 页。

反观 1936 年退稿事件，朱自清虽未详陈退稿原因，其看法恐怕不会与上述诸家有太大差别。对此，我们还可以从朱自清本人的著作中窥见一斑。退稿事件发生后的第三年，朱自清撰写了《中国散文的发展》一文，分别讨论了唐代古文和传奇小说，虽然把它们都称作当时的"新文体"，但无一语论及二者之间的关系，且明确强调传奇小说与"俳谐的辞赋"关系密切，① 这显然不同于陈寅恪"以古文为小说"的论断。

二、时代禀赋：文体升降与文化隐喻

陈寅恪《韩愈与唐代小说》及其后一系列观点，虽然受到包括朱自清在内的一批学者的质疑，却自有其独特的话语价值和时代意义。

值得注意的是，朱自清以来的批评者大多从传奇与古文文体之别出发，对陈寅恪的观点提出质疑；但实际上，陈寅恪的论述中极少出现"传奇"这一传统文体概念，而是采用更具融摄性的"小说"一词。有学者指出，陈寅恪的研究范围虽在唐代，但其"小说"概念蕴含着丰富的西学背景，这突出体现在唐代小说兼具史才、诗笔、议论，即"文备众体"的论断上。此说表面上承宋代赵彦卫《云麓漫钞》而来，实则与西方文学中"文体混用"（the mixture of styles）的传统遥相呼应。从《荷马史诗》、《圣经》到但丁《神曲》，再到司汤达、巴尔扎克、福楼拜等人的小说，无一例外地存在着"文体混用"，即打破崇高文体与低等文体在风格和主题上的层级规范，② 这对西方文学尤其是文艺复兴以来的文学发展起到了推动作用。这一特质曾由

① 朱自清：《中国散文的发展》，见朱乔森编：《朱自清全集》第 8 卷，江苏教育出版社 1996 年版，第 328、330—331 页。

② 参见张丽华：《从"传奇文"溯源看鲁迅、陈寅恪的"小说"观念》，《岭南学报》2017 年第 2 期；[德] 埃里希·奥尔巴赫：《摹仿论：西方文学中所描绘的现实》，吴麟绶、周新建、高艳婷译，百花文艺出版社 2002 年版，第 3、49、153、204 页；Robert Doran, "Literary History and the Sublime in Erich Auerbach's 'Mimesis'", in *New Literary History,* Vol.38, No.2 (Spring, 2007), pp. 353-369。

德国著名人文主义语文学学者埃里希·奥尔巴赫（Erich Auerbach）在《摹仿论》一书中作过详尽的阐发。而早年游学于欧美的陈寅恪，颇受西方人文主义传统的启发，并接受了较为系统的语文学训练，特别是在20世纪20年代，曾与包括奥尔巴赫在内的一批顶尖学者同处柏林，陈氏对西方文学"文体混用"的传统了然于胸，自不待言。① 可以说，陈寅恪在《韩愈与唐代小说》及相关论述中选用"小说"一词，隐然间消弭了传统意义上带有崇高文体色彩的"古文"与带有低等文体色彩的"传奇"之畛域，实具独到而深邃的比较眼光，近乎陈氏自道"取外来之观念，与固有之材料互相参证"② 的研究路数。陈寅恪首选海外学术刊物发表《韩愈与唐代小说》，也从侧面印证了这一点。

陈寅恪这一融摄中西之运思，并非故作高深、哗众取宠，实有其复杂而微妙的现实背景。众所周知，从19世纪末20世纪初开始，时人有感于西方小说在社会变革和思想启蒙中的重要作用，发起"小说界革命"，将小说从传统观念中的低等文体擢拔至"最上乘"的地位。③ 十数年后，在被视为近代中国文艺复兴的新文化运动中，胡适、陈独秀、鲁迅等激切地

---

① 张丽华曾指出，陈寅恪对"文备众体"的阐发和奥尔巴赫对"文体混用"的讨论有异曲同工之妙。（见张丽华：《从"传奇文"溯源看鲁迅、陈寅恪的"小说"观念》，《岭南学报》2017年第2期）今按陈寅恪早年曾两次留学德国，特别是第二次即20世纪20年代时，曾与奥尔巴赫同处柏林。当时奥尔巴赫供职于普鲁士国家图书馆，而他的同事诺贝尔（Johannes Nobel）是陈寅恪在柏林大学的同门，与陈氏来往密切（参见陈怀宇：《在西方发现陈寅恪：中国近代人文学的东方学与西学背景》，北京师范大学出版社2013年版，第60、111—112页）。可见，陈寅恪与德国学术的渊源颇深，其"文备众体"的今典很有可能出自以奥尔巴赫为代表的德国学人。

② 陈寅恪：《王静安先生遗书序》，见陈寅恪：《金明馆丛稿二编》，上海古籍出版社1980年版，第219页。

③ 梁启超：《译印政治小说序》，见梁启超：《饮冰室合集·饮冰室文集之三》，中华书局1989年版，第34—35页；梁启超：《论小说与群治之关系》，见梁启超：《饮冰室合集·饮冰室文集之十》，中华书局1989年版，第6—10页。

宣布古文已死，① 褫夺了它千百年来作为崇高文体的冠冕，还特别指出了古文家祖师韩愈的两大罪状：

> 一曰，文犹师古。虽非典文，然不脱贵族气派，寻其内容，远不若唐代诸小说家之丰富，其结果乃造成一新贵族文学。
> 二曰，误于"文以载道"之谬见。文学本非为载道而设，而自昌黎以讫曾国藩所谓载道之文，不过钞袭孔、孟以来极肤浅极空泛之门面语而已。余尝谓唐宋八家文之所谓"文以载道"，直与八股家之所谓"代圣贤立言"，同一鼻孔出气。②

在时人看来，即便是不属于白话范畴的传奇小说，其价值也远胜于载道的古文。鲁迅更直接地把韩柳古文和所载的孔孟之道合起来批判，从根本上否定古文的价值：

> 我们要活过来，首先就须由青年们不再说孔子孟子和韩愈柳宗元们的话……我们此后实在只有两条路，一是抱着古文而死掉，一是舍掉古文而生存。③

纵观清末民初文体观念的巨变，先是小说地位急遽上升，随后古文地位一落千丈。这一颠覆性变化，缘于具有鲜明时代色彩的价值趋向，并深刻影响着当时文学史的建构与书写。

---

① 胡适：《五十年来中国之文学》，胡适：《胡适全集》第 2 卷，安徽教育出版社 2003 年版，第 280 页；鲁迅：《古书与白话》，鲁迅：《鲁迅全集》第 3 卷，人民文学出版社 2005 年版，第 228 页。

② 陈独秀：《文学革命论》，见陈独秀：《独秀文存》第 1 卷，亚东图书馆 1934 年版，第 137—138 页。

③ 鲁迅：《无声的中国》，见鲁迅：《鲁迅全集》第 4 卷，人民文学出版社 2005 年版，第 14、15 页。

　　如鲁迅《中国小说史略·唐之传奇文》开篇盛赞唐人"始有意为小说"，旋即指出唐人小说"大率篇幅曼长，记叙委曲，时亦近于俳谐，故论者每訾其卑下，贬之曰'传奇'，以别于韩柳辈之高文"，而后强调像韩愈《毛颖传》这类"以寓言为本，文词为末"的作品"无涉于传奇"。① 如果我们对鲁迅全盘否定古文的立场有着充分了解，便不难感受到他时时注意区隔传奇小说与韩愈古文的背后，潜藏着一种时代性冲动，即颇不愿让腐朽载道的古文染指生动优美的小说。古人"訾其卑下"的传奇小说，在鲁迅心目中实为"崇高文体"，而他所谓"韩柳辈之高文"一语，即便在看似严肃的述学语境中，也难掩个中的讽刺意味了。

　　稍后的郑振铎同样反对韩愈古文的载道性，但也注意到古文运动相对于六朝骈俪文的革命性，这恰好能为当下的文学革命提供重要的合法性资源。或许正因如此，郑振铎没有完全依傍鲁迅那种严明古文与传奇小说之大防的对立式论述，而是独辟蹊径，采取了一种超越式论述。他在1932年出版的《插图本中国文学史》中，先是把韩愈塑造成一位文学革命家的形象：韩愈"登高一呼，万山皆响"，这才拯救了"正苦于骈俪文的陈腐与其无谓的桎梏"的"大众"。随后笔锋一转，批评韩愈犹有不足，因他"不仅仅要做一个文学运动的领袖，他还要做一个卫道者，一个在'道统'中的教主之一"。② 比起韩愈及古文运动两面性，唐传奇更胜一筹：

　　　　这是从事于古文运动者所不及料的一个成功，也是他们所从不曾注意到的一件工作，——那便是所谓"传奇文"者的成就。唐代"传奇文"是古文运动的一支附庸，却由附庸而蔚成大国。其在我们文学史上的地位，反远较萧、李、韩、柳之散文为更重要……其重要有若

----

　　① 鲁迅：《中国小说史略·唐之传奇文（上）》，见鲁迅：《鲁迅全集》第9卷，人民文学出版社2005年版，第73页；鲁迅：《中国小说史大略·唐之传奇文（上）》，见北京鲁迅博物馆鲁迅研究室编：《鲁迅研究资料》第17辑，天津人民出版社1986年版，第39页。
　　② 郑振铎：《插图本白话文学史》第二册，朴社1932年版，第479、480、486页。

希腊神话之对于欧洲文学的作用，而他们的自身又是那样精莹可爱，如碧玉似的隽洁，如水晶似的透明，如海珠似的圆润。有一部分简直己是具备了近代的最完美的短篇小说的条件……他们是中国文学史上有意识的写作小说的开始，他们是中国短篇小说上的最高的成就之一部分，他们把散文的作用挥施于另一个最有希望的一方面去。总之，他们乃是古文运动中最有成就的东西——虽然后来的古文运动者们未必便引他们为同道。①

郑振铎这段文字不但才情飞扬，其语意转折处也大有深意。作者一面强调唐传奇与古文运动的关系，一面又说唐传奇的成就是当时古文运动者不曾注意到的，就连后来的古文运动者也不认可，这便造成一种强烈的暗示：唐传奇的成就是直到今日才被发现并认可的。对照文中所比附的希腊神话、近代短篇小说云云，无不是新文学的审美趣味。这段极富主观色彩的论述，时时跳脱历史现象本身，充盈着文学革命的时代气息。只不过，郑振铎不再像鲁迅那样小心翼翼地分辨着传奇的特征，使它不受古文的染指，而是大胆宣称传奇是古文运动的附庸。客观地讲，古文运动在唐代的声势，自然是传奇小说无法比拟的；更何况对时下的文学革命而言，古文运动尚有相对于六朝骈俪文的革命合法性资源可供汲取。这样看来，在没有多少历史依据的情况下，把传奇说成古文运动的附庸，未尝不是借重古文运动塑造传奇小说历史地位的一种书写策略。然而，古文毕竟是载道的，只有与希腊神话和近代短篇小说比肩的传奇小说，才能从根本上与文学革命的时代精神相通。因此，郑振铎并未止于"附庸"之说，转而强调传奇小说"由附庸而蔚成大国"，最终远超乎古文之上，这才是郑氏文学史书写的终极目的。

要言之，鲁迅强调传奇与古文之别，在异中暗寓臧否；郑振铎则不惮

---

① 郑振铎：《插图本白话文学史》第二册，朴社 1932 年版，第 493 页。

把二者绾合起来，在同中直言高下。无论何种书写策略，率皆宣示着小说地位的优美崇高、古文及古文家的落后腐朽，这一附着于时代价值链条上的表述，伴随着 20 世纪二三十年代以降鲁、郑二著的经典化历程，持续影响、塑造着国人的文学常识与文化心理。

较之鲁、郑的勇猛前行，陈寅恪则保持着相对独立的文化判断：

> 窃疑中国自今日以后，即使能忠实输入北美或东欧之思想，其结局当亦等于玄奘唯识之学，在吾国思想史上，既不能居最高之地位，且亦终归于歇绝者。其真能于思想上自成系统，有所创获者，必须一方面吸收输入外来之学说，一方面不忘本来民族之地位。此二种相反而适相成之态度，乃道教之真精神，新儒家之旧途径，而二千年吾民族与他民族思想接触史之所昭示者也。寅恪平生为不古不今之学……殆所谓"以新瓶而装旧酒"者。诚知旧酒味酸，而人莫肯酤，姑注于新瓶之底，以求一尝，可乎？①

在陈寅恪看来，近代以来欧风美雨看似强劲，最终必将走上本土化道路，这是两千年以来思想文化交流史的发展规律所决定的。因此，在注重吸收外来思想观念的同时，学者须注意保持本民族文化固有的地位。陈寅恪这一宏论，不啻对当时盛行的"西化—现代化"思潮的有力回应。结尾处"旧酒味酸，人莫肯酤"之喻，意谓以儒家文化为代表的本土文化，今人已视为陈腐落后之物，这是不争的事实。韩愈及其载道之古文的命运，就是一个鲜明的例证。陈寅恪为了挽回本民族文化的颓势，权且借用世人瞩目的"新瓶"——外来观念及话语作为缘饰，进而期待世人体会到"旧酒"——本民族固有文化的精髓及价值。

---

① 陈寅恪：《冯友兰中国哲学史下册审查报告》，见陈寅恪：《金明馆丛稿二编》，上海古籍出版社 1980 年版，第 252 页。

综合上述背景来看，陈寅恪有关韩愈与唐代小说的研究，其目的恐怕不止于文学史个案考证，也不止于一般意义上的跨文化比较研究，而是以"新瓶装旧酒"的策略回应时代思潮影响下的文体升降问题。在陈氏著述中，"传奇"一词一般只作为唐人裴铏小说集的专名出现，而在泛指"传奇小说"时，大多省作"小说"，这样既便与西学勾连，亦便与时人对话。最为关键的是，陈寅恪借助西方文艺复兴以来声势日隆的"文体混用"这一"新瓶"，发明韩愈《石鼎联句诗序》《毛颖传》《罗池庙碑》等篇"文备众体"的小说因素，证成"古文乃最宜于作小说"之机理，试图在文学史层面消解古文与小说的紧张关系，揭示古文无施不可的包容性与时代性，与时人"古文已死"的宣判形成鲜明对立。

陈寅恪的这一宗旨，始终贯穿于《韩愈与唐代小说》《元白诗笺证稿》等论述之中，而后又于《论韩愈》一文提炼总结，并最终超越文学史层面，追溯到韩愈古文所载之"道"上，对激进的反传统思潮予以全面回应。《论韩愈》开篇即云：

> 古今论韩愈者众矣。誉之者固多，而讥之者亦不少，讥之者之言则昌黎所谓"蚍蜉撼大树，可笑不自量"者……①

如果把论韩愈者分为古人和今人、誉之者和讥之者的话，古人虽不无讥之者，却寥寥可数，在讥之者的队伍里，大多是清末以降激进反传统的今人。这样看来，陈寅恪"蚍蜉撼大树"的批评颇有所指，他想要探讨的非仅历史上的韩愈，更是为近代以来激进反传统思潮而发。

文中历数韩愈在中国文化史上的诸多贡献，一论其"建立道统，证明传授之渊源"。众所周知，儒家道统及载道的古文是新文化阵营攻讦最力之处，而陈寅恪意在证明韩愈建立道统的性质并非顽固保守地卫道、载道

---

① 陈寅恪：《论韩愈》，《历史研究》1954 年第 2 期。

那么简单，而是在充分吸收佛教统系之说基础上的自我更新。① 二论"直指人伦，扫除章句之繁琐"，谓韩愈之所以开启宋学途径，是由于"睹儒家之积弊，效禅侣之先河"，② 也是受佛教启发，进而在儒家立场上进行自我革命。由此可见，韩愈的卫道、载道，本质上具有"一方面吸收输入外来之学说，一方面不忘本来民族之地位"的性质，且其所卫所载之道本身亦具革命性，用以直指世道人心。相比之下，如果把韩愈的革命性和载道性一分为二，先部分肯定，后从根本上否定，颇欠圆融，未见中华文化转折与发展之大势。三论"排斥佛老，匡救政俗之弊害"。四论"呵诋释迦，申明夷夏之大防"，揭示韩愈构建道统、革新儒学对于经济社会发展的作用，可见其卫道既非空谈，更非陈腐，颇能经世致用。

前四章既证成儒道的合理性，第五章"改进文体，广受宣传之效用"转论古文的合理性。在这一章中，陈寅恪总结梳理了此前有关韩愈与唐代小说研究的观点，强调古文原本施用于先秦两汉的高文典册，到了韩愈的手上，却有意改作民间流行小说，使古文成为"最便宣传、甚合实际之文体"。③ 由此可见，韩愈"以古文为小说"的本质是打破雅俗界限，与时俱进地承载时代精神。通过建构这条与西方小说文体混用差相仿佛的发展路径，陈寅恪与近代以来全盘否定韩愈及其古文价值的反传统论调展开了隐性论争：韩愈古文既有意取径民间小说，便不能简单地视为"新贵族文学"，亦非"钞袭孔、孟以来极肤浅极空泛之门面语"。韩愈古文既在当时"最便宣传、甚合实际"，与当下文学革命精神相通，那么，建设新文学便不必先置古文于死地，何妨效法韩愈打通新旧，"转旧为新"。④

总而言之，近代以来，韩愈往往被认为是旧文化和旧文学的代表，而小说是新文化的载体和象征。陈寅恪高扬"一方面吸收输入外来之学说，

---

① 陈寅恪：《论韩愈》，《历史研究》1954 年第 2 期。
② 陈寅恪：《论韩愈》，《历史研究》1954 年第 2 期。
③ 陈寅恪：《论韩愈》，《历史研究》1954 年第 2 期。
④ 陈寅恪：《论韩愈》，《历史研究》1954 年第 2 期。

一方面不忘本来民族之地位"的文化自觉，着意通贯韩愈古文与小说之关系，为古文及其所载的儒道正名，以隐性的述学姿态回应时代思潮，参与文化重建。

三、陈、朱合契：雅俗共赏与新旧调和

由此反观 1936 年退稿事件中的朱自清，恐怕他也难以超脱时代环境的影响。

众所周知，朱自清早年入北京大学，师从胡适，积极参与五四新文化运动，致力于新诗、小说、散文创作和西方文学译介，而且还在清华中文系成立之初开设"中国新文学研究"课程，[①] 打破了古典文学课程一统天下的局面。在这一时期，朱自清参加了新潮社、文学研究会、朴社等多个新文化社团，与胡适、鲁迅、周作人、郑振铎等新文化阵营中各派人物均有不同程度的往来。值得注意的是，前文提到的鲁迅《中国小说史略》即由新潮社 1923—1924 年初版，郑振铎《插图本中国文学史》初版由文学研究会的衍生组织朴社 1932 年出版，可以说这两部文学史是当时新文化社团的代表性学术著作。作为这几个社团的主要成员之一，朱自清十分看重鲁迅的《中国小说史略》，[②] 且与《插图本中国文学史》的作者郑振铎往来密切，[③] 由此不难想象这些著作在朱自清个人知识体系建构中发生的影响。而陈寅恪《韩愈与唐代小说》着意为古文正名，与新派文学史书写形成鲜明对立，这也意味着对朱自清的文学史常识构成了挑战。甚至，我们不能排除潜藏于新派文学史背后的推崇小说、贬抑古文的时代情感，会在更深的层面影响朱自清做出退稿决定。

---

① 姜健、吴为公：《朱自清年谱》，光明日报出版社 2010 年版，第 82 页。

② 朱自清：《日记》（上），见朱乔森编：《朱自清全集》第 9 卷，江苏教育出版社 1998 年版，第 6 页。

③ 姜健、吴为公：《朱自清年谱》，光明日报出版社 2010 年版，第 123 页。

然而颇具戏剧性的是，在陈寅恪遭遇退稿的十一年后，即 1947 年 7 月，《韩愈与唐代小说》中译稿最终还是发表在由朱自清创办、编辑的《国文月刊》第 57 期上。就在三个月后，《清华学报》第 14 卷第 1 期卷首刊发了陈寅恪《长恨歌笺证（元白诗笺证稿之一）》，这篇文章秉承并深化了《韩愈与唐代小说》的主要观点。同月，朱自清开始撰写《论雅俗共赏》一文，此文归纳并正面引用了陈寅恪从《韩愈与唐代小说》到《长恨歌笺证（元白诗笺证稿之一）》的主要观点：

> ……无论照传统的意念，或现代的意念，这些"传奇"无疑的是小说，一方面也和笔记的写作态度有相类之处。照陈寅恪先生的意见，这种"传奇"大概起于民间，文士是仿作，文字里多口语化的地方。陈先生并且说唐朝的古文运动就是从这儿开始。他指出古文运动的领导者韩愈的《毛颖传》，正是仿"传奇"而作……以上说的种种，都是安史乱后几百年间自然的趋势，就是那雅俗共赏的趋势。①

虽然我们无法确证此时朱自清已然参透陈寅恪所借助的"文体混用"这一"新瓶"，但至少可以说，把古文与传奇小说的互动关系理解为雅俗共赏的趋势，确是与陈文脉息相通的。这里，朱自清不再像撰写《中国散文的发展》时如鲁迅那样严明古文与传奇小说之大防，他已经清晰地认识到发展新文学"并非打倒旧标准"，而往往要新旧"打成一片"，是"新旧双方调整的过程"，② 在这个过程中，"还得将中国还给中国"，"认识传统里的种种价值"。③

---

① 朱自清：《论雅俗共赏》，朱乔森编：《朱自清全集》第 3 卷，江苏教育出版社 1996 年版，第 221 页。

② 朱自清：《论雅俗共赏》，朱乔森编：《朱自清全集》第 3 卷，江苏教育出版社 1996 年版，第 220、223 页。

③ 朱自清：《诗文评的发展》，《文艺复兴》1946 年第 6 期。

　　朱自清在 20 世纪 40 年代的这一转向并非偶然，在他同时期出版的《经典常谈》和《诗言志辨》这两部代表作中可以找到更多佐证。据朱自清日记记载，《经典常谈》一书原名《古典常谈》，经与友人再三推敲，出版之前易"古典"为"经典"。① 顾名思义，"古典"之名隐含着时代性和限定义，在激进的反传统思潮中，固难为读者所亲近；改用"经典"之名，则有意消解古与今的对立，这与陈寅恪以"小说"代称"传奇"的用意不殊，都是为了启诱读者发现文化传统中的永恒价值。正如朱自清在《经典常谈·序》中所说："读经的废止并不就是经典训练的废止"，"在中等以上的教育里，经典训练应该是一个必要的项目。经典训练的价值不在实用，而在文化"。② 为了让读者确切地了解文化传统，即便是书中各篇的次序，也都"按照传统的经、史、子、集的顺序"③。然而，朱自清岂不知早年投身的新文化运动"所争取的就是这文学的意念，也就是文学的地位。他们要打倒那'道'，让文学独立起来。所以对'文以载道'说加以无情的攻击"④。可是，朱自清到了写作《经典常谈》的时候，仍把富于文学性的辞赋、诗文放在全书最末的位置，把载道的群经放在全书之首，而且介绍群经的篇幅几近全书二分之一。就这样，朱自清在践履"将中国还给中国"理念之际，慢慢地调适着新文化运动的原初路向。

　　如果说《经典常谈》只是重现载道的传统，那么《诗言志辨》则近乎

---

　　①　朱自清：《日记》（下），见朱乔森编：《朱自清全集》第 10 卷，江苏教育出版社1998 年版，第 148 页。

　　②　朱自清：《经典常谈·序》，见朱乔森编：《朱自清全集》第 6 卷，江苏教育出版社1996 年版，第 3 页。

　　③　朱自清：《经典常谈·序》，见朱乔森编：《朱自清全集》第 6 卷，江苏教育出版社1996 年版，第 5 页。

　　④　朱自清：《论严肃》，见朱乔森编：《朱自清全集》第 3 卷，江苏教育出版社 1996年版，第 138 页。

推崇载道的传统。此书开篇便以"汉学家考辨经史子书"①的方法，梳理了从先秦到近代的文学观念，证明中国文学的言志传统"其实是与政教分不开的"，这一传统屡经引申拓展，"始终屹立着"，"文以载道，诗以言志，其原实一"。②朱自清之所以着力论证"言志"与"载道"的同一性，其背后有着鲜明的现实指向。他在书中明言："现代有人用'言志'和'载道'标明中国文学的主流，说这两个主流的起伏造成了中国文学史。'言志'的本义原跟'载道'差不多，两者并不冲突；现时却变得和'载道'对立起来。"③"言志"与"载道"之所以形成对立，是因为现代人认为"言志"就是"人人都得自由讲自己愿意讲的话"，而"载道"是"以文学为工具，再借这工具将另外的更重要的东西——道——表现出来"。朱自清还特别标注了这段话的出处："邓恭三记录《中国新文学的源流》三七面、三四面。"④此书为新文化阵营又一重要著作，由邓广铭（字恭三）根据周作人在1932年辅仁大学的讲演整理而成，当年九月由北平人文书店出版，书后版权页作"讲校者周作人，记录者邓恭三"，1934年修订版扉页作"周作人讲校，邓恭三记录"。可见朱自清笔下的"现代人"实即新潮社和文学研究会的同人——周作人，大概考虑到观念上的针锋相对，才隐去了姓名。周作人在此书《小引》中坦言这部书不算学术著作，阐发新文学的源流是为了表明自己"文学上的主义或态度"；又云"要说明这次的新文学运动，必须先看看以前的文学是什么样"。⑤在周作人看来，文学史上凡

① 朱自清：《诗言志辨·序》，见朱乔森编：《朱自清全集》第6卷，江苏教育出版社1996年版，第129页。

② 朱自清：《诗言志辨·诗言志》，见朱乔森编：《朱自清全集》第6卷，江苏教育出版社1996年版，第135、169、172页。

③ 朱自清：《诗言志辨·序》，见朱乔森编：《朱自清全集》第6卷，江苏教育出版社1996年版，第130页。

④ 朱自清：《诗言志辨·诗言志》，见朱乔森编：《朱自清全集》第6卷，江苏教育出版社1996年版，第172页。

⑤ 周作人：《中国新文学的源流》，北平人文书店1934年版，第2—3、36页。

属载道派的，"便没有多少好的作品"，包括被新文化阵营集矢的韩愈，他"仅有的几篇好些的，是在他忘记了载道的时候偶尔写出的"；而凡属言志派的，都取得了辉煌的成就，特别是明代的公安派、竟陵派，三百多年后文学革命的"主张和趋势，几乎都很相同"。① 就这样，周作人以"言志"接榫新文学，以"载道"统摄旧文学，为了标明"新"与"旧"的对立，便着意凸显文学史上"言志"与"载道"的对立。而朱自清之所以努力弥缝二者，主张言志"不离政教"，并指出历史上"文坛革命家也往往不敢背弃这个传统"，② 实是因为他亲眼目睹了假借"言志"建设新文学的流弊：

> 新文学初期反对载道，这时候便有人提倡言志。所谓言志，实在是玩世不恭，追求趣味，趣味只是个人的好恶……这种态度是躲避。他们喝酒、喝茶，谈窄而又窄的身边琐事。当时许多人如此，连我也在内，但这种情形经过的时间很短，从言志转到了幽默……生活的道路，越走越窄，一切都没有意义，变成耍贫嘴，说俏皮话，这明明白白回到了消遣。③

破旧易，立新难。朱自清真切地感受到他和同人们在新文学的路上越走越窄，难以为现实生活提供意义，难以为新文化提供方向。于是，他转回头去，重新发现他和他们曾经反对过的"文以载道"的价值，在历史大势中省察到"文学大部分时间是工具，努力达成它的使命和责任，和社会

---

①　周作人：《中国新文学的源流》，北平人文书店 1934 年版，第 39、51—52 页。

②　朱自清：《诗言志辨·诗言志》，见朱乔森编：《朱自清全集》第 6 卷，江苏教育出版社 1996 年版，第 169 页。

③　朱自清：《文学的严肃性》，见朱乔森编：《朱自清全集》第 4 卷，江苏教育出版社1996 年版，第 479—480 页。

的别的方面是联系着的"，①进而形成了"新旧打成一片""新旧双方调整"的文化立场。

可以说，周作人标举公安、竟陵，与鲁迅、郑振铎标举传奇小说的策略一样，都是为文学革命的合法性提供历史资源；而朱自清纠正周作人，也和陈寅恪与鲁迅、郑振铎的隐性论争一样，欲通过文学史的重新阐释，揭示传统相对于现代的种种价值，消释"新"与"旧"的紧张关系，为新文化建设提供一种可持续的合理性路径。在这个意义上，出身于新文化阵营的朱自清最终和他的"不古不今"的清华同事陈寅恪渐行渐近。

事实上，早在 1928 年，以文学创作而声名大噪的朱自清就明确宣示了自己的道路："国学是我的职业，文学是我的娱乐。"②然而，国学与文学的关系已不可能再像古人所谓"文章一小技，于道未为尊"③那样，表现为一种简单的主从关系。正如朱自清所意识到的，"西方文化的输入改变了我们的'文学'的意念"，"新文学运动加强了新的文学意念的发展"。④在这种情形下，如何处理中国固有思想文化与新文学之间的紧张关系，对欲兼顾二者的朱自清而言，显得尤为重要。此后不久，朱自清接掌清华中文系，他先是尝试着把自己的娱乐变成了职业的一部分，开设"中国新文学研究"课程，继而认真听取了他的同事陈寅恪有关西方大学注重古典训练的"谲谏"，⑤把更多精力投入中国古典文学的教学与研究之中。在调和

---

① 朱自清：《文学的严肃性》，见朱乔森编：《朱自清全集》第 4 卷，江苏教育出版社 1996 年版，第 480 页。

② 朱自清：《那里走·我们的路》，见朱乔森编：《朱自清全集》第 4 卷，江苏教育出版社 1996 年版，第 243 页。

③ 杜甫：《贻华阳柳少府》，杜甫著，见仇兆鳌注：《杜诗详注》卷一五，中华书局 1979 年版，第 1315 页。

④ 朱自清：《诗言志辨·序》，见朱乔森编：《朱自清全集》第 6 卷，江苏教育出版社 1996 年版，第 127 页。

⑤ 朱自清：《日记》（上），见朱乔森编：《朱自清全集》第 9 卷，江苏教育出版社 1998 年版，第 263 页。

新旧、转旧为新的探索中，朱自清明确提出"自当借镜于西方，只不要忘记自己的本来面目"的理念，[①] 这与陈寅恪主张"一方面吸收输入外来之学说，一方面不忘本来民族之地位"别无二致，且更加明确了"不忘本来"的基础性地位。1934 年，朱自清把这一具有高度文化自觉的学术理念正式写入清华大学《中国文学系概况》之中，为变革时代的学术研究和学科建设指示了方向。

然而，对于人文学者而言，文化自觉意识的确立与成熟，不仅体现在宏观学术理念上，更需要在具体的学术研究和学术互动中不断扬厉时代禀赋，激活学术话语。如果说 1934 年《中国文学系概况》的诞生，标志着朱自清的文化自觉意识在学术理念层面的确立，那么 1936 年退稿事件则在一定程度上代表着他所保有的新文化阵营思想惯性的批判性延展。在此之后，朱自清渐渐褪去了新文化阵营的机锋，以其"不忘本来"的"职业"眼光，自觉反思昔年的"娱乐"活动，并通过对"载道"与"言志"的绵密考证与学理分析，出色完成了一次调和新旧、转旧为新的话语重构。在与陈寅恪渐行渐近的道路上，陈氏有关韩愈与唐代小说的系列论述，再次映入朱自清的学术视野之中。1947 年的朱自清彻底摆脱了十一年前欲迎还拒的纠结心态，不仅接受而且推进了陈寅恪的学术观点，以文体混用的特质证成雅俗共赏的趋势，以文学研究推动文化研究，由隐性论争转入积极建构。至 1954 年，陈寅恪发表《论韩愈》一文，复以"外来"明"本来"，以"他觉"觉"自觉"，全面论证了韩愈建立道统及其载道古文的文化价值，为这场学术马拉松做出了精彩总结。

从陈寅恪与朱自清学术互动历程中，不难窥见中国学术现代转型的曲折历程与复杂面相，其间多元开放的话语建构、融摄中西的学术境界、独立自觉的文化担当，值得我们在当下学术进程和时代语境中进一步体证、赓扬。

---

　　① 　朱自清：《中国文学系概况》，见朱乔森编：《朱自清全集》第 8 卷，江苏教育出版社 1996 年版，第 413 页。

主要参考文献

一、专著类文献

（一）古代文献（含今人整理本）

阮元校刻：《十三经注疏》，中华书局 1980 年版。

李道平撰，潘雨廷点校：《周易集解纂疏》，中华书局 1994 年版。

惠栋撰，郑万耕点校：《周易述》，中华书局 2007 年版。

惠栋：《易汉学》，《景印文渊阁四库全书》第 52 册，台湾商务印书馆 1986 年版。

张惠言著，广文编译所编辑：《张惠言易学十书》，广文书局 2012 年版。

郑玄注：《易纬通卦验》，中华书局 1991 年版。

王先谦撰，吴格点校：《诗三家义集疏》，中华书局 1987 年版。

朱熹撰，王贻梁校点，吕友仁审读：《仪礼经传通解》，见朱杰人、严佐之、刘永翔主编：《朱子全书》第 3 册，上海古籍出版社、安徽教育出版社 2010 年版。

卢仝：《春秋摘微》，清光绪十四年《南菁书院丛书》本。

陆德明：《经典释文》，中华书局 1983 年版。

郝懿行：《尔雅义疏》，上海古籍出版社 1983 年版。

周祖谟：《方言校笺》，中华书局 1993 年版。

王念孙：《广雅疏证》，江苏古籍出版社 1984 年版。

许慎撰，徐铉校定：《说文解字》，中华书局 1963 年版。

王筠：《说文解字句读》，中华书局 1988 年版。

顾野王：《大广益会玉篇》，中华书局 1987 年版。

戴侗撰，党怀兴等点校：《六书故》，中华书局 2012 年版。

题宋濂撰，屠隆订正：《篇海类编》，《续修四库全书》第 230 册，上海古籍出版社 2002 年版。

周祖谟：《广韵校本》，中华书局 1960 年版。

丁度等编：《宋刻集韵》，中华书局 1989 年版。

周祖谟编：《唐五代韵书集存》，中华书局 1983 年版。

司马迁撰，裴骃集解，司马贞索隐，张守节正义：《史记》，中华书局 2014 年版。

班固著，颜师古注：《汉书》，中华书局 1962 年版。

王先谦：《汉书补注》，书目文献出版社 1995 年版。

范晔撰，李贤等注：《后汉书》，中华书局 1965 年版。

房玄龄等：《晋书》，中华书局 1974 年版。

沈约：《宋书》，中华书局 1974 年版。

萧子显：《南齐书》，中华书局 1972 年版。

魏徵、令狐德棻：《隋书》，中华书局 1973 年版。

李延寿：《南史》，中华书局 1975 年版。

刘昫等：《旧唐书》，中华书局 1975 年版。

欧阳修、宋祁：《新唐书》，中华书局 1975 年版。

司马光编著：《资治通鉴》，中华书局 2011 年版。

郑樵：《通志》，中华书局 1987 年版。

徐元诰撰，王树民等点校：《国语集解》，中华书局 2002 年版。

诸祖耿：《战国策集注汇考》，凤凰出版社 2008 年版。

顾观光：《国策编年》，《续修四库全书》第 422 册，上海古籍出版社 2002 年版。

裴廷裕撰，田廷柱点校：《东观奏记》，中华书局 1994 年版。

宋敏求编：《唐大诏令集》，商务印书馆 1959 年版。

李绛著，蒋偕编：《李相国论事集》，中华书局 1985 年版。

傅璇琮主编：《唐才子传校笺》，中华书局 1987 年版。

吕大防等撰，徐敏霞校辑：《韩愈年谱》，中华书局 1991 年版。

吴文治编：《韩愈资料汇编》，中华书局 1983 年版。

徐松撰，孟二冬补正：《登科记考补正》，北京燕山出版社 2003 年版。

茆泮林辑：《唐月令注》，中华书局 1985 年版。

李吉甫撰，贺次君点校：《元和郡县图志》，中华书局 1983 年版。

乐史撰，王文楚等点校：《太平寰宇记》，中华书局 2007 年版。

宋敏求撰，辛德勇点校：《长安志》，三秦出版社 2013 年版。

程大昌：《雍录》，《景印文渊阁四库全书》第 587 册，台湾商务印书馆 1986 年版。

程大昌撰，黄永年点校：《雍录》，中华书局 2002 年版。

徐松撰，李建超增订：《增订唐两京城坊考》，三秦出版社 2006 年版。

刘恂：《岭表录异》，中华书局 1985 年版。

孙星衍等辑，周天游点校：《汉官六种》，中华书局 1990 年版。

陈仲夫点校：《唐六典》，中华书局 1992 年版。

傅璇琮、施纯德编：《翰学三书》，辽宁教育出版社 2003 年版。

杜佑撰，王文锦等点校：《通典》，中华书局 1988 年版。

王溥：《唐会要》，上海古籍出版社 2006 年版。

长孙无忌等撰，刘俊文点校：《唐律疏议》，中华书局 1983 年版。

姚振宗：《隋书经籍志考证》，见王承略、刘心明主编：《二十五史艺文经籍志考补萃编》第 15 卷，清华大学出版社 2014 年版。

赵翼著，王树民校证：《廿二史札记校证》，中华书局 1984 年版。

王先谦撰，沈啸寰、王星贤点校：《荀子集解》，中华书局 1988 年版。

苏舆撰，钟哲点校：《春秋繁露义证》，中华书局 1992 年版。

刘向编著，石光瑛校释，陈新整理：《新序校释》，中华书局 2009 年版。

汪荣宝撰，陈仲夫点校：《法言义疏》，中华书局 1987 年版。

黎翔凤撰，梁运华整理：《管子校注》，中华书局 2004 年版。

梅彪：《石药尔雅》，中华书局 1985 年版。

李淳风：《乙巳占》，中华书局 1985 年版。

瞿昙悉达编，李克和校点：《开元占经》，岳麓书社 1994 年版。

京房著，陆绩注：《京氏易传》，中华书局 1991 年版。

孙诒让撰，孙启治点校：《墨子间诂》，中华书局 2001 年版。

许维遹撰，梁运华整理：《吕氏春秋集释》，中华书局 2009 年版。

刘文典撰，冯逸、乔华点校：《淮南鸿烈集解》，中华书局 1989 年版。

陈立撰，吴则虞点校：《白虎通疏证》，中华书局 1994 年版。

朱翌：《猗觉寮杂记》，中华书局 1985 年版。

王观国撰，田瑞娟点校：《学林》，中华书局 1988 年版。

洪迈著，孔凡礼点校：《容斋随笔》，中华书局 2005 年版。

王应麟著，栾宝群等校点：《困学纪闻》，上海古籍出版社 2008 年版。

焦竑撰，李剑雄点校：《焦氏笔乘》，上海古籍出版社 1986 年版。

王鸣盛著，顾美华标校：《蛾术编》，上海书店出版社 2012 年版。

何焯著，崔高维点校：《义门读书记》，中华书局 1987 年版。

文廷式：《纯常子枝语》，《续修四库全书》第 1165 册，上海古籍出版社 2002 年版。

黄辉：《论衡校释》，中华书局 1990 年版。

封演撰，赵贞信校注：《封氏闻见记校注》，中华书局 2005 年版。

马永卿：《懒真子》，中华书局 1985 年版。

叶梦得：《避暑录话》，中华书局 1985 年版。

徐度：《却扫编》，中华书局 1985 年版。

赵彦卫撰，傅根清点校：《云麓漫钞》，中华书局 1996 年版。

姚范：《援鹑堂笔记》，清道光乙未刻本。

沈曾植撰，钱仲联辑：《海日楼札丛》，中华书局 1962 年版。

欧阳询撰，汪绍楹校：《艺文类聚》，中华书局 1965 年版。

林宝撰，岑仲勉校记：《元和姓纂》，中华书局 1994 年版。

李昉等：《太平御览》，中华书局 1960 年版。

王钦若等编纂，周勋初等校订：《册府元龟》，凤凰出版社 2006 年版。

高承撰，李果订、金圆等点校：《事物纪原》，中华书局 1989 年版。

李肇：《唐国史补》，古典文学出版社 1957 年版。

赵璘：《因话录》，古典文学出版社 1957 年版。

《大唐传载》，中华书局 1958 年版。

曹中孚等校点：《教坊记（外七种）》，上海古籍出版社 2012 年版。

范摅：《云溪友议》，中华书局 1985 年版。

冯贽：《云仙杂记》，中华书局 1985 年版。

王定保撰，阳羡生校点：《唐摭言》，上海古籍出版社 2012 年版。

王谠撰，周勋初校证：《唐语林校证》，中华书局 1987 年版。

王明清：《挥麈录》，中华书局 1961 年版。

王辟之撰，吕友仁点校：《渑水燕谈录》，中华书局 1981 年版。

李时人编校，何满子审定，詹绪左覆校：《全唐五代小说》，中华书局 2014 年版。

陆以湉撰，崔凡芝点校：《冷庐杂识》，中华书局 1984 年版。

徐时仪校注：《一切经音义三种校本合刊》，上海古籍出版社 2008 年版。

王卡点校：《老子道德经河上公章句》，中华书局 1993 年版。

郭象注，成玄英疏，曹础基等点校：《南华真经注疏》，中华书局 1998 年版。

杨伯峻：《列子集释》，中华书局 1979 年版。

杨明照：《抱朴子外篇校笺》，中华书局 1991 年版。

张君房编，李永晟点校：《云笈七签》，中华书局 2003 年版。

徐鹏校点：《陈子昂集》，上海古籍出版社 2013 年版。

李云逸注：《王昌龄诗注》，上海古籍出版社 1984 年版。

王琦注：《李太白全集》，中华书局 1977 年版。

李白撰，安旗等笺注：《李白全集编年笺注》，中华书局 2015 年版。

杜甫著，仇兆鳌注：《杜诗详注》，中华书局 1979 年版。

萧涤非主编：《杜甫全集校注》，人民文学出版社 2014 年版。

高适著，刘开阳笺注：《高适诗集编年笺注》，中华书局 1981 年版。

岑参撰，廖立笺注：《岑嘉州诗笺注》，中华书局 2004 年版。

黄本骥编订：《颜鲁公文集》，《四部备要》第 69 册，中华书局 1989 年版。

刘长卿著，储仲君笺注：《刘长卿诗编年笺注》，中华书局 1996 年版。

孙望编著：《韦应物诗集系年校笺》，中华书局 2002 年版。

陆贽撰，王素点校：《陆贽集》，中华书局 2006 年版。

权德舆撰，郭广伟校点：《权德舆诗文集》，上海古籍出版社 2008 年版。

韩愈撰，祝充音注：《音注韩文公文集》，民国甲戌文禄堂影宋本。

韩愈撰，文谠注，王俦补注：《新刊经进详注昌黎先生文集》，《续修四库全书》第 1309 册，上海古籍出版社 2002 年版。

方崧卿著，刘真伦汇校：《韩集举正汇校》，凤凰出版社 2007 年版。

朱熹：《昌黎先生集考异》，上海古籍出版社 1985 年版。

魏仲举：《新刊五百家注音辩昌黎先生文集》，上海涵芬楼影宋本。

林云铭：《韩文起》，华东师范大学出版社 2013 年版。

顾嗣立：《昌黎先生诗集注》，清道光十六年膺德堂本。

方世举著，郝润华、丁俊丽整理：《韩昌黎诗集编年笺注》，中华书局 2012 年版。

王元启：《读韩记疑》，《续修四库全书》第 1310 册，上海古籍出版社 2002 年版。

黄钺：《昌黎先生诗增注证讹》，清咸丰七年四明鲍氏刻本。

沈钦韩撰，胡承珙订：《韩集补注》，清光绪十七年广雅书局本。

蒋抱玄：《注释评点韩昌黎文全集》，会文堂书局 1924 年版。

韩愈著，马其昶校注，马茂元整理：《韩昌黎文集校注》，上海古籍出版社 2014 年版。

韩愈著，钱仲联集释：《韩昌黎诗系年集释》，上海古籍出版社 1984 年版。

童第德：《韩集校诠》，中华书局 1986 年版。

屈守元、常思春主编：《韩愈全集校注》，四川大学出版社 1996 年版。

卞孝萱、张清华编选：《韩愈集》，凤凰出版社 2006 年版。

孙昌武选注：《韩愈选集》，上海古籍出版社 2013 年版。

张清华：《韩愈诗文评注》，中州古籍出版社 1991 年版。

汤贵仁：《韩愈诗选注》，上海古籍出版社 1984 年版。

宗传璧：《韩愈诗选注》，山东教育出版社 1986 年版。

胡守仁、胡敦伦：《韩孟诗选》，海峡文艺出版社 1995 年版。

王基伦注析：《韩愈诗选》，中州古籍出版社 2016 年版。

殷孟伦、杨慧文选注：《韩愈散文选注》，上海古籍出版社 1986 年版。

蒋凡、雷恩海选注：《韩愈散文精选》，东方出版中心 1998 年版。

柳宗元：《柳宗元集》，中华书局 1979 年版。

柳宗元著，尹占华、韩文奇校注：《柳宗元集校注》，中华书局 2013 年版。

蒋之翘辑注：《柳河东集》，《四部备要》第 70 册，中华书局 1989 年版。

刘禹锡著，瞿蜕园笺证：《刘禹锡集笺证》，上海古籍出版社 1989 年版。

刘禹锡撰，《刘禹锡集》整理组点校：《刘禹锡集》，中华书局 1990 年版。

郝润华辑校，胡大浚审订：《李益诗歌集评》，甘肃人民出版社 1997 年版。

皇甫湜：《皇甫持正文集》，《宋蜀刻本唐人集》第 20 册，上海古籍出版社 2012 年版。

李翱著，郝润华校点：《李翱集》，甘肃人民出版社 1992 年版。

李观：《李元宾文集》，中华书局 1985 年版。

孟郊著，华忱之、喻学才校注：《孟郊诗集校注》，人民文学出版社 1995 年版。

卢仝撰，孙之騄注：《玉川子诗集》，《续修四库全书》第 1311 册，上海古籍出版社 2002 年版。

元稹撰，冀勤点校：《元稹集》，中华书局 2010 年版。

白居易著，谢思炜校注：《白居易诗集校注》，中华书局 2006 年版。

白居易著，谢思炜校注：《白居易文集校注》，中华书局 2011 年版。

杜牧撰，吴在庆校注：《杜牧集系年校注》，中华书局 2008 年版。

姚合著，吴河清校注：《姚合诗集校注》，上海古籍出版社 2012 年版。

王建著，王宗堂校注：《王建诗集校注》，中州古籍出版社 2006 年版。

傅璇琮、周建国校笺：《李德裕文集校笺》，河北教育出版社 2000 年版。

尹占华校注：《张祜诗集校注》，巴蜀书社 2007 年版。

石介著，陈植锷：《徂徕石先生文集》，中华书局 1984 年版。

欧阳修撰，刘德清等笺注：《欧阳修诗编年笺注》，中华书局 2012 年版。

苏洵著，曾枣庄、金成礼笺注：《嘉佑集笺注》，上海古籍出版社 1993 年版。

苏轼撰，王文诰辑注，孔凡礼点校：《苏轼诗集》，中华书局 1982 年版。

苏轼撰，茅维编，孔凡礼点校：《苏轼文集》，中华书局 1986 年版。

张耒撰，李逸安、孙通海、傅信点校：《张耒集》，中华书局 1990 年版。

王十朋著，《梅溪集》重刊委员会编：《王十朋全集》，上海古籍出版社 2012 年版。

陆九渊著，钟哲点校：《陆九渊集》，中华书局 1980 年版。

元好问著，狄宝心校注：《元好问诗编年校注》，中华书局 2011 年版。

金圣叹著，陆林辑校整理：《金圣叹全集》，凤凰出版社 2008 年版。

张履祥著，陈祖武点校：《杨园先生全集》，中华书局 2002 年版。

姜宸英著，雍琦整理：《姜宸英全集》，浙江古籍出版社 2016 年版。

萧统编，李善注：《文选》，上海古籍出版社 1986 年版。

萧统编，李善等注：《六臣注文选》，中华书局 2012 年版。

李昉等编：《文苑英华》，中华书局 1966 年版。

姚铉编，许增校：《唐文粹》，浙江人民出版社 1986 年版。

楼昉编：《崇古文诀》，《景印文渊阁四库全书》第 1354 册，台湾商务印书馆 1986 年版。

《增注唐策》，《景印文渊阁四库全书》第 1361 册，台湾商务印书馆 1986 年版。

于北山、罗根泽校点：《文章辨体序说 文体明辨序说》（合刊本），人民文学出版社 1962 年版。

钟惺、谭元春辑：《唐诗归》，《续修四库全书》第 1590 册，上海古籍出版社 2002 年版。

彭定求等编：《全唐诗》，上海古籍出版社 1986 年版。

吴之振等选，管庭芬等补：《宋诗钞》，中华书局 1986 年版。

乾隆敕编：《唐宋诗醇》，《景印文渊阁四库全书》第 1448 册，台湾商务印书馆 1986 年版。

董诰等编：《全唐文》，中华书局 1983 年版。

李兆洛选辑：《骈体文钞》，中州古籍出版社 1990 年版。

严可均校辑：《全上古三代秦汉三国六朝文》，中华书局 1958 年版。

高步瀛：《唐宋文举要》，上海古籍出版社 1982 年版。

陈尚君辑校：《全唐诗补编》，中华书局 1992 年版。

陈贻焮主编：《增订注释全唐诗》，文化艺术出版社 2001 年版。

吴钢主编：《全唐文补遗》，三秦出版社 1996 年版。

陈尚君辑校：《全唐文补编》，中华书局 2005 年版。

高文、何法周主编：《唐文选》，人民文学出版社 1987 年版。

李浩选，阎琦、李浩、李芳民注释：《唐文选》，人民文学出版社 2011 年版。

郭预衡、郭英德主编：《唐宋八大家散文总集》，河北人民出版社 2013 年版。

王建生编著：《韩柳文选评注》，文津出版社 2008 年版。

黄叔琳注，李详补注，杨明照校注拾遗：《增订文心雕龙校注》，中华书局 2000 年版。

葛立方：《韵语阳秋》，上海古籍出版社 1984 年版。

王仲镛：《唐诗纪事校笺》，巴蜀书社 1989 年版。

严羽著，郭绍虞校释：《沧浪诗话校释》，人民文学出版社 1961 年版。

刘克庄撰，王秀梅点校：《后村诗话》，中华书局 1983 年版。

吴文治主编：《宋诗话全编》，江苏古籍出版社 1998 年版。

瞿佑：《归田诗话》，中华书局 1985 年版。

李东阳著，李庆立校释：《怀麓堂诗话校释》，人民文学出版社 2009 年版。

胡震亨：《唐音癸签》，古典文学出版社 1957 年版。

赵翼著，霍松林、胡主佑校点：《瓯北诗话》，人民文学出版社 1963 年版。

方东树著，汪绍楹校点：《昭昧詹言》，人民文学出版社 1961 年版。

魏源：《诗比兴笺》，《魏源全集》第 20 册，岳麓书社 2004 年版。

刘熙载撰，袁津琥校注：《艺概注稿》，中华书局 2009 年版。

林纾：《韩柳文研究法》，山西人民出版社 2014 年版。

丁福保辑：《历代诗话续编》，中华书局 2006 年版。

周绍良主编：《唐代墓志汇编》，上海古籍出版社 1992 年版。

周绍良、赵超主编：《唐代墓志汇编续集》，上海古籍出版社 2001 年版。

中国社会科学院历史研究所等编：《英藏敦煌文献》，四川人民出版社 1992 年版。

上海古籍出版社、法国国家图书馆编：《法藏敦煌西域文献》，上海古籍出版社 2007 年版。

（二）今人专著

毕宝魁：《韩孟诗派研究》，辽宁大学出版社 2000 年版。

卞僧慧纂，卞学洛整理：《陈寅恪先生年谱长编》，中华书局 2010 年版。

卞孝萱、卞敏：《刘禹锡评传》，南京大学出版社 2011 年版。

卞孝萱、张清华、阎琦：《韩愈评传》，南京大学出版社 1998 年版。

卞孝萱：《唐传奇新探》，江苏教育出版社 2001 年版。

卞孝萱：《卞孝萱文集》，凤凰出版社 2010 年版。

岑仲勉：《隋唐史》，高等教育出版社 1957 年版。

岑仲勉：《通鉴隋唐纪比事质疑》，中华书局 1964 年版。

岑仲勉：《唐人行第录（外三种）》，上海古籍出版社 1978 年版。

岑仲勉：《事物纪原（外三种）》，上海古籍出版社 1978 年版。

岑仲勉：《郎官石柱题名新考订（外三种）》，上海古籍出版社 1984 年版。

陈独秀：《独秀文存》，亚东图书馆 1934 年版。

陈怀宇：《在西方发现陈寅恪：中国近代人文学的东方学与西学背景》，北京师范大学出版社 2013 年版。

陈克明：《韩愈年谱及诗文系年》，巴蜀书社 1999 年版。

陈尚君：《转益多师》，上海辞书出版社 2015 年版。

陈寅恪：《金明馆丛稿初编》，生活·读书·新知三联书店 2009 年版。

陈寅恪：《金明馆丛稿二编》，上海古籍出版社 1980 年版。

陈寅恪：《唐代政治史述论稿》，生活·读书·新知三联书店 2009 年版。

陈寅恪：《元白诗笺证稿》，生活·读书·新知三联书店 2009 年版。

陈寅恪：《讲义及杂稿》，生活·读书·新知三联书店 2009 年版。

陈允吉：《佛教与中国文学论稿》，上海古籍出版社 2010 年版。

程千帆：《闲堂文薮》，齐鲁书社 1984 年版。

程千帆：《唐代进士行卷与文学》，武汉大学出版社 2008 年版。

题程学恂：《韩诗臆说》，商务印书馆 1934 年版。

程毅中：《唐代小说史话》，文化艺术出版社 1990 年版。

崔际银：《诗与唐人小说》，天津古籍出版社 2004 年版。

邓潭洲：《韩愈研究》，湖南教育出版社 1991 年版。

冯友兰：《三松堂全集》，河南人民出版社 2001 年版。

冯友兰：《中国哲学史新编》，人民出版社 2007 年版。

傅锡壬：《牛李党争与唐代文学》，东大图书有限公司 1984 年版。

傅璇琮：《唐诗论学丛稿》，京华出版社 1999 年版。

傅璇琮：《唐代科举与文学》，陕西人民出版社 2007 年版。

傅璇琮：《唐翰林学士传论》，辽海出版社 2011 年版。

傅璇琮：《李德裕年谱》，中华书局 2013 年版。

葛晓音：《汉唐文学的嬗变》，北京大学出版社 1990 年版。

葛兆光：《中国宗教与文学论集》，清华大学出版社 1998 年版。

巩本栋：《唱和诗词研究》，中华书局 2013 年版。

韩国磐：《隋唐五代史论集》，生活·读书·新知三联书店 1979 年版。

侯外庐主编：《中国思想通史》，人民出版社 1959 年版。

胡渐逵：《古籍整理概论释例》，岳麓书社 1995 年版。

胡可先：《中唐政治与文学：以永贞革新为研究中心》，安徽大学出版社 2000 年版。

胡适：《胡适全集》，安徽教育出版社 2003 年版。

黄永年：《古籍整理概论》，陕西人民出版社 1985 年版。

黄永年：《六至九世纪中国政治史》，上海书店出版社 2004 年版。

姜健、吴为公：《朱自清年谱》，光明日报出版社 2010 年版。

蒋寅：《大历诗人研究》，北京大学出版社 2007 年版。

蒋寅：《百代之中——中唐的诗歌史意义》，北京大学出版社 2013 年版。

景凯旋：《唐代文学考论》，南京大学出版社 2012 年版。

赖瑞和：《唐代基层文官》，中华书局 2008 年版。

赖瑞和：《唐代中层文官》，中华书局 2011 年版。

李长之：《中国文学史略稿》，五十年代出版社 1955 年版。

李鸿宾：《隋唐五代诸问题研究》，中央民族大学出版社 2006 年版。

李锦绣：《唐代财政史稿》，北京大学出版社 2001 年版。

李开军：《陈三立年谱长编》，中华书局 2014 年版。

李鹏飞：《唐代非写实小说之类型研究》，北京大学出版社 2004 年版。

李申：《隋唐三教哲学》，巴蜀书社 2007 年版。

李小荣：《敦煌密教文献论稿》，人民文学出版社 2003 年版。

梁启超：《饮冰室合集》，中华书局 1989 年版。

刘师培著，舒芜校点：《中国中古文学史》，人民文学出版社 1959 年版。

刘石：《有高楼杂稿》，商务印书馆 2003 年版。

鲁迅：《鲁迅全集》，人民文学出版社 2005 年版。

罗联添：《韩愈研究》，天津教育出版社 2012 年版。

毛蕾：《唐代翰林学士》，社会科学文献出版社 2000 年版。

齐家莹编撰：《清华大学人文学科年谱》，清华大学出版社 1999 年版。

钱基博著，傅宏星校订：《韩愈志　韩愈文读》，华中师范大学出版社 2012 年版。

钱穆：《中国学术思想史论丛》，安徽教育出版社 2004 年版。

钱穆讲授，叶龙记录整理：《中国文学史》，天地出版社 2018 年版。

钱锺书：《管锥编》，生活·读书·新知三联书店 2007 年版。

钱锺书：《写在人生边上　人生边上的边上　石语》，生活·读书·新知三联书店 2007 年版。

任继愈主编：《中国哲学发展史》，人民出版社 1994 年版。

桑兵、关晓红主编：《先因后创与不破不立：近代中国学术流派研究》，生活·读书·新知三联书店 2007 年版。

尚永亮等：《中唐元和诗歌传播接受史的文化学考察》，武汉大学出版社 2010 年版。

孙昌武：《柳宗元评传》，南京大学出版社 1998 年版。

孙机：《中国古舆服论丛》，文物出版社 2001 年版。

谭家健：《中国古代散文史稿》，重庆出版社 2006 年版。

谭家健：《六朝文章新论》，北京燕山出版社 2008 年版。

唐长孺：《唐书兵志笺正》，科学出版社 1957 年版。

唐长孺：《山居存稿》，中华书局 2011 年版。

汤一介、李中华主编：《中国儒学史》，北京大学出版社 2011 年版。

陶敏：《唐代文学与文献论集》，中华书局 2010 年版。

万俊人主编：《清华大学文史哲谱系》，清华大学出版社 2012 年版。

王更生：《王更生先生全集》，文史哲出版社 2010 年版。

王素：《陆贽评传》，南京大学出版社 2001 年版。

王勋成：《唐代铨选与文学》，中华书局 2001 年版。

王炎平：《牛李党争》，西北大学出版社 1996 年版。

王瑶：《王瑶全集》，河北教育出版社 1999 年版。

王运熙：《汉魏六朝唐代文学论丛》（增补本），复旦大学出版社 2002 年版。

王仲镛：《居易室文史考索》，巴蜀书社 2011 年版。

韦政通：《中国思想史》，水牛出版社 1980 年版。

闻黎明、侯菊坤：《闻一多年谱长编》，上海交通大学出版社 2014 年版。

吴小如：《红楼梦影：吴小如师友回忆录》，北京大学出版社 2012 年版。

吴在庆：《听涛斋中古文史论稿》，黄山书社 2011 年版。

吴宗国：《唐代科举制度研究》，北京大学出版社 2010 年版。

项楚：《柱马屋存稿》，商务印书馆 2003 年版。

萧公权：《中国政治思想史》，辽宁教育出版社 1998 年版。

肖占鹏：《韩孟诗派研究》，南开大学出版社 1999 年版。

辛德勇：《隋唐两京丛考》，三秦出版社 2006 年版。

阎琦：《韩诗论稿》，陕西人民出版社 1984 年版。

阎琦、周敏：《韩昌黎文学传论》，三秦出版社 2003 年版。

俞大维等：《谈陈寅恪》，传记文学出版社 1978 年版。

郁贤皓：《唐刺史考全编》，安徽大学出版社 2000 年版。

袁行霈主编：《中国文学史》，高等教育出版社 2003 年版。

查屏球：《唐学与唐诗：中晚唐诗风的一种文化考索》，商务印书馆 2000 年版。

张国刚：《唐代官制》，三秦出版社 1987 年版。

张国刚：《唐代藩镇研究》，中国人民大学出版社 2010 年版。

张清华：《韩学研究》，江苏教育出版社 1998 年版。

章士钊：《柳文指要》，文汇出版社 2000 年版。

郑慧霞：《卢仝综论》，光明日报出版社 2010 年版。

郑振铎：《插图本白话文学史》，朴社 1932 年版。

中国科学院考古研究所编著：《唐长安大明宫》，科学出版社 1959 年版。

周作人：《中国新文学的源流》，人文书店 1934 年版。

朱伯崑：《易学哲学史》，昆仑出版社 2005 年版。

朱乔森编：《朱自清全集》，江苏教育出版社 1998 年版。

（三）外文专著（含中译本）

[德]埃里希·奥尔巴赫：《摹仿论：西方文学中所描绘的现实》，吴麟绶、周新建、高艳婷译，百花文艺出版社 2002 年版。

[日]赤井益久：《中唐文人之文艺及其世界》，范建明译，中华书局 2014 年版。

[日]筧文生：《唐宋文学论考》，创文社 2002 年版。

[日]下定雅弘：《中唐文学研究论集》，中华书局 2014 年版。

[日]斋藤茂：《文字觑天巧——中晚唐诗新论》，王宜瑗等译，中华书局 2014 年版。

Charles Hartman, *Han Yu and the T'ang search for unity*, Princeton: Princeton University Press, 1986.

Chen Jo-shui, *Liu Tsung-yuan and intellectual change in T'ang China, 773-819*, Cambridge: Cambridge University Press,1992.

Denis Twitchett, *The Writing of Official History Under the Tang*, Cambridge: Cambridge University Press, 1992.

Hans-Georg Gadamer, *Truth and method,* Trans.by Garrett Barden and John Cumming, New York: Crossroad, 1982.

Kang-i Sun Chang and Stephen Owen(eds.), *The Cambridge history of Chinese literature*, Cambridge: Cambridge University Press, 2010.

Stephen Owen, *The poetry of Meng Chiao and Han Yu*, New Haven and London: Yale University Press, 1975.

二、论文

陈寅恪：《论韩愈》，《历史研究》1954 年第 2 期。

程奇立：《元和制举案辨正——兼与岑仲勉、傅璇琮先生商榷》，《烟台师范学院学报》1990 年第 1 期。

杜文玉：《唐代内诸司使考略》，《陕西师范大学学报》（哲学社会科学版）1999 年第 3 期。

冯承基：《牛李党争始因质疑》，《台湾大学文史哲学报》1958 年第 8 期。

高鲁：《星象统笺》，《国立中央研究院天文研究所专刊》1933 年第 2 号。

巩本栋：《论韩、孟联句》，见吴承学、何诗海编：《中国文体学与文体史研究》，凤凰出版社 2011 年版。

顾国瑞：《〈诗比兴笺〉作者考辨——兼谈北大图书馆藏邓之诚题跋"〈诗比兴笺〉原稿"》，《北京大学学报》（哲学社会科学版）1996 年第 3 期。

胡伟希：《清华学派的"日神精神"——兼论 20 世纪中国的学术类型》，《学术月刊》1998 年第 1 期。

华林甫：《唐代水稻生产的地理布局及其变迁初探》，《中国农史》1992 年第 2 期。

黄阳兴：《图像、仪轨与文学——略论中唐密教艺术与韩愈的险怪诗风》，《文学遗产》2012 年第 1 期。

黄云眉：《读陈寅恪先生〈论韩愈〉》，《文史哲》1955 年第 8 期。

黄正建：《韩愈日常生活研究》，《唐研究》第 4 卷，北京大学出版社 1998 年版。

霍松林：《论唐人小赋》，《文学遗产》1997 年第 1 期。

贾晋华：《华忱之〈孟郊年谱〉订补》，《唐代文学研究》第 4 辑，广西师范大学出版社 1993 年版。

贾晋华：《论韩孟集团》，《唐代文学研究》第 5 辑，广西师范大学出版社 1994 年版。

金滢坤：《论元和三年制举科场案——兼论牛李党争之发端与影响》，《人文杂志》2015 年第 8 期。

李瑚：《关于〈诗比兴笺〉与〈近思录补注〉的作者问题》，《文史》第 21 辑，中华书局 1983 年版。

刘宁：《论韩愈〈毛颖传〉的托讽旨意和俳谐艺术》，《清华大学学报》（哲学社会科学版）2004 年第 2 期。

刘成国：《以史为戏：论中国古代假传》，《江海学刊》2012 年第 4 期。

钱志熙：《奇篇试赏析——也说韩愈〈双鸟诗〉的寓意》，《古典文学知识》1996 年第 5 期。

秦伏男：《论汉魏六朝俳谐杂文》，《青海师范大学学报》（社会科学版）1990 年第 1 期。

施子愉：《柳宗元年谱》，《武汉大学人文科学学报》1957 年第 1 期。

唐兰：《〈刘宾客嘉话录〉的校辑与辨伪》，《文史》第 4 辑，中华书局 1965 年版。

夏剑钦：《〈诗比兴笺〉确系魏源所著》，《中国韵文学刊》2004 年第 4 期。

徐葆耕：《释古与清华学派》，《清华大学学报》（哲学社会科学版）1995 年第 2 期。

徐成：《北朝隋唐内侍制度研究》，上海师范大学 2012 年博士学位论文。

徐成：《〈唐重修内侍省碑〉所见唐代宦官高品、内养制度考索》，《中华文史论丛》2014 年第 4 期。

于泓、毕宝魁：《浅析韩愈〈毛颖传〉的深层思想》，《广东社会科学》1994 年第 2 期。

张丽华：《从"传奇文"溯源看鲁迅、陈寅恪的"小说"观念》，《岭南学报》2017 年第 2 期。

张振国：《中国古代"假传"文体发展史述论》，《华南师范大学学报》2012 年第 2 期。

赵伯陶：《儒家经典与古代小说关系窥管——以〈聊斋志异〉为中心》，《国际儒学（中英文）》2021 年第 1 期。

赵乐：《试论韩孟的唱和诗》，《北京大学学报》（哲学社会科学版）2015 年第 6 期。

郑慧霞：《卢仝〈月蚀诗〉主旨探微》，《中国韵文学刊》2009 年第 4 期。

周浩：《新辑牛僧孺贤良策文考释》，杜文玉主编：《唐史论丛》第 20 辑，三秦出版社 2015 年版。

周勋初：《韦绚考》，《古籍整理研究学刊》1992 年第 6 期。

朱自清：《诗文评的发展》，《文艺复兴》1946 年第 6 期。

三、外文著述（含中译本）

［日］副岛一郎：《从"礼乐"到"仁义"——中唐儒学的演变趋向》，《学术月刊》1999 年第 2 期。

［日］戸崎哲彦「唐代における禘祫論争とその意義」，東方學會編『東方學』第八十輯，1999 年 7 月。

趙雨楽「唐代における内諸司使の構造—その成立時点と機構の初步的整理」，東洋史研究會編『東洋史研究』第五十卷第四号，1992 年 3 月。

Robert Doran, "Literary History and the Sublime in Erich Auerbach's 'Mimesis'", in *New Literary History*, Vol.38, No.2 (Spring, 2007).

后　记

二十年前，从通读韩集开始，我踏上了一段愉快而艰辛的、悠长而充满挑战的旅程。沿途风景绝异，引人入胜，不时玄机密布，疑云丛生。对于学识有限的我而言，只有慢慢感悟、思索，一点一滴学习、钻仰。最终，凝结成这部萤火般的小书，献芹于学界同仁。

本书的写作，是在前贤时彦铺就的、笃实光辉的韩学史基础上，做一点点延伸与探索的工作。在这个过程中，我肆力于在众多可能性面前，寻求某种确定性。在我看来，这既是方法，也是目的。

近代以来，中国学术最重要的创变，就是走上科学化的道路。在"大胆假设"之后，还要"小心求证"，唯其如此，才能不断突破固有智识的天花板，酝酿新知。正是在这个意义上，文史互证之研究，得以焕发其学术魅力与实践效能，与索隐式研究分道扬镳。特别是像韩愈研究这样高度成熟的学术领域，是否还能在前人的基础上继续推进（哪怕是微小的进步），根本上取决于"大胆假设"（想象力）与"小心求证"（科学性）的广度与深度。此即"寻求确定性"作为学术方法的意义。

对于确定性的追寻，还包含着礼敬传统、发皇文脉的意义。众所周知，中华文化及其古典文学传统，近代以来一度处于颇为尴尬的境地，那是中国现代化进程中不破不立的阵痛。即便如此，仍不乏有识之士拨开激进反传统的重重迷雾，探寻中华文化转旧为新的路径与契机。在此期间，以陈寅恪为代表的学者，重新厘定了韩愈在中华文化史上的独特地位，触发了"一方面吸收输入外来之学说，一方面不忘本来民族之地位"这一学术洞见与文化睿思的历史溯源，适与当下"不忘本来，吸收外来"的时代话语枹鼓相应。这不禁令我们感叹：身膺中华道统与文脉，一百年前的陈先生、一千二百年前的韩文公，竟与我们如此切近。

除了思想文化上的高瞻宏旨，韩愈的文艺观念和文学创作同样历久弥新。恢宏的"天以唐克肖其德"，瑰怪的"元和庚寅斗插子"，峻嶒的"皇甫补官古贲浑"，质朴的"山石荦确行径微"……无论是"鸣国家"，还是"自鸣"抑或"鸣他"，韩愈永远自信地调遣着一己才学，描摹出万千面相，"惟陈言之务去"而"尽六艺之奇味"，"诛奸谀于既死"而"发潜德之幽光"。可以说，韩愈实在是用"作唐之一经"的全副身心，时时映照家国人生，投入"修其辞以明其道"的盛事上来。若以此观照"守正创新"的当代命题，或许能带给我们更多的思考与启示。

我坚信，有关韩愈的探讨与研究，今后一定会随着学术与文化的演进而持续展开。以上略陈孤陋，不能再辞费了。而多年来被我写了又改、改了重写、亦新亦旧的这部小书，考论是耶非耶，诚恳地企盼读者批评指正。

最后，我要向本书写作过程中予以指导和鼓励的师友们表示衷心感谢。

感谢北京大学葛晓音先生。葛先生是我敬仰的学术泰斗。十多年前在香港的一次学术会议上，我有幸拜识先生，并得到先生的评议和教诲。此后虽见面不多，但我一直关注和学习先生层出不穷、日高日新的研究成果。我清晰记得，得到先生赐序之时，正是我在兵团援疆工作最艰苦、最吃紧的时刻，先生的关怀和鼓励，如汩汩清泉，温润了一个天山脚下霜尘满面的书生民兵。此后，又蒙浙江大学龚延明先生邀约和葛先生惠允，此序发表在龚先生主编的高端学术刊物《宋学研究》第三辑中，同时葛先生将此序收入文集《进学丛谈》中，竟使我的这部姗姗来迟的小书，得到了如此重磅的加持。

感谢我的业师、清华大学刘石先生。刘先生是我本科阶段的班主任，也是我硕士和博士阶段的导师。虽然毕业多年，先生仍没有放弃我这位迂鲁的学生，时时督促我的学术研究。追随先生的时日愈深，我愈发感到，先生的清通、高逸、渊博、醇正，只可闻见而知，却难闻见而得，这大概就是古人所感喟的"仰之弥高，钻之弥坚"吧。还要感谢清华大学仲伟民先生多年来的指导和关爱，先生以仁者之心、长者之爱、历史学家和出版家之远略只眼，时常给予我醍醐灌顶的教益和宝贵的帮助。

感谢中央党校（国家行政学院）创新工程的大力支持。感谢各位领导、同事长期以来的关心指导和热情帮助。多年来，我深切感到作为学术共同体的文史部，实在是独一无二的存在。她不仅拥有悠久的学术传统和深厚的学术底蕴，还充满着强烈的现实关怀和宏阔的世界眼光，让我时时燃起一腔家国天下的情，探问古往今来的路。或许在这个意义上，也能更深入地与"文起八代之衰，而道济天下之溺"的韩愈展开跨越千载的心灵对话吧。

感谢人民出版社和责任编辑王怡石老师对小书的接纳。怡石老师是韩经太先生的高足，结识如此专业、敬业的同道，幸何如之。她的府上与我的工作单位很近，我曾多次与正在小清河畔慢跑的她擦肩而过，竟浑然不觉。她知道我的"视茫茫""发苍苍"而"处若忘""行若遗"，不仅原谅了我的眼拙，也包容了小书的拖沓。我很感念因书结下的这段缘分。

感谢诸家学术刊物的垂青，让我有机会将本书的学术观点预先向学界展示报告。诸位主编先生、编辑先生和匿审专家们的卓见高识和教诲奖掖，我将永远铭记在心。

最后，感谢家人给予我的爱和温暖，让我安心徜徉于奢侈的学术研究之中，乐以忘忧。

癸卯如月成稿，孙羽津谨识于京北西三旗

责任编辑：王怡石

图书在版编目（CIP）数据

中唐政治的文学境象：韩愈诗文笺证 / 孙羽津 著 . — 北京：人民出版社，
　2024.3

ISBN 978 － 7 － 01 － 024093 － 0

I.①中⋯　II.①孙⋯　III.①韩愈（768—824）– 古典文学研究
　IV.① I206.423

中国版本图书馆 CIP 数据核字（2021）第 249161 号

中唐政治的文学境象
ZHONGTANG ZHENGZHI DE WENXUE JINGXIANG
——韩愈诗文笺证

孙羽津　著

人民出版社 出版发行
（100706　北京市东城区隆福寺街 99 号）

中煤（北京）印务有限公司印刷　新华书店经销

2024 年 3 月第 1 版　2024 年 3 月北京第 1 次印刷
开本：710 毫米 ×1000 毫米 1/16　印张：20.75
字数：290 千字

ISBN 978 － 7 － 01 － 024093 － 0　定价：118.00 元

邮购地址 100706　北京市东城区隆福寺街 99 号
人民东方图书销售中心　电话（010）65250042　65289539

版权所有 · 侵权必究
凡购买本社图书，如有印制质量问题，我社负责调换。
服务电话：（010）65250042